EDAF

MADRID - MÉXICO - BUENOS AIRES

BENITO PÉREZ GALDÓS

13 CUENTOS

Selección, edición, introducción y notas de Esteban GUTIÉRREZ DÍAZ-BERNARDO

BIBLIOTECA EDAF
255

Director de la colección:
MELQUÍADES PRIETO

Portada de:
GERARDO DOMÍNGUEZ

Dirección en Internet: http://www.edaf.net
Correo electrónico: edaf@edaf.net

Edaf y Morales, S. A.
Oriente, 180, n.º 279. Colonia Moctezuma, 2da. Sec.
C.P. 15530 México, D.F.
http://www.edaf-y-morales.com.mx
edaf@edaf-y-morales.com.mx

Edaf y Albatros, S. A.
San Martín, 969, 3.º, Oficina 5
1004 Buenos Aires, Argentina
edafal3@interar.com.ar

Enero 2001

Depósito Legal: M.48.462-2000
I.S.B.N.: 84-414-0836-X

PRINTED IN SPAIN IMPRESO EN ESPAÑA

Gráficas COFÁS, S. A. - Pol. Ind. Prado de Regordoño - Móstoles (Madrid)

Índice

Introducción

1. Galdós y su obra

EL 10 DE MAYO DE 1843 nacía en la calle de Cano de Las Palmas de Gran Canaria (hoy convertida en Casa-Museo) Benito Pérez Galdós, décimo y último hijo de la familia formada por don Sebastián Pérez y doña Dolores Galdós. De él se ocupará especialmente Carmen, una de las hermanas mayores, y no solo en sus primeros años, pues andando el tiempo será quien dirija su casa de soltero en Madrid.

La celosa reserva que siempre guardó nuestro autor sobre su vida privada se hace mutismo casi absoluto en lo que atañe a la etapa de infancia y juventud en la isla. Ello da pie a veces a las conjeturas de sus biógrafos, como es el caso de un posible amor juvenil que tal vez provocase tensiones con su madre. Sí sabemos que fue un niño débil y enfermizo, estudiante mediano, que pronto mostró su vena artística en diferentes campos: tocaba el piano, recortaba siluetas de papel, dibujaba caricaturas, pintaba... Y también escribía: hacia sus dieciocho años publicaba poemas satíricos y algún artículo en la prensa de Las Palmas, trabajaba en un relato y hasta componía una tragedia en verso.

En 1862, y ya bachiller en Artes, se traslada a Madrid para estudiar Leyes. Pero los cafés, los teatros, las calles, la vida misma de la ciudad, le interesaron bastante más que las aulas: repetidamente se retrasa al matricularse de cada curso, repetidamente lo borran de las listas de algunas asignaturas por sus continuas faltas de asistencia a las clases... No hará carrera en la universidad, pero sí en los periódicos. Desde 1865 en *La Nación,* y sucesivamente en la *Revista del Movimiento Intelectual de Europa, Las Cortes, La Guirnalda, Las Novedades,* la *Revista de España, El Debate, El Correo de España, La Ilustración de Madrid...*

Durante unos ocho años se dedicará intensamente al periodismo; más tarde, ya solo a través de colaboraciones esporádicas. Porque en esta época, y al calor de la prensa, va escribiendo y publicando alguna pieza más próxima al cuento que a la crónica, alguna narración alegórica, alguna sátira de tema literario en forma de relato. Y trabaja en varias obras dramáticas que no conseguirá ver estrenadas, y en novelas cuya publicación le costará Dios y ayuda: de 1866 ó 1867 es *La sombra,* de 1868 *La Fontana de Oro,* de 1871 *El audaz.*

En 1873 inicia el que será su ciclo histórico de los Episodios Nacionales, y a él se entrega en cuerpo y alma. Solo dos años le ocupará toda la Primera Serie, desde *Trafalgar* hasta *La batalla de los Arapiles,* para continuar la Segunda sin interrupción y rematar las veinte novelas en un plazo de siete años. Y aún escribirá y publicará varias otras obras narrativas, hasta completar las que la crítica ha llamado novelas de la primera época: *Doña Perfecta* (1876), *Gloria* (1877), *Marianela* y *La familia de León Roch* (ambas de 1878).

La desheredada, que compone desde 1880, inaugura una nueva manera del novelista influida por el naturalismo. Será la primera pieza del nuevo proyecto, que acabará recibiendo el marbete de Novelas Españolas Contemporáneas, y que abarcará un conjunto de veinticuatro obras con el que Galdós alcanza, especialmente en los años 80 y 90, la cumbre de su arte: *El amigo Manso* (1882), *El doctor Centeno*

(1883), *Tormento*, *La de Bringas* (ambas de 1884), *Lo prohibido* (1884-1885), *Fortunata y Jacinta* (1886-1887), *Miau* (1888), *Ángel Guerra* (1890-1891), *Nazarín* (1895), *Misericordia* (1897), entre otras, hasta llegar, ya a la vuelta del nuevo siglo, a *Casandra* (1905), *El caballero encantado* (1909) y *La razón de la sinrazón* (1915).

Desde 1892 simultanea la novela con el teatro. Primero en adaptaciones de obras narrativas ya publicadas antes —*Realidad* (1892), *La loca de la casa* y *Gerona* (ambas de 1893)—; pero a partir de *San Quintín* (1894) alternará adaptaciones —*Doña Perfecta* (1896), *El abuelo* (1904), *Casandra* (1910)— y obras dramáticas originales —*Los condenados, Voluntad* (ambas de 1895), *Electra* (1901)...—, completando un total de veintiún estrenos, que se cierran en 1918 con *Santa Juana de Castilla.*

Apuros económicos le hacen volver en 1897, dos decenios después de *Un faccioso más... y algunos frailes menos,* a los Episodios Nacionales, y a ellos consagrará buena parte de su dedicación en los años del cambio de siglo, y después, aunque el ritmo de publicación va espaciándose hasta 1912, en que, ya ciego, apenas si dicta algún escrito. No obstante, en poco más de dos años (1898-1900) aparecen los diez volúmenes de la Tercera Serie, de *Zumalacárregui* a *Bodas reales,* que se continúan en la Cuarta (1902-1907), y en la Quinta, inacabada, de la que alcanzará a concluir las seis entregas que van desde *España sin rey* (1908) hasta *Cánovas* (1912). Son los años en que don Benito, ya una gloria nacional, participa directamente en política en las candidaturas republicanas, con las que saldrá diputado en las elecciones de 1907, 1910 y 1914.

Todo ello completa una obra de proporciones gigantescas, sin parangón en su época, y de un altísimo valor histórico, sociológico y literario, que ha deparado al escritor canario un prestigio que hoy trasciende ampliamente nuestras fronteras.

Concluiremos este apartado con unas notas acerca de su perfil humano, que tomamos de Ortiz-Armengol, su mejor biógrafo. Era don Benito muy alto y delgado; solía llevar el pelo corto y un rotundo bigote. Sufría frecuentes jaquecas, y hacia sus cuarenta años comenzó a padecer de la vista, mal que se le fue agravando hasta ser operado de los ojos, antes de quedar completamente ciego. Llevaba una vida metódica: se acostaba temprano y madrugaba. No bebía alcohol, pero era fumador impenitente de cigarros puros. Profesaba auténtico horror al matrimonio, cosa que no le impidió mantener una vida amorosa tan activa como discreta. Su voz era apagada y ceceosa, con un perceptible acento canario. Leía muy mal en voz alta. Hombre tenaz y perseverante, de prodigiosa memoria, poseía un carácter conciliador, comprensivo y bondadoso, especialmente con los más débiles, sobre todo niños y animales. De ello nos han llegado algunas anécdotas, así como de su profunda aversión a las corridas de toros.

2. El cuento en Galdós

Es comprensible y hasta razonable que la magnitud y el valor de su producción novelística haya encaminado a la crítica hacia esta faceta de la obra galdosiana. Ciertamente ahí está lo mayor y lo mejor de Galdós. Pero no está todo. Mucho puede estudiarse y admirarse en su teatro, también en su obra periodística, y, cómo no, en su narrativa breve, en sus cuentos. Sin ello nos hallamos ante un Galdós ciertamente colosal, pero incompleto, y queremos subrayarlo explícitamente al abordar el estudio y la edición de estos cuentos.

2.1. *El cuento del siglo XIX*

Hagamos un poco de historia, pues tanto el vocablo como

el género *cuento* no presentan, ni mucho menos, un valor establecido a lo largo del tiempo. Es más, será en el curso del siglo XIX, y sobre todo en su segunda mitad, cuando se irá produciendo la evolución que nos conducirá al cuento literario moderno, que es creación de esta centuria.

El término *cuento* llega al Ochocientos con las connotaciones de «fantasía» o «mentira», y se suele vincular a la naturaleza oral y tradicional de las consejas o cuentos de vieja, en narraciones que son anécdotas, chistes, agudezas, refranes explicados, o relatos populares, legendarios, infantiles o fantásticos, e incluso composiciones en verso de carácter narrativo. Alternará con otras voces, como *relación, cuadro, historia,* hasta que acabe por imponerse a finales del siglo.

Será a los románticos a quienes cabrá el mérito de haber dignificado la forma del cuento popular, tradicional o folclórico. En su vuelta a lo medieval, los escritores del Romanticismo tomarán estos relatos, leyendas y cuentecillos, a los que irán imponiendo la personalidad de su autor o recreador. Con ellos se cruzará el artículo de costumbres, tan frecuente en la época, que abre —o a veces cierra— algunos caminos a lo que irá siendo el género, según la proporción en que se mezclen los elementos generalizadores y particularizadores. Algunos artículos de Larra, Mesonero o Estébanez apuntan ya hacia el cuento literario.

La configuración del género es inseparable de otra de las grandes creaciones románticas: el periodismo. Y así, el *Semanario Pintoresco Español* (1836-1857), *El Museo Universal* (1857-1869) y una larga serie de publicaciones que se irá incrementando con el tiempo, acogerán en sus páginas estas piezas breves, que primero son cuadros, escenas, leyendas, y acabarán siendo cuentos en muchas ocasiones. Los últimos años del siglo llegarán a ver la irrupción del cuento en el periódico diario, sobre todo en *El Imparcial* y *El Liberal,* que crearán al respecto secciones fijas. De la prensa pasarán a los volúmenes en que los recogerán los autores, a las colecciones especializadas que crearán las editoriales, y a las antologías que reunirán los críticos. Será entonces cuando las obras de los grandes cuentistas —Pardo Bazán, *Clarín,* Picón...— acabarán fijando los rasgos caracterizadores del cuento literario del momento, esto es, los de un relato breve, esencial e intenso, que narra una experiencia singular frecuentemente rematada por un desenlace imprevisible.

2.2. *Galdós y el cuento*

Hasta hace bien pocos años, el interés de la crítica por los cuentos de Galdós era prácticamente nulo. Prevalecía la opinión de que don Benito era novelista y no cuentista. A ello habían contribuido juicios como los de doña Emilia Pardo Bazán, cuando escribía que a Galdós «le es difícil redondear y encerrarse en un espacio reducido; no maneja el cuento, la *nouvelle* ni la narración corta; necesita desahogo, páginas y más páginas» (*Nuevo Teatro Crítico,* 1891, citado por Baquero, 1949, p. 121); la misma doña Emilia, por cierto, que solo tres años después criticaba que en la antología de cuentos reunida por Gómez Carrillo faltasen algunos cuentistas importantes, entre ellos Galdós. La fijeza de criterio no era el fuerte de la gran narradora gallega.

Pero también había contribuido a ello el propio don Benito, quien se disculpaba, en el prólogo a *Torquemada en la hoguera* (1889), de haber cedido al ruego de amigos para sacar a la luz unas composiciones que temía debieran seguir en la región del olvido. Más explícito aún se manifestaba en su prólogo a *La sombra* (1890), que recogía *Celín, Tropiquillos* y *Theros:*

> El carácter fantástico de las cuatro composiciones con-

> tenidas en este libro reclama la indulgencia del público, tratándose de un autor más aficionado a las cosas reales que a las soñadas, y que sin duda en estas acierta menos que en aquellas. De la acusación que pudieran hacerle por entrar en un terreno que no le pertenece, se defenderá alegando que en estas obrillas no pretendió nunca producir las bellezas de la creación fantástica, eminentemente poética y personal. Son divertimentos, juguetes, ensayos de aficionado, y pueden compararse al estado de *alegría,* el más inocente, por ser el primero, en la gradual escala de la embriaguez. Nunca como en esta clase de trabajos he visto palpablemente la verdad del *chassez le naturel...* Se empeña uno a veces, por cansancio o por capricho, en apartar los ojos de las cosas visibles y reales, y no hay manera de remontar el vuelo, por grande que sea el esfuerzo de nuestras menguadas alas. El pícaro *natural* tira y sujeta desde abajo, y al no querer verle, más se le ve, y cuando uno cree que se ha empinado bastante y puede mirar de cerca las estrellas, estas, siempre distantes, siempre inaccesibles, le gritan desde arriba: *Zapatero a tus zapatos* (Shoemaker, 1962, pp. 67-68).

No obstante, estas afirmaciones son inseparables del momento en que se hacen, cuidadoso Galdós de no ir a contrapié del realismo imperante. Y ello parece indudable si lo cotejamos con lo que dirá en sus *Memorias de un desmemoriado* (1916), al final de su carrera y de su vida: «En mis correrías, las personas y cosas imaginarias me seducían más que las reales. Siempre fue el Arte más bello que la Historia».

Más aún: si contemplamos la evolución completa de la narrativa galdosiana, observamos que esta camina justamente en la dirección que apuntan casi todos sus cuentos: la de la fantasía. Por mucho que no sea lo más celebrado de su obra, es por esta senda semioculta por la única que acabará transitando el autor, tras abandonar la estrictamente realista. Anudan así estos cuentos *La sombra* inicial con *El caballero encantado* y *La razón de la sinrazón,* pasando por la Quinta Serie de los Episodios Nacionales y por elementos de novelas como *El amigo Manso, Miau, Nazarín, Halma, Misericordia...*

Por otra parte, el cuidado que Galdós puso en las reediciones de estos relatos en revistas o en volumen contradice, al menos en parte, ese desdén que antes manifestaba. Es rara la nueva impresión que no lleva correcciones o retoques, y a veces sustanciales, del autor. Valga como ejemplo el caso de *La conjuración de las palabras:* el escaso aprecio explícito del autor no impide que todas las ediciones, hasta nueve, presenten variantes en su texto.

2.3. *Los cuentos de Galdós*

De lo antes apuntado se deriva algo de la máxima importancia: cometeríamos un grave error de perspectiva si considerásemos los relatos de Galdós en función de un supuesto modelo, molde o tipo prefijado al que debieran aproximarse. Los hechos son bien diferentes, y estas narraciones, como tantas de la época, van tanteando, probando, buscando formas, salidas, soluciones. Más aún: el conjunto de los cuentos de Galdós refleja admirablemente el recorrido del género, que se va liberando paulatinamente de las técnicas costumbristas y periodísticas, para convertirse en una forma narrativa plena, a la vez que representativa, como ninguna otra, de su tiempo.

Los cuentos de nuestro autor se extienden a lo largo de buena parte de su andadura: desde 1865 *(Una industria que vive de la muerte),* antes de iniciarse en la novela, hasta 1897 *(Rompecabezas),* cuando el teatro y las últimas series de Episodios Nacionales están a punto de absorber casi todos sus esfuerzos. Creemos que pueden clasificarse en dos etapas (para una división diferente, aunque no lejana, véase Peñate): una primera de asimilación (1865-1872) y una segunda de plenitud (1876-1897). Guiándonos por su actividad principal, llamaríamos a aquellos *los cuentos del periodista,* y a estos, *los cuentos del novelista.*

La etapa inicial es la de un Galdós volcado en el periodismo que prueba la narración corta antes de abordar la novela. Corresponden a ella *Una industria que vive de la muerte* (1865), *Necrología de un prototipo** (1866. Marcamos con asterisco los relatos no recogidos en el presente volumen), *La conjuración de las palabras* (1868), *Dos de mayo de 1808, dos de septiembre de 1870* (1870), *Un tribunal literario, El artículo de fondo, La novela en el tranvía* (los tres de 1871) y *La pluma en el viento o el viaje de la vida* (1872), al margen de tres artículos de costumbres que contienen elementos narrativos en diverso grado: *La mujer del filósofo** (1871), *Cuatro mujeres** y *Aquel** (ambos de 1872). Prima en estos relatos el carácter satírico, cuando no grotesco, la pincelada costumbrista, el apego a la actualidad periodística y la morosidad descriptiva; todo ello bajo el influjo patente de Cervantes y Quevedo.

La segunda etapa se halla fuertemente condicionada por la dedicación principal del autor, la novela, así como por los encargos —bien remunerados— de los periódicos para colaborar en números especiales de fechas señaladas. Esto sucede con *La mula y el buey* y *La princesa y el granuja,* cuentos de Navidad y Año Nuevo, respectivamente, de 1876, escritos tras el primer tomo de *Gloria.* Es también el caso de *Theros** (1877), *Tropiquillos* (1884) y *Celín* (1887), alegorías correspondientes al verano, al otoño y al mes de noviembre, y compuestas sucesivamente tras el segundo tomo de *Gloria,* el primero de *Lo prohibido,* y después del titánico esfuerzo de *Fortunata y Jacinta.* A ellos se añaden *¿Dónde está mi cabeza?** (1892), nuevo cuento de Navidad que sigue a *La loca de la casa; El pórtico de la gloria** (1896), un ataque de Galdós a sus críticos, y *Rompecabezas* (1897), otro cuento de Año Nuevo.

La sátira más o menos gruesa de la primera etapa se trueca ahora en ironía, a veces finísima, al tiempo que una mayor economía descriptiva y una superior intensidad narrativa prestan a los cuentos un ritmo más ágil, que carga el acento sobre el desenlace, auténtico eje del cuento en muchos casos. En conjunto, muestran la plenitud no solo del narrador dueño de un estilo propio, sino del cuentista que ha captado magníficamente la esencia de un género que ya domina.

Un aspecto tan destacable como moderno de toda la producción cuentística galdosiana es la ausencia prácticamente absoluta de didactismo o de moralización. Si bien a veces el enfoque satírico implica una valoración de la realidad, Galdós se muestra en esto muy alejado de cuentistas prerrealistas o realistas como Fernán Caballero, Trueba, Coloma, etc., e incluso de otros naturalistas más o menos tendenciosos como Picón o Blasco Ibáñez.

Tres caracteres fundamentales, a nuestro juicio, se dan cita en estos cuentos. El primero y principal es el *fantástico* —a veces maravilloso y a veces extraño, en la terminología de Todorov—, pues son muy pocos los relatos que escapan a la presencia de la fantasía. Se trata en Galdós de una inclinación congénita (Montesinos, p. 41), que irá incrementándose con el correr de sus escritos, hasta el punto de que no parece aventurado afirmar que lo permanente en el autor canario es la fantasía y no la realidad, por más que esta ocupe mayor espacio en su producción. De otra manera: el realismo es en Galdós especialmente intenso en buena parte de su obra, mientras que el elemento fantástico es más extenso, pues no falta a lo largo de toda su creación. Lo hemos visto y seguiremos viéndolo.

Muy cerca de lo fantástico, y a veces en mezcla difícilmente separable, se halla *lo alegórico. La conjuración de las palabras, La pluma en el viento, Tropiquillos, Celín* y *Rompecabezas* son en todo o en parte alegorías, como se observará. Y no lejos tampoco hallaríamos el que señalamos como tercer rasgo destacable, que es la presencia de *lo infantil,* principalmente en *La mula y el buey, La princesa y el granuja, Celín* y *Rompecabezas.* Ello refleja el interés de Galdós por el mundo de los niños, a la vez que traslada una concepción del cuento que parece indisolublemente ligada a este ámbito. Léase si no lo que escribe don Benito en 1904 en su prólogo a los *Cuentos* de Fernanflor, cuando se refiere al cuento como «la máxima condensación de un asunto en forma sugestiva, ingenua, infantil, con la inocente marrullería de esos *niños terribles,* que filosofan sin saberlo y expresan las grandes verdades, cándidamente atrevidos a la manera de los locos, que son realmente personas mayores retrollevadas al criterio elemental y embrionario de la infancia» (Shoemaker, 1962, p. 71). De buena gana nos detendríamos en esta más que interesante, por galdosiana, conexión entre niños y locos, pero la mies es mucha y las páginas son pocas.

3. *Trece cuentos:* presentación

Una industria que vive de la muerte, subtitulado *Episodio musical del cólera* y fechado el 20 de noviembre de 1865, apareció en el diario *La Nación,* en los números del 2 y el 6 de diciembre de ese mismo año. Parece que no volvió a editarse en vida de Galdós, hasta que lo recuperó Pérez Vidal en 1956.

El bautismo como cuentista del joven don Benito es consecuencia de sus primeras armas en el periodismo. No extraña, pues, encontrar un texto a caballo entre el artículo del crítico musical del diario y el cuento del narrador en ciernes: a la parte propiamente periodística (I y II, del 2 de diciembre), en que se expone lo que de musical hay en el ruido, sucede la narrativa (III-VI, del 6 de diciembre), que cuenta el caso o cuento propiamente dicho. Es decir, la distribución en el periódico responde no a un criterio meramente cuantitativo sino estructural: la construcción de la obra es inseparable del medio en que se publica. Y junto a todo ello, esencia del periodismo, la actualidad. Galdós escribe acerca de lo que pasa en la calle: la epidemia de cólera felizmente vencida.

Destacable resulta igualmente el carácter costumbrista. Lo que se narra es un caso, «el último caso». Bastará una prueba con el texto a la vista: «Podemos referir nuestro cuento a cada una de esas tiendas, y nuestro personaje puede ser cada uno de los que explotan la industria funeraria». Y verdaderamente es uno cualquiera, pues se atiende más a los rasgos generalizadores que a los individualizadores.

Desde el punto de vista literario, lo estrictamente narrativo aparece en ocasiones punteado por intervenciones del narrador, rupturas y digresiones, que hacen constante su imbricación con lo periodístico. También cabe señalar la huella romántica, sobre todo de las fantasías de Hoffmann, en el tinte macabro de las páginas finales, lo que constituye un caso único en los relatos y en la obra toda de Galdós.

De nuevo *La Nación,* en los números de los días 8, 15 y 29 de marzo y 26 de abril de 1868, acogió cuatro breves relatos bajo el título general de *Manicomio político-social,* y el subtítulo de *Soliloquios de algunos dementes encerrados en él,* que se distribuyen en cuatro *jaulas: El neo, El filósofo materialista, El donjuán* y *El espiritista.* Esta última, que editamos en nuestro volumen, es la única que se reimprimió en vida de Galdós, en *El País* de Las Palmas, el 26 de mayo de ese mismo 1868, hasta que el conjunto fue recuperado por Shoemaker en 1972.

Son sus cuatro protagonistas sendos tipos de actualidad —permanente quizá en el caso del donjuán—, es decir, pertenecientes a la actualidad periodística, a la vez que son tipos susceptibles de constituir el foco de atención del escritor costumbrista. Periodismo y costumbrismo hermanados de nuevo, pero ahora, a través del soliloquio del espiritista, en forma pura y directamente narrativa, potenciada aún por el diálogo del personaje con los tres espíritus que van siendo convocados por cada una de las patas del velador.

Se compone así una divertidísima sátira a través del humor, muchas veces irónico, en la que la práctica espiritista posibilita el acceso a diferentes momentos y personajes históricos. Ello asocia nuestro cuento a distintos relatos y novelas de Galdós, y más lejanamente a sus Episodios Nacionales.

Por otro lado, se inicia aquí la que acabará siendo con el tiempo una nutridísima galería de locos galdosianos, formada por visionarios, maniáticos, desquiciados..., como Tomás Rufete (*La desheredada,* 1881), Isabel Godoy (*El doctor Centeno,* 1883), varios Bueno de Guzmán (*Lo prohibido,* 1885), Maximiliano Rubín (*Fortunata y Jacinta,* 1887), don Ramón Villaamil y Luisito Cadalso (*Miau,* 1888), Catalina de Alencastre (*Ángel Guerra,* 1891), don José Ido del Sagrario (*El doctor Centeno, Lo prohibido, Fortunata y Jacinta...*), entre bastantes más.

A diferencia de los anteriores, que no salieron en vida del autor de las páginas de la prensa, a *La conjuración de las palabras* le cupo el honor de ser el primer cuento de Galdós recogido en volumen (*Torquemada en la hoguera,* 1889), culminación del indudable éxito que entre los lectores había cosechado en las diferentes publicaciones periódicas, hasta nueve, en que había sido reeditado (Peñate, p. 78). Se imprimió inicialmente en *La Nación* del 12 de abril de 1868, interrumpiendo la serie del *Manicomio* antes citada, con el subtítulo de *Cuento alegórico.* Y en efecto, es la primera narración en que Galdós emplea la alegoría, procedimiento en adelante muy común, no solo en varios de los relatos que aquí leeremos, sino en una parte no desdeñable de su novelística.

El cuento, con reminiscencias de Cervantes y de Gracián,

plantea la conjuración de las palabras del diccionario contra los escritores españoles, por el mal uso al que se ven sometidas por ellos. Se presentan personificadas, con tanta gracia como tino, las distintas categorías morfológicas, con sus valores y funciones (artículos, sustantivos, pronombres, adjetivos, etc.), la historia del léxico, y se manifiestan sutiles percepciones o juicios acerca del hombre, el sentido común, la razón, el mal, el gobierno, la justicia, el honor...

Ello hace que, más allá de lo lingüístico, se adivine al fondo lo político, en un momento histórico en el que se están gestando diversos movimientos que buscan la unión frente a Isabel II, y que no parece que caminen hacia el éxito a causa de las discordias entre sus promotores. Nos hallamos, por tanto, ante un sutil reflejo de la situación política española del momento, con el desencanto de Galdós, o quizá con la intención de avisar a sus lectores del destino que aguarda a los afanes de las fuerzas progresistas si no consiguen la unidad de acción (Smith, 1992, pp. 51-61).

Dos de mayo de 1808, dos de septiembre de 1870 fue publicado en el número 27 de la revista *Apuntes,* en 1896, coincidiendo con la fecha de conmemoración de la victoria sobre los franceses que refleja el inicio del título, pero importa saber que se trata de un cuento escrito en diciembre de 1870, con lo que es esta la referencia temporal que ahora nos interesa. Por qué no se publicó hasta ese año, o por qué precisamente en ese año, es algo que obviamos, pues en nada afecta al cuento en sí.

Desde el punto de vista de su construcción, solo cabe lamentar la inserción de esa especie de epílogo referido a los sucesos de 1870, que rebaja sensiblemente el valor artístico de lo que, de otra manera, sería un excelente cuento. No obstante, nos sirve como indicación de que el autor, en 1870, está interesado por un hecho histórico como este, hasta el punto de tomarlo como materia de un relato. De otra manera: tres años antes de *Trafalgar,* que iniciaría los que serían sus Episodios Nacionales, Galdós parece buscar un tratamiento literario de la historia pasada, que no encuentra del todo aún, pero del que en este relato presenta indudables atisbos.

L. J. Hoar (1970-71) ha señalado semejanzas palpables entre nuestro cuento y los capítulos finales (XXV-XXXIV) de *El 19 de marzo y el 2 de mayo* (1873), la tercera entrega de los Episodios, así como la aparición en el relato de algunos personajes de este mismo episodio o de otras obras de Galdós: son los casos de la *Primorosa* y *Pujitos* (en *El 19 de marzo...* citado y en algunos otros episodios), de la *Pintosilla* (en *El audaz,* 1871), y hasta de don Jesús Cuadrado, no solo porque su apellido aparece en otras ocasiones, sino porque hay reflejos suyos en Estupiñá (*Fortunata y Jacinta,* 1887) y en Villaamil (*Miau,* 1888).

Pero, con ser esto interesante, lo es más aún el hecho de que el narrador —narradora en este caso— reúna tres rasgos que pasarán definitivamente a los Episodios: 1) El enfoque retrospectivo: la relatora cuenta pasados los años, desde su recuerdo. 2) La perspectiva autobiográfica, en primera persona, con la narradora constituida en protagonista o testigo de los sucesos que cuenta. 3) La implicación de un interlocutor en segunda persona (aquí, ese *señor*), que, desde la picaresca, llegará también al conjunto galdosiano.

Aunque en diversa medida según las diferentes novelas y series, todo ello pasará a formar parte esencial de los Episodios Nacionales. Nos hallamos, pues, ante un pre-episodio o proto-episodio, que, aparte el interés que suscita por sí mismo, nos abre de par en par las puertas del obrador de don Benito. Lo que no es poca cosa.

Un tribunal literario se publicó inicialmente con el título *Una especie de novela* en el diario *El Debate* entre los días 17 y 20 de enero de 1871, y al año siguiente en el número

110 de la *Revista de España,* ya con el título definitivo, que pasó a la edición del volumen *Torquemada en la hoguera* (1889) y a las posteriores.

En él, un joven novelista narra en primera persona la sesión de lectura de su novela ante un distinguidísimo auditorio compuesto por cuatro literatos o críticos, partidarios, respectivamente, de la novela sentimental y romántica, de la idealista y folletinesca, de la del realismo exacerbado y de la histórica cargada de erudición. Tras las recomendaciones de unos y otros, acaba nuestro novelista por hacer un engendro con los remiendos y pegotes que aplica a su texto original. La conclusión implícita es que ninguno de estos caminos resulta viable para la novela del momento.

La narración aplica las ideas que Galdós había expuesto en sus «Observaciones sobre la novela contemporánea en España», publicadas en 1870 en la *Revista de España,* de las que viene a ser su reverso práctico, una especie de catálogo de lo que no debe ser la novela según Galdós (Bonet, pp. 115-162). Se plantea en forma de sátira, uno de cuyos valores es el de la pluralidad de perspectivas, que enriquece y cohesiona el relato.

En cuanto al estilo, vuelve a apreciarse firme la huella cervantina, así como la del Quevedo satírico, que contribuye poderosamente como modelo de literatura grotesca, en la tendencia que aquí presenta Galdós hacia la caricatura. Todo ello en una narración relativamente extensa, que, con su ritmo demorado a causa de la profusión descriptiva, queda más cerca de la novela corta que del cuento.

También en la *Revista de España,* en el número 75 de 1871, apareció *El artículo de fondo,* e igualmente fue recopilado en *Torquemada en la hoguera* (1889).

Se trata de un cuento satírico, en el que un joven periodista va redactando su artículo de fondo a remolque de las vicisitudes que va viviendo, hasta el extremo de pasar de la crítica implacable del gobierno a la justificación de su proceder. No faltan en él los elementos caricaturescos, en un relato lastrado a veces por las frecuentes digresiones, que no le impiden ser, en el sentir de Baquero Goyanes (1949, p. 450), uno de los cuentos más rotunda y espléndidamente humorísticos de su tiempo.

El relato critica los tópicos y la sensiblería románticos, y sobre todo la inanidad de la opinión pública, ya que los encargados de formarla confunden el interés general con el suyo particular (Peñate, p. 68). Pero también, y en la misma dirección, la crítica se vuelve implícitamente autocrítica, cuando sabemos de los apuros del joven Galdós en una tesitura semejante a la del personaje de nuestro cuento. Lo confirma meridianamente la carta-prólogo que por entonces dirige a Roberto Robert para acompañar su artículo *Cuatro mujeres,* que aparecería en 1872 dentro del volumen segundo de *Las españolas pintadas por los españoles* (Rubio Cremades, p. 72), en la que se queja de las premuras a las que está sujeto el periodista.

Escrita en octubre de 1871, *La novela en el tranvía* fue publicada en los números de los días 30 de noviembre y 15 de diciembre siguientes en *La Ilustración de Madrid.* Se reimprimió después varias veces en distintas revistas (Peñate, 79), pero no fue recogida en volumen, a pesar del que parece sólido éxito de público.

Elemento principal de la narración es el espacio, el tranvía mismo, que posibilita el movimiento de personajes y por tanto de la acción, pero sobre todo porque se trata no de *un* tranvía, sino de *el* tranvía, como indica el título, el único tranvía de Madrid, que acababa de ser puesto en servicio unos meses antes. Es, pues, una novedad absoluta, que captaría por ella sola el interés de los lectores, y más al presentar el recorrido real que hacía, entre los nuevos barrios de

Salamanca y de Pozas.

Aquí es donde se plantea la peripecia, que presenta una doble acción: la exterior, que da cuenta de las relaciones entre los viajeros y el narrador, y la interior, que liga a este con la fabulación que desarrolla. Una acción que va planteando estos movimientos al hilo de los capítulos: 1) Una fuente real: un viajero cuenta un hecho de forma parcial. 2) Una fuente literaria: el narrador lee, en el folletín de un periódico, una historia parecida a la anécdota contada. 3) Una primera elaboración imaginaria: el narrador funde y confunde las dos historias, e intenta una continuación para el folletín truncado. 4) Una segunda elaboración imaginaria: dormido, sueña con una continuación, hasta que despierta. 5) Una primera confrontación realidad/imaginación: el autor cree reconocer entre los viajeros a uno de los personajes de la historia soñada, y capta, en una conversación, un hecho que confirma algunos aspectos de ella. 6) Una segunda confrontación realidad/imaginación, con el triunfo de lo imaginado: dos nuevas anécdotas contadas por viajeros coinciden en parte con la historia soñada, confirmándola a los ojos del narrador, pero negándola a los del lector. 7) Una tercera confrontación realidad/imaginación, con el triunfo de lo real: la nueva historia contada por dos viajeros y el último lance que vive el narrador muestran lo insensato de la imaginación descontrolada, que no es otra que la imaginación folletinesca (Extramiana, pp. 276-278).

Se plantea así una sátira del folletín y de los efectos que puede llegar a provocar en el lector incauto. El recuerdo del *Quijote* no es gratuito, pues este planteamiento básico es cervantino en algunas formas, pero sobre todo en ese fondo del narrador que ha perdido el juicio al confundir vida y literatura tras haber leído «muchas y muy malas novelas».

Nos hallamos ante otro cuento de locos, en este caso de locura pasajera; o *novela,* como trae el título, ya que de nuevo la morosidad descriptiva y las digresiones costumbristas muestran los difusos límites del género.

Cuento alegórico es *La pluma en el viento o el viaje de la vida.* Fechado en abril de 1872, fue impreso el 20 de mayo de ese mismo año en *El Correo de España,* reeditado después en otras publicaciones periódicas y recopilado finalmente en el volumen *Torquemada en la hoguera* (1889).

Se presenta en él una pluma que yace en el suelo de un corral y que, levantada y conducida por el viento, cree encontrar sucesivamente la felicidad en el amor, la riqueza, la gloria, la religión y la ciencia. Cada experiencia se va saldando con el fracaso, hasta que, desengañada, decide encerrarse en el ataúd de una niña que va a ser sepultada.

Ya desde la designación de las partes *(cantos)* en que se estructura el texto, pero sobre todo por el tratamiento y la expresión, nos hallamos ante un cuento en que lo lírico se aúna a lo narrativo. Y ya desde el título quedan marcados los dos planos del relato: no solo el literal *(la pluma en el viento),* sino también el alegórico *(el viaje de la vida),* que se desprende de esa pluma a la búsqueda imposible de la auténtica felicidad. El carácter itinerante de la narración refuerza lo que el autor parece ordenar como un recorrido vital, que iría desde el impulso inicial del amor hasta la aspiración final al conocimiento, pasando por los demás estadios intermedios (Smith, 1992, pp. 70-79).

Destacan en nuestro cuento dos elementos que prefiguran importantes motivos simbólicos de la futura narrativa de don Benito: uno es el del afán errado, que llevará a la ruina a personajes como Isidora Rufete (*La desheredada,* 1881) o Rosalía Pipaón (*La de Bringas,* 1884), y otro es el del vuelo, tan frecuente en tantos lugares de Galdós (Smith, *ibídem*), incluidos nuestros mismos relatos.

Son méritos que nos llevan a disentir de algunos críticos que han considerado el cuento negativamente. No creemos atinado a Montesinos (p. 41) al calificarlo de «borbotón de prosa juvenil irresponsable», y sí a Peñate (p. 70) cuando alaba «el equilibrio entre la gravedad del tema y el tono desenfadado del relato».

Al contrario, hay unanimidad al considerar a *La mula y el buey* como obra maestra de los cuentos galdosianos. Publicado en *La Ilustración Española y Americana* (22 de diciembre de 1876), fue reimpreso después en diversas ocasiones y recogido en el volumen de 1889.

Es el primero de los cuentos de Navidad que Galdós escribió, y demuestra por sí solo que el hecho de componer por encargo o con un pie forzado no necesariamente opera en detrimento de la calidad artística de la obra. Bien al contrario: a partir de los muchos motivos casi obligados en este tipo de relatos —el nacimiento, los niños, los villancicos, el árbol, los regalos, la lotería...—, el autor canario logra una obra excepcional, «uno de los más bellos cuentos de nuestra literatura del pasado siglo» (Baquero, 1949, p. 538), plena de ternura y de emoción.

La excelencia del cuento no es ajena a su cuidada construcción, que lleva la narración desde la terrible realidad de la muerte de la niña hasta la fantasía del desenlace, para lo que el autor se vale de ese momento en que la mujer se duerme, posibilitando así el tránsito hacia lo maravilloso (Smith, 1992, pp. 79-87). Es también debida a la superposición, en la tercera persona con que se narra, de la visión de la madre y del padre, y quizá sobre todo a la alteración de la secuencia lógica de los hechos, que sitúa entre la muerte y el entierro de la niña los pensamientos y remordimientos de los padres, que abren retrospectivamente el pasado inmediato, con Celinina viva y doliente. Todo ello potenciado aún por la extraordinaria paradoja final: la niña ha conseguido tras la muerte lo que en su breve vida no pudo tener, la mula y el buey.

Fechado el 31 de diciembre de 1876, *La princesa y el*

granuja apareció en el primer número de la *Revista Cántabro-Asturiana* de Santander, lo reprodujo *El Océano,* de Madrid, en 1879, y de aquí pasó al tomo tantas veces citado de *Torquemada en la hoguera* en 1889. Vuelve a ser un cuento de Navidad, o más exactamente de Año Nuevo, que presenta la peripecia de Pacorrito Migajas, un *granuja* que se enamora apasionadamente de una muñeca, a la que raptará y con la que acabará casándose tras renunciar a su personalidad humana.

Envuelto en fino humor, presenta el relato una buena porción de elementos de la mejor literatura clásica, hasta el punto de que podría hablarse, como hace Smith en su fino estudio de este cuento (1992, pp. 124-136), de «diálogo con los clásicos». Así, el héroe está cortado según los patrones de la picaresca, con deudas perceptibles del *Lazarillo* anónimo y con la amargura de fondo del *Guzmán de Alfarache.* A ello se suman varios ecos cervantinos, y también un motivo estructural quevediano, cuando, al modo de *La hora de todos,* la realidad queda transfigurada con las doce campanadas de la noche de San Silvestre.

Smith también ha explicado aguda y convincentemente cómo Galdós recrea en su relato el mito de Pigmalión, según el cual este escultor había creado una estatua de marfil en la que había plasmado su ideal femenino; apasionadamente enamorado de su creación, rogó a la diosa Afrodita hasta lograr que esta insuflase vida a la materia inerte; así pudo tomarla por esposa y hasta tener con ella una hija.

Galdós invierte el sentido del mito clásico, quizá influido por E. A. Poe en *El retrato oval,* y con ello nos hallamos de nuevo ante la primicia de un motivo simbólico que el novelista canario va a emplear en el futuro: lo hará en los casos de María Egipcíaca en *La familia de León Roch* (1878), de Irene en *El amigo Manso* (1882), y hasta de Fortunata en *Fortunata y Jacinta* (1887).

Uno de los aspectos más destacados, y a la vez más

modernos, del cuento es su desenlace, pues si bien todo lo ocurrido desde el capítulo VII podría explicarse a partir del sueño de Pacorrito, lo cierto es que la impresión de realidad es absoluta, y el relato termina con ese clímax terrible, que asume plenamente la fantasía de reducir el ser humano a la condición de muñeco. Culmina con ello un cuento excelente, para nosotros de los mejores de Galdós, y que la crítica no ha valorado, creemos, en su justa medida.

Con fecha de 9 de noviembre de 1884 concluyó nuestro autor *Tropiquillos,* que vio la luz el 12 de diciembre del mismo año en *La Prensa,* de Buenos Aires, bajo el título de *Fantasía de otoño.* De aquí pasó al volumen de *La sombra* (1890) y a otras reimpresiones en publicaciones periódicas, siempre con el nuevo título.

Como sugiere su primitiva denominación, el cuento es una alegoría del otoño. Se sitúa así en la línea de *Junio* (1876) y *Theros* (1877), que constituyen sendas alegorizaciones del mes citado y del verano. Pero desde un artículo que nada tenía de narrativo y un relato en el que el simbolismo acababa por ahogar la narración, pasamos ahora a un auténtico cuento, donde la alegoría del otoño se integra con suma habilidad en lo narrado. Desde esta perspectiva, por cierto, se nos muestra nítidamente la evolución de Galdós en su arte del relato.

La simbología no menoscaba la naturaleza narrativa ni la validez artística de *Tropiquillos,* donde emergen dos caras del otoño en sus dos personajes principales: Zacarías es trasunto de la estación en lo que esta tiene de decadencia, de desnudez, de pérdida, de camino hacia la muerte; en tanto que *mestre* Cubas se asocia al otoño como plenitud, y más concretamente a la vendimia y al vino.

Estructuralmente resulta muy destacable el efecto final, que, a la par que liga el desenlace al vino, el producto del otoño tan ensalzado en las páginas anteriores, relativiza el desarrollo mismo del cuento. En este caso, el genio travieso de Galdós hace que el lector pierda pie y vacile acerca del alcance de todo lo referido, pues queda en duda el sentido mismo de las palabras del criado. ¿Cómo interpretarlo? El lector tiene la palabra.

La crítica ha señalado semejanzas entre *Tropiquillos* y algunos cuentos de E. A. Poe, más concretamente *La caída de la casa Usher* y *El pozo y el péndulo* (Smith, 1992, pp. 147-169), a la vez que ha destacado los valores estéticos de la «admirable prosa» de este relato, que demostraría «la inepcia de quienes han negado y niegan al autor dotes de estilista» (Montesinos, pp. 42-43).

En noviembre de 1887 compuso Galdós *Celín,* una fantasía sobre ese mismo mes, noviembre, para el volumen colectivo *Los meses,* que por problemas editoriales no vería la luz hasta 1889. Se trataba de un libro en el que doce autores de primera fila escribían acerca de cada uno de los meses del año. Señalemos como curiosidad que los colaboradores fueron, de enero a diciembre, Campoamor, Echegaray, Núñez de Arce, Cánovas del Castillo, Castelar, Valera, Trueba, Pereda, Manuel del Palacio, Emilio Ferrari, Galdós y Alarcón. En cuanto a *Celín,* se reeditó al año siguiente en *La sombra* (1890), y es el único cuento de Galdós del que se conserva el manuscrito original.

Se trata, pues, de una pieza de almanaque, o publicación anual que, como la citada, recogía escritos relativos a los meses o las estaciones del año. Es de nuevo literatura de encargo, y el resultado viene a confirmarnos cómo Galdós supera con su arte el lastre del tema forzado.

Las dimensiones del texto, y sobre todo su ritmo demorado con abundancia de pasajes descriptivos, lo acercan otra vez a la novela corta más que al cuento propiamente dicho, en un relato cargado de un humor que afecta a su fondo mismo a través de la cervantina figura de ese cronista, cuya afición a la bebida es más que un rumor, y que en consecuencia relativiza desde el inicio la narración toda.

Lo alegórico y lo fantástico integran los tres estratos significativos del relato (De la Nuez): 1) El pie forzado de la alegorización del mes de noviembre, a través de don Galaor, fallecido al igual que el mes de octubre, y de Diana, abocada a un suicidio que parece simbolizar el letargo invernal, pero del que se librará después, apuntando así a un sentido de triunfo de lo natural. 2) La confusión cronológica, en un ambiente que mezcla los Siglos de Oro y la época contemporánea, y en la que cabe apreciar una intención crítica, significando tal vez la pervivencia de la España inquisitorial a finales del XIX (Smith, 1992, pp. 87-121); a ella se suma la confusión espacial, en este caso por el carácter movible de la ciudad de Turris, quizá transfiguración fantástica de Madrid (Ezama). 3) La peregrinación de los personajes, que desemboca en la regeneración de la naturaleza, asumida finalmente por Diana, quien encarna asimismo el valor de la libertad contra las restricciones sociales y morales. En este aspecto, señala Smith que se recrea el mito bíblico del Edén, aquí subvertido, «pues comer del fruto del árbol del café con leche, subir al árbol de la vida, y caer en el placer sexual, no provocan el castigo sino la salvación» (1992, p. 115).

También esta narración, en principio tan extraña, presenta puntos de contacto con el resto de la obra de don Benito. El peregrinaje de Diana anticipa el de Tarsis en *El caballero encantado* (1909), en el que igualmente la naturaleza actúa como vía de regeneración y de encuentro con su ser individual (De la Nuez). Pero es sobre todo el de la metamorfosis o transformación el motivo que reaparezca con frecuencia en los relatos fantásticos galdosianos, tanto cuentos como novelas. Lo hemos visto en *La princesa y el granuja* afectando a los muñecos y a Pacorrito en sentidos opuestos, así como en *Tropiquillos,* cuando Zacarías pasa de enfermo y desgraciado a sano y feliz. Y en *El caballero encantado* un aristócrata se trueca en labriego y en pez, mientras que el bien y el mal toman encarnaciones humanas en *La razón de la sinrazón* (1915). Y es que, como antes señalábamos, hay una continuidad esencial en la obra de Galdós, incluso entre obras a primera vista dispares.

Rompecabezas es el último cuento que nuestro autor publicó y, por lo que sabemos, que escribió. Datado el 1 de enero de 1897, apareció en un número especial de *El Liberal* del 3 de enero que incluía cuentos de Pardo Bazán, Picón, Valera y otros. Fue recuperado en 1975 por L. J. Hoar, quien lo editó y estudió.

Se trata de otro relato navideño, y de carácter alegórico, como en cierto modo desvela el mismo narrador, cuando al comienzo de su narración incita al lector a «descubrir el meollo que contiene». También en forma cervantina presenta la historia encontrada en un *papirus,* y con una deliberada vaguedad cuenta la huida a Egipto de la Sagrada Familia, presentando a la vez significativas variaciones que la asocian a la realidad española coetánea: el niño, con la moneda de oro recibida, comprará muchas figuritas, pero hará de ellas una transformación total antes de repartirlas a los chiquillos a los que ha invitado a jugar. Y aquí, en su final, hallamos el núcleo del cuento, que supone una crítica tan sutil como punzante, y que debe interpretarse en clave política española.

Por otra parte, el tema de Cristo (Hoar) liga esta narración a varias novelas del autor, muy especialmente a *Misericordia* (1887), rigurosamente coetánea de nuestro relato.

Nos hallamos ante un verdadero cuento, que camina hacia su desenlace con paso firme, en el que no hay digresiones ni demoras de ningún tipo. *Rompecabezas* se convierte así no solo en broche de oro que cierra la obra cuentística de Galdós, sino en perfecto reflejo de la historia del género a lo largo del siglo: tras mil vaivenes, búsquedas y tanteos, los autores de cuentos han llegado a configurar ese género que

Cronología

había ido perfilándose en los decenios anteriores.

1843. Nace el 10 de mayo en Las Palmas de Gran Canaria. Será el décimo y último hijo de Sebastián Pérez, militar, y de Dolores Galdós.
Dimisión y exilio de Espartero. Zorrilla, *El puñal del godo.*

1851. Asiste al Colegio de San Agustín.
Trueba, *El libro de los cantares.*

1857. Inicia el Bachillerato.
Ley Moyano de Instrucción Pública. Fernán Caballero, *Relaciones.* Flaubert, *Madame Bovary.* Baudelaire, *Las flores del mal.* Nace Salvador Rueda. Muere Quintana.

1861. Escribe su primer cuento, *Un viaje redondo,* que firma con el seudónimo *El bachiller Sansón Carrasco* y que quedará sin concluir; y también una tragedia en verso en un acto, *Quien mal hace, bien no espere.*
Creación del reino de Italia. Guerra de Secesión norteamericana (1861-1865).

1862. Acaba el Bachillerato. *La Antorcha* y *El Ómnibus,* periódicos de Las Palmas, le publican varios escritos. En septiembre se traslada a Madrid para estudiar Leyes.
Bismarck, primer ministro de Prusia. Trueba, *Cuentos populares.* V. Hugo, *Los miserables.* Mueren Aribau

y Martínez de la Rosa.

1865. Entra a colaborar en *La Nación* (hasta 1868), con crónicas en secciones que se titularán sucesivamente «Revista Musical», «Revista de la Semana» y «Revista de Madrid». Aquí publica su primer cuento, *Una industria que vive de la muerte.* Acreditado por sus colaboraciones en *La Nación,* ingresa en la *Revista del Movimiento Intelectual de Europa,* periódico dominical del diario *Las Novedades.*
Noche de San Daniel: violenta represión de los estudiantes que protestaban contra la política reaccionaria de Narváez. Epidemia de cólera: 3.000 muertos. Nace Felipe Trigo. Muere el duque de Rivas.

1867. Viaja a París, invitado por unos familiares a los que acompaña, en una estancia de algo más de mes y medio.
Aparece el diario *El Imparcial.* K. Marx, *El Capital.* Nace Blasco Ibáñez. Muere Estébanez Calderón.

1868. Publica en *La Nación* la serie *Manicomio político-social* y *La conjuración de las palabras.* En el verano viaja nuevamente a París y recorre otros lugares de Francia durante casi tres meses. Apenas si presta alguna atención a los estudios, mientras crece con fuerza su dedicación periodística: escribe en *Las Cortes, La Guirnalda* y *Las Novedades.*
Revolución de Septiembre: Isabel II es destronada y Prim preside el Gobierno Provisional.

1870. Aparece *La Fontana de Oro.* Escribe la novela corta *La sombra* y el cuento *Dos de mayo de 1808, dos de septiembre de 1870.*
Amadeo de Saboya es elegido rey por las Cortes. Asesinato de Prim. Guerra franco-prusiana. Muere Bécquer.

1871. Colabora en *El Correo de España* y dirige *El Debate.* Publica los cuentos *Un tribunal literario, El artícu-*

lo de fondo y *La novela en el tranvía.* Aparece también su novela *El audaz.* En el verano viaja a Santander, donde pasará en lo sucesivo todos sus periodos estivales. Aquí conoce a Pereda, con quien mantendrá una entrañable amistad. En septiembre muere su padre, a los 87 años de edad.
Revolución de la Comuna de París. Proclamación del II Reich alemán. Pereda, *Tipos y paisajes.* Zola, *Los Rougon-Macquart* (1871-1893).

1872. Director de la *Revista de España.* Publica *La pluma en el viento o el viaje de la vida.*
Comienza la tercera guerra carlista (hasta 1876). Nace Baroja.

1873. Inicia, con *Trafalgar,* la Primera Serie de los Episodios Nacionales, que culminará en dos años, a un ritmo frenético.
Proclamación de la República. Nace Azorín. Mueren Bretón y Ayguals de Izco.

1876. Publica *Doña Perfecta* y va escribiendo *Gloria,* así como dos cuentos de Navidad, *La mula y el buey* y *La princesa y el granuja.*
Bell inventa el teléfono. Fundación de la Institución Libre de Enseñanza. Pereda, *Bocetos al temple.*

1883. Se le tributa un Homenaje Nacional, consecuencia de su ya brillantísima carrera como novelista, que ha ido produciendo en estos años *Marianela* y *La familia de León Roch* (1878), la Segunda Serie de los Episodios Nacionales (que remató en 1879), *La desheredada* (1881), *El amigo Manso* (1882) y *El doctor Centeno* (1883).
Pereda, *Pedro Sánchez.* Pardo Bazán, *La Tribuna.* Nace Ortega y Gasset. Muere K. Marx.

1886. Tras haber publicado *Tormento, La de Bringas* (ambas 1884) y *Lo prohibido* (1885), va escribiendo *Fortunata y Jacinta.* Es elegido diputado *cunero* (impuesto desde la Península) por el distrito puertorriqueño de Guayama en el Partido Liberal Dinástico, de Sagasta.

Nace Alfonso XIII. Clarín, *Pipá.* Coloma, *Lecturas recreativas.* Pardo Bazán, *Los pazos de Ulloa.*

1887. Concluye e imprime *Fortunata y Jacinta.* Muere su madre en abril.

Valera, *Cuentos, diálogos y fantasías.* Picón, *El enemigo.* Pardo Bazán, *La madre Naturaleza.* Muere Ros de Olano.

1889. Da a la estampa las novelas *La incógnita* y *Torquemada en la hoguera* y el cuento *Celín.* Acaba *Realidad.* Clarín publica *Benito Pérez Galdós (Estudio crítico biográfico).*

Fundación en París de la II Internacional. Pereda, *La puchera.* Palacio Valdés, *La hermana San Sulpicio.* Muere Trueba.

1891. Aparece *Ángel Guerra.* Nace María, hija ilegítima de don Benito y Lorenza Cobián. Mantiene relaciones con Concepción Morell, que le inspirarán *Tristana.*

Pardo Bazán, *Cuentos escogidos.* Picón, *Dulce y sabrosa.* Palacio Valdés, *La espuma.* Nace Pedro Salinas. Muere Alarcón.

1894. Tras los estrenos, con fortuna diversa, de algunas de sus novelas adaptadas para el teatro (*Realidad,* 1892; *La loca de la casa* y *Gerona,* 1893), obtiene un éxito clamoroso con *La de San Quintín,* su primera obra escrita directamente para la escena. Este, *San Quintín,* será el nombre con que bautizará su nueva y lujosa casa de Santander, donde ahora reside alternando con Madrid. Viaja por última vez a Las Palmas.

Francia: caso Dreyfus. Pardo Bazán, *Cuentos nuevos.*

1897. Publica el que será su último cuento, *Rompecabezas,* así como las novelas *Misericordia* y *El abuelo,* que siguen a *Torquemada en la cruz* (1893), *Torquemada en el Purgatorio* (1894), *Torquemada y San Pedro, Nazarín* y *Halma* (las tres 1895). Ingresa en la Real Academia Española. Gana el pleito emprendido para recuperar los derechos de autor sobre sus novelas, que solo poseía parcialmente.

Asesinato de Cánovas. Valera, *Genio y figura.* Unamuno, *Paz en la guerra.*

1898. Inicia la Tercera Serie de Episodios, que desarrollará a un ritmo de tres o cuatro títulos por año, buscando resolver acuciantes problemas económicos.

Guerra de Cuba: derrota española ante Estados Unidos. Tratado de París: España pierde Cuba, Puerto Rico y Filipinas. Valera, *De varios colores.* Pardo Bazán, *Cuentos de amor.* Nacen Lorca, Aleixandre y Dámaso Alonso. Muere Tamayo y Baus.

1901. Estrena *Electra,* el 30 de enero, que constituye a la vez un éxito extraordinario y un considerable alboroto político.

Clarín, *El gallo de Sócrates.* Pardo Bazán, *En tranvía.* Picón, *La vistosa.* Mueren Campoamor y *Clarín.*

1906. Embarcado en este periodo en la Cuarta Serie de Episodios, así como en sus obras para la escena (*Alma y vida,* 1902; *Mariucha,* 1903; *El abuelo,* 1904; *Bárbara* y *Amor y ciencia,* 1905), su salud se ha ido deteriorando (creciente mal de la vista, leve hemiplejía). Este año resulta para don Benito especialmente desgraciado, con la muerte de Pereda y de sus antiguas amantes Concepción Morell y Lorenza Cobián. Ramón y Cajal obtiene el Premio Nobel de Medicina. Nace Francisco Ayala.

1907. Inicia la Quinta Serie y última (inacabada) de Episodios Nacionales. Es elegido diputado por Madrid tras su adhesión a la causa republicana. Se agravan sus problemas de la vista. Amores con Teodosia

Gandarias.
Se matricula en Madrid el primer automóvil. Pardo Bazán, *El fondo del alma.* Pérez de Ayala, *Tinieblas en las cumbres.* Zamacois funda *El Cuento Semanal.*

1909. Publica *El caballero encantado.* Participa activamente en política: escribe un manifiesto «Al pueblo español» y preside, con Pablo Iglesias, la Conjunción Republicano-Socialista.
Semana Trágica en Barcelona. Pardo Bazán, *Sud-exprés.*

1910. Estrena el drama *Casandra,* que origina un nuevo alboroto político. Resulta otra vez elegido diputado republicano.
Constitución de la CNT. Picón, *Juanita Tenorio.* Pérez de Ayala, *A.M.D.G.* Nacen Miguel Hernández y Torrente Ballester.

1912. Aparece *Cánovas,* el que será su último Episodio Nacional. Es nombrado director artístico del Teatro Español. Nuevos contratiempos y desgracias: se frustra su candidatura al Premio Nobel (sobre todo a causa de las presiones políticas ejercidas por las fuerzas conservadoras) y se agudizan sus apuros económicos, en tanto que su mal de la vista desemboca irremediablemente en la ceguera.
Asesinato de Canalejas. Hundimiento del *Titanic.* Pardo Bazán, *Cuentos trágicos.* Unamuno, *Del sentimiento trágico de la vida.* Antonio Machado, *Campos de Castilla.* Mueren Menéndez Pelayo y Silverio Lanza.

1916. Se publican en *La Esfera* sus *Memorias de un desmemoriado.* Escribe (en realidad, dicta) poco en estos años, aunque todavía ha llegado a imprimir *La razón de la sinrazón* (1915) y a estrenar *Celia en los infiernos* (1913), *Alceste* (1914), *Sor Simona* (1915)

y *El tacaño Salomón* (1916).
Einstein: teoría de la relatividad. Nacen Cela, Buero Vallejo y Blas de Otero. Mueren Echegaray y Rubén Darío.

1918. Estrena *Santa Juana de Castilla,* su última obra.
Termina la I Guerra Mundial (desde 1914).

1920. Muere en la madrugada del 4 de enero. En su entierro contrastará la escasa representación oficial del gobierno conservador con la multitudinaria asistencia popular.
Fundación del Partido Comunista Español. Valle-Inclán, *Luces de bohemia.* Nace Delibes.

Bibliografía

Repertorios bibliográficos generales

HERNÁNDEZ SUÁREZ, Manuel, *Bibliografía de Galdós,* I, Las Palmas, Cabildo Insular de Gran Canaria, 1972.

HERRERA NAVARRO, Jerónimo, *Bibliografía de estudios sobre Galdós,* Madrid, FUE, 1998.

Ediciones en volumen de los cuentos

Torquemada en la hoguera. El artículo de fondo. La mula y el buey. La pluma en el viento. La conjuración de las palabras. Un tribunal literario. La princesa y el granuja. Junio, Madrid, Admón. de La Guirnalda y Episodios Nacionales, 1889.

La sombra. Celín. Tropiquillos. Theros, Madrid, Imprenta de La Guirnalda, 1890.

Obras completas, VI, ed. Federico Carlos Sainz de Robles, Madrid, Aguilar, 1942.

Contiene: *Celín, Tropiquillos, Theros, El artículo de fondo, La mula y el buey, La pluma en el viento o el viaje de la vida, La conjuración de las palabras, Un tribunal literario, La princesa y el granuja, Junio* y *La novela en el tranvía.*

Ocho cuentos de Galdós, ed. Oswaldo Izquierdo Dorta, Las Palmas, Cabildo Insular de Gran Canaria, 1988.

Contiene: *Una industria que vive de la muerte, La conjuración de las palabras, Dos de mayo de 1808, dos de septiembre de 1870, La mula y el buey, La princesa y el granuja, Tropiquillos, ¿Dónde está mi cabeza?* y *El pórtico de la gloria.*

La conjuración de las palabras, selección de Germán Gullón, Barcelona, Edhasa, 1991.

Contiene: *La conjuración de las palabras, La novela en el tranvía, Un tribunal literario, La pluma en el viento o el viaje de la vida, La mula y el buey, La princesa y el granuja, Tropiquillos* y *Celín.*

Los cuentos de Galdós. Obra completa, I, ed. Oswaldo Izquierdo Dorta, Santa Cruz de Tenerife, Centro de la Cultura Popular Canaria, 1994.

Contiene: *Un viaje redondo, Una industria que vive de la muerte, Necrología de un prototipo, Manicomio político-social, La conjuración de las palabras, Dos de mayo de 1808, dos de septiembre de 1870, La novela en el tranvía, La mujer del filósofo, El artículo de fondo, Aquél, Un tribunal literario* y *La pluma en el viento o el viaje de la vida.*

Cuentos fantásticos, ed. Alan E. Smith, Madrid, Cátedra, 1996.

Contiene: *Una industria que vive de la muerte, La conjuración de las palabras, La novela en el tranvía, La pluma en el viento o el viaje de la vida, La mula y el buey, La princesa y el granuja, Theros, Tropiquillos, Celín, ¿Dónde está mi cabeza?, El pórtico de la gloria* y *Rompecabezas.*

Estudios

Baquero Goyanes, Mariano, *El cuento español en el siglo XIX,* Madrid, CSIC, 1949.

— *El cuento español: del Romanticismo al Realismo,* ed. Ana L. Baquero Escudero, Madrid, CSIC, 1992.

Bonet, Laureano (ed.), Benito Pérez Galdós, *Ensayos de crítica literaria,* Barcelona, Península, 1972.

Extramiana, José, «"La novela en el tranvía": une nouvelle oubliée de Pérez Galdós», *Hommage des hispanistes français à Noël Salomon,* Barcelona, Laia, 1979, pp. 273-293.

EZAMA, M.ª Ángeles, «La invención del espacio en un cuento "maravilloso" galdosiano: el Madrid de *Celín*», *Anales del Instituto de Estudios Madrileños,* 33, 1993, pp. 617-627.

FERNÁNDEZ CIFUENTES, Luis, «Signs for Sale in the City of Galdós», *Modern Language Notes,* 103, 1988, pp. 289-311.

GULLÓN, Germán, «El cuento en Pérez Galdós», en Víctor García de la Concha (dir.) y Leonardo Romero Tobar (coord.), *Historia de la literatura española. Siglo XIX (II),* Madrid, Espasa Calpe, 1998, pp. 695-700.

HOAR JR., Leo J., «"Dos de mayo de 1808, dos de septiembre de 1870", por Benito Pérez Galdós, un cuento extraviado y el posible prototipo de sus "Episodios nacionales"», *Cuadernos Hispanoamericanos,* 250-252, 1970-1971, pp. 312-339.

— «"Rompecabezas", Galdós' "Lost" *Cuento:* A pre-98 Christmas *Esperpento*», *Neophilologus,* 59, 1975, pp. 522-547.

IZQUIERDO DORTA, Oswaldo, «Análisis de "La Mula y el Buey (cuento de Navidad)"», *Actas del Tercer Congreso Internacional de Estudios Galdosianos,* II, Las Palmas, Cabildo Insular de Gran Canaria, 1990, pp. 69-75.

MONTESINOS, José F., *Galdós,* I [1968], Madrid, Castalia, 1980, 2.ª ed., pp. 3-44.

NUEZ CABALLERO, Sebastián de la, «Génesis y estructura de un cuento de Galdós», *Actas del Segundo Congreso Internacional de Estudios Galdosianos,* I, Las Palmas, Cabildo Insular de Gran Canaria, 1979, pp. 181-201.

OLIVER, Walter Carl, «Galdós' "La novela en el tranvía": Fantasy and the Art of Realistic Narration», *Modern Language Notes,* 88, 1973, pp. 249-273.

ORTIZ-ARMENGOL, Pedro, *Vida de Galdós,* Barcelona, Crítica, 1998.

PEÑATE RIVERO, Julio, «El cuento literario en Galdós», *Lucanor,* 4, 1989, pp. 61-80.

PÉREZ VIDAL, José, Estudio preliminar y edición de «Una industria que vive de la muerte», *Anuario de Estudios Atlánticos,* 2, 1956, pp. 475-507.

RUBIO CREMADES, Enrique, «Los relatos breves de Galdós», en John W. Kronik y Harriet S. Turner (eds.), *Textos y contextos de Galdós,* Madrid, Castalia, 1994, pp. 67-78.

SHOEMAKER, William H. (ed.), *Los prólogos de Galdós,* Urbana-México, The University of Illinois-Ediciones de Andrea, 1962.

— *Los artículos de Galdós en «La Nación», 1865-1868, 1869,* Madrid, Ínsula, 1972.

SMITH, Alan E., «Los relatos fantásticos de Galdós», *Actas del Tercer Congreso Internacional de Estudios Galdosianos,* II, cit., pp. 223-233.

— *Los cuentos inverosímiles de Galdós en el contexto de su obra,* Barcelona, Anthropos, 1992.

SPIRES, Robert C., «Violations and Pseudo-Violations: *Quijote, Buscón,* and "La novela en el tranvía"», *Beyond the Metafictional Mode: Directions in the Modern Spanish Novel,* Lexington, The University Press of Kentucky, 1984, pp. 18-32.

Nuestra edición

TIENE EL LECTOR en sus manos una amplia muestra de los cuentos de Galdós. Verdaderamente amplia: si descontamos los relatos inacabados (*Un viaje redondo* y *¿Dónde está mi cabeza?*), los que son propiamente cuadros de costumbres (*La mujer del filósofo, Cuatro mujeres* y *Aquél,* por más que no carezcan de elementos narrativos), o alguna pieza corta bien alejada del género *(Junio)*, muy pocos son los cuentos que quedan fuera de nuestra selección. Sigue esta una ordenación cronológica estricta, atendiendo a las fechas de composición de cada uno de ellos.

Para la fijación de los textos, partimos siempre de las últimas versiones del autor. Proceden en unos pocos casos de su publicación en diarios o revistas, y en su mayor parte de las dos recopilaciones hechas por el propio Galdós como añadidos a las impresiones de *Torquemada en la hoguera* (1889) y *La sombra* (1890). De las ediciones modernas, que nos han servido para el cotejo de los textos, nos ha resultado especialmente útil la preparada por A. E. Smith, que trae las variantes de las distintas versiones (no hemos conseguido localizar la de O. Izquierdo Dorta, *Ocho cuentos de Galdós,* que solo conocemos de forma indirecta). Para más detalles, vea el lector las presentaciones de los cuentos respectivos en la Introducción, así como las ediciones citadas en la Bibliografía.

Modernizamos ortografía y puntuación conforme a los usos actuales, no sin mantener algunas peculiaridades, ya de Galdós, ya de la época, en el empleo de las mayúsculas (*Naturaleza* sería el caso más señalado) o en otros vocablos (*obscuro, obscuridad, insubstancial...*).

La anotación de los textos, pensada para un lector medio de hoy, busca la funcionalidad y huye deliberadamente de la exhibición erudita. Nos detenemos solo en ocasiones en que juzgamos de interés cierta aclaración o precisión.

Finalmente, queremos dejar escrito aquí nuestro agradecimiento a Víctor de Lama, por su confianza cargada de amistad, y a Milagros Gutiérrez y Emilio Palacios, por seguir ejerciendo de ángeles de la guarda.

13 CUENTOS

UNA INDUSTRIA QUE VIVE DE LA MUERTE

Episodio musical del cólera

I

UN HOMBRE CÉLEBRE dijo en cierta ocasión que la música era el ruido que menos le molestaba. Aunque nos tache de profanos algún melómano, no nos atrevemos a condenar esta aserción como un desatino, porque no creemos que se perjudique a la música uniéndola al ruido, ni que sea señal de poca cultura el confundir el arte divino con su salvaje compañero; mejor dicho, con su engendrador. Ese hombre célebre que de tal modo hirió la susceptibilidad de los músicos, prefería sin duda la naturaleza al arte, y tal vez encontraba en el ruido más expresión de lo bello que en las hábiles combinaciones del contrapuntista y en los ritmos del confeccionador de melodías [1].

Efectivamente, en el arte mismo no hay tanta música como en el ruido, si a la atención escrutadora del amante de óperas y conciertos se sustituye la imaginación del amante de la naturaleza, que busca, contemplándola, una forma de sentimiento o de belleza; si al criterio de los pases de tonos y de los acordes compactos, de los andantes tristes y los alegros expresivos con que juzga y siente el primero frente a la

---

[1] *contrapuntista:* compositor que practica el contrapunto, esto es, la combinación de dos o más melodías diferentes.

orquesta [2], se sustituye la exaltación del espíritu, el estado de abatimiento o de inquietud en que se encuentra el segundo frente a la naturaleza.

Suponiendo al espíritu un estado de conmoción profunda, basta que resuenen algunas notas en el arpa invisible del ruido, para que produzcan mayores efectos que la música mejor organizada.

Un melancólico vaga entre las sombras de la noche por un campo, por una playa o por las calles de una población, y a su oído llegan confusos rumores por el aire, el mar, las aguas de una fuente, cualquier cosa; su fantasía determina al instante aquel rumor, lo regulariza y le da un ritmo; al fin, lo que no es otra cosa que un ruido toma la forma de la música más bella, y expresa aun más de lo que este arte pudiera expresar; se reviste de mil accidentes y llega hasta a conmover las fibras más ocultas del corazón; despierta mil imágenes y, extendiendo su dominio, consigue hasta fascinar la vista, en virtud de ese misterioso eslabonamiento que de las ilusiones acústicas nos lleva siempre a las ilusiones ópticas.

Díganlo si no los innumerables poetas cuya musa ha cantado estrofas admirables engañada por esta superchería del ruido, que, émulo constante de su hermana la música [3], suele disfrazarse con sus atavíos favorecido por la sombra, la luna, el silencio y la calma, cómplices de toda alucinación, perpetuos exploradores de la credulidad de nuestro espíritu.

Figuraos un amante trasnochador, uno de esos amantes que protege la luna en su casta mirada y envuelve la noche en su oscuridad misteriosa; uno de esos amantes que, como

---

[2] *acordes:* conjuntos de tres o más sonidos diferentes combinados armónicamente. *Andantes* y *alegros* son movimientos lentos y vivos, respectivamente.

[3] *musa:* inspiración. *Superchería:* engaño, fraude. *Émulo:* competidor.

Fausto, Romeo o Mario [4], se presentan en un jardín en completa vegetación amorosa, hasta que una mano diabólica viene a sembrar perniciosa cizaña junto a ellos o a arrancarlos de raíz. Este amante espera oculto entre las flores la llegada de su felicidad, y ya se comprenderá que su imaginación está exaltada por sueños de dicha, y que en la oscuridad percibe visiones de amor que van pasando ante sus ojos, arrastradas por una onda de voluptuosidad [5].

El oído está atento como si quisiera escuchar el silencio. De pronto una música divina resuena en derredor: una ráfaga de viento ha pasado sobre las flores conmoviéndolas suavemente. Diríase que los dedos invisibles de una hada han rozado las cuerdas de un laúd: cada hoja lanza un suspiro, y multitud de notas se reúnen estremecidas y tímidas para proferir una queja tan apagada y tenue, que parece lamentarse de resonar.

El hombre que espera su felicidad escucha esta armonía sumergido en éxtasis profundo, y siente dilatarse su espíritu como el soñador de visiones celestiales, el ascético que, en medio de la enajenación producida por las mordeduras de su cilicio y las páginas de su *Meditación sobre la otra vida*, escucha coros celestiales y ve penetrar en su celda, precedida de ángeles músicos, a la Virgen María que viene a confortarle [6]. Pero algo bello, puro e inmaculado se presenta ante el hombre que espera su felicidad en Julieta, Margarita o Cosette, y ahora las hojas suenan, mas no impelidas por el viento, sino apartadas por una mano delicada [7].

---

4 Se trata de los amantes que aparecen respectivamente en las obras de Goethe (*Fausto,* 1808-1833), Shakespeare (*Romeo y Julieta,* 1594-1595) y Victor Hugo (*Los miserables,* 1862).

5 *voluptuosidad:* placer, sensualidad.

6 Alude al que se ejercita en la perfección espiritual *(ascético),* y la practica a través de instrumentos de mortificación como el *cilicio,* o faja de cadenillas de hierro con puntas que se ciñen al cuerpo.

7 Son las amadas respectivas de Romeo, Fausto y Mario, antes citados. *Impelidas:* empujadas, impulsadas.

Rumores de otra especie se unen a los que antes resonaron. Cerremos los ojos y escuchemos. ¡Cuánta armonía! En la música de ritmos y tonos no hay nada comparable a este concierto de los ruidos, en que una simple ráfaga de viento reúne la mal articulada sílaba del lenguaje amoroso a la oscilación sonora de la flor que se mece; la exclamación ahogada de sorpresa o alegría, al tenue susurro de dos ramas que se azotan; el monosílabo de pasión, al chasquido del tallo que es pisado; ráfaga traviesa que con delicadeza suma toma el suspiro de los labios de la druida para confundirlo con el rumor de la flor que se desbarata [8]; rumor debilísimo, casi imperceptible, producido por el suave choque de las hojas que se atropellan cayendo.

Decid, músicos, si hay algo en vuestras sinfonías pastorales y en vuestros epitalamios instrumentados que no sea un remedo pálido de esa tierna y sencilla estrofa cantada por el viento [9].

¿Y qué diremos de la seda? De ese tejido armonioso, cuyas hebras menudas y rígidas producen cierto ruido argentino [10], como el que produciría una cabellera de cristal agitada por el viento; ruido que conmueve el sistema nervioso como el contacto de un cuerpo áspero y frío, e impresiona nuestro tímpano de la misma manera que si algo se rasgara en nuestro cerebro. La seda hace en el salón el mismo efecto que el aire en el jardín. Si a la imaginación del galán que vegeta en los jardines sustituimos la del galán que completa el ajuar de un lujoso y perfumado gabinete, tendremos el mismo prodigioso efecto; este hombre espera, a la débil claridad de una discreta lámpara, la llegada de su felicidad, y tras un largo rato de excitación llega a sus oídos

---

[8] *druida:* sacerdotisa.

[9] Se refiere a composiciones líricas de tema bucólico *(pastorales)* o que cantan la celebración de una boda *(epitalamio).*

[10] *argentino:* que suena de manera semejante a la plata.

un sonido metálico: es un traje de seda que se desliza sobre una alfombra y ondula vibrando en cada mueble notas acompasadas. Esta música resuena en la imaginación del hombre que espera su felicidad con un eco celeste; le conmueve, le fascina y se siente aletargado, como el sibarita que, en medio de la enajenación producida por el opio, sintiera resonar las faldas de la odalisca y la viera penetrar en su cámara saturada de calor y perfume [11]. En efecto, algo parecido a la odalisca, algo bello y lúbrico a la vez se presenta a los ojos del hombre que espera impaciente y exaltado en el gabinete. Es Manon Lescaut, Margarita Gautier o Marion Delorme [12]. Dejemos a los dos amantes; cerremos los ojos y escuchemos. ¿Hay algo en la música de ritmos y tonos comparable a este concierto de una falda que se pliega, de una silla que cae, de un soplo que mata una luz y de una llama que se apaga aleteando [13]. Decid, señores músicos: todos los detalles del tocador de vuestras *traviatas* [14], ¿no son reflejo pálido de esta estrofa cantada por un jirón de seda, un mueble y una luz? [15].

Otro ejemplo para concluir. Os desveláis a medianoche; entre el silencio sentís dos ruidos secos, precisos, en el techo de vuestra habitación: chas, chas; dos zapatos femeniles

---

[11] *sibarita:* natural de Síbaris, ciudad de la Italia antigua célebre por la riqueza y el lujo de sus habitantes, y por extensión la persona extremadamente refinada y voluptuosa. *Odalisca:* esclava o concubina turca, dedicada al servicio del harén.

[12] Se trata de tres personajes femeninos de la literatura francesa que responden a los rasgos recién citados: son bellas además de lujuriosas o lúbricas. Los nombres de Manon Lescaut y Marion Delorme dan título respectivamente a la novela (1731) del abate Prévost y al drama (1831) de Victor Hugo; Margarita Gautier protagoniza *La dama de las camelias* (1848), de Alejandro Dumas, hijo.

[13] *matar la luz* es apagarla.

[14] Alude a la célebre ópera de Verdi así titulada, *La Traviata* (1853), basada precisamente en *La dama de las camelias.*

[15] *jirón:* pedazo, generalmente desgarrado, del vestido o de otra ropa.

acaban de caer sobre el piso del cuarto segundo; una beldad se mete en la cama, y sus zapatos arrojados por su mano hieren el piso sucesivamente; una sirena se sumerge en la onda dejando olvidadas dos notas en el espacio [16]. ¿Qué efecto os producirán estas dos notas? ¿Qué imágenes presentarán a vuestro espíritu exaltado? ¿No seréis capaces de continuar lo comenzado por aquellas dos corcheas, y arreglar en un instante, guiados por ellas, un admirable dúo en que la sirena del piso segundo no tenga la peor parte? Preguntad a esos envanecidos músicos si han escrito alguna vez algo que se parezca a este dúo cantado... por dos zapatos.

Ella es como Dios: está en todas partes; así como Dios no está solo en los altares, ella no está solamente en las cuerdas del arpa y en los agujeros de la flauta. Siempre se la encuentra hablando por lo bajo, murmurando penas o alegrías, ya escondida bajo las hojas, ya correteando entre las aguas; ora acurrucada entre las sábanas de un lecho, ora rasgueando las rígidas hebras de un pedazo de seda.

Ciertas perspectivas sublimes de la naturaleza elevan el alma hacia Dios, y ciertos rumores elevan la imaginación hacia la música. El alma vuela a la contemplación del Creador y la imaginación penetra en el foco de la armonía. El lenguaje misterioso que el ruido habla a la imaginación concluye por trastornar a la *loca de la casa* [17], que no tarda en desarrollar lo rudimentario y dar amplia y determinada forma al sonido incompleto, nota perdida de la gran sinfonía del espacio.

---

[16] Debe entenderse que la segunda referencia es traducción metafórica de la primera: la *sirena* que *se sumerge en la onda* es la mujer bella *(beldad)* que *se mete en la cama.*

[17] Se refiere a la imaginación, en expresión que, tomada de santa Teresa de Jesús, Galdós utilizará muy frecuentemente a lo largo de su obra, hasta el extremo de dar título a una de sus comedias (*La loca de la casa,* 1893).

Al que me explique las reglas de contrapunto que rigen en esta clase de música, le contaré una curiosa historia que comienza con unos acordes de esta naturaleza; acordes lúgubres y horrorosos, de tan sombrío tinte y efecto tan espeluznante, que infundirían espanto al pecho del más animoso [18]. Las salmodias que acompañan las exequias y entierros no tienen tan fúnebre colorido [19], y si en un certamen de entonaciones sepulcrales presentáramos esta música pavorosa que durante cierta noche de consternación aterró a cuantos la escucharon, de seguro perderíais vosotros en la contienda, señores sochantres [20], por más que inflarais vuestros amoratados carrillos soplando la pita de vuestro grasiento fagot [21], por más que aullarais un *Dies irae* con esas gargantas encallecidas en la modulación de las estrofas de la muerte [22].

II

Figuraos un sonido seco, agudo, discordante, producido al parecer por un hierro que cae acompasadamente sobre otro hierro; un sonido que no produce vibraciones ni eco claro y determinado, en medio del silencio de una noche, durante la cual se adormece triste una población aterrada por una gran calamidad.

---

[18] *pecho:* valor, coraje.

[19] *salmodias:* cantos monótonos. *Exequias:* honras fúnebres, funerales.

[20] El *sochantre* es el director del coro en los oficios divinos.

[21] *fagot:* instrumento de viento, formado por un tubo de madera de unos siete centímetros de grosor y más de un metro de longitud, con agujeros y llaves, y con una boquilla *(pita)* de caña puesta en un tudel o tubo fijo.

[22] *Dies irae:* secuencia latina que inicia y da título a un canto litúrgico de las misas de difuntos. Si bien se remonta al siglo XII, modernamente ha sido utilizado por Berlioz (*Sinfonía fantástica,* 1830) y por Saint-Saëns (*Danza macabra,* 1875).

El cólera habita en nuestro barrio, y el barrio entero batalla con él sumergido en el silencio y en la obscuridad [23]. Parece que el sueño eterno a que tantos se entregan ejerce letal contagio sobre los que velan en el insomnio a la vida [24]. Todo calla en el barrio: se padece sin ruido, se muere sin ruido; se cura en silencio; enmudece el dolor, el llanto, la desesperación; la plegaria se piensa solamente, y la esperanza no sale del corazón a los labios; el remedio no se pregunta, ya se sabe; el síntoma no se consulta, ya se prevé. Todo, desde la locuaz aprensión hasta el charlatán que cura sin diploma, calla esa noche [25]. Pero se mueve, en cambio, todo: cuando hay silencio es siempre mucha la actividad. El paciente se contrae en su lecho, se enrosca como para quebrarse y concluir de una vez; la naturaleza quiere hacerse pedazos y se sacude en movimientos convulsivos; el aprensivo corre de aquí para allí, como si errante pudiera evitar que el cólera le encontrase; el hermano, la esposa, el hijo del que ha muerto o del que va a morir, entran y salen de habitación en habitación, acumulando medicinas oportunas y recursos desesperados; el cura no se detiene junto al lecho del difunto; sale después de murmurar la oración y se dirige a otro, y después a otro, y a muchos en la noche; el médico entra, pulsa, mira, escribe tres líneas y hace un gesto de esperanza o de duda; baja y sube de nuevo; y en la noche entra, pulsa, escribe, espera y duda infinitas veces. Todo el barrio se mueve, pero calla a la vez. Mil emociones se cho-

---

[23] Es el cólera morbo asiático, terrible enfermedad que se propagó en varias epidemias desde 1761. Una de ellas fue precisamente la de 1865, que, según parece, pasó de La Meca a Egipto, y después a varios países europeos, entre ellos España, donde la introdujo por Valencia un negociante francés, para extenderse rápidamente a Barcelona, Madrid y otras ciudades. En los artículos y crónicas de Galdós en *La Nación* de este año 65 menudean las referencias sobre el desarrollo de la citada epidemia.

[24] *letal:* mortífero, capaz de ocasionar la muerte.

[25] La *aprensión* es aquí el miedo al contagio. *Locuaz:* que habla mucho, parlanchina.

can; mil dolores son ahogados; mil lazos de amor y familia se quiebran; mil almas vuelan; pero todo esto se verifica en silencio, en medio de una calma horrorosa, en medio de un movimiento automático y vertiginoso. Todo el barrio se mueve, pero calla a la vez. Solo un ser (¡fatal excepción!) descansa y ronca en esta noche de muerte: es la partera. En tales noches no nace nadie.

Pues bien, en medio de esta callada agitación se escucha un sonido seco, agudo, monótono, acompasado, producido por un hierro que percute sobre otro hierro [26]. Al instante comprenderéis que una mano diabólica se ocupa en clavar las tablas de un ataúd; es la mano del fabricante de cajas de difunto que explota laboriosamente una industria que vive de la muerte; es el trabajo que busca la riqueza en el cólera, y cada vibración de aquel hierro indica un poco de oro conquistado a la miseria. Del seno pestilente de una epidemia nace una industria, y multitud de artesanos ganan el sustento.

¡Industria fatal, que florece al abrigo de la muerte!

Mientras esa industria adquiere pasmoso desarrollo, el lúgubre martilleo que muestra su actividad nos horroriza; cada movimiento de ese péndulo fúnebre indica un paso hacia la otra vida; cada ataúd fabricado indica un aliento extinguido; cada obra concluida es una muerte.

Esos golpes traen a nuestra mente extrañas imágenes, y entre ellas, nuestra propia imagen el día en que aquel martillo nos labre el mueble fatal; vemos reunirse las mal pulidas tablas, tomar forma de trapecio; las vemos alargarse según nuestra talla, y estrecharse de un extremo presentando una forma repugnante; vemos que se desarrolla una tela negra, se repliega y las envuelve; vemos unos galones amarillos adaptarse a las aristas [27]; vemos una articulación y una

---

[26] *percute:* golpea repetidamente.

[27] *galones:* tejidos fuertes y estrechos, a manera de cintas, que sirven para guarnecer vestidos u otras cosas.

tapa que cubre el interior y una llave dispuesta a encerrarnos en aquel recinto por una eternidad; vemos la tumba en toda su repugnancia subterránea; sentimos el peso de la tierra; nos estremece el roce de esa fría tela de raso que nos adorna interiormente, y el peso de una mano tremenda, de una losa de mármol cuya inscripción llama al transeúnte; adivinamos sobre todo esto la corona de tristes flores que se secan adornándonos; presentimos la misa y el *requiem* [28]; presentimos la mirada indiferente del revisador de epitafios [29], y adivinamos la naturaleza entera sobre nosotros sin que podamos verla; sobre nosotros cae el rocío, pero no nos refresca; sale la luna, pero no nos ilumina; sobre nosotros llora alguien, pero no sabemos quién es; vemos la muerte, en fin, representada en su parte de tierra, descomposición, lágrimas, exequias; representada en lo que tiene de este mundo. Nuestra imaginación llega a este punto por el ataúd, y llega al ataúd por ese pavoroso sonido que lo fabrica; por ese ruido metálico, agudo, penetrante, monótono, que turba el silencio del barrio. ¡Qué horrorosas notas! Decid, señores músicos, Palestrina, Haendel, Mendelssohn [30]: ¿cuándo habéis llevado la imaginación hasta ese punto? ¿Hay en vuestras cinco miserables líneas nada comparable a este *Dies irae* cantado por un martillo? [31].

---

[28] *requiem:* del latín *requies,* «descanso». Composición musical que se canta con el texto litúrgico de la misa de difuntos.

[29] *epitafios:* inscripciones sepulcrales.

[30] Son los compositores Giovanni Pierluigi da Palestrina (1525-1594), italiano, y Georg Friedrich Haendel (1685-1759) y Felix Mendelssohn (1809-1847), alemanes.

[31] Las *cinco miserables líneas* son las del pentagrama, y por extensión, la música de estos compositores.

III

Entremos de lleno en nuestro cuento.

No hay calle en la villa donde no se encuentre una tienda con un letrero que dice: «Cajas y hábitos para difuntos» [32]. Podemos referir nuestro cuento a cada una de esas tiendas, y nuestro personaje puede ser cada uno de los que explotan la industria funeraria.

Penetremos en el taller: un hombre robusto y fornido, que debe ser el dueño del establecimiento, se ocupa en clavar unas tablas largas y estrechas de un extremo; su mano no descansa un momento; su rostro está pálido, sin duda porque aquel trabajo le induce a tristes meditaciones; su voz, trémula por el afán de concluir tareas interminables [33], interpela bruscamente a los oficiales que en torno suyo le prestan ardorosa colaboración.

Dos muchachas bien parecidas se entretienen, sentadas en el suelo, en cortar grandes pedazos de tela negra, ya de terciopelo, de raso o de percal. Tres chicos enredan en el suelo, y el más pequeño se cubre con un retazo de paño negro, ahuecando su tierna voz de una manera encantadora, para asustar a sus dos hermanos, que al verle se mueren de risa.

Ya juegan al escondite, y el más travieso se oculta en una caja concluida, cuyo recinto repite con eco extraño sus infantiles risotadas. Los niños chillan, revolotean en torno a aquellos aparatos de muerte con la misma alegría que si estuvieran en el más bello jardín. Esto no es extraño, porque lo mismo revolotea la mariposa junto al rosal que junto al ciprés, y los mismos nidos fabrica el pájaro en el balcón cubierto de enredaderas que en los detalles góticos de un panteón.

---

[32] Era frecuente amortajar al difunto con un *hábito,* o vestido propio de una orden, congregación o cofradía religiosa.

[33] *trémula:* temblorosa.

De pronto el padre descarga con más fuerza su martillo, levanta la frente inundada de sudor y exclama con dureza, dirigiéndose a las muchachas, que se distraen con el juego de los niños:

—Trabajad, holgazanas; ¿he de llevar yo esta vida de perros para manteneros, mientras vosotras os cruzáis de brazos para ver enredar a esos chicos? Llevadlos fuera; que la hermana más pequeña deje el sueño; trabajad todas; ayudad a vuestro padre, que en ocho días no ha descansado un solo momento.

—Pero, señor, ¿por qué os desveláis de esa manera? ¿No hemos sacado un premio en la lotería? ¿No tenemos lo suficiente para vivir con comodidad?

—¿Y porque tengo dinero he de dejar mi trabajo? Vosotras aspiráis, sin duda, a salir de la posición en que nos encontramos. Queréis ser señoritas, vestir seda, ir a los teatros, arrastrar cola y llenaros la cabeza de perendengues... [34]. No; no dejaré mi oficio aunque herede las minas de California [35].

—Pero pudierais descansar, trabajar poco, despedir la mitad de los que vienen a haceros encargos.

—No; mi deber es equipar a todos los que mueren. ¿Tengo yo la culpa de que caigan tantos pedidos sobre mi casa? ¿He de negar a mis semejantes este último mueble? Y en cuanto a la industria que ejerzo, ¿he de oponerme al desarrollo que toma en estos días? Bueno fuera que no me resarciera de los perjuicios que me ha ocasionado la elección de este endiablado oficio. Ved a mis dos vecinos, car-

---

[34] *perendengues:* baratijas, adornos de poco valor.

[35] Se refiere a la riqueza que se obtenía con el oro de ese estado americano, y que sobre todo en los años 50 había llegado a constituir la mitad de la producción mundial del metal preciado. En el momento en que Galdós escribe, aún proseguía la llamada «fiebre del oro», que llevó a California una masa enorme de inmigrantes.

pinteros como yo, que han ganado millones en épocas en que yo he vivido de miseria. Ellos explotan la industria que vive de la vida; yo, la industria que vive de la muerte. Ellos fabrican muebles de lujo y comodidades: sillones, butacas, tocadores, estantes, consolas; yo fabrico ataúdes; cuando ellos se han enriquecido, yo me he contentado con un malvivir; ahora gano yo y ellos no ven entrar en sus tiendas ni un maravedí[36]. Alabemos a la divina Providencia, que reparte sus bienes a todos los seres y protege todos los modos de subsistir, que hace alternar las épocas de prosperidad con las épocas de consternación, para que nosotros, los que de esta vivimos, no nos muramos de miseria. Yo he leído, no sé en qué libro, que Dios permite las inundaciones para que los infelices grajos no se mueran de hambre, y permite los naufragios para dar alimento a los infelices peces, que gustan de nuestra carne. ¿Qué extraño es que permita el cólera para que prospere una industria que anda de capa caída la mayor parte del año?

Las muchachas se convencieron y el padre respiró ruidosamente, satisfecho de su peroración[37]. En tanto, el barrio continuaba aterrado por el cólera, el cólera continuaba haciendo víctimas, las víctimas pidiendo ataúdes y los ataúdes resonando, heridos por aquellos malditos martillos que no dejan de sonar nunca. Aquella percusión monótona, perenne, sigue enumerando las partidas de una funesta suma que va creciendo, siempre creciendo, sin que adivinemos su fin. Aquella nota vibrada por un hierro continúa presentando a nuestra imaginación la idea de la muerte en la parte que tiene de descomposición, de tierra, de lágrimas, de exequias; en la parte que tiene de este mundo.

Cuentan que para atormentar a un criminal a quien no se quiso arrancar la vida, se le encerró en una celda a donde no

---

36 *maravedí:* moneda de escaso valor.

37 *peroración:* disertación, discurso.

llegaba la voz de ningún ser viviente; cuidaron de que ningún rumor externo llegase a sus oídos, y en el techo de la celda colocaron un reló cuyo péndulo marcaba con horrorosa monotonía los segundos y prolongaba un sonido seco, penetrante, acompasado siempre, por espacio de horas, días, meses y años. Ese criminal se volvió loco.

IV

La tempestad impera en el mundo mucho menos tiempo que la calma. El reinado de la epidemia es corto si se le compara al reinado de la salud. Llega una hora en que el cielo, cargado de miasmas deletéreos, se purifica [38]; las espesas nubes que sobre la ciudad consternada derramaban un germen mortífero son impelidas hacia el horizonte por las auras refrigerantes [39]; los pájaros ausentes, que una atmósfera corrompida había ahuyentado de Madrid, aparecen en bandadas; se acercan cantando a los extremos de la población; revolotean en torno a las fuentes, en torno a los árboles; invaden en un gracioso torbellino los jardines de la plaza de Oriente, y acarician y festejan a sus antiguos amigos el caballo de bronce y su jinete el Sr. D. Felipe IV [40]; se reúnen como si tomaran una consigna, se arremolinan, fluctúan, vacilan en la dirección que han de tomar, y al fin se esparcen, se extienden en grupos traviesos por todas las calles, saludando en un concierto de alas suavemente agitadas, de trinos sonoros, la convalecencia de la gran ciudad

---

[38] *miasmas:* efluvios malignos que se creía que desprendían los cuerpos enfermos, materias corruptas o aguas estancadas. *Deletéreos:* venenosos, mortíferos.

[39] *auras:* vientos suaves y apacibles.

[40] Se refiere a esa conocida plaza madrileña, entre el Palacio y el Teatro Real, que, efectivamente, tenía y tiene aún, en el centro de sus jardines, una estatua ecuestre de Felipe IV.

que hace tiempo vivía en la tristeza, sin salud y sin pájaros.

En tanto, la alegría vuelve a todos los semblantes; anímanse las reuniones públicas; despiertan los que aún viven de su sueño de abatimiento; el corazón late ensanchado y el estómago adquiere el dominio de sí mismo; las inteligencias tienden de nuevo al vuelo, dirigiéndose hacia la verdad o hacia el error; circula todo lo que estaba paralizado; muévese todo lo que permanecía inerte; comienza a vivir todo lo que vegetaba; se piensa, se ama, se odia, se intriga de nuevo, porque ha desaparecido la inacción que petrificaba al cuerpo y la zozobra que entorpecía el espíritu. La chismografía vuelve a lanzar sus flechas sutiles y envenenadas, y la política, a tejer de nuevo sus lazos artificiosos.

El barrio descansa, al parecer, tranquilo; duerme el médico, el farmacéutico, el sacristán, el cura, el monago; sin duda ha concluido el periodo de muerte. Notamos agitación y movimiento en una casa, y preguntamos llenos de zozobra: «¿Se muere alguien ahí?». Y nos contestan: «No; ha nacido un...». ¡Nacer! ¡Gracias a Dios que nace algo! Regocijémonos, porque el imperio de la muerte ha concluido y comienza el periodo de la felicidad. El cielo está despejado, los pájaros vuelven y los niños nacen. Estamos en plena vida: ya podemos amar, odiar, pensar, sentir; en una palabra, vivimos.

Pero no; aún resuena el martillo; aún vemos la mano diabólica de ese artefacto de la muerte reunir las toscas tablas, alargarlas, revestirlas de un paño negro, guarnecerlas con franjas amarillas, articular una tapa; aún vemos que encierran allí algo parecido a un ser humano, dan vuelta a una llave y lo introducen todo en un agujero profundo que tapan con yeso y ladrillos; aún escuchamos la voz de nuestro personaje que increpa severamente a las jóvenes, que inclinan sus cabezas rendidas por el cansancio y el sueño.

—Aprovechemos —dice— las últimas horas de nuestra prosperidad. Equipemos convenientemente al *último caso*.

Reniego de mi oficio. Volaron los días felices de mi industria. ¡Maldito oficio, cuán corto es tu reinado! Ayudadme, porque siento alguna desazón. Daos prisa, que el ataúd del señor duque de X., que tengo entre manos, ha de ser lo más lujoso que salga de mi taller... [41]. (Este maldito dolor de estómago...) Cortad bien el terciopelo, no manchéis los galones... (De buena gana tomaba una taza de té.) Este será el último trabajo, no os quede duda: el duque es el último caso. (Siento unas náuseas...) ¡El último caso! Adiós ganancia, prosperidad, vida. (Sentiría tener que dejar esta obra maestra.) En efecto, es una lástima la pérdida de ese excelente señor... No dirá que le alojo mal. ¡Qué admirable obra de arte! ¡Qué terciopelo! ¡Qué raso! ¡Qué galones! Este es un ataúd verdaderamente real. Los ricos hasta en la muerte han de brillar más que nosotros. (Yo no estoy bueno, no.) ¡Quién fuera rico! (La cabeza me da vueltas, siento un mareo...) ¡Oh! Si yo fuera rico, viviría en un palacio como ese duque, moriría en un magnífico lecho y me haría enterrar en un ataúd tan suntuoso como este... (¡Qué frío sudor corre por mi frente! ¿Qué será esto?) No crea el respetable duque que le bajará de cuatro mil reales este cómodo mueble... (Todo mi cuerpo se enfría, y me abandonan las fuerzas, ¿qué será esto?) Sí; ¡cuatro mil reales! Es una suma regular para concluir... [42], pero aquí acaban los días felices de mi industria; adiós ganancia, prosperidad, vida... (Pero ¿qué es esto? Yo me siento desfallecer...) Hijas, venid...

Cesó de clavar, y cayó al suelo después de vacilar un instante. El horrible martillo calló.

La gente se agolpa a la puerta de la tienda, atraída por los gritos dolorosos de las muchachas, alármase el barrio, encáranse los vecinos.

—¿Qué ha sucedido?

---

[41] *duque de X.:* el narrador emplea esta letra para evitar supuestamente el nombre de la persona aludida. Se trata de un recurso realista, aunque heredado de la literatura del costumbrismo.

[42] *regular:* notable, importante.

—Nada de particular. Le ha dado el cólera al fabricante de ataúdes de nuestra parroquia.

—¡Miren qué casualidad! ¡Después da haber equipado a tantos! Ya no oiremos sus espantosos martillazos. ¡Dios le perdone un pecado por cada ataúd que fabricó!

Los vecinos se meten en sus casas y los curiosos siguen su camino.

V

Al siguiente día, la animación y la alegría reinan en todos los talleres de la vida. El lujo reaparece en la tienda del joyero, del tejedor y del ebanista. Ostentan las flores artificiales su eterna frescura plantadas en un capote o en un sombrero, y los diamantes resplandecen sobre el fondo rojo de un estuche, cuyas dos tapas se abren como dos mandíbulas hambrientas. Desenvuélvense en los escaparates de la calle Espoz y Mina pabellones de encaje y blondas extendidas como una red, dispuesta a coger traviesos antojos femeniles, y en otra parte se amontonan profusamente corbatas, hebillas, alfileres, cinturones, peinetas y todos los detalles de tocador que, aunque parecen a primera vista insignificantes, sirven para dar a una belleza un toque delicado que decide de una gran victoria amorosa o de una conquista de voluntades masculinas [43].

En el taller del carpintero vemos levantarse de nuevo radiante de luz al astro de los salones, el espejo; circundado de oropeles extiende su tersa superficie [44], fiel modelo de perpetua

---

[43] Permita el lector que subrayemos la primera aparición en la literatura galdosiana del que será uno de los temas o motivos más frecuentados por don Benito, el del comercio madrileño, aquí referido a los establecimientos de la calle de Espoz y Mina, céntrica vía que iba de la carrera de San Jerónimo a la calle de la Cruz, y que muy poco antes (en 1861) se había prolongado hasta la plaza del Ángel.

[44] *oropeles:* láminas de latón que imitan al oro.

atención y discreto olvido que observa sin recordar reflejando cuantos cuadros alegres o tristes, escandalosos o ejemplares, se componen ante su vista; vemos cubrir el sillón y el sofá un descarnado costillaje con muelles cojines que se hinchen para sostener nuestros cuerpos y calentarlos [45]; vemos la consola extender su plancha de mármol para sustentar los jarros de porcelana, los vasos de cristal y los relojes de bronce; la reaparición de todas estas piezas elaboradas continuamente para satisfacer el capricho, la vanidad o la moda son otros tantos síntomas de vida que anuncian la salud de la gran ciudad. Y este desarrollo, este despertar de las industrias que se alimentan de nuestra vida, se hace al compás alegre de martillos sonoros, cuyo timbre no nos horroriza, ni trae a nuestra mente otras imágenes que las de una felicidad que sustituye a la desgracia y las de la paz bulliciosa que sucede a la calma sombría y aterradora de los periodos de muerte.

El arte fatal que acumuló riquezas en los días de consternación ha muerto. Entre fragmentos de ataúdes rudimentarios y jirones de paño negro está el cadáver del artesano que era su personificación; y en su mano estrecha aún el martillo que contó los segundos de reinado de su ángel tutelar, el cólera. Ya no escuchamos el ruido espantoso de su hierro, ni tampoco el eco de su voz interpelando rudamente a sus hijas y a sus compañeros de labor [46].

Su maldito oficio le abandona. Los oficiales han huido despavoridos del taller fatal, y en la casa no hay un ataúd

---

[45] *muelles:* blandos, mullidos.

[46] Resultará interesante copiar aquí lo que el propio Galdós, también en *La Nación,* había escrito en su crónica del 15 de octubre de 1865, no solo por el evidente paralelo con este pasaje, sino porque prefigura alguno de los elementos centrales de nuestro cuento: «ya no escuchamos con cierta inquietud mezclada de espanto el continuo claveteo que en ciertas fábricas de cajas nos indicaban los últimos toques que la mano del carpintero daba a un féretro, sones acompasados que son los últimos que resuenan quizás en aquel lúgubre recinto, condenado después a silencio eterno».

donde enterrar aquel pobre cuerpo que el día anterior se agitaba en una afanosa tarea. Las hijas se dirigen llorosas al taller vecino, donde reina la alegría y se respira una atmósfera de felicidad. Entran y suplican al dueño de la tienda que labre para su padre el triste mueble que este hizo para todos y no para sí, pero su voz no es escuchada; el trabajo que se alimenta de la vida no abandona un momento su actividad incesante, y el ruido alegre de sus herramientas de la prosperidad no permite que sean escuchados los lamentos de la desgracia. En vano se pide a la industria vivificadora que sirva a la industria fúnebre, cuyo reinado sobre la gran ciudad ha concluido. La vida no quiere encargarse de equipar a la muerte.

Las hijas del difunto vuelven al taller, donde entre despojos se extiende el cadáver del industrial de ayer, e intentan construir lo que la mano pródiga de su padre ofreció a los muertos de la vecindad; pero es en vano. La madera, al parecer petrificada, se niega a admitir entre sus fibras el clavo tenaz; este resiste el golpe del martillo, y se retuerce, y se contrae antes que penetrar en la madera; la tela huye de la mano que intenta asirla, y se resbala, replegándose. El hierro, la madera, el tejido se rebelan contra la muerte, y no quieren continuar a su servicio.

Mas no es justo que el padre de los ataúdes no tenga siquiera un miserable cajón donde ser sepultado. La Providencia divina le ofrece uno, el más bello de todos, el que construyó para el duque su vecino, a quien él llamaba *el último caso*. El enfermo se ha salvado, y sus hijos, que intentaban quemar el féretro, lo regalan a su constructor, al saber que este no tuvo la precaución de hacer el suyo. Está sin estrenar; su terciopelo se conserva limpio y terso y sus galones brillantes, dispuesto a reflejar en lúgubres cambiantes las antorchas de un funeral [47].

---

[47] *cambiantes:* variedad de colores o visos que hace la luz en algunos cuerpos.

El autor es depositado en su obra maestra, en aquel perfecto y acabado mueble que, según él, estaba destinado a contener *el último caso*. Parecía que lo ocupaba con satisfacción. El oficio que vivió de la muerte expiró al renacer el trabajo próspero, y fue enterrado en su última obra.

Al cruzar el lujoso féretro las calles del barrio, el pueblo exclama alegre: «Ahí va el último caso». Mas esta alegría del pueblo no era un impío sarcasmo [48]. Aquel hombre era la personificación del cólera, y el cólera había muerto. Justo era que los vivos se alegraran.

VI

Los que le acompañaban aseguran que dentro del ataúd resonaba un golpe seco, agudo, monótono, producido, al parecer, por un hierro que percutía sobre otro hierro, como si el muerto remachara por dentro los clavos con el martillo que nadie había podido separar de su mano. Aseguran que aun encerrado en el nicho se oía la misma percusión, y los habitantes del barrio, que durante las sombrías noches del cólera se desvelaban al rumor de aquella sinfonía pavorosa, sienten aún las mismas notas agudas, discordantes, precisas, que turbaron el silencio de aquellas noches, y las oyen siempre, procedentes del mismo taller que hoy está cerrado, como si algo invisible viniera por las noches a agitar allí la herramienta fatal.

¡Ruido extraño, cuyo sonido sobrepuja en expresión al del arte de ritmos y compases! ¿Cuándo han podido esos envanecidos músicos crear notas de tan maravilloso efecto?

En nosotros han producido este. El cólera se nos ha presentado por su lado musical. Todo lo creado tiene su armonía. Se ha estudiado el cólera en su influencia climatérica;

---

[48] *impío sarcasmo:* burla cruel carente de piedad.

se le ha estudiado económicamente[49]; se le ha estudiado en su terror, en su contagio, en su historia. ¿Por qué no se le ha de estudiar en su música? El ataúd es su caja sonora, y el martillo, su plectro[50]. Algunos han visto el cólera de cerca, otros lo han sufrido, otros le temen y otros le palpan. ¿Por qué no ha de haber quien le oiga? Sí, le ha oído quien tiene la manía de atender siempre a la parte musical de las cosas[51].

1865

---

[49] *climatérica:* relativa a un momento crítico o peligroso.

[50] *plectro:* palillo o púa para tocar algunos instrumentos de cuerda.

[51] En efecto, Galdós escribió mucho sobre música en sus colaboraciones periodísticas, ya desde el artículo con el que se estrenó en *La Nación* (3-II-1865), periódico en el que ejerció como crítico musical. Para mayor información sobre el tema, véase José Pérez Vidal, *Galdós, crítico musical,* Madrid-Las Palmas, Patronato de la Casa de Colón, 1956.

EL ESPIRITISTA [1]

COSTOME TRES PESETAS la composición del velador, que había perdido la más elocuente de sus patas durante la trascendental sesión de los espíritus humorísticos, y bien puede decirse que después de la sabia aplicación de un clavo, dos tornillos y algunas cuñas, la pata reveladora quedó tan bien compuesta, que no le excedieran en facundia

[1] El espiritismo fue una doctrina religiosa que intentaba probar la inmortalidad del alma sosteniendo que los espíritus de los muertos podían entrar en comunicación con los vivos gracias a la acción de unos mediadores o médiums. Sus primeras manifestaciones surgieron en 1848, en Hydesville (Nueva York), con lo que parece una broma de adolescentes de las hermanas Fox, pero que se extendió rápidamente por todo el mundo. El propio Galdós se hacía eco del fenómeno poco después, en una de sus crónicas periodísticas, a propósito de «las lucubraciones magnéticas» de Mr. y Mme. Girodd en los Campos Elíseos de Madrid, dentro de unas sesiones en que adivinaban los pensamientos de los espectadores. Escribía don Benito: «Que la Sociedad Magnético-biológica nos explique estos misterios. Nos aseguran que en esta Sociedad, adonde concurren algunos de nuestros más eminentes hombres políticos, hace rápidos progresos el espiritismo, y en sus amenísimas sesiones se observan todos los fenómenos de esto que no sabemos si es arte o ciencia, farsa o utopía» («Crónica de Madrid», *La Nación,* 27-VIII-1865). Dos años y medio después, cuando escriba nuestro texto, parece que ya se ha formado una opinión más nítida acerca del fenómeno. Por otra parte, no deja de tener interés el hecho mismo de que sea este uno de los primeros testimonios literarios del fenómeno espiritista.

y verbosidad el mismo oráculo de Delfos ni la trípode de la pitonisa de Endor [2].

Entonces yo, propietario de aquel mueble divino, de aquella máquina parlante, me entregué con todo el ardor del entusiasmo y de la fe a mis investigaciones psico-antropo-cosmológicas [3]. Bajo mis dedos, bajo las diez sutiles y perspicuas yemas de mis dedos [4], sentía correr el sublime fluido, agente supremo de toda vida, soplo fecundo de la creación y equilibrio del universo.

Lo mismo que bajo los dedos del pianista se cruzan las corrientes de armonía y se producen los hermosos sonidos que el fluido acústico saca de los profundos espacios del silencio, así bajo mis dedos surge la vida ignota de los espacios invencibles [5]. Lo mismo que el médico aplicando la mano al pulso del hombre descubre las oscilaciones de la vida humana, así bajo mis manos siento el latir profundo de la vida espiritual, siento el pulso tranquilo, acompasado, uniforme, eterno, que desde el centro del cosmos se extiende hasta los más pequeños objetos de cada planeta.

Me parece que he dicho algo.

* * *

---

[2] La mesa o el *velador* (mesa pequeña y redonda con un solo pie, que en su base se ramifica en tres) formaba parte frecuentemente de las sesiones de espiritismo, y los movimientos o golpes de este mueble traducían la supuesta comunicación con los espíritus. El narrador, con fina guasa, califica por eso de *elocuente* («que se expresa con fluidez y persuasión») y luego de *reveladora,* a la pata averiada, que tras la reparación alcanza una gran facilidad de palabra (*facundia y verbosidad,* que son sinónimos), tanta como el *oráculo de Delfos* (el santuario de Apolo de este lugar, en la Grecia antigua, cuyos vaticinios gozaban de una amplia credibilidad) o *la trípode de la pitonisa de Endor* (la pitonisa era la sacerdotisa de Apolo, y hacía sus profecías sentada en un o una trípode. La de Endor, en Palestina, predijo la derrota y muerte de Saúl).

[3] *psico-antropo-cosmológicas:* relativas a la actividad mental del individuo, al hombre y al universo.

[4] *perspicuas:* que se expresan de forma clara e inteligible.

[5] *ignota:* no conocida ni descubierta.

Yo no comía, ni bebía, ni dormía, ni hablaba con nadie, ni salía a paseo, ni iba al teatro, ni hacía cosa alguna de las que se usan en la prosaica vida del vulgo. Consagraba las veinticuatro horas del día a mis profundas especulaciones, y antes diera la vida que la mesa; antes prefiriera ser espíritu errante y sin cuerpo, habitador de los espacios e invisible danzante de todas las mesas de tres pies, que renunciar a mis regocijos de *medium* [6], a mis entretenidas comunicaciones con los misteriosos ciudadanos de la gran república del vacío. Un día llamé a un espíritu con quien conversar un rato; a poco de haberlo llamado, vino; era de la familia de los serios. Dio un porrazo tan fuerte en la mesa, que casi estuvo a punto de hacerla añicos. Después se puso a tocar un pasodoble con la pata izquierda, por lo cual vine en conocimiento de las aficiones marciales de mi visitante [7].

—¿Cómo te llamas? —le pregunté.

No contestó, por lo cual me decidí a hacerle la pregunta de un modo más cortés.

—¿Cuál es su gracia de usted [8]?

—Julio César —contestó dando cuatro redobles con la pata derecha, lo mismo que un tambor [9].

—¿Dónde estabais cuando os he llamado?

—En el cuartel.

—¿Qué, también tenéis cuartel por allá?

---

[6] El *medium* o *médium* (esta sería su ortografía actual de acuerdo con la Academia) es la persona supuestamente dotada de facultades para actuar como intermediaria en comunicaciones con los espíritus.

[7] Porque el compás del *pasodoble* posibilita que la tropa lleve el paso ordinario al desfilar. De ahí las referencias a las *aficiones marciales* o militares del espíritu.

[8] *gracia:* nombre.

[9] Se trata de Cayo Julio César (101-44 a. de C.), el célebre militar, escritor y político romano. Tras sus resonantes victorias en el campo de batalla, especialmente la de la guerra de las Galias (59-51), pudo acceder al poder absoluto gracias al apoyo popular. Una conspiración de senadores acabó con su vida.

—Sí; cuartel donde están todos los soldados que han vivido en todos los mundos.

—¿Y en qué os entretenéis por ahora?

—Hemos estado probando el Chassepot [10].

—¿Y qué os parece?

—Admirable —dijo haciendo con la pata del centro un ruido semejante al que produce el gatillo de un arma de fuego.

—¿Y qué hace Napoleón? [11].

—Está muy preocupado con lo que pasa en París [12].

—¿Cuándo os volvéis a encarnar? [13].

—Antes que concluya el siglo, porque habéis de saber que ahora van a empezar unas guerras, que déjelo usted estar [14]. Alejandro volverá pronto a la tierra, y el Gran Capi-

---

[10] *el Chassepot* es el nuevo fusil que adoptó el ejército francés a partir de 1866. Recibió el nombre de su creador, el armero Antoine Alphonse Chassepot, y supuso un gran avance por su alcance, ligereza y comodidad de manejo.

[11] *Napoleón* Bonaparte, o Napoleón I el Grande (1769-1821), tras una brillante carrera militar fue cónsul vitalicio (1802) y emperador (1804). Emprendió una campaña que le fue dando sucesivamente el dominio de diferentes países europeos (Holanda, Alemania, Nápoles, Prusia, Portugal...), hasta que el fracaso en España (1808) y sobre todo en Rusia (1812) le llevaron a abdicar (1814) y retirarse a la isla de Santa Elena. Su vuelta al poder fue efímera, y la derrota en Waterloo (1815) puso fin a sus sueños de dominación de Europa.

[12] Alude a las dificultades que atraviesa en esos momentos el régimen de Napoleón III, tras la fracasada expedición a México (1862-1867), la derrota de Sadowa (1866) y la cuestión romana (Mentana, 1867), que culminarían poco después en la derrota ante Prusia (1870) y el cambio de régimen, con la proclamación de la III República (1871).

[13] Se supone, según la doctrina de la metempsicosis, que un espíritu puede encarnarse sucesivamente en diferentes cuerpos.

[14] *que déjelo usted estar* es una expresión coloquial ponderativa, semejante por su sentido a otras como *que ya ya, de no te menees, de padre y muy señor mío...*, que viene a significar algo así como «de mucha importancia».

tán parece que está ya en Prusia en forma de un quinto de caballería, que bien pronto empezará a hacer proezas [15].

—Decidme, ¿y D. Quijote no está también por allá? [16].

—Sí, es grande amigo mío, y a veces solemos echar unas cañas juntos en la taberna de la quinta región [17].

—¿Quién os mató? Y dispensadme esta pregunta, que es algo indiscreta.

El espíritu calló y empezó a tocar de nuevo el tambor con la pata derecha.

—¿Quién os mató? —repetí yo palpitando de emoción—; ¿fue Bruto?

–¡Quia! —contestó el espíritu—; no fue Bruto, ni Casca, ni Casio, ni ninguno de aquellos excelentes sujetos [18]. Matome una indigestión de cangrejos de Tarento, que me regaló el pretor Cayo Junio Pomponio el día de mi santo [19]; y

---

[15] Quiere decir quc los dos personajes citados volverán a la tierra para reencarnarse y participar en las guerras que se avecinan. En el caso del segundo, *en Prusia,* paradigma del militarismo, y *en forma de un quinto de caballería,* es decir, de un mozo a punto de incorporarse o recién incorporado a filas en esa arma. Los citados son dos de los más importantes militares de la historia universal y española, respectivamente. *Alejandro* Magno (356-323 a. de C.), rey de Macedonia, protagonizó numerosas expediciones victoriosas que le llevaron, bordeando el Mediterráneo, hasta Egipto, e internándose en Asia, a través de Asiria, Caldea y Persia, hasta el Indo. Gonzalo Fernández de Córdoba, llamado el *Gran Capitán* (1453-1515), tomó parte en la guerra de Granada y combatió contra los franceses en Italia hasta dejar todo el reino de Nápoles en manos españolas.

[16] Recordemos que el inmortal personaje cervantino era caballero andante, esto es, una especie de militar que iba por el mundo en busca de ocasiones para acreditar su valor y lucir su destreza con las armas.

[17] *cañas:* vasos de vino. La *caña* es el vaso para vino, de forma cilíndrica o ligeramente cónica, alto y estrecho. *La quinta región* militar agrupaba las provincias de Zaragoza —que era y es su capital—, Huesca, Teruel, Soria, Guadalajara y Castellón.

[18] Los citados fueron los tres principales actores de la conjuración de republicanos que preparó, y ejecutó en pleno Senado, el asesinato de César (44 a. de C.), acribillado por treinta y cinco puñaladas.

[19] *Tarento,* en la costa italiana de Apulia, es famosa por la pesca en las aguas del golfo del mismo nombre, de gran riqueza pesquera y piscícola.

como después me bebí dos cuartillos de agua y fumé mucho aquel día, me dio un cólico que me partió [20].

—Conque todo eso que dicen de *tu quoque,* etc., ¿es una falsedad? [21].

—Cosas de los periódicos de aquel tiempo.

—¡Oh sombra! —exclamé en un acceso de entusiasmo—; conjúrote por la laguna Estigia que me reveles todos esos arcanos [22].

Pero la sombra no quiso hablar más, y se fue tocando una especie de retreta con las tres patas [23].

Quedeme atónito y confuso. Poco después publiqué aquella magnífica obra en que probaba que César había muerto de una indigestión de cangrejos de Tarento; obra en que achacaba el embuste del asesinato a los periodistas de aquel tiempo [24].

Dijeron que estaba loco el que tales cosas escribía.

¡Qué horribles armas emplea la envidia!

* * *

Llamé un espíritu. Presentose sin dilación y dijo:

—¿Qué hay?

Por otra parte, no hay constancia histórica de ningún *pretor* («magistrado») llamado *Cayo Junio Pomponio,* que debe de ser un nombre inventado.

[20] El *cuartillo* era una medida de capacidad para líquidos; contenía la cuarta parte de una azumbre, es decir, 504 mililitros. Bebió, por tanto, algo más de un litro.

[21] *tu quoque:* son las palabras que César dijo al morir a Bruto, que era su hijo adoptivo: *Tu quoque, fili mi!* («¡Tú también, hijo mío!»).

[22] Según la mitología griega, *la laguna Estigia* era una zona pantanosa donde iban a parar las aguas negras y ponzoñosas del Estigia, Éstige o Éstix, uno de los nueve ríos del infierno. A orillas de esta laguna se apiñaban las sombras errantes de los muertos que no habían sido sepultados. *Conjúrote:* te conmino, te requiero. *Arcanos:* secretos, misterios.

[23] *retreta:* toque militar que se usa para marchar en retirada o para avisar por la noche a la tropa que se recoja en el cuartel.

[24] No hará falta señalar que en *aquel tiempo* no había propiamente *periodistas,* ni tampoco *periódicos,* como antes dijo el espíritu.

—¿Cómo os llamáis? —le dije.

—¿Queréis dejarme en paz? Pues no sois poco impertinente. Como que me habéis hecho venir desde Saturno [25], donde estaba arreglando los papeles y dirigiendo los ensayos de la comedia que se ha de representar esta noche en el teatro de una gran ciudad de por allí.

—¿Cómo os llamáis?

—D. Luciano Francisco Comella es mi nombre, para lo que usted guste mandar, y bien le puedo decir que, mientras estuve en la tierra, fui el más grande poeta que se ha visto [26].

—Ya le conozco a usted de nombre. ¿Y ahora está usted en Saturno?

—Sí, señor. Estoy en el séptimo grado de perfección, lo cual podría usted comprender si le fuera posible verme y ver esta charretera encarnada que me han puesto aquí en el hombro derecho [27].

—¿Y cómo se titula esa comedia?

—*La más etérea diafanidad de los abismos extra-siderales, o sea los espejuelos de don Mateo, el administrador de aduanas* [28].

---

25 *Saturno* es el sexto planeta del sistema solar, según el orden creciente de sus distancias al Sol; está envuelto por un anillo circular y rodeado de diez satélites. Ha sido objeto de superstición por parte de diversas pueblos a lo largo de la historia.

26 *Luciano Francisco Comella* (1751-1812) fue uno de los autores de teatro más prolíficos y a la vez más populares de su tiempo. Destacó en los géneros histórico y sentimental, pero ha pasado a la posteridad, por efecto sobre todo de las sátiras de Moratín, como prototipo del mal dramaturgo. En esta línea, Galdós hace de él un loco entre cervantino y quevediano.

27 Efectivamente, en *Saturno* estaba el *séptimo* cielo, donde se producía el máximo *grado de perfección,* la felicidad perfecta. La *charretera* era un adorno del uniforme militar que cubría el hombro y del que pendían flecos. Cuando Galdós escribe, o poco antes, era distintivo de los oficiales.

28 Note el lector que lo disparatado del título es parte de la visión caricaturesca del personaje. Hay que decir, por otra parte, que ninguno de los títulos de las obras de Comella se acerca ni de lejos a este grado de desatino.

—¡Valiente título, que a ningún habitante de la tierra se le hubiera ocurrido!

—Los habitantes de la tierra son unos entes tan imperfectos, que ocupan en la categoría cosmogónica el mismo lugar que ocupa el topo entre los animales de este astro [29].

—¡Válganme los cielos! ¿Y no está con ustedes Calderón?

—¡Qué iba a estar! Calderón no ha pasado del segundo grado, y está en el cielo de los malos poetas, esperando el momento de encarnarse para tomar otro oficio y hacerse barbero, comadrón o verderón municipal [30].

—¡Oh destinos humanos! —exclamé yo en un arrebato de sorpresa.

El espíritu de Comella desapareció. Poco después publiqué yo aquella inimitable obra en que probaba hasta la evidencia que Comella era el más grande poeta que habían visto los siglos en nuestro planeta, y Calderón, el más insufrible hilvanador de versos que había asolado la humanidad.

No me creyeron. La envidia, como de costumbre, me llamó loco.

* * *

Las frecuentes palpitaciones de la tercera pata de mi velador anunciaban la visita de un espíritu.

---

[29] El *astro* aludido es la Tierra. *Cosmogónica:* relativo a la cosmogonía, o ciencia que trata del origen y la evolución del universo.

[30] Se trata de don Pedro *Calderón* de la Barca (1600-1681), uno de los más grandes dramaturgos de la literatura española y universal, quien, en la inversión de valores del loco, se encuentra solo en el *segundo grado* o cielo, el de Mercurio, muy alejado por tanto de la perfección, hasta el punto de reencarnarse tomando *otro oficio* tan ordinario como los que cita. *Verderón municipal* debe de designar a algún tipo de guardia, vigilante o agente caracterizado por su uniforme de ese color, o quizá solo por el color de los bolsillos del uniforme, pues se llamaban *verderones* a unos bolsillos tejidos de torzal verde, de forma alargada, que se cerraban con dos anillas.

[31] *lacónicos:* breves y concisos.

—¿Quién eres? —pregunté.

Aquel espíritu era de la familia de los lacónicos, de los que no dicen más que sí y no [31]. Era preciso que yo le ayudara en la conversación.

—¿Eres europeo?

—Sí.

—¿Eres español?

—Sí.

—¿Hace mucho que has muerto?

—Sí.

—Apuesto a que eres el Cid [32].

—No.

—¿Felipe II? [33].

—No.

Entonces, viendo que no era posible que yo acertara, quiso satisfacer mi curiosidad, y exclamó con voz tremenda:

—¡Soy Torquemada!

—¡Jesús! —exclamé horrorizado—. ¡El gran quemador de herejes! [34].

---

32 *El Cid* es el sobrenombre con que fue conocido Rodrigo Díaz de Vivar (hacia 1043-1099), el famoso héroe castellano, cuyas hazañas recogió la literatura desde el *Cantar de mio Cid,* el principal cantar de gesta de las letras españolas.

33 *Felipe II* (1527-1598), hijo de Carlos V, llenó con su reinado (1556-1598) casi medio siglo de una de las épocas más notables de la historia española. Tímido, culto, inteligente y muy conservador en materia religiosa, se entregó por entero a la gestión de los asuntos públicos a la vez que prestó atención preferente a la política internacional. Hubo de hacer frente a numerosas amenazas exteriores, que le reportaron éxitos como la victoria de Lepanto (1571) y fracasos como el desastre de la llamada Armada Invencible (1588).

34 Alude a fray *Tomás de Torquemada* (1420-1498), dominico, confesor de los Reyes Católicos y, sobre todo, Inquisidor General de Castilla y de Aragón. Imprimió en la Inquisición un rigor extremo, que acompañaría a la institución a lo largo de su historia. La visión grotesca que aquí se ofrece del personaje, reducida a su condición de *quemador de herejes,* no deja de estar fundada en la realidad. Conviene añadir, por otra parte, que con este apellido nombrará Galdós a don Francisco Torquemada, una de sus máximas creaciones.

35 La asociación de *Júpiter* con el fuego se explica a través de la divi-

—¿Tienes ahí un fósforo?

—Sí, aquí tengo una caja llena.

—Pues enciende uno; me gusta ver el fuego. Si no lo enciendes, me voy a Júpiter, donde tengo una hoguera perfectamente encendida [35].

—Dime, ¿hay neos en Júpiter?

—Pues no ha de haber, si allí todos son neos [36].

—¿Y los quemas?

—Los achicharro.

—El fósforo se me ha concluido y se me han quemado los dedos.

—Mejor. Encended otro si queréis que esté aquí. El espíritu es el fuego, despojado de sus propiedades perceptibles y conservando tan solo sus cualidades elementales, la esencia flogística, alma del universo [37].

Diciendo esto, el espíritu se alejó poco a poco.

---

nidad que da nombre al planeta, a quien caracteriza el rayo con el que fulminaba a sus enemigos; de ahí los apelativos de *Fulminator* o *Tonans* que le dieron los romanos.

36 Precisamente a *El neo* había dedicado el joven don Benito la primera jaula de las cuatro que componen el *Manicomio político-social,* y en ella también asocia esta figura al fuego para simbolizar así su intolerancia inquisitorial, como comprobamos más abajo. *Neos* es abreviatura despectiva de *neocatólicos,* que designaba en sentido estricto a quienes se manifestaban en contra de las regalías de la corona con relación a la Iglesia y a favor del poder temporal del Papa, y más ampliamente a los ultramontanos, integristas, retrógrados o reaccionarios. Galdós los fustiga tan asidua como duramente en sus artículos de prensa, y llega a referirse a «la plaga nea que hoy invade, corroe, apolilla, destruye, pudre, descompone las sociedades donde inocula, como la culebra, su mortífero veneno» («Crónica de Madrid», *La Nación,* 15-X-1865).

37 En efecto, hay toda una tradición cultural de asociación y hasta de identificación del fuego con la vida y con el espíritu. La mención de la *esencia flogística* alude a la teoría del flogisto —desarrollada por Stahl en el siglo XVIII—, o fluido particular que se suponía inherente a todos los cuerpos y que era capaz de producir la combustión.

Poco después di a la estampa aquel magnífico tomo en que probaba que el ideal de las sociedades era un país de neos, gobernado por el sistema de la hoguera; fundaba estas conclusiones en mi teoría sobre el espíritu universal, que es el fuego despojado de sus cualidades perceptibles y conservando tan solo la esencia flogística, alma de las almas, elemento vital de todo el universo.

Los envidiosos no se contentaron entonces con llamarme loco, sino que además me encerraron en esta jaula, donde me muero de hastío, porque la mesa es una losa sostenida sobre cuatro puntales de hierro clavados en el suelo, incapaces, por tanto, de significar con golpecitos acompasados el elocuente y sublime lenguaje de los espíritus.

1868

LA CONJURACIÓN DE LAS PALABRAS

ÉRASE UN GRAN EDIFICIO llamado *Diccionario de la lengua castellana,* de tamaño tan colosal y fuera de medida, que, al decir de los cronistas, ocupaba casi la cuarta parte de una mesa, de estas que, destinadas a varios usos, vemos en las casas de los hombres. Si hemos de creer a un viejo documento hallado en viejísimo pupitre, cuando ponían al tal edificio en el estante de su dueño, la tabla que lo sostenía amenazaba desplomarse, con detrimento de todo lo que había en ella. Formábanlo dos anchos murallones de cartón, forrados en piel de becerro jaspeado, y en la fachada, que era también de cuero, se veía un ancho cartel con doradas letras, que decían al mundo y a la posteridad el nombre y significación de aquel gran monumento.

Por dentro era un laberinto tan maravilloso, que ni el mismo de Creta se le igualara [1]. Dividíanlo hasta seiscientas paredes de papel con sus números llamados páginas. Cada espacio estaba subdividido en tres corredores o crujías muy grandes, y en estas crujías se hallaban innumerables celdas,

---

[1] *laberinto:* lugar formado artificiosamente por calles y encrucijadas, para confundir al que se adentre en él, de modo que no pueda acertar con la salida. El *de Creta* —cuenta la mitología griega— fue construido por Dédalo, siguiendo las órdenes del rey Minos, para servir de encierro al Minotauro. Solo Teseo consiguió salir de él gracias al hilo de Ariadna.

ocupadas por los ochocientos o novecientos mil seres que en aquel vastísimo recinto tenían su habitación. Estos seres se llamaban palabras.

* * *

Una mañana sintiose gran ruido de voces, patadas, choque de armas, roce de vestidos, llamamientos y relinchos, como si un numeroso ejército se levantara y vistiese a toda prisa, apercibiéndose para una tremenda batalla. Y a la verdad, cosa de guerra debía de ser, porque a poco rato salieron todas o casi todas las palabras del *Diccionario,* con fuertes y relucientes armas, formando un escuadrón tan grande, que no cupiera en la misma Biblioteca Nacional. Magnífico y sorprendente era el espectáculo que este ejército presentaba, según me dijo el testigo ocular que lo presenció todo desde un escondrijo inmediato, el cual testigo ocular era un viejísimo *Flos sanctorum,* forrado en pergamino, que en el propio estante se hallaba a la sazón [2].

Avanzó la comitiva hasta que estuvieron todas las palabras fuera del edificio. Trataré de describir el orden y aparato de aquel ejército, siguiendo fielmente la veraz, escrupulosa y auténtica narración de mi amigo el *Flos sanctorum.*

Delante marchaban unos heraldos llamados Artículos, vestidos con magníficas dalmáticas y cotas de finísimo acero [3]; no llevaban armas, y sí los escudos de sus señores los Sustantivos, que venían un poco mas atrás. Estos, en número casi infinito, eran tan vistosos y gallardos, que daba gozo verlos. Unos llevaban resplandecientes armas del más

---

[2] *Flos sanctorum:* libro que contiene las vidas de los santos en el orden en que los celebra la Iglesia. *Pergamino:* piel. *A la sazón:* entonces, en aquel momento.

[3] *heraldos:* mensajeros o anunciadores. *Dalmáticas:* túnicas con mangas anchas y abiertas. La *cota* era el arma defensiva que cubría el cuerpo del guerrero.

puro metal, y cascos en cuya cimera ondeaban plumas y festones [4]; otros vestían lorigas de cuero finísimo, recamadas de oro y plata [5]; otros cubrían sus cuerpos con luengos trajes talares, a modo de senadores venecianos [6]. Aquellos montaban poderosos potros ricamente enjaezados, y otros iban a pie. Algunos parecían menos ricos y lujosos que los demás; y aun puede asegurarse que había bastantes pobremente vestidos, si bien estos eran poco vistos, porque el brillo y elegancia de los otros, como que les ocultaba y obscurecía. Junto a los Sustantivos marchaban los Pronombres, que iban a pie y delante, llevando la brida de los caballos [7], o detrás, sosteniendo la cola del vestido de sus amos, ya guiándoles a guisa de lazarillos [8], ya dándoles el brazo para sostén de sus flacos cuerpos, porque, sea dicho de paso, también había Sustantivos muy valetudinarios y decrépitos, y algunos parecían próximos a morir [9]. También se veían no pocos Pronombres representando a sus amos, que se quedaron en cama por enfermos o perezosos, y estos Pronombres formaban en la línea de los Sustantivos como si de tales hubieran categoría. No es necesario decir que los había de ambos sexos; y las damas cabalgaban con igual donaire que los hombres [10], y aun esgrimían las armas con tanto desenfado como ellos.

Detrás venían los Adjetivos, todos a pie; y eran como servidores o satélites de los Sustantivos, porque formaban al

4 *cimera:* parte superior del casco. *Festones:* adornos.

5 La *loriga* era la armadura que defendía el cuerpo del guerrero, en este caso bordada *(recamada)* con hilo de metales preciosos.

6 Esto es, los trajes les llegaban hasta los pies; literalmente, hasta los talones (*talares,* por eso). *Luengos,* «largos», es arcaísmo.

7 *brida:* freno de la caballería, con el correaje que lo sujeta a la cabeza y las riendas.

8 *guisa:* modo, manera.

9 *valetudinarios:* enfermizos, achacosos. *Decrépitos:* sumamente viejos.

10 *donaire:* gracia, soltura, agilidad.

lado de ellos, atendiendo a sus órdenes para obedecerlas. Era cosa sabida que ningún caballero Sustantivo podía hacer cosa derecha sin el auxilio de un buen escudero de la honrada familia de los Adjetivos; pero estos, a pesar de la fuerza y significación que prestaban a sus amos, no valían solos ni un ardite [11], y se aniquilaban completamente en cuanto quedaban solos. Eran brillantes y caprichosos sus adornos y trajes, de colores vivos y formas muy determinadas; y era de notar que cuando se acercaban al amo, este tomaba el color y la forma de aquellos, quedando transformado al exterior, aunque en esencia el mismo.

Como a diez varas de distancia venían los Verbos [12], que eran unos señores de lo más extraño y maravilloso que puede concebir la fantasía.

No es posible decir su sexo, ni medir su estatura, ni pintar sus facciones, ni contar su edad, ni describirlos con precisión y exactitud. Basta saber que se movían mucho y a todos lados, y tan pronto iban hacia atrás como hacia delante, y se juntaban dos para andar emparejados. Lo cierto del caso, según me aseguró el *Flos sanctorum,* es que sin los tales personajes no se hacía cosa a derechas en aquella República, y si bien los Sustantivos eran muy útiles, no podían hacer nada por sí, y eran como instrumentos ciegos cuando algún señor Verbo no los dirigía. Tras estos venían los Adverbios, que tenían cataduras de pinches de cocina [13]; como que su oficio era prepararles la comida a los Verbos y servirles en todo. Es fama que eran parientes de los Adjetivos,

---

[11] *ni un ardite:* nada. Propiamente, el *ardite* fue una moneda castellana de muy poco precio.

[12] Venían, por tanto, a más de ocho metros de distancia, pues la *vara* equivalía a 0,8359 metros. Cuando Galdós escribe, hace veinte años justos que se ha adoptado el sistema métrico decimal, pero las referencias a las medidas antiguas son muy comunes aún, tanto en la lengua vulgar como en la literaria.

[13] *catadura:* aspecto (sentido peyorativo).

como lo acreditaban viejísimos pergaminos genealógicos, y aun había Adjetivos que desempeñaban en comisión la plaza de Adverbios [14], para lo cual bastaba ponerles una cola o falda que decía: *mente.*

Las Preposiciones eran enanas, y más que personas parecían cosas, moviéndose automáticamente: iban junto a los Sustantivos para llevar recado a algún Verbo, o viceversa. Las Conjunciones andaban por todos lados metiendo bulla; y una de ellas especialmente, llamada *que,* era el mismo enemigo y a todos los tenía revueltos y alborotados, porque indisponía a un señor Sustantivo con un señor Verbo, y a veces trastornaba lo que este decía, variando completamente el sentido. Detrás de todos marchaban las Interjecciones, que no tenían cuerpo, sino tan solo cabeza, con gran boca siempre abierta. No se metían con nadie, y se manejaban solas, que, aunque pocas en número, es fama que sabían hacerse valer.

De estas palabras, algunas eran nobilísimas, y llevaban en sus escudos delicadas empresas, por donde se venía en conocimiento de su abolengo latino o árabe [15]; otras, sin alcurnia antigua de que vanagloriarse, eran nuevecillas, plebeyas o de poco más o menos [16]. Las nobles las trataban con desprecio. Algunas había también en calidad de emigradas de Francia, esperando el tiempo de adquirir nacionalidad. Otras, en cambio, indígenas hasta la pared de enfrente, se caían de puro viejas, y yacían arrinconadas, aunque las demás guardaran consideración a sus arrugas; y las había tan petulantes y presumidas, que despreciaban a las demás mirándolas enfáticamente.

---

14 *pergaminos genealógicos:* antecedentes nobiliarios. *En comisión:* por encargo.

15 *empresa:* figura alegórica, generalmente acompañada de un lema o leyenda, que encierra un ideal de conducta o de acción. *Abolengo:* ascendencia ilustre (lo mismo que *alcurnia,* a continuación).

16 *de poco más o menos:* de poca importancia o estimación.

Llegaron a la plaza del Estante y la ocuparon de punta a punta. El Verbo *Ser* hizo una especie de cadalso o tribuna con dos admiraciones y algunas comas que por allí rodaban [17], y subió a él con intención de despotricarse; pero le quitó la palabra un Sustantivo muy travieso y hablador, llamado *Hombre,* el cual, subiendo a los hombros de sus edecanes [18], los simpáticos Adjetivos *Racional* y *Libre,* saludó a la multitud, quitándose la *H,* que a guisa de sombrero le cubría, y empezó a hablar en estos o parecidos términos:

—Señores: la osadía de los escritores españoles ha irritado nuestros ánimos, y es preciso darles justo y pronto castigo. Ya no les basta introducir en sus libros contrabando francés, con gran detrimento de la riqueza nacional, sino que cuando por casualidad se nos emplea, trastornan nuestro sentido y nos hacen decir lo contrario de nuestra intención. *(Bien, bien.)* De nada sirve nuestro noble origen latino, para que esos tales respeten nuestro significado. Se nos desfigura de un modo que da grima y dolor. Así, permitidme que me conmueva, porque las lágrimas brotan de mis ojos y no puedo reprimir la emoción. *(Nutridos aplausos.)*

El orador se enjugó las lágrimas con la punta de la *e,* que de faldón le servía, y ya se preparaba a continuar, cuando le distrajo el rumor de una disputa que no lejos se había entablado.

Era que el Sustantivo *Sentido* estaba dando de mojicones al Adjetivo *Común* [19], y le decía:

—Perro, follón y sucio vocablo; por ti me traen asendereado y me ponen como salvaguardia de toda clase de desatinos [20]. Desde que cualquier escritor no entiende palotada de una ciencia, se escuda con el *Sentido Común,* y ya le parece que es el más sabio de la tierra. Vete, negro y pestífero

---

[17] *cadalso:* tablado que se levanta para un acto solemne.

[18] *edecanes:* ayudantes de campo, auxiliares.

[19] *mojicones:* golpes que se dan en la cara con las manos.

[20] *follón:* cobarde, ruin, vil. *Asendereado:* agobiado, perseguido.

Adjetivo, lejos de mí, o te juro que no saldrás con vida de mis manos.

Y al decir esto, el *Sentido* enarboló la *t,* y dándole un garrotazo con ella a su escudero, le dejó tan malparado, que tuvieron que ponerle un vendaje en la *o,* y bizmarle las costillas de la *m* [21], porque se iba desangrando por allí a toda prisa.

—Haya paz, señores —dijo un Sustantivo Femenino llamado *Filosofía,* que con dueñescas tocas blancas apareció entre el tumulto [22].

Mas en cuanto le vio otra palabra llamada *Música,* se echó sobre ella y empezó a mesarle los cabellos y a darle coces [23], cantando así:

—Miren la bellaca, la sandia, la loca [24]; ¿pues no quiere llevarme encadenada con una Preposición, diciendo que yo tengo Filosofía? Yo no tengo sino Música, hermana. Déjeme en paz y púdrase de vieja en compañía de la *Alemana,* que es otra vieja loca.

—Quita allá, bullanguera —dijo la *Filosofía* arrancándole a la *Música* el penacho o acento que muy erguido sobre la *u* llevaba—; quita allá, que para nada vales, ni sirves más que de pasatiempo pueril [25].

—Poco a poco, señoras mías —gritó un Sustantivo alto, delgado, flaco y medio tísico [26], llamado el *Sentimiento*—. A ver, señora *Filosofía,* si no me dice usted esas cosas a mi hermana, o tendremos que vernos las caras. Estese usted

---

21 *bizmar* es poner bizmas o emplastos para curar.

22 Debe entenderse que la *Filosofía* aparece investida de autoridad, pues va ataviada como las dueñas (con *dueñescas tocas blancas*), que eran mujeres viudas que había antiguamente en las casas principales en calidad de acompañantes de la señora o al frente de la servidumbre.

23 *mesar:* arrancar.

24 *bellaca:* mala, pícara. *Sandia:* necia, simple.

25 *pueril:* infantil, y, por extensión, trivial, infundado, vano.

26 *tísico:* que padece tisis, nombre que recibe la tuberculosis pulmonar, o más genéricamente, cualquier enfermedad en que hay consunción gradual y lenta, con fiebre y ulceración en algún órgano.

quieta y deje a Perico en su casa, porque todos tenemos trapitos que lavar, y si yo saco los suyos, ni con colada habrán de quedar limpios [27].

—Miren el mocoso —dijo la *Razón,* que andaba por allí en paños menores y un poquillo desmelenada—; ¿qué sería de esos badulaques sin mí [28]? No reñir, y cada uno a su puesto, que si me incomodo...

—No ha de ser —dijo el Sustantivo *Mal,* que en todo había de meterse.

—¿Quién le ha dado a usted vela en este entierro, tío *Mal?* Váyase al Infierno, que ya está de más en el mundo.

—No, señoras; perdonen usías [29], que no estoy sino muy retebién. Un poco decaidillo andaba; pero después que tomé este lacayo, que ahora me sirve, me voy remediando [30].

Y mostró un lacayo, que era el Adjetivo *Necesario.*

—Quítenmela, que la mato —chillaba la *Religión,* que había venido a las manos con la *Política—;* quítenmela, que me ha usurpado el nombre para disimular en el mundo sus socaliñas y gatuperios [31].

—Basta de indirectas. ¡Orden! —dijo el Sustantivo *Gobierno,* que se presentó para poner paz en el asunto.

—Déjelas que se arañen, hermano —observó la *Justicia*—; déjelas que se arañen, que ya sabe vuecencia que rabian de verse juntas [32]. Procuremos nosotros no andar también a la greña, y adelante con los faroles [33].

---

[27] *colada:* lejía.

[28] *badulaques:* necios, bobos.

[29] *usía* (al igual que sus variantes *useñoría* o *usiría*) es síncopa de *vuestra señoría,* y se emplea, o se empleó, como tratamiento de respeto.

[30] *lacayo:* criado de librea o uniforme cuya principal ocupación era acompañar a su amo.

[31] *socaliña:* ardid o artificio con que se saca a uno lo que no está obligado a dar. *Gatuperio:* embrollo, enjuague.

[32] *vuecencia,* como también *vuecelencia,* es síncopa de *vuestra excelencia.*

[33] *andar a la greña,* trae el *Diccionario* académico, es «reñir dos o más personas, especialmente mujeres, tirándose de los cabello». *Adelante con*

Mientras esto ocurría, se presentó un gallardo Sustantivo, vestido con relucientes armas y trayendo un escudo con peregrinas figuras y lema de plata y oro [34]. Llamábase el *Honor,* y venía a quejarse de los innumerables desatinos que hacían los humanos en su nombre, dándole las más raras aplicaciones y haciéndole significar lo que más les venía a cuento. Pero el Sustantivo *Moral,* que estaba en un rincón atándose un hilo en la *l* que se le había roto en la anterior refriega, se presentó, atrayendo la atención general. Quejose de que se le subían a las barbas ciertos Adjetivos advenedizos, y concluyó diciendo que no le gustaban ciertas compañías y que más le valiera andar solo; de lo cual se rieron otros muchos Sustantivos fachendosos que no llevaban nunca menos de seis Adjetivos de servidumbre [35].

Entretanto, la *Inquisición,* una viejecilla que no se podía tener, estaba pegando fuego a una hoguera que había hecho con interrogantes gastados, palos de *T* y paréntesis rotos, en la cual hoguera dicen que quería quemar a la *Libertad,* que andaba dando zancajos por allí con muchísima gracia y desenvoltura [36]. Por otro lado estaba el Verbo *Matar* dando grandes voces, y cerrando el puño con rabia, decía de vez en cuando:

—¡Si me conjugo...!

Oyendo lo cual el Sustantivo *Paz,* acudió corriendo tan aprisa, que tropezó en la *z* con que venía calzada, y cayó cuan larga era, dando un gran batacazo.

—Allá voy —gritó el Sustantivo *Arte,* que ya se había metido a zapatero—. Allá voy a componer este zapato, que es cosa de mi incumbencia.

---

los faroles es una fórmula oral que se usa para exhortar a otro a seguir adelante sin amilanarse ante las dificultades.

34 *peregrinas:* raras, extrañas. *Lema:* inscripción que se ponía en los emblemas y empresas para hacerlos más comprensibles.

35 *fachendosos:* vanidosos, engreídos.

36 *zancajos:* zancadas, saltos. Es un término que Galdós utiliza varias veces con este sentido, que no recogen los diccionarios.

Y con unas comas le clavó la *z* a la *Paz,* que tomó vuelo y se fue a hacer cabriolas ante el Sustantivo *Cañón,* de quien dicen estaba perdidamente enamorada.

No pudiendo ni el Verbo *Ser,* ni el Sustantivo *Hombre,* ni el Adjetivo *Racional* poner en orden a aquella gente, y comprendiendo que de aquella manera iban a ser vencidos en la desigual batalla que con los escritores españoles tendrían que emprender, resolvieron volverse a su casa. Dieron orden de que cada cual entrara en su celda, y así se cumplió, costando gran trabajo encerrar a algunas camorristas que se empeñaban en alborotar y hacer el coco [37].

Resultaron de este tumulto bastantes heridos, que aún están en el hospital de sangre [38], o sea *Fe de erratas* del *Diccionario.* Han determinado congregarse de nuevo para examinar los medios de imponerse a la gente de letras. Se están redactando las pragmáticas que establecerán el orden en las discusiones [39]. No tuvo resultado el pronunciamiento [40], por gastar el tiempo los conjurados en estériles debates y luchas de amor propio, en vez de congregarse para combatir al enemigo común; así es que concluyó aquello como el rosario de la aurora [41].

El *Flos sanctorum* me asegura que la *Gramática* había mandado al *Diccionario* una embajada de géneros, números y casos para ver si por las buenas, y sin derramamiento de sangre, se arreglaban los trastornados asuntos de la *Lengua castellana.*

1868

[37] *El coco* es la figura con que se mete miedo a los niños.

[38] *hospital de sangre:* el sitio que, en campaña, se destina a la primera cura de los heridos.

[39] *pragmáticas:* leyes, decretos.

[40] *pronunciamiento:* alzamiento militar contra el gobierno.

[41] Es decir, con dispersión general por falta de acuerdo.

DOS DE MAYO DE 1808, DOS DE SEPTIEMBRE DE 1870

Mi hermana Rafaela, planchadora, conocida en todo Maravillas con el mote de la *Carbonera* [1], había salido al amanecer. Díjome que iba con Bastiana y otra vecina a enramar una cruz de mayo a espaldas de los Padres Benedictinos de Montserrat y de las Madres Santiaguesas, vamos al decir, en la plazuela del Limón [2]. Pero yo supe, a poco de verla salir de casa, que iba *de campo* con los Canencias y *Pujitos,* el maestro de obra prima, con la *Primorosa* y otras tales de nuestro barrio y del de Lavapiés [3]. Siempre fue mi

[1] *Maravillas:* es el nombre del barrio (procedente del de la iglesia de la Virgen de las Maravillas, convento de carmelitas descalzas en la calle de la Palma), que se sitúa entre las calles de Hortaleza y San Bernardo.

[2] La *cruz de mayo* era un árbol o palo adornado de cintas, frutas y otras cosas, que se ponía en un lugar público, donde durante el mes de mayo concurrían los mozos y mozas a divertirse con bailes y otros festejos. En cuanto a los *Padres Benedictinos,* ocupaban la iglesia de *Montserrat,* en la calle de Quiñones, esquina a San Bernardo, edificio trazado en 1668 y concluido ya en el primer cuarto del XVIII por Pedro de Ribera. Las *Madres Santiaguesas* deben de ser las Comendadoras de Santiago, convento fundado en 1650 y que se alzaba en la plazuela que llevaba el nombre del santo. En la *plazuela del Limón* asistirá a la escuela Luisito Cadalso —de la novela *Miau* (1888)—, quien también frecuentará la iglesia de Montserrat aquí citada.

[3] *maestro de obra prima:* zapatero de nuevo, es decir, artesano que hace zapatos. Por otro lado, el castizo barrio de *Lavapiés,* situado en la zona sur de la ciudad, toma su nombre de la calle y plaza homónimas, y aparece muy frecuentemente en la literatura popular madrileña.

hermana muy correntona, como yo muy casera. Si para las diligencias de calle no había otra como la Rafaela, para el trajín de casa nadie le echaba el pie adelante a la Margara, que así llamaban a una servidora.

Pues, señor, tempranito barrí la casa y avié a las criaturas para mandarlas a la escuela. Eran estas la niña de mi hermana y el chiquillo mío, nombrado *Remundo,* de diez años, que parecían doce. Fáltame decir que yo era viuda: mi marido, zapatero fino, que había calzado al Príncipe de la Paz y a la de Vallabriga [4], murió el año 6, dejándome por todo patrimonio un centenar de hormas y algunas leznas [5], que vendí para poner mi modesto taller de sastrería de curas.

Como iba diciendo, a poco de salir los niños para la escuela entró en casa el vecino D. Jesús Cuadrado, que en sus mocedades fue tiple de la capilla de San Felipe el Real [6], y jubilado ya, por haber perdido el hilo de voz, vivía de componer abanicos, daguillas y peinetas, engarzar rosarios y llevar y traer recaditos de monjas [7]. Era un vejete saladísimo, bueno como el pan y muy callejero. Entró, pues, asustadico y nervioso, diciéndome que en Madrid había tumulto y que andaba el pueblo muy alborotado porque los franceses querían llevarse a los señores infantes. A mí, la verdad, no me importaba gran cosa que nos arrebataran a los infan-

---

[4] Esto es, a los más destacados personajes de la corte. El *Príncipe de la Paz* era Manuel Godoy (1767-1851), el todopoderoso primer ministro de Carlos IV, con quien había llegado a emparentar justamente a través de su casamiento (1797) con María Teresa de Borbón y *Vallabriga,* condesa de Chinchón y sobrina del monarca.

[5] Son los moldes para hacer los zapatos *(hormas)* y los instrumentos para coserlos *(leznas).*

[6] *tiple:* la más aguda de las voces humanas, y por extensión, el cantante que hace esta voz. *San Felipe el Real* era un convento agustino situado en la calle Mayor, junto a la Puerta del Sol. Fundado en 1547, fue derribado a raíz de la supresión de las comunidades religiosas (1836).

[7] Menesteres, todos ellos, de poca monta. La *daguilla* era la varilla hueca donde se encajaba la aguja de hacer media.

tes; pero no pude menos de participar de la indignación del amigo D. Jesús, el cual, echándoselas de patriota, aseguró que él tomaría también las armas en caso de levantamiento, y empezó a ejercitarse delante de mí con el palo de mi escoba.

Alborotada la vecindad, la escalera y corredores de la casa hervían de gente chillona y furibunda. Sonaban tiros lejanos; por la calle (que era la de San Vicente Alta), pasaban grupos dando voces. Hombres y mujeres corrían hacia la calle de San Pedro la Nueva, junto a la iglesia de Maravillas, en dirección del Parque de Monteleón, donde había gran marimorena, porque los españoles..., ¡qué sé yo!, y el francés..., ¡ay de mí! [8]. Yo no entendía. Ello era, según nos dijo D. Jesús echando lumbre por los ojos, como un sitio de plaza fuerte. Vamos, que era cuestión para los franceses de conquistar Monteleón, y para los españoles de no dejárselo quitar, y por un sí y un no andaban a cañonazos de una parte y otra. ¡Dios mío de mi alma, qué estruendo! Nunca he sido valerosa, y aquel día el miedo debió de trastornarme el sentido, porque desde la ventana de mi sotabanco creía ver volar las torres de la iglesias [9], y caerse las casas patas arriba, y rodar las nubes por el suelo envolviendo montones de ruinas.

Afortunadamente, los niños volvieron a casa al comenzar los tiros, y mi Mundo, que así le llamábamos, loco de entusiasmo, como si lo que sucedía fuese para su alma un motivo de regocijo, me contaba algunos pasos que había visto en las calles [10]. Entre otras cosas, refirió que mi hermana

---

[8] La calle de *San Vicente Alta* (que con la de San Vicente Baja pasó después a ser San Vicente Ferrer) unía las de Fuencarral y San Bernardo, mientras que en *San Pedro la Nueva* (hoy Dos de Mayo) se encontraba el *Parque de Monteleón,* palacio convertido por Godoy en cuartel de artillería en 1807.

[9] El *sotabanco* era el piso más humilde de un edificio, situado encima de la cornisa general de este.

[10] *pasos:* sucesos, episodios o lances dignos de mención.

Rafaela y otras mujeronas habían acometido en la calle Ancha a una turba de mamelucos, matándoles los caballos [11]. Ellos se defendían a sablazo limpio. De milagro escapó mi hermana; pero a la *Pintosilla* le cortaron la cabeza, y a Matías Canencia le rajaron de arriba abajo dejándole en dos mitades de hombre. Contaba mi ángel que él se había encontrado junto a la mismísima barriga de un caballo, cuando las majas, cuchillo en mano, se ocupaban en sacar el mondongo a la caballería del Sr. de Murat [12]. El niño tenía manchadas de sangre la cara y manos. La niña había perdido un zapatito y cojeaba del pie derecho. Uno y otro querían volver a salir para ver lo del Parque; mas yo, loca de espanto, les encerré en la despensa y eché la llave, temerosa de que se me escaparan.

«El niño es un héroe, como Rafaela es una heroína», me dijo D. Jesús mirándome con desprecio, «y usted, Sra. D.ª Margara, no tiene patriotismo». Esto me afligió más, porque a tantas desdichas como en mi derredor miraba, tenía que añadir el gran bochorno que me causó la acusación de mi buen vecino: «¡Usted no tiene patriotismo!». ¡Ay de mí! Lo

---

[11] La *calle Ancha* es la de San Bernardo, o Ancha de San Bernardo, que va de la plaza de Santo Domingo a la glorieta de Quevedo. En 1865, poco antes del momento en que Galdós escribe, se le había suprimido oficialmente el calificativo Ancha, que llevaba para distinguirla de la Angosta de San Bernardo. En cuanto a los *mamelucos,* eran miembros de una milicia de esclavos egipcios, con los que Napoleón había creado (1804) un escuadrón que se integró en su guardia imperial.

[12] *majas:* madrileñas de los barrios bajos, que se distinguían por su traje vistoso y su actitud y habla arrogantes y desenvueltas. *Mondongo:* intestinos y panza de los animales. *El Sr. de Murat* es Joachim Murat (1767-1815), que fue en España general en jefe del ejército francés, lugarteniente general del Reino, presidente de la Junta de Gobierno, y a punto estuvo de ser nombrado rey. Ayudante de campo de Napoleón, general (1796), gobernador de París (1804), mariscal (1804), gran almirante y príncipe del Imperio (1805), llegó a ser coronado rey de Nápoles (1808-1814). Casó con Carolina Bonaparte, hermana del Emperador, en 1800.

que yo anhelaba era que no muriera gente y que cesara aquel terrible estrépito de cañonazos, gritos y maldiciones.

Poco después de decirme D. Jesús Cuadrado aquella expresión que me llegó al alma, le vi salir por las escaleras abajo como alma que lleva el demonio. Llevaba en una mano un asador y en otra una gruesa estaca, y decía cosas tremendas contra Napoleón, Murat y otros tales [13]. Salí a mi ventana y le vi correr furibundo por la calle. En esta veía yo charcos de sangre, ya porque los hubiera, ya porque mi miedo me pintara las cosas con los colores de sí mismo antes que con los de la verdad.

No sé el tiempo que pasé en aquella ansiedad. ¡Cañonazos, alaridos, olor de pólvora, horrible vaho que subía de la calle! Yo creo que estuve sin conocimiento un largo rato. Acordeme al fin de los chicos, y corrí al cuarto en que les había encerrado. Encontré a la niña sentadita sobre una caja, llorando. Busqué con los ojos a Mundo y no le hallé. La chiquilla me señaló el tragaluz abierto [14], por donde se había escapado el muy pillo, movido de la querencia de su travesura [15] y del afán de presenciar la función de sangre, aunque fuera desde el tejado.

* * *

Afanosa salí al tejado, y recorrí con gran trabajo el de mi casa y los de las próximas. El chiquillo se había metido por alguna ventana de buhardilla en busca de escalera por donde bajar a la calle.

Desalada salí yo también [16], y en el portal me dijeron que le habían visto correr hacia el Parque. ¡Ay Dios mío! Con

---

[13] *Napoleón:* véase la nota 11 a *El espiritista.*

[14] *tragaluz:* ventana abierta en el techo o en la parte superior de la pared.

[15] Es decir, impulsado por su inclinación o tendencia a hacer travesuras.

[16] *desalada:* ansiosa, apresurada.

qué anhelo corrí yo también hacia allá, curada ya como por ensalmo de mi horroroso miedo [17]. El cañoneo había cesado. Volvía la gente de la batalla. Figuras terribles vi: hombres de cara tiznada, los cuerpos desgarrados con manchas de lodo y sangre; mujeres roncas, con gestos y vocerío de locas escapadas de una casa de orates [18]. Los franceses no dejaban pasar a nadie más allá de Maravillas. Junto a la iglesia vi muertos y moribundos [19]. Pude acercarme a ellos y les grité: «¿Han visto a mi Mundo?»

En presencia de las cosas horribles que allí y en todas las calles inmediatas se veían, me sentí atacada de la fiebre que el bueno de D. Jesús había echado de menos en mí: el patriotismo. Quise avanzar hasta el Parque, que aún humeaba, como una hoguera de odios y llamas no bien apagada, y un francés me amenazó con la culata de su fusil. «Busco a mi Mundo», le dije, no sé si llorando o riendo de coraje [20]. Y despreciando la fuerza que me quería cortar el paso, franqueé de un salto la línea y corrí hacia Monteleón [21].

Ya no me importaba meter los pies en charcos de sangre ni pisotear cadáveres. Estos no me causaban miedo, y a todos les miraba buscando entre ellos a mi hijo. Junto a la puerta, al pie de una cureña rota [22], vi un bulto que se movió a mi paso. Era la propia persona de D. Jesús, expirante; tenía el rostro como envuelto en un velo de sangre endurecida. Me miró con un solo ojo, pues el otro desaparecía en una horrible herida desde la frente a la mejilla, y moviendo el único brazo de que podía disponer, pues el otro estaba preso bajo la cureña, me dijo: «Señá Margara, ¿busca a su

---

[17] *como por ensalmo:* rápidamente y de modo desconocido.

[18] *casa de orates:* casa de locos, manicomio.

[19] *iglesia:* es la de Maravillas, antes citada.

[20] *coraje:* irritación, rabia.

[21] La *línea* es la de combate, que el personaje saltó sin hacer caso de los soldados *(la fuerza)* que pretendían impedírselo.

[22] *cureña:* armazón sobre la que se monta el cañón de artillería.

hijo?... Mundo es un héroe, un héroe chiquito... ¡Ay!...». Y dicho esto torció la boca, y el ojo se le quedó como una cuenta de vidrio [23]. Era cadáver. No tuve tiempo ni ánimo para compadecerle, porque el furor materno me alejó de allí, y traspasé la puerta y entré en el Parque, gritando: «Mundo, Mundo mío, ¿dónde estás?».

Los franceses me vieron entrar y correr por entre los escombros, las piezas desmontadas y los muertos [24], y nada me decían. Nada les importaba yo, ni estaban ellos para ocuparse de una pobre mujer, que sin duda creían loca, y que les preguntaba por un Mundo que ellos no conocían, ni les interesaba cosa alguna.

«Señores», les dije, «busco a mi hijo, un pobre niño que no sé si habrá hecho a ustedes algún daño. ¡Mundo, Mundo mío! Díganme si le tienen, muerto o vivo. Me dice el corazón que aquí vino a pelear por España, chiquito y todo como es. Era muy valiente mi niño, aunque me esté mal el decirlo. Yo no tenía patriotismo, él sí, y se me escapó, y vino aquí al olor de la guerra».

Nadie me contestaba, nadie me entendía. Uno que parecía compasivo hízome salir de allí con buenos modos. Desde la calle, mirando el Parque despedazado, no cesaba de gritar: «¡Mundo, Mundo precioso!... ¿No me oyes? ¿No me ves?».

Llegó la noche, y sabiendo que en el Prado fusilaban [25], corrí allá, y me acercaba a los pelotones de franceses y a las

---

[23] Esto es, inmóvil, sin vida.

[24] *las piezas desmontadas:* las armas de artillería inutilizadas o fuera de la posición de funcionamiento.

[25] Es el famoso paseo del Prado, o mejor, Salón del Prado, como se denominó originalmente. Mandado construir por Carlos III, fue realizado por José Hermosilla y Ventura Rodríguez entre 1775 y 1782, sobre los terrenos del bajo Abroñigal o Valnegral, un arroyo que corría por lo que entonces era una zona rural, la del viejo prado de San Jerónimo. Con el tiempo iría ampliándose hacia el norte, a medida que la ciudad iba creciendo.

cuerdas de víctimas llamando a mi valiente...[26]. A riesgo de ser fusilada también, examinaba de cerca las caras. «¿Han visto a mi Mundo?», decía. «¿Pero de veras no está Mundo aquí?» Y a los orgullosos soldados de Napoleón les solté esta desvergüenza cara a cara: «Todos ustedes, con su Emperador a la cabeza, no valen lo que mi Mundo, grandísimos tales y cuales. Es un héroe chiquitín que no conocía el miedo. Le matáis por envidia; teméis que os haga salir de España con las manos en la cabeza...». Y a esto siguió una retahíla de las injurias más soeces que yo había oído pronunciar a los hombres.

Toda la noche estuve recorriendo calles, y allí donde veía cadáveres o alguna señal de lucha me paraba para llamarle: «¡Mundo, Mundo mío!». A la madrugada y al amanecer del 3 visité los sitios donde enterraban muertos. Creía encontrarle a cada instante. De lejos, todos los cuerpos, aunque fueran de hombre, me parecían el suyo. Me acercaba, y el rostro que yo buscaba no existía en parte alguna.

Tres días consecutivos con sus noches empleé en buscarle, preguntando por él a españoles y franceses, y nadie me daba razón. Al fin, muerta de cansancio, caí enferma y me llevaron al hospital, de donde salí tras largos días, mejor dicho, echáronme por curada o por incurable, que esto no lo sé, y lo primero que hice fue volver a la puerta del Parque y gritar: «¡Mundo, Mundo!, ¿estás aquí?».

Todas las mañanas hacía lo mismo. Recogiéronme unas señoras caritativas. Volví a trabajar; seguí viviendo. Nadie me tiene por loca, ni lo soy; pero conservo la monomanía de aquel día terrible[27], y todas las mañanitas me voy a Monteleón y grito: «¡Mundo, mi Mundo...!».

* * *

[26] *cuerdas:* grupos, conjuntos. El sustantivo *cuerda* se aplicaba propiamente a la cuadrilla de presos que se llevaban atados (de ahí el nombre) a cumplir su condena al presidio.

[27] *monomanía:* locura o delirio parcial sobre una sola idea o un solo orden de ideas.

Y pasan años y más años. Derribaron el caserón. Solo queda la puerta del Parque [28]. Todo se acaba menos mi desconsuelo. ¿En qué año estamos? ¿Cuántos van pasados desde el Dos de Mayo de 1808? Señor mío, que se digna escuchar los relatos de esta pobre vieja, sepa Ud. que todavía no he podido desechar la idea de que mi querido hijo vive. Bien pudo suceder que aquellos caribes me lo robaran [29], llevándoselo a Francia y educándolo como si fuese hijo de cualquiera de ellos. ¿Quién me asegura que mi hijo no es hoy un francesón muy empingorotado?

—Por la cuenta —dije yo—, Mundín debe de tener ahora setenta y dos años. Si vive, será un respetable anciano. A tales fechas, y teniendo en cuenta la edad de usted, Sra. D.ª Margara, que andará... por los ochenta...

—Ya paso de ellos.

—Pues a estas alturas, señora mía, ya se impone el perdón. Los agravios del Dos de Mayo deben ser generosamente olvidados. Las naciones viven más que los individuos, y tienen tiempo de expiar aquí sus errores. Los matadores o raptores del pobrecito Mundo acaban de sufrir ahora una pérdida semejante.

—¿Qué me cuenta, señor?

—Que ellos tenían también su Mundo, y acaban de perderlo.

—¿Quién se lo ha quitado? ¡Ah! Ya nos lo han dicho los papeles. Ha sido el prusiano.

—Justo. La fecha triste para Francia es el 2 de septiembre de este mismo año. La acción de guerra en que le han quitado a su Mundo se llama Sedán [30].

1870

---

[28] En efecto, tras la destrucción se dejó en pie su puerta principal, como testigo de los sucesos de la guerra.

[29] *caribes:* hombres crueles e inhumanos.

[30] Así fue: el 2 de septiembre de 1870 se firmó en el castillo de Bellevue la rendición de las tropas francesas, derrotadas por las prusianas el día anterior, 1.º de septiembre. Este hecho, que provocó la captura y el destronamiento de Napoleón III y la proclamación de la República en París, puso fin a la primera fase de la guerra franco-prusiana.

UN TRIBUNAL LITERARIO

I

—ME GUSTARÍA enteramente sentimental, que llegase al alma, que hiciera llorar... Yo, cuando leo y no lloro, me parece que no he leído. ¿Qué quiere usted? Yo soy así —me dijo el duque de Cantarranas, haciendo con frente, boca y narices uno de aquellos gestos nerviosos que le distinguen de los demás duques y de todos los mortales.

—Yo le aseguro a usted que será sentimental, será de esas que dan convulsiones y síncopes; hará llorar a todo el género humano, querido señor Duque —le contesté, abriendo el manuscrito por la primera página.

—Eso es lo que hace falta, amigo mío: sentimiento, sentimiento. En este siglo materialista conviene al arte despertar los nobles afectos. Es preciso hacer llorar a las muchedumbres, cuyo corazón está endurecido por la pasión política, cuya mente está extraviada por las ideas de vanidad que les han imbuido los socialistas. Si no pone usted ahí mucho lloro, mucho suspiro, mucho amor contrariado, mucha terneza, mucha languidez, mucha tórtola y mucha codorniz [1],

---

[1] La alusión a la tórtola debe entenderse en la línea de las referencias amorosas anteriores, pues esta ave simboliza desde antiguo la fidelidad amorosa. La mención posterior de la codorniz es puramente jocosa, y contribuye a conferir al relato, ya desde el principio, una dimensión paródica.

le auguro un éxito triste y, lo que es peor, el tremendo fallo de reprobación y anatema de la posteridad enfurecida [2].

Dijo, y afectando la gravedad de un Mecenas [3], mirome el duque de Cantarranas con expresión de superioridad, no sin hacer otro gesto nervioso que parecía hundirle la nariz, romperle la boca y rasgarle el cuero de la frente, de su frente olímpica en que resplandecía el genio apacible, dulzón y melancólico de la poesía sentimental [4].

Aquello me turbó. ¡Tal autoridad tenía para mí el prócer insigne! [5]. Cerré y abrí el manuscrito varias veces; pasé fuertemente el dedo por el interior de la parte cosida, queriendo obligar a las hojas a estar abiertas sin necesidad de sujetarlas con la mano; paseé la vista por los primeros renglones; leí el título, tosí, moví la silla, y, con franqueza lo declaro, habría deseado en aquel momento que un pretexto cualquiera, verbigracia, un incendio en la casa vecina, un hundimiento o terremoto, me hubieran impedido leer, porque, a la verdad, me hallaba sobrecogido ante el respetable auditorio que a escucharme iba. Componíase de cuatro ilustres personajes de tanto peso y autoridad en la república de las letras, que apenas comprendo hoy cómo fui capaz de convocarles para una lectura de cosa mía, naturalmente pobre y sin valor. Aterrábame, sobre todo, el mencionado duque de los gestos nerviosos, el más eminente crítico de mi tiempo, según opinión de amigos y adversarios.

Sin embargo, su excelencia había ido allí como los demás, para oírme leer aquel mal parto de mi infecundo ingenio, y era preciso hacer un esfuerzo. Me llené, pues, de resolución, y empecé a leer.

---

[2] *anatema:* excomunión, maldición.

[3] Alude a Cayo Cilnio Mecenas (siglo I a. de C.), consejero de Augusto, que ha pasado a la historia como protector de las letras y los literatos.

[4] *olímpica:* relativa al Olimpo, que era la morada de los dioses en la mitología griega. encarece al personaje a través de esta referencia.

[5] *prócer:* persona eminente.

Pero permitidme, antes de referir lo que leí, que os dé alguna noticia del grande, del ilustre, del imponderable duque de Cantarranas [6].

Era un hidalguillo de poco más o menos [7], atendida su fortuna, que consistía en una posesión enclavada en Meco, dos casas en Alcobendas y un coto en la Puebla de Montalbán; también disfrutaba de unos censos en el mismo lugar y de unos dinerillos dados a rédito [8]. A esto habían venido los estados de los Cantarranas, ducado cuyo origen es de los más empingorotados. Así es que el buen Duque era pobre de solemnidad, porque la posesión no le daba más que unos 2.000 reales, y esos, mal pagados; las casas no producían tres maravedises [9], porque la una estaba destechada, y la otra, la solariega por más señas, era un palacio destartalado, que no esperaba sino un pretexto para venirse al suelo con escudo y todo. Nadie lo quería alquilar, porque tenía fama de estar habitado por brujas, y los alcobendanos decían que allí se aparecían de noche las irritadas sombras de los Cantarranas difuntos.

El coto no tenía más que 14 árboles, y esos, malos. En cuanto a caza, ni con hurones se encontraba [10], por atravesar la finca una servidumbre desde principios del siglo [11], en

---

6 *imponderable:* que excede a toda ponderación o consideración.

7 La nobleza del hidalgo queda rebajada por el diminutivo, *hidalguillo,* y por la locución siguiente, *de poco más o menos,* que se aplica a las personas o cosas despreciables o de poca estimación.

8 Todo ello muestra lo limitado de su *fortuna*. Meco y Alcobendas son pueblos cercanos a Alcalá de Henares y a Madrid, respectivamente; mientras que la Puebla de Montalbán, en la provincia de Toledo, tiene a gala ser la patria de Fernando de Rojas. Lo demás son rentas procedentes de bienes inmuebles *(censos)* y del capital *(dinerillos dados a rédito).*

9 Quiere decir que producían muy poco. El *maravedí* era una moneda antigua, pero que se mantuvo, con diferentes valores, hasta mediados del siglo XIX.

10 *hurones:* animales empleados para la caza de conejos.

11 *servidumbre:* derecho en posesión ajena que limita su dominio.

que huyó de allí el último conejo de que hay noticia. Los dinerillos le producían, salvos disgustos, apremios y tardanzas [12], unos 3.000 realejos. Así es que su excelencia no poseía más que gloria y un inmenso caudal de metáforas, que gastaba con la prodigalidad de un millonario. Su ciencia era mucha; su fortuna, escasa; su corazón, bueno; su alma, una retórica viviente; su persona...; su persona merece párrafo aparte.

Frisaba en los cuarenta y cinco años [13]; y esto, que sé por casualidad, se confía aquí como sagrado secreto, porque él ni a tirones pasaba de los treinta y nueve. Era colorado y barbipuntiagudo, con lentes que parecían haber echado raíces en lo alto de sus narices. Estas llamaron siempre la atención de los frenólogos por una especial configuración en que se traslucía lo que él llamaba *exquisito olfato moral* [14]. Para la ciencia eran un magnífico ejemplar de estudio, un tesoro; para el vulgo eran meramente grandes. Pero lo más notable de su cariz era la afección nerviosa que padecía, pues no pasaban dos minutos sin que hiciese tantos y tan violentos visajes [15], que solo por respeto a tan alta persona no se morían de risa los que le miraban.

Su vestido era lección o tratado de economía doméstica. Describir cómo variaba los cortes de sus chalecos para que siempre pareciesen de moda, no es empresa de plumas vulgares. Decir con qué prolijo esmero cepillaba todas las mañanas sus dos levitas y con qué amor profundo les daba

---

[12] *salvos:* salvados, exceptuados, omitidos. Es un uso deliberadamente arcaico, con el que Galdós tiñe su relato.

[13] Muy cerca está nuestro hidalgo del de Cervantes, en los años y en las palabras: «Frisaba la edad de nuestro hidalgo con los cincuenta años» (Cervantes, *Quijote,* I, 1, ed. Instituto Cervantes, Barcelona, Crítica, 1998, p. 36).

[14] *Frenólogos* son quienes profesan la frenología, o doctrina según la cual es posible conocer las facultades o instintos de un individuo mediante el examen de sus protuberancias craneales.

[15] *cariz:* aspecto. *Visajes:* muecas, gestos.

aguardiente en la tapa del cuello [16], cuidando siempre de cogerlas con las puntas de los dedos para que no se le rompieran, es hazaña reservada a más puntuales cronistas.

Pues ¿y la escrupulosa revista de roturas que pasaba cada día a sus dos pantalones, y los remojos, planchados y frotamientos con que martirizaba su gabán, prenda inocente que había encontrado un purgatorio en este mundo? En cuanto a su sombrero, basta decir que era un problema de longevidad. Se ignora qué talismán poseía el Duque para que ni un átomo de polvo ni una gota de agua manchasen nunca sus inmaculados pelos. Añádase a esto que siempre fue un misterio profundo la salud inalterable de un paraguas de ballenas que le conocí toda la vida [17], y que mejor que el Observatorio podría dar cuenta de todos los temporales que se han sucedido en veinte años [18]. Por lo que hace a los guantes, que habían paseado por Madrid durante cinco abriles su demacrada amarillez, puede asegurarse que la alquimia doméstica tomaba mucha parte en aquel prodigio [19]. Además, el Duque tenía un modo singularísimo de poner las manos, y a esto, más que a nada, se debe la vida perdurable de aquellas prendas, que él, usando una de sus figuras predilectas, llamaba *el coturno de las manos* [20]. Puede formarse idea de su modo de andar recordando que las botas me visitaron tres años seguidos, después de tres remontas [21]; y solo a un sistema de locomoción tan ingenioso como prudente se deben

---

[16] *levita:* prenda de vestir masculina de etiqueta, de cuerpo ajustado y faldones que llegan a cruzarse por delante, propia del siglo XIX. La *tapa del cuello* es la vuelta que cubre el cuello de una a otra solapa.

[17] *ballenas:* tiras elásticas obtenidas de la ballena o hechas a imitación suya.

[18] Observatorio Astronómico madrileño, que se hallaba en el Retiro.

[19] *alquimia:* transmutación maravillosa e increíble.

[20] *coturno:* calzado propio de los griegos, y adoptado por los romanos, que cubría hasta la pantorrilla.

[21] *remonta:* compostura del calzado cuando se le pone de nuevo el pie o las suelas.

las etapas de vida que tuvieron las que, valiéndonos de la retórica del Duque, podremos llamar *las quirotecas de los pies* [22].

Usaba joyas, muchos anillos, prefiriendo siempre uno donde campeaba una esmeralda del tamaño de media peseta, tan disforme que parecía falsa, y lo era, en efecto, según testimonio de los más reputados cronistas que de la casa de Cantarranas han escrito. No reina la misma uniformidad de pareceres, y aun son muy distintas las versiones, respecto a cierta cadena que hermoseaba su chaleco, pues, aunque todos convienen en que era de *doublé* [23], hay quien asegura ser alhaja de familia y haber pertenecido a un magnate de la casa, que fue virrey de Nápoles, donde la compró a unos genoveses por un grueso puñado de maravedises.

Corría, con visos de muy autorizada, la voz de que el duque de Cantarranas era un *cursi* (ya podemos escribir la palabrilla sin remordimientos, gracias a la condescendencia del *Diccionario* de la Academia) [24]; pero esto no sirve sino para probar que los tiros de la envidia se asestan siempre a lo más alto, del mismo modo que los huracanes hacen mayores estragos en las corpulentas encinas.

El Duque, por su parte, despreciaba estas hablillas, como cumple a las almas grandes. Pero llegaron tiempos en que salía poco de día, porque en su levita había descubierto la astronomía vulgar no sé qué manchas. En esto se parecía al sol, aunque, por raro fenómeno, era un sol que no lucía sino por las noches. Frecuentaba varias tertulias, tomaba café,

---

[22] *quirotecas:* término culto, procedente del griego, para designar los guantes. Por otra parte, este pasaje del vestido guarda dependencia, a veces estrecha, con otros de Quevedo en que presenta algunas figuras grotescas, como las de los hidalgos chanflones del *Buscón.*

[23] *de doublé:* chapada o chapeada, es decir, recubierta de una simple chapa de oro o de plata, sobrepuesta y fuertemente adherida a la superficie de otro metal de menos valor.

[24] En efecto, el término *cursi,* que se mantiene aún en el *Diccionario* académico con la misma significación («la persona que presume de fina y elegante sin serlo»), fue introducido en su 11.ª edición, de 1869.

iba tres veces al año al teatro, paseaba en invierno por el Prado y en verano por la Montaña [25], y se retiraba a su casa después de conversar un rato con el sereno.

La índole de su talento le inclinaba a la contemplación. Leía mucho, deleitándose sobremanera con las novelas sentimentales, que tanta boga tuvieron hace cuarenta años [26]. En esto es fuerza confesar que vivía un poco atrasadillo, pero los grandes ingenios tienen esa ventaja sobre el común de las gentes, es decir, pueden quedarse allí donde les conviene, venciendo el oleaje revolucionario, que también arrastra a las letras. Para él, las novelas de madame Genlis eran el prototipo, y siempre creyó que ni antiguos ni modernos habían llegado al zancajo de madame de Staël en su *Corina.* No le agradaba tanto, aunque sí la tenía en gran aprecio, *La nueva Eloísa* de Rousseau, porque decía que sus prctensiones eruditas y filosóficas atenuaban en parte el puro encanto de la acción sentimental [27]. Pero lo que le sa-

---

[25] Son dos lugares de paseo y de recreo de los madrileños del momento. Uno es el Salón del *Prado* (véase la nota 25 a *Dos de mayo...*), y el otro es la *Montaña* de Príncipe Pío, parte de una posesión real que iba desde la cuesta de Areneros hasta la bajada de San Vicente y paseo de la Florida, en el extremo septentrional de la ciudad, y sobre la que escribía Mesonero en 1854: «ha sido transformada en estos últimos años en amenos paseos, que constituyen hoy, por su bella situación, su extensión y deliciosas vistas, uno de los principales y más halagüeños sitios de recreo que cuenta Madrid» *(Nuevo manual de Madrid,* ed. BAE, p. 461b).

[26] Se trata de novelas, dirigidas mayormente a un público juvenil y sobre todo femenino, que tienen el amor-pasión como eje narrativo. Son algunos de sus cultivadores españoles Estanislao de Kostka Vayo, Vicente Salvá, Manuel Benito Aguirre o Vicenta Maturana.

[27] *al zancajo:* al talón, a los talones. *Madame Genlis,* o condesa de Genlis, es el nombre con que se conoció a Stéphanie-Félicité du Crest de Saint-Aubin (1746-1830), escritora y educadora francesa, que publicó, además de sus extraordinarios diez volúmenes de *Memorias* y obras pedagógicas, novelas como *Las veladas del castillo* (1784), *Los caballeros del cisne* (1795), *Las madres rivales* (1800), *Alfonso o el hijo natural* (1809), entre muchas otras. En cuanto a *madame de Staël,* que se llamó Germaine Necker y fue baronesa de Staël-Holstein (1766-1817), se trata de uno de

caba de sus casillas eran *Las noches* de Young, traducidas por Escóiquiz [28]; y él se sumergía en aquel océano de tristezas, identificándose de tal modo con el personaje, que a veces le encontraban por las mañanas pálido, extenuado y sin acertar a pronunciar palabra que no fuera lúgubre y sobria como un responso. En su conversación se dejaba ver esta influencia, porque empleaba frecuentemente la quincalla de figuras retóricas que sus autores favoritos le habían depositado en el cerebro [29]. Su imagen predilecta era el sauce entre los vegetales y la codorniz entre los vertebrados. Cuando veía una higuera, la llamaba sauce; todos los chopos eran para él cipreses; las gallinas antojábansele palomas, y no hubo jilguero ni calandria que él, con la fuerza de su fantasía, no trocara en ruiseñor. Más de una vez le oí nombrar Pamela a su criada, y sé que únicamente dejó de llamar Clarisa a su lavandera *señá* Clara, cuando esta manifestó que no gustaba de que la pusiesen motes [30].

---

los autores que más influyeron en el desarrollo del Romanticismo en Francia. Su producción cuenta con obras como *Ensayo sobre las ficciones* (1795), *De la influencia de las pasiones sobre la felicidad de los individuos y de las naciones* (1796), *Delfina* (1802)..., y sobre todo *Corina o Italia* (1807), que fue durante decenios el libro del amor y del ideal para un amplio público de toda Europa. Finalmente, *La nueva Eloísa* (1761) presenta el conflicto que protagonizan Julia y Saint-Preux, víctimas en su amor de los prejuicios sociales. Es una de las obras fundamentales del escritor y filósofo suizo Jean-Jacques Rousseau (1712-1778), junto a otras como *El contrato social* o el *Emilio* (ambas de 1762).

[28] *Las noches* es el título bajo el que se conoce el largo poema elegíaco *Lamentos o pensamientos nocturnos sobre la vida, la muerte y la inmortalidad* (1742-1745), del británico Edward Young (1683-1765), que llevó a toda Europa, con su amplísima difusión, el género sombrío y melancólico que tanto predicamento ejerció en el Romanticismo. Fueron traducidas al castellano (1789-1797), como trae el texto, por el canónigo Juan de Escóiquiz (1747-1820).

[29] Nótese el valor peyorativo de *quincalla,* «conjunto de objetos de escaso valor, como tijeras, dedales o bisutería de baja calidad».

[30] *Pamela* y *Clarisa* son los nombres de las heroínas de sendas novelas sentimentales, celebradísimas, del inglés Samuel Richardson (1689-

¿Será necesario afirmar que, aun concretado a una especialidad, el duque de Cantarranas era un excelente crítico? Baste decir que sus consejos tenían fuerza de ley, y sus dictámenes eran tan decisivos, que jamás se apeló contra ellos al tribunal augusto de la opinión pública. Por eso le cité, en unión de los otros tres personajes que describiré luego, para que juzgase mi obrilla.

Era esta una novela mal concebida y peor hilvanada, incapaz, por lo tanto, de hombrearse con las muchas que, por tantos y tan preclaros ingenios producidas, enaltecen actualmente las letras en este afortunado país [31]. Luego que los cuatro ilustres senadores que formaban mi auditorio se colocaron bien en sus sillas, saqué fuerzas de flaqueza, tosí, miré a todos lados con angustia, respiré con fuerza, y con voz apagada y temblorosa empecé de esta manera:

CAPÍTULO PRIMERO. *Alejo era un joven bastante feo, hijo de honrados padres, chico de estudio, de sanas y muy honestas costumbres, pobre de solemnidad y bueno como una manzana. Vivía encajonado en su buhardilla, y desde allí contemplaba los gorriones que iban a pararse en la chimenea y los gatos que retozaban por el tejado. Miraba de vez en cuando al cielo, y de vez en cuando a la tierra, para ver, ya las estrellas, ya los simones* [32]*. Alejo estudiaba abogacía, lo cual le aburría mucho, y no tenía más distracción que asomarse al ventanillo de su tugurio. ¿Describiré la habitación de esta desventurada excrecencia de la sociedad?* [33] *Sí; voy a describirla.*

1761): *Pamela o la virtud recompensada* (1740) y *Clarisa o la historia de una señorita* (1747-1748), ambas en forma epistolar.

[31] *hombrearse:* igualarse. *Preclaros:* ilustres, prestigiosos, eminentes. Nótese la ironía de este y otros pasajes.

[32] *simones:* coches de plaza o de punto, esto es, de servicio público.

[33] *excrecencia:* carnosidad o superfluidad que se produce en animales y plantas, alterando su textura y superficie natural. No hará falta subrayar la carga despectiva que el término confiere al personaje.

Imaginaos cuatro sucias paredes sosteniendo un inclinado techo, al través del cual el agua del invierno por innumerables goteras se escurre. Andrajos de uno a modo de papel azul pendían de los muros; y la cama, enclavada en un rincón, era paralela al techo, es decir, inclinada por los pies. Una mesa que no los tenía completos [34] *sostenía apenas dos docenas de libros muy usados, un tintero y una sombrerera. Allí formaban estrecho consorcio dos babuchas en muy mal estado, con una guitarra, de la cual habían huido a toda prisa las cuatro cuerdas, quedando una sola, con que Alejo se acompañaba cierta seguidilla que sabía desde muy niño. Allí alternaban dos pares y medio de guantes descosidos, restos de una conquista, con un tarro de betún y un frasco de agua de Colonia, al cual los vaivenes de la suerte convirtieron en botella de tinta después de haber sido mucho tiempo alcuza de aceite. De inválida percha pendían una capa, una cartuchera de miliciano (1854)* [35]*, dos chalecos de rayas encarnadas y una faja que parecía soga. Un clavo sostenía el sombrero perteneciente a la anterior generación, y un baúl guardaba en sus antros algunas piezas de ropa, en las cuales los remiendos, aunque muchos y diversos, no eran tantos ni tan pintorescos como los agujeros no remendados* [36].

Pero asomémonos a la ventana. Desde ella se ve el tejado de enfrente, con sus buhardillas, sus chimeneas y sus micifuces [37]*. Más abajo se divisa el tercer piso de la casa;*

[34] Debe sobrentenderse *los pies;* es decir, la mesa estaba coja.

[35] En este año se reorganizó la Milicia Nacional, precedente del que más tarde sería el servicio militar obligatorio. Había sido instituida en 1812, varias veces disuelta por los gobiernos moderados y otras tantas repuesta por los progresistas.

[36] Hay aquí nuevos ecos del *Buscón* quevediano (II, 6), sobre todo en las metamorfosis de algunos objetos antes citados.

[37] *micifuces:* gatos. El nombre, que no figura en el diccionario académico, reproduce el de Micifuz, protagonista de *La gatomaquia* (1634), de Lope de Vega.

bajando más la vista, el segundo, y, por fin, el principal. En este hay un cierro de cristales [38]*, con flores, pájaros y... ¡otra cosa! Alejo miraba continuamente la* otra cosa *que contenía el cierro. ¿Diremos lo que era? Pues era una dama. Alejo la contemplaba todos los días, y por un singular efecto de imaginación, estaba viéndola después toda la noche, despierto y en sueños; si escribía, en el fondo del tintero; si meditaba, revoloteando como espectro de mariposa alrededor de la macilenta luz que hacía veces de astro en el paraíso del estudiante* [39].

Mirando desde allí al piso principal de enfrente, se distinguía en primer término una mano; después, un brazo, el cual estaba adherido a un admirable busto alabastrino [40]*, que sustentaba la cabeza de la joven, singularmente hermosa. ¿Me atreveré a describirla? ¿Me atreveré a decir que era una de las damas más bellas, de más alto origen, de más distinguido trato que ha dado a la sociedad esta raza humana, tan fecunda en duquesas y marquesas? Sí, me atrevo.*

Desde arriba, Alejo devoraba con sus ojos una gran cabellera negra, espléndida, profusa; un río de cabellos, como diría mi amigo el ilustre Cantarranas. (Al oír este símil en que yo rendía público tributo de admiración al esclarecido prócer [41]*, este se inclinó con modestia y se ruborizó unas miajas.) Debajo de estos cabellos, Alejo admiraba un arco*

---

38 *cierro:* mirador, balcón encristalado.

39 *macilenta:* descolorida, extenuada. En *paraíso,* a continuación, hay una sutil dilogía o doble sentido, que es fuente de ironía. Al significado que parece obvio —y que se hace explícito en su relación con *astro*— hay que sumarle este otro: «conjunto de asientos del piso más alto de algunos teatros» (lo que actualmente llamaríamos quizá *gallinero*). Recuérdese que Alejo vive en una buhardilla.

40 *busto:* parte superior del cuerpo. *Alabastrino:* de alabastro, variedad de piedra de color muy blanco. Se encarece así la blancura de la piel del personaje.

41 *esclarecido prócer:* insigne prohombre.

blanco en forma de media luna; era la frente, que desde tan alto punto de vista afectaba esta singular forma. De la nariz y barba solo asomaba la punta. Pero lo que se podía contemplar entero, magnífico, eran los hombros, admirable muestra de escultura humana, que la tela no podía disimular. Suavemente caía el cabello sobre la espalda; el color de su rostro al mismo mármol semejaba, y no ha existido cuello de cisne más blanco, airoso y suave que el suyo, ni seno como aquel, en que parecían haberse dado cita todos los deleites. La gracia de sus movimientos era tal, que a nuestro joven se le derretía el cerebro siempre que la consideraba saludando a un transeúnte o a la amiga de enfrente. Cuando no estaba puesta al balcón, las voces de un soberbio piano la llevaban, trocada en armonías, a la zahúrda del pobre estudiante[42]*. Si no la admiraba, la oía; tal poder tiene el amor, que se vale de todos los sentidos para consolidar su dominio pérfido*[43]*. Pero, ¡extraño caso!, jamás en el largo espacio de un trienio alzó la vista hacia el nido de Alejo, ni pudo observar aquella cosa fea que desde tan alto la miraba y la escuchaba con el puro fervor del idealismo.*

Añadamos que Alejo era miope; el estudio y las vigilias habían aumentado esta flaqueza[44]*, que no le permitía distinguir tres sobre un asno. Felizmente, el autor de este libro goza una vista admirable, y, por lo tanto, puede ver desde la buhardilla de Alejo lo que este no podía: la dama tal cual era en su forma real, despojada de todos los encantos con que la fantasía de un miope la había revestido; las máculas que le salpicaban el rostro, bastante empañado después de su quinto parto*[45]*; podía advertir (y para esto hubo de reunir datos que facilitó cierta doncella) que para formar aquella*

---

[42] *zahúrda:* vivienda del cerdo, pocilga.

[43] *pérfido:* traidor, desleal.

[44] *vigilia:* trabajo intelectual, especialmente el que se ejecuta de noche.

[45] *máculas:* manchas. *Empañado:* falto de tersura o suavidad.

sorprendente cabellera habían intervenido, primero Dios, que la creó no sabemos en qué cabeza, y después un peluquero muy hábil que se la arregló a la señora. También hubo de notar que no era su talle tan airoso como desde las boreales regiones de Alejo parecía, y que la nariz estaba teñida de un ligero rosicler[46]*, no suficiente a disimular su magnitud. En cuanto al piano, juraría que la dama no tocó en tres años otra cosa que un* pot-pourri *que empezaba en* Norma *y acababa en* Barba Azul[47]*, pieza extravagante que su inhabilidad había compuesto de lo que oyó al maestro; y, por último, por lo que respecta al seno, sería capaz de apostar que...*

Al llegar aquí me interrumpieron. Desde que leí lo de las máculas, notaba yo ciertos murmullos mal contenidos. Fueron en *crescendo,* hasta que, llegado al citado pasaje, una exclamación de horror me cortó la palabra y me hizo suspender la lectura.

Cantarranas estaba nervioso, y la poetisa se abanicaba con furia, ciega de enojo y hecha un basilisco[48]. No sé si he dicho que una de las cuatro personas de mi auditorio era una poetisa. Creo llegada la ocasión de describir a esta ilustre hembra.

---

[46] *boreales:* norteñas. *Rosicler:* color rosado.

[47] *pot-pourri:* término francés —que suele castellanizarse en *popurrí*— para designar una pieza musical formada de fragmentos de obras diversas. *Norma:* ópera en dos actos de Vincenzo Bellini (1801-1835), libreto de Romani, estrenada en 1831. *Barba Azul:* opereta de Jacques Offenbach (1819-1880), libreto de Meilhac y Halévy, estrenada en 1866.

[48] *hecha un basilisco:* muy airada.

II

La cual pasaba por literata muy docta y de mucha fama en todo el mundo [49], por haber escrito varios tomos de poesía y borronado madrigales en todos los álbumes de la Humanidad [50]. Cumpliendo cierta misteriosa ley fisionómica, era rubia, como todas las poetisas, y obedeciendo a la misma fatalidad, alta y huesuda. La adornaba una muy picuda y afilada nariz y una boca hecha de encargo para respirar por ella, pues no eran sus órganos respiratorios los más fáciles y expeditos [51]. No sé qué tenían sus obras que llevaban siempre el sello de su nariz, visión que me persiguió en sueños varias noches; y el mismo efecto de pesadilla me causaban dos rizos tan largos como poco frondosos que de una y otra sien le colgaban. Por lo que el traje dejaba traslucir, era fácil suponer su cuerpo como de lo más flaco, amojamado y pobrecillo que en Safos se acostumbra [52].

Era viuda, casada y soltera. Expliquémonos. Siempre se la oyó decir que era viuda; todos la tenían por casada, y era, en realidad, soltera. En una ocasión vivió en cierto lugar con un periodista provinciano, y allí pasaban por esposos. El infeliz consorte fue un mártir. Llamaba ella a las piernas *columnas del orden social,* lo cual no era sino gallarda figura retórica que cubría su mortal aversión a coser pantalones.

---

[49] Este procedimiento, el de comenzar el capítulo con un término que tiene su antecedente en el anterior, procede directamente de Cervantes, quien lo emplea varias veces en el *Quijote* (I, 6 ó II, 73 son muy semejantes a este de Galdós).

[50] *madrigal:* poema breve, generalmente de tema amoroso. *Álbum:* libro en blanco, comúnmente apaisado, y encuadernado con más o menos lujo, cuyas hojas se llenan con breves composiciones literarias, sentencias, máximas, piezas de música, firmas, retratos, etc.

[51] *expeditos:* libres, desocupados.

[52] *Safos:* «poetisas», a través de la antonomasia que las designa con el nombre de la griega Safo de Lesbos (siglo VI a. de C.), la más grande lírica de la Antigüedad.

Ella no cogía los puntos a los calcetines, porque, poco fuerte en toda clase de ortografías, siempre tenía en boca aquella sabia máxima: *No se vive solo de pan,* apotegma con que quería disimular su absoluta ignorancia en materia de guisados [53]. La novela era su pasión: en el folletín del periódico de su marido publicó una que este, aunque enemigo de prodigar elogios, calificaba de piramidal [54]. Yo leí tres hojas, y confieso que no me pareció muy católica [55]. También escribió otra que ella llamaba *eminentemente moral.* No quise moralizarme leyéndola, y regalé el ejemplar a mi criado, el cual lo regaló a no sé quién.

Excuso reiterar la veneración que me infundía la tal señora por su competencia en el arte de novelar. Me había dicho repetidas veces que quería inculcarme alguno de sus elevados principios, y con este fin asistía como inexorable juez a la lectura.

La buena de la poetisa se escandalizó viendo el giro que yo daba a la acción. Rabiosamente idealista, como pretendían demostrar sus rizos y su nariz, no podía tolerar que en una ficción novelesca entrasen damas que no fueran la misma hermosura, galanes que no fueran la caballerosidad en persona. Por eso, saliendo a defender los fueros del idealismo [56], tomó la palabra, y con áspera y chillona voz, me dijo:

—Pero ¿está usted loco? ¿Qué arte, qué ideal, qué estilo es ese? Usted escribirá sin duda para gente soez y sin deli-

---

[53] *apotegma:* dicho breve y sentencioso.

[54] En los periódicos del XIX hizo fortuna el *folletín,* esto es, la novela publicada de forma fragmentada en números sucesivos. La moda se inició en Francia en los años 30 y se difundió por toda Europa. En el ámbito español, la época dorada del folletín abarca aproximadamente un cuarto de siglo, el que va desde 1844 hasta 1868, pero su vigencia rebasa con mucho esta fecha, como en cierto modo se comprueba en nuestro texto mismo.

[55] *católica:* buena, perfecta.

[56] *fueros:* privilegios, prerrogativas, derechos.

cadeza, no para *espíritus distinguidos.* Yo creí que se me había llamado para oír cosas más cultas, más elegantes. ¡Oh! No comprendo yo así la novela. Ya veo el sesgo que va usted a dar a eso: terminará con burlas indignas, como ha empezado. ¡Ay! ¡Encanallar una cosa que empezaba tan bien! Ahí está el germen de una alta obra moralizadora. ¡Qué lástima! Esa buhardilla, ese joven pobre que vive en ella, melancólicamente entretenido en contemplar a la dama del mirador..., y pasan días, y la mira..., y pasan noches, y la mira... ¡Que me maten si con eso no era yo capaz de hacer dos tomos! Y esa dama misteriosa..., yo no diría quién era hasta el trigésimo capítulo. Tenía usted admirablemente preparado el terreno para componer una obra de *largo aliento.* ¡Qué lástima!

Al oír esto, no sé qué pasó por mí. Puesto que debo hacer confesión franca de mis impresiones, aunque me sean desfavorables, me veo precisado a decir que el dictamen de persona tan perita me desconcertó [57], de modo que en mucho tiempo no acerté a decir palabra. Sirva el rubor con que lo confieso de expiación a mi singular audacia y a la petulante idea de convocar tan esclarecido jurado para dar a conocer uno de los más ridículos abortos que de mente humana han podido salir. Al fin me serené, gracias a algunas frases bondadosas del siempre magnífico Duque, y haciendo un esfuerzo respondí a la poetisa:

—Y dado el principio de la novela; dados los dos personajes, la buhardilla, el cierro y lo demás, ¿qué discurriría usted? ¿Cómo desarrollaría la acción? (Inútil es decir que al hacer estas preguntas solo me guiaba el deseo de aprender, apoderándome de las recetas que para componer sus artificios literarios usaba aquella incomparable sibila) [58].

---

[57] *perita:* sabia, experimentada, práctica en una ciencia o arte.

[58] *sibila:* mujer sabia a quien los antiguos atribuyeron espíritu profético.

—¡Oh! ¿Qué haría yo, dice usted? —repuso, acercándose a mí con tal violencia, que pensé que me iba a saltar los ojos con su nariz—. Seguramente había de *tirar* mucho partido de esos elementos [59]. Supongamos que soy la autora: ese joven pobre es muy hermoso, es moreno e interesante, un tipo meridional, tórrido, un hijo del desierto [60]. Desde su ventana mira constantemente a la joven, y pasa la noche oyendo el triste mayar de los tigres (así llamaremos por ahora a los gatos, hasta encontrar otro animal más poético), y desde allí se aniquila en el loco amor que le inspira aquella dama misteriosa, misteriooooosa... ¿Qué haré? ¡Dios mío! Primero describiría a la dama muy poética... ticamente, muy lánguida, con cabellos rubios, muy rubios y flotantes, y una cintura así... (Al decir esto, hizo un ademán usual, determinando con los dedos pulgar e índice de ambas manos un círculo no más grande que la periferia de una cebolla.) La pintaría muy triste, vestida siempre de blanco, apoyada día y noche en el barandal, la mano en la mejilla, y contemplando la enredadera que, trepando como vegetal lagartija por los balcones, hasta sus mismos hombros llegaba.

—Le advierto a usted —dije con timidez— que yo no he puesto jardín, sino calle.

—No importa —respondió—; yo quito la calle y pongo pensiles [61]. Continúo: la supondría siempre muy triste, y de vez en cuando una lágrima *asomaba* a sus ojos azules [62], semejando errante gota de rocío que se detiene a descansar en el cáliz de un jacinto. El joven mira a la dama; la dama no mira al joven. ¿Quién es aquella dama? ¿Es una esposa víctima, una hija mártir, una doncella pura, lanzada al torbellino de la sociedad por la furia de las pasiones? ¿Ama o

---

[59] *tirar:* sacar (en uso galicista que también resulta caracterizador del personaje, como veremos).

[60] *tórrido:* ardiente.

[61] *pensiles:* jardines deliciosos.

[62] La cursiva pone de relieve el empleo tópico de esta metáfora.

aborrece? ¿Espera o teme? ¡Ah!, esto es lo que yo me guardaría muy bien de decir hasta el capítulo trigésimo, donde pondría el gran *golpe teatral* de la obra... [63]. Veamos cómo desarrollaría la acción para lograr que se vieran y se conocieran los dos personajes. Un día la dama llora más que nunca, y mira más fijamente al jardín; su vestido es más blanco que nunca, y más rubios que nunca sus cabellos. Un pajarito que juguetea entre las matas viene a apoyarse en la enredadera, junto a la mano de la dama, y como al ver la yema del dedo gordo crea que es una cereza, la pica. La joven da un grito, y en el mismo momento el pajarillo *se salva* asustado [64], remonta el vuelo y va a posarse en la buhardilla de enfrente. La dama alza la vista siguiendo al diminuto volátil, y ve..., ¿a quién creeréis que ve? Al joven que ha estado doce capítulos comiéndosela con los ojos sin que esta se dignara mirarle. Desde entonces, una corriente eléctrica se establece entre los dos amantes. ¡Se habían contemplado! ¡Ay!

Al llegar aquí, volvime casualmente hacia el duque de Cantarranas: estaba pálido de emoción, y una *lágrima se asomaba* a sus ojos verdes, semejando viajera gota de rocío que se detiene a reposar en el cáliz de una lechuga [65]. Sentíame yo confundido, anonadado ante la pasmosa inventiva, la originalidad, el ingenio de aquella mujer, junto a quien las Safos y Staëlas eran literatas de tres al cuarto [66]. De los demás personajes de mi auditorio nada diré todavía.

—¡Bravo, soberbio! —exclamó Cantarranas, aplaudiendo con fuerza y entusiasmándose de tal modo, que se le

---

[63] *golpe teatral:* nuevo galicismo *(coup de théâtre)*, con el que se alude al cambio súbito de la situación.

[64] *se salva:* se escapa, huye (galicismo).

[65] Obsérvese el paralelismo hilarante con la expresión anterior de la poetisa.

[66] *de tres al cuarto:* de muy poco valor (literalmente se aplica a cosas que cuestan tan baratas, que con un cuarto, una moneda de cobre, se compran tres). Para *Safos y Staëlas,* véanse las anteriores notas 52 y 27.

saltó el mal pegado botón de la camisa, y las puntas del cuello postizo quedaron en el aire.

—¿Le gusta a usted el pensamiento? —preguntó la poetisa—. Esto es el *canevas* tan solo [67]; después viene el estilo y...

—Me entusiasma la idea —repliqué, apuntando con el lápiz lo que ella con el mágico pincel de su fantasía dibujara.

—Ese es el camino que usted debe seguir —añadió, dando a Cantarranas un alfiler para que afirmase el cuello [68].

—¡Oh! El recurso del pajarillo es encantador.

—El pajarillo —dijo Cantarranas— debe ser el intermediario entre la dama blanca y el joven meridional.

—Pues yo continuaría desarrollando la acción del modo siguiente —prosiguió ella—. Veamos: el joven tomó el pajarillo con sus delicados dedos, y, dándole algunas miguitas de pan, le alimentó varios días, consiguiendo domesticarle a fuerza de paciencia. Verá usted qué raro: le tenía suelto en el cuarto sin que intentara evadirse. Un día le ató un hilito en la pata y le echó a volar; el pájaro fue a posarse al balcón en donde estaba la dama, que le acarició mucho y le obsequió con migajitas de bizcocho mojadas en leche. Volvió después a la buhardilla; el joven le puso un billete atado al cuello [69], y el ave se lo llevó a la dama. Así se estableció una rápida, apasionada y volátil correspondencia, que duró tres meses. Aquí copiaría yo la correspondencia, que ocuparía medio libro, de lo más delicado y elegante. Él empezaba diciendo: «Ignorada señora: Los alados caracteres que le envío a usted le dirán, etc.». Y ella contestaría: «Desconocido caballero: Con rubor y sobresalto he leído su epístola, y mentiría si no le asegurara que, desde luego, he creído en-

---

67 *canevas:* esbozo, bosquejo (enésimo galicismo de la poetisa).

68 *Afirmase:* sujetase.

69 No un *billete* de banco, como quizá entenderíamos hoy, sino una carta o escrito breve, como se comprueba a continuación.

contrar un leal amigo, un amigo nada más...» [70]. Por esto de los amigos nada más se empieza. Así se prepara al lector a los grandes aspavientos amorosos que han de venir después.

—¡Qué ternura!, ¡qué suavidad!, ¡qué delicadeza! —dijo el Duque en el colmo de la admiración.

—Acepto el pensamiento —manifesté, anotando todo aquel discreto artificio para encajarlo después en mi obra como mejor me conviniese [71].

Después de que la poetisa hubo mostrado en todo su esplendor, adornándole con las galanuras del estilo, su incomparable ingenio; después de que me dejó corrido y vergonzoso [72] por la diferencia que resultaba entre su inventiva maravillosa y el seco, estéril y encanijado parto de mi caletre, ¿cómo había de atreverme a continuar leyendo? Ni a dos tirones me harían despegar los labios; y allí mismo hubiera roto el manuscrito, si el Duque, que era la misma benevolencia, no me obligase a proseguir, con ruegos y cortesanías que vencieron mi modestia y trocaron en valor mis fundados temores. Busqué, pues, en mi manuscrito el punto donde había quedado, y leí lo siguiente:

El joven Alejo era pobre, muy pobre. («Bien», dijo la poetisa.) Sus padres habían muerto hacía algunos años, y solo con lo que le pasaba una tía suya, residente en Alicante, vivía, si vivir era aquello. La mala sopa y el peor cocido con que doña Antonia de Trastamara y Peransúrez le alimentaba eran tales, que no bastarían para mantener en pie a un cartujo [73]*. Y aun así, doña Antonia de Trastamara y Peransúrez, tan noble de apellido como fea de catadura, solía*

---

[70] Las novelas sentimentales emplean con profusión la técnica epistolar, desde las ya citadas *Pamela* y *Clarisa,* de Richardson.

[71] *discreto:* cuerdo, sensato, agudo.

[72] *corrido:* avergonzado y confundido.

[73] *cartujo:* monje de la Cartuja, orden religiosa caracterizada por su extrema austeridad.

quejarse de que el huésped no pagaba; horrible acusación que hiela la sangre en las venas, pero que es cierta. (La poetisa articuló una censura que me resonó en el corazón como un eco siniestro.) Así es que con los 200 reales que de Alicante venían, el pobre no tenía más que para palillos, que era, en verdad, la cosa que menos necesitara. Luego, las deudas se le comían, y no podía echarse a la calle sin ver salir de cada adoquín un acreedor. Como era miope, las monedas falsas parece que le buscaban. ¡Singular atracción del bolsillo raras veces ocupado! En cuanto a distracciones, no tenía, aparte la dama citada, sino las murgas que en bandadas venían todas las noches, por entretener a la gente colgada de los balcones.

—¡Ay! ¡Ay! —observó la poetisa—. Eso de las murgas es deplorable. Ya ha vuelto usted a caer en la sentina [74].

Al oír esto, otro de los personajes que me escuchaban rompió por primera vez su silencio, y con atronadora voz, dando en la mesa un puñetazo que nos asustó a todos, dijo:

—No está sino muy bien, magnífico, sorprendente. ¿Pues qué?, ¿todo ha de ser lloriqueos, blanduras, dengues, melosidades y tonterías? ¿Se escribe para doncellas de labor y viejas verdes, o para hombres formales y gentes de sentido común? [75].

Quien así hablaba era la tercera eminencia que componía el jurado; y me parece llegada la ocasión de describirlo.

---

[74] La poetisa lamenta el mal gusto del joven, que subraya con el empleo metafórico de *sentina* («lugar lleno de inmundicias y mal olor»).

[75] Las *doncellas de labor y viejas verdes* constituirían el público natural de las novelas sentimentales.

III

Don Marcos había sido novelista. Desde que se casó con la comercianta en paños de la calle de Postas [76], dejó las musas, que no le produjeron nunca gran cosa, ni le ayudaron a sacar el vientre de mal año [77]. Continuaba, sin embargo, con sus aficiones; y ya que no se entregara al penoso trabajo de la creación, solía dedicarse al de la crítica, más fácil y llevadero. Siempre en sus novelas (la más célebre se titulaba *El candil de Anastasio*) brillaba la realidad desnuda. De las muchas diferencias que existían entre su musa y la de Virgilio, la principal era que la de don Marcos huía de las sencillas y puras escenas de la Naturaleza [78]; y así como el pez no puede vivir fuera del agua, la musa susodicha no se encontraba en su centro fuera de las infectas buhardillas, de los húmedos sótanos, de todos los sitios desapacibles y repugnantes. Sus pinturas eran descarnados cuadros, y sus tipos predilectos, los más extraños y deformes seres. Un curioso aficionado a la estadística hizo constar que en una de sus novelas salían 28 jorobados, 80 tuertos, 60 mujeres *de estas que llaman del partido* [79], hasta dos docenas y media

---

[76] La calle de *Postas,* junto a la plaza Mayor, era en efecto una calle comercial, con muchas tiendas, sobre todo de paños finos, como cuenta en su «Madrid» (1915) el mismo Galdós, quien situaría aquí el establecimiento de Arnáiz en su obra maestra *Fortunata y Jacinta* (1887).

[77] *Las musas,* o diosas protectoras de las ciencias y las artes, son en este caso las de la literatura. *Sacar el vientre de mal año* es expresión del castellano clásico que define así el *Diccionario de Autoridades* (1726-1739): «Modo de hablar con que se da a entender que se ha comido mucho, o que se ha comido algo más y de más substancia que lo que de ordinario se come».

[78] Virgilio (siglo I a. de C.), uno de los más grandes poetas latinos, es autor de las *Bucólicas,* en las que exalta, contra lo que hace don Marcos, *las sencillas y puras escenas de la Naturaleza.*

[79] Es decir, prostitutas, putas. No solo es expresión tomada del castellano clásico, sino directamente de Cervantes, lo que explica la cursiva del texto: «Estaban acaso a la puerta dos mujeres mozas, destas que llaman

de viejos verdes, y otras tantas viejas embaucadoras. Su teatro era la alcantarilla [80], y un fango espeso y maloliente cubría todos sus personajes. Y tal era el temperamento de aquel hombre insigne, que cuanto Dios crió lo veía feo, repugnante y asqueroso. Estos epítetos los encajaba en cada página, ensartados como cuentas de rosario. Era prolijo en las descripciones, deteniéndose más cuando el objeto reproducido estaba lleno de telarañas, habitado por las chinches o colonizado por la ilustre familia de las ratas, y su estilo tenía un desaliño sublime, remedo fiel del desorden de la tempestad. ¿Será preciso decir que usaba de mano maestra los más negros colores, y que sus personajes, sin excepción, morían ahogados en algún sumidero [81], asfixiados en laguna pestilencial, o asesinados con hacha, sierra u otra herramienta estrambótica? No es preciso, no, pues andan por el mundo, fatigando las prensas, más de tres docenas de novelas suyas, que pienso son leídas en toda la redondez del globo.

De su vida privada se contaban mil aventuras, a cual más interesantes. Mientras fue literato, su fama era grande, su hambre mucha, su peculio escaso [82], su porte de esos que llamamos de mal traer. El editor que compraba y publicaba sus lucubraciones no era tan resuelto en el pagar como en el imprimir [83], achaque propio de quien comercia con el talento; y don Marcos, cuyo nombre sonaba desde las márgenes del Guadalete hasta las del Llobregat [84], desfallecía cubierto de laureles, sin más oro que el de su fantasía, ni otro

---

del partido, las cuales iban a Sevilla con unos arrieros que en la venta aquella noche acertaron a hacer jornada...» (*Quijote,* I, 2, ed. cit., pp. 48-49).

[80] *teatro:* en el sentido de «ambiente, ámbito», que aquí es la *alcantarilla,* análogo a la *sentina* que antes había condenado la poetisa.

[81] *sumidero:* conducto o canal por donde se sumen o recogen las aguas.

[82] *peculio:* dinero o bienes particulares de una persona.

[83] *lucubraciones:* imaginaciones de poco fundamento.

[84] Entiéndase «en toda España», pues el *Guadalete* atraviesa la provincia de Cádiz, y el *Llobregat,* la de Barcelona.

caudal que el de su gloria. Pero quiso la suerte que la persona del insigne autor no pareciese costal de paja a una viuda que tenía comercio de lana y otros excesos en la calle de Postas [85]; hubo tierna correspondencia, corteses visitas, honesto trato; y al fin unioles Himeneo [86], no sin que todo aquel barrio murmurara sobre el porqué, cómo y cuándo de la boda. Lo que las musas lloraron este enlace no es para contado [87]; porque viéndose en la holgura, trocó el escritor los poco nutritivos laureles por la prosaica hartura de su nueva vida; y cuéntase que colgó su pluma de una espetera, como Cide Hamete, para que de ningún ramplón novelista fuera en lo sucesivo tocada [88]. Después de larga luna de miel, cual nunca se ha visto en comerciantes de tela, se afirma que no reinó siempre en el hogar la paz más octaviana [89]. No están conformes los biógrafos de don Marcos en la causa de ciertas riñas, que pusieron a la esposa en peligro de morir a manos de su esposo: unos lo atribuyen a veleidades del escritor [90]; otros más concienzudos, y buscando siempre las causas recónditas de los sucesos humanos, a que el pesimismo adquirido cultivando las letras infiltrose de tal modo en su pensamiento, que llenó su vida de melancolía y

---

85 *costal de paja:* poca o mala cosa. La expresión se aplica en el ámbito amoroso, como trae el *Diccionario* académico: «*no parecer costal de paja.* fr. fig. y fam. Parecer bien a una persona otra de diferente sexo».

86 *Himeneo:* en Grecia, era el dios que presidía el matrimonio y personificaba los cantos nupciales.

87 *Las musas* eran las divinidades que protegían las ciencias y las artes, especialmente la poesía.

88 En efecto, esto es lo que hizo Cide Hamete al final del *Quijote* (II, 74), cuando dijo a su pluma: «Aquí quedarás colgada desta espetera y deste hilo de alambre [...]. De ninguno sea tocada [...]» (ed. cit., p. 1222). *Espetera:* tabla con garfios donde se colgaban las carnes, aves y otras cosas de cocina, como cazos, sartenes, etc.

89 *Paz octaviana:* quietud y sosiego, como se gozaban en el Imperio Romano en la época de Octavio Augusto (63 a. de C.-14 d. de C.).

90 *Veleidades:* deseos, caprichos.

fastidio. ¡Tal influjo tienen las grandes ideas en las grandes almas!

A los ojos del profano vulgo, don Marcos era siempre el mismo. Aconsejaba a los jóvenes, procurando guiarles por el camino de la alcantarilla. Daba su opinión siempre que se la pidieran, y no negaba elogios a los escritores noveles, siempre que fuesen de su escuela colorista, que era la escuela del betún [91]. Este es el tercer personaje de los cuatro que formaban mi auditorio, y este el que expuso su modo de pensar diciendo:

—No está sino muy bien. Hay que pintar la vida tal como es: repugnante, soez, grosera. El mundo es así: no nos toca a nosotros reformarlo, suponiéndolo a nuestro capricho y antojo; nos cumple solo retratar las cosas como son, y las cosas son feas. Este joven que usted ha pintado ahí tiene demasiada luz, y le hace falta una buena dosis de negro. Hoy no saben dar clarobscuro al estilo, y desde que han dejado de escribir ciertas personas que yo me sé, está la novela por los suelos. Si usted quiere hacer una obra ejemplar, rodee a ese caballerito de toda clase de lástimas y miserias; arroje usted sobre él la sombra siniestra de la sociedad, y la tal sociedad es de lo más repugnante, asqueroso e inmundo que yo me he echado a la cara. Y después, si le conviene ofrecer una lección moral a sus lectores, haga que el chico se trueque de la noche a la mañana, por la sola fuerza del hambre y del hastío, en un ser abyecto, revelando así el fondo de inmundicia que en el corazón de todo ser humano existe. Preséntele usted con toda la negra realidad de la vida, braceando en este océano de cieno, sin poder flotar, y ahogándose, ahogándose, ahogándose... Pero, eso sí, déjele usted que se enamore con hidrofobia de la dama de enfrente [92], porque en ese gran recurso dramático ha de cimentarse todo el edi-

[91] O sea, de color negro. Nótese la ironía.

[92] *hidrofobia:* rabia, furia.

ficio novelesco. Si yo me encargara de desarrollar el plan, lo haría de ingenioso modo, nunca visto ni en novelas ni en dramas.

—¿A ver, a ver? —interrogamos todos; yo, por afán de penetrar los pensamientos literarios de mi amigo; los demás, por curiosidad y deseo de ver en todo su horror la cloaca intelectual de aquel atroz ingenio.

—Yo haría lo siguiente —continuó—: le supondría muy desesperado, sin saber qué hacer para comunicarse y entablar relaciones con la dama de enfrente. Suprimo eso del pajarito, que es insufrible. (La poetisa dejó traslucir, con un movimiento de indignación, su ultrajado amor de madre.) Él piensa unas veces meterse a bandido para robar a la dama; otras se le ocurre quemar la casa para sacar a la señora en brazos. Entretanto, se pone flaco, amarillo, cadavérico, con aspecto de loco o de brujo; la casa se cae a pedazos, y en su miseria se ve obligado a comer ratas. (Cantarranas cerró los ojos después de mirar al cielo con angustia.) Un día se le pasa por las mientes un ardid ingenioso, y para esto tengo que suponer que vive, no en la casa de enfrente, sino en la buhardilla de la misma casa. Modificada de este modo la escena, fácil es comprender su plan, que consiste en introducirse por el cañón de la chimenea y colarse hasta el piso principal.

—¡Qué horror! —exclamó la poetisa, tapándose la cara con las manos—. ¡Se va a tiznar! ¡Si al menos tuviera donde lavarse antes de presentarse a ella!...

—No importa que se tizne —continuó el novelista—. Yo pintaría a la dama muy hermosa, sí, pero con una contracción en el rostro que denotara sus feroces instintos. Ha tenido muchos amantes; es mujer caprichosa: uno de esos caracteres corrompidos que tanto abundan en la sociedad, marcando los distintos grados de relajación a que llega en cada etapa la especie humana. Ha tenido, como decía, muchísimos querindangos, y al fin viene a enamorarse de un negro traído de Cuba por cierto banquero, que es un agiotista inicuo, un bandolero de frac [93].

»Con estos antecedentes ya puedo desarrollar la situación dramática, de un efecto horriblemente sublime. Veamos: ella está en su cuarto, lánguidamente sentada junto a un veladorcillo, y piensa en el Apolo de azabache, charolado objeto de su pasión [94]. Hojea un álbum, y de tiempo en tiempo, su rostro se contrae con aquel siniestro mohín que la hace tan espantablemente guapa. De repente se siente ruido en la chimenea; la dama tiembla, mira, y ve que de ella sale, saltando por encima de los leños encendidos, un hombre tiznado. En su delirio cree que es el negro; domínanla al mismo tiempo el estupor y la concupiscencia [95]. La luz se apaga. ¡Pataplum!... ¿Qué les parece a ustedes esta situación?

—Digo que es usted el mismo demonio o tiene algún mágico encantador que le inspire tan admirables cosas —respondí confuso, ante la donosa invención de don Marcos [96], que me parecía en aquel momento superior a cuantos, entre antiguos y modernos, habían imaginado las más sutiles trazadas de novela.

La poetisa estaba un tanto cabizbaja, no sé si porque le parecía mejor lo suyo o porque, teniendo por detestable el engendro de don Marcos, consideraba a qué límite de fatal extravío pueden llegar los más esclarecidos entendimientos. No estará de más que con la mayor reserva diga yo aquí, para ilustrar a mis lectores, que la poetisa tenía, entre otros, un defecto que suele ser cosa corriente entre las hembras

---

93 *querindangos:* queridos, amantes (con sufijo despectivo). *Agiotista inicuo:* especulador malvado.

94 Se refiere a su amante cubano: *Apolo* era el más bello de los dioses; el *azabache* es una variedad de lignito de color negro; *charolado,* barnizado.

95 *concupiscencia:* lujuria, lascivia, sensualidad.

96 *donosa:* ocurrente, airosa.

que agarran la pluma cuando solo para la aguja sirven, es decir, la envidia.

—Pues verán ustedes ahora —continuó don Marcos— cómo armo yo el desenlace de tan estupendo suceso. A la mañana siguiente hállase la dama en su tocador, y ha gastado dos pastillas de jabón en quitarse el tizne de la cara. Su rabia es inmensa: está furiosa; ha descubierto el engaño, y en su desesperación da unos chillidos que se oyen desde la calle. El joven, por su parte, trata de huir, al ver el enojo de la que adora. Quiere matar al desconocido mandinga [97], de quien está celosísimo; pero, en lugar de bajar la escalera, se ve obligado a subir por el mismo cañón de la chimenea para no ser visto de cierto conde que entra a la sazón en la casa [98]. La fatalidad hace que no pueda subir por el cañón, habiendo sido tan fácil la bajada; y mientras forcejea trabajosamente para ascender, resbala y cae al sótano, y de allí, sin saber cómo, a un sumidero, yendo a parar a la alcantarilla, donde se ahoga como una rata. La ronda le encuentra al día siguiente [99], y le llevan, en los carros de la basura, al cementerio. Como aquí no tenemos *Morgue,* es preciso renunciar a un buen efecto final [100].

Así habló el realista don Marcos. Cantarranas estaba más nervioso que nunca, y la poetisa sacó un pomito de esencias, para aplicarlo al cartucho que tenía por nariz; este singular pomito era el *flacon* que había visto en todas las novelas

---

[97] *mandinga:* perteneciente o relativo a un grupo étnico que se extiende principalmente por Malí, Guinea, Costa de Marfil y Senegal. En el texto se emplea como metonimia de «negro».

[98] *a la sazón:* en ese momento, en esa ocasión.

[99] *ronda:* patrulla, policía.

[100] *morgue:* depósito de cadáveres. Designó, en principio, el lugar creado a tal efecto en París, que se imitó después en Berlín, Boston y otras ciudades americanas. Por los años en que Galdós escribe este texto se inauguraban las de Nueva York (1866), Brooklyn (1870), Chicago (1872) y San Luis (1874).

francesas [101]. Es la verdad que don Marcos le inspiraba profunda repugnancia, y por eso le llamaba ella *barril de prosa,* sin duda por vengarse del otro, que en cierto artículo crítico la llamó una vez *espuerta de tonterías.*

Yo no sabía qué hacer en presencia de dos fallos tan autorizados y al mismo tiempo tan contradictorios. Vacilaba entre figurar a mi héroe dando migajas de pan al pajarito o metiendo la cabeza en los sumideros del palacio de su amada. Miré al magnífico Duque, y le vi con la cabeza gacha y colgante, como higo maduro. La poetisa se hallaba en un paroxismo de furor secreto [102]. ¿Cómo podía yo decidirme por una solución contraria a las ideas de Cantarranas, cuando este era mi Mecenas, o, para valerme de una de sus más queridas figuras, corpulento roble que daba sombra a este modesto hisopo de los campos literarios? [103]. Y al mismo tiempo, ¿cómo desairar a don Marcos, tan experimentado en artes de novela? ¿Cómo renunciar a su plan, que era el más nuevo, el más extraño, el más atrevido, el más sorprendente de cuantos había concebido la humana fantasía? En tan crítica situación me hallaba con el manuscrito en las manos, la boca abierta, los ojos asombrados, indeciso el magín y agitado el pecho [104], cuando vino a sacarme de mi estupor y a cortar el hilo de mis dudas la voz del cuarto de los personajes que el jurado componían. Hasta entonces había permanecido mudo, en una butaca vieja, cuyas crines por innumerables agujeros salían; allí se estaba, con aspecto de esfinge, acentuado por la singular expresión de su rostro severo [105]. Creo que ha llegado la ocasión de

---

[101] *pomito de esencias:* frasquito (*flacon,* en francés) de perfume.

[102] *paroxismo:* exaltación extrema.

[103] *figura:* forma de expresión que se aparta de la considerada natural, con fines expresivos. *Hisopo:* mata muy olorosa con tallos leñosos, hojas lanceoladas y flores azules o blanquecinas. Es muy común.

[104] *magín:* cabeza, imaginación.

[105] *crines:* cerdas, fibras. *Esfinge:* estatua.

describir a este personaje, el más importante sin duda de los cuatro, y voy a hacerlo.

IV

Si cuarenta años de incansable laboriosidad, de continuos servicios prestados al arte, a las letras y a la juventud, son título bastante para elevar a un hombre sobre sus contemporáneos, ninguno debiera estar más por cima de la vulgar muchedumbre que don Severiano Carranza, conocido entre los árcades de Roma por *Flavonio Mastodontiano* [106]. Era casi académico, porque siempre que vacaba un sillón se presentaba candidato [107], aunque nunca quisieron elegirle. Su fuerza era la erudición; espigaba en todos los campos: en la historia, en la poesía, en las artes bellas [108], en la filosofía, en la numismática, en la indumentaria. Recuerdo su última obra, que estremeció al mundo de polo a polo por tratar de una cuestión grave, a saber: de si el Arcipreste de Hita tenía o no la costumbre de ponerse las medias al revés [109], decidiéndose nuestro autor por la negativa, con gran escándalo y algazara de las Academias de Leipzig, Gotinga, Edimburgo y Ratisbona [110], las cuales dijeron que el célebre Carranza era un alma de cántaro al atreverse a negar un hecho que forma parte del tesoro de creencias de la Humani-

---

[106] La Academia de los Árcades, fundada en Roma en 1690, propugnó durante el XVIII una poesía fácil y elegante. El primer sentido de *árcade* sería el habitante de Arcadia, que mediante el nombre de esta región de Grecia designaba el país imaginario de la felicidad pastoril.

[107] *vacaba:* quedaba libre.

[108] Suelen considerarse *artes bellas,* o *bellas artes,* la pintura, la escultura, la arquitectura y la música.

[109] Juan Ruiz, *Arcipreste de Hita,* es el autor del *Libro de buen amor* (siglo XIV), uno de los mayores monumentos de la literatura española.

[110] Son todas ellas ciudades especialmente destacadas por su dimensión universitaria y cultural. Edimburgo está en Escocia, y las otras tres, en Alemania.

dad. Pues ¿y su disertación sobre los colmillos del jabalí de Erymantho [111], que fue causa de un sinfín de mordiscadas entre los más famosos eruditos? No diré nada, pues corre en manos de todo el mundo, de su famoso discurso sobre el modo de combinar las *tes* y las *des* en el metro de arte mayor [112], el cual le alzara a los cuernos de la luna, si antes, para gloria de España y enaltecimiento de sí propio, no hubiera escrito y dado a la estampa la nunca bastante encarecida *Oda a la invención de la pólvora,* en que llamaba a este producto químico *atmósfera flamínea.* Esta es su única obra de fantasía. Las demás son todas eruditas, porque vive consagrado a los apuntes. Como crítico, no se le igualara ni el mismo Cantarranas, aunque no faltan biógrafos que le equiparan a él, y hubo alguno que aseguró le aventajaba en muchas cosas. Basta decir que Carranza había leído cuanto salió de plumas humanas, siendo de notar que todo libro que pasase por su memoria dejaba en ella un pequeño sedimento o depósito, aunque no fuera más grande que una gota de agua.

No había fecha que él no supiera, ni nombre que ignorara, ni dato que le fuera desconocido, ni coincidencia que se escapase a su penetración y colosal memoria. Bien es verdad que de este almacén sacaba el cargamento de sus críticas, las cuales tenían más de indigestas que de sabrosas, porque no existe cosa antigua que no sacara a colación, ni autor clásico que no desenterrara a cada paso para llevarle y traerle como a los gigantones en día de Corpus [113]. Escribiendo era prolijo:

---

[111] Alude al cuarto de los doce trabajos de Heracles o Hércules, por el que libró a la Arcadia de un furioso *jabalí,* apresándolo en el bosque de *Erymantho* (o Erimanto).

[112] *metro de arte mayor:* es el verso utilizado en el siglo XV para poemas de tono elevado, y comporta todo un sistema poético, basado en el ritmo acentual como factor dominante.

[113] Era tradición que los *gigantones* —en una simbología no aclarada pero que posiblemente se relacione con la expulsión de moros y judíos— abriesen las procesiones que se celebraban el día del *Corpus Christi,* fiesta

su estilo se componía de las más crespas y ensortijadas frases que es dado imaginar [114]. Pulía de tal modo su prosa, que parecía una cabellera con cosmético y bandolina [115], pudiendo servir de espejo; y sus versos eran tales, que se les creerían rizados con tenacillas. Nunca repitió una palabra en un mismo pliego de papel, por miedo a las redundancias y sonsonetes. En cierta ocasión, habiendo hablado en un artículo del mondadientes de marfil de una dama, viéndose obligado a repetirlo por la fuerza de la sintaxis, y pareciéndole vulgar la palabra palillo, llamó a aquel objeto el *ebúrneo estilete* [116]. Por esta razón aparecían en sus escritos unas palabrejas que sus enemigos, en el furor de la envidia, llamaban estrambóticas. Tratarle a él de pedante era cosa corriente entre los malignos gacetilleros [117], que molestan siempre a los grandes hombres, como las pulgas al león.

La persona del erudito Carranza era tan notable como sus obras. Componíase de un destroncado cuerpo sobre dos no muy iguales piernas, brazos pequeños y los hombros cansadísimos; exornando todo el edificio un sombrero monumental, bajo el cual solía verse, en días despejados, la cabeza más arqueológica que ha existido [118]. Después de la corbata, que afectaba cierto desaliño, lo que más descollaba

---

que solemnizaba la institución de la eucaristía. Fueron famosos los de las procesiones de Sevilla, Valencia, Zaragoza y Barcelona.

[114] Tanto *crespo* como *ensortijado* (ambos significan «rizado, retorcido») son adjetivos que suelen calificar al cabello (asociación que aparece inmediatamente en nuestro texto). Se aplican aquí al estilo del autor, artificioso y rebuscado.

[115] *bandolina:* fijador, líquido pastoso para mantener asentado el cabello después de peinado.

[116] *ebúrneo:* marfileño, de marfil.

[117] *gacetilleros:* los que redactan gacetillas o noticias breves del periódico. El término suele tener, como aquí, valor peyorativo.

[118] Porque va adornada o *exornada* con un sombrero *monumental.* Recuérdese que la ciencia *arqueológica* estudia los monumentos de la Antigüedad.

era la boca, donde en un tiempo moraron todas las gracias, y ahora no quedaba ni un diente; y la nariz hubiera sido lo más inverosímil de aquel rostro si no ocuparan el primer lugar unos espejuelos voluminosos, tras los cuales el ojo perspicaz y certero del crítico fulguraba [119].

Estos ojos fueron los que me miraron con severidad que me turbó; esta boca fue la que, con voz tan solemne como cascada, tomó la palabra y dijo:

—¡Oh extravío de las imaginaciones juveniles! ¡Oh ruindad de sentimientos! ¡Oh corrupción del siglo! ¡Oh bajeza de ideas! ¡Oh pérdida del buen gusto! ¡Oh aniquilamiento de la clásicas reglas! ¿Hay más formidable máquina de disparates que la que usted escribió, ni mayor balumba de despropósitos que la que esa señora y ese caballero han dicho? [120]. ¿En qué tiempos vivimos? ¿Qué república tenemos? Vaya usted, señora, a coser sus calcetas y a espumar el puchero, y usted, don Marcos, a cuidar sus hijos, si los ha, y usted, joven, a aprender un oficio, que más cuenta le tiene cualquier ocupación, aunque sea ingrata y vil, que componer libros. ¿Pues qué?, ¿es el campo de las letras dehesa de pasto para toda clase de *pecus* [121], o jardín frondosísimo donde solo los más delicados ingenios pueden hallar deleites y amenidades? Id, cocineros del pensamiento, a condimentar vulgares sopas y no sabrosos platos; que no es dado a tan groseras manos preparar los exquisitos manjares que se sirven en el ágape de los dioses [122].

---

[119] *espejuelos:* gafas, lentes. *Fulguraba:* resplandecía, brillaba. Por otra parte, lo grotesco del retrato del personaje nos conduce de nuevo a Quevedo, muy especialmente al estrafalario sacristán-poeta del *Buscón.*

[120] *balumba:* conjunto desordenado y excesivo de cosas. Observará directamente el lector en esta intervención de don Severiano su estilo artificioso y enfático.

[121] *pecus:* en latín, ganado, especialmente ganado menor: corderos, ovejas...

[122] *ágape:* banquete.

Como Semíramis cuando ve aparecer la sombra de Nino para echarle en cara sus trapicheos; como Hamlet cuando oye al espectro de su padre revelándole los delitos de la *señá* Gertrudis; como Moisés cuando vislumbra a Jehová en la zarza ardiente, así nos quedamos todos: mudos, fríos, petrificados de espanto [123]. El apóstrofe de aquel hombre, tenido por un oráculo [124]; su singular aspecto, su severa mirada y el eco de su vocecilla, nos infundieron tal pavor, que hubo de transcurrir buen espacio de tiempo antes de que yo tomase aliento, y sacara la poetisa su *flacon,* y cerrara la boca el excelente Duque.

Al fin nos repusimos del terror, y Carranza, advirtiendo el buen efecto que sus palabras habían producido, arremetió de nuevo contra nosotros, y de tal modo se ensañó con don Marcos, que pienso no le quedara hueso sano. La poetisa estaba turulata y no hacía más que abanicarse para disimular su enojo, mientras Cantarranas parecía inclinado, en fuerza de su natural bondad, a ponerse de parte del tremendo crítico.

—¡Y para esto me han llamado! —decía este—. La culpa tiene quien, dejando serias ocupaciones y la sabrosa

---

[123] Según la mitología asiria, *Semíramis,* fundadora de la ciudad de Babilonia, casó con *Nino,* fundador de la de Nínive, y le asesinó para quedar como reina de Asiria y Babilonia. *Hamlet* es el protagonista de la tragedia de igual título, escrita hacia 1600 por William Shakespeare (1564-1616); a Hamlet se le aparece *el espectro de su padre* para revelarle que fue asesinado por su hermano Claudio de acuerdo con su madre, la reina *Gertrudis.* En cuanto a *Moisés,* evoca el prodigio de la *zarza ardiente,* cuando Yavé o *Jehová* se le hace presente y le ordena liberar al pueblo hebreo de la opresión que sufría en Egipto y conducirlo a Canaán (*Éxodo,* 3-4). Son tres casos de apariciones, con el consiguiente asombro de quienes las viven. Añadamos que Galdós debió de conocer el caso de Semíramis a través de las numerosísimas piezas musicales sobre el tema, como las óperas de Gluck (1748) y Rossini (1823), o literarias, de entre las que destaca *La hija del aire* (1653), comedia de Calderón de la Barca.

[124] *apóstrofe:* invocación apasionada. *Oráculo:* persona que habla con gran autoridad o a la que se considera infalible en lo que dice.

compañía de las musas, asiste a estas lecturas, donde le hacen echar los bofes con tantísimo desatino [125].

Entonces yo, desafiando con un arrojo que ahora me espanta la cólera del Aristarco [126], le dije:

—Pero ya que he tenido la osadía de traerle a usted aquí, oh varón insigne, ¿no me será permitido pedirle la más gran merced que hacerme pudiera, ayudando con sus luces a mejorar este engendro mío que con tan mala estrella viene al mundo?

—Sí, lo haré de muy buen grado —contestó el sabio, trocándose repentinamente en el hombre más suave y meloso de la tierra—. Voy a decir cómo desarrollaría yo mi pensamiento; pero han de prometerme que no he de ser interrumpido por aplausos ni otra manifestación semejante. Empezaré, pues, declarando que yo colocaría la acción de mi obra en tiempos remotos, en los tiempos pintorescos e interesantes, cuando no había alumbrado público, y sí muchas rondas y gran número de corchetes [127]; cuando los galanes se abrían en canal por una palabrilla [128], y las damas andaban con manto por esas callejuelas, seguidas de celestinas y rodrigones [129]; cuando se guardaba con siete llaves el honor, sin que eso quiera decir que no se perdiese en un santiamén. Yo no sé cómo hay ingenios tan romos que novelan con cosas y personas de la época presente [130], donde no existen elementos literarios, según todos los hombres doctos hemos probado plenamente. Al demonio no se le ocurriría pintar

---

[125] *echar los bofes:* afanarse, esforzarse en exceso.

[126] *Aristarco:* nombre de un famoso crítico de la Antigüedad, nacido en la isla de Samotracia en torno al año 160 a. de C. Por extensión, designa al crítico entendido pero severo en exceso.

[127] *corchetes:* oficiales de la justicia encargados de detener a los delincuentes.

[128] Es decir, que estaban dispuestos a matarse por cuestiones de honor.

[129] *rodrigones:* criados ancianos que acompañaban a las señoras.

[130] *romos:* obtusos, sin agudeza.

aventuras en una calle empedrada y con faroles de gas [131]. Por Dios y por los santos, ¿cabe nada más ridículo que un diálogo amoroso en que aparezca a cada momento la palabra *usted,* hecha para preguntar cómo está el tiempo, los precios de la carne, etcétera? Pues bien: yo figuraría mis personajes en el siglo XVII, y abriría la escena con gran ruido de cuchilladas y muchos *pardieces* y *voto a sanes* [132]; después, el ir y venir de los alguaciles, y, por último, la voz cascada de una vieja alcahueta que acude con un farolito a reconocer la cara del muerto.

Todos nos mirábamos, sorprendidos ante el pintoresco cuadro que en un periquete había trazado aquel maestro incomparable.

—El joven pobre que ha puesto usted en la buhardilla, donde está muy retebién, le figuraría yo un hidalgo de provincias sin blanca y con malísima estrella. Ha llegado a Madrid en busca de fortuna, y solicita que le hagan capitán de Tercios, para lo cual anda de ceca en meca [133], sin poder conseguir otra cosa que desprecios. La dama de enfrente es de la más alta nobleza, hija de algún montero mayor de la Casa Real, o cosa por el estilo, lo cual hace que tenga entrada en Palacio y sea bienquista de reyes, príncipes e infantes [134]. Meteremos en el ajo algún rapabarbas o criado socarrón que haga de tercero, porque novela o comedia sin rapista charlatán y enredador es olla sin tocino y sermón sin agustino [135]. ¡Y cómo había yo de pintar las escenas de ta-

---

131 Esto es, contemporánea, del presente del escritor.

132 Son palabras gruesas, reniegos o maldiciones.

133 *Tercios:* regimientos de infantería. *De ceca en meca:* de un lado a otro, de aquí para allá.

134 *bienquista:* que disfruta de estimación o aprecio.

135 *rapabarbas, rapista:* barbero. *Tercero:* alcahuete, hombre que media en los amores ilícitos. El refrán *(Ni olla sin tocino, ni sermón sin agustino),* que trae ya el maestro Correas en su *Vocabulario de refranes y frases proverbiales* (1627), se aplica a lo que no debe faltar.

bernas, las cuchilladas, las pendencias que dirige siempre un tal Maese Blas o Maese Pedrillo! [136]. Pues ¿y las escenas de amor? ¡Qué discreción!, ¡qué ternezas!, ¡qué riqueza metafórica había yo de poner allí! Carta acá, carta allá, y entrevista en las Descalzas todos los días [137], porque la Condesa vieja es tan devota que no se mueve un clérigo ni fraile en las iglesias de Madrid sin que ella vaya a meter sus narices en la función. El hidalguillo tañe su laúd que se las pela, y la dama le manda décimas y quintillas. Ambos están muy amartelados [138]. Pero cata aquí que el padre, que es un condazo muy serio, con su gorguera de encajes que parece un sol, gran talabarte de pieles y unos gregüescos como dos colchones, quiere que se case con don Gaspar Hinojosa, Afán de Ribera, etcétera, etcétera [139], que es contralor, hijo del virrey de Nápoles y secretario del general *qué sé yo cuántos,* que ha tomado a Amberes, Ostende, Maestrich u otra plaza cualquiera [140]. El Rey tiene gran empeño en estas nupcias, y la Reina dice que quiere ser madrina del bodorrio. Ahora es ella. La dama está fuera de sí, y el hidalguillo se

---

[136] *Maese:* maestro (debe de tratarse de maestros de esgrima). El empleo de este término arcaico contribuye a transportar la acción, como defiende el personaje, al siglo XVII.

[137] Se refiere al convento madrileño de las Descalzas Reales, en la plaza del mismo nombre, que había sido fundado en el siglo XVI, ocupando el área del antiguo palacio de Carlos V. Por otra parte, el hecho de situar una entrevista amorosa en un templo es algo que resulta común en el XVII —y antes—, debido a las dificultades que los enamorados soportaban para poder hablarse más o menos libremente.

[138] Tocar música *(tañe su laúd)* y hacer versos *(décimas y quintillas)* serían señales de lo muy enamorados *(amartelados)* que están.

[139] *cata aquí:* ve aquí, he aquí (arcaísmo). *Gorguera:* adorno del cuello, hecho de lienzo plegado y alechugado. *Talabarte:* pretina o cinturón, que lleva pendientes los tiros de los que cuelga la espada o el sable. *Gregüescos:* calzones muy anchos.

[140] *contralor:* veedor, interventor (era oficio honorífico de la casa real). *Amberes, Ostende y Maestrich* son ciudades de las Provincias Unidas, las dos primeras en la actual Bélgica, y la tercera en los Países Bajos.

rompe la cabeza para inventar un ardid cualquiera que le saque de tan espantoso laberinto. ¡Oh terrible obstáculo! ¡Oh inesperado suceso! ¡Oh veleidades del Destino! ¡Oh amargor de la vida! Lo peor y más trágico del caso es que el padre se ha enterado de que hay un galán que corteja a la niña, y se enfurece de tal modo, que si le coge, le parte la cabeza en dos con su espada toledana. Cuenta al Rey lo que pasa; la Reina le echa fuerte reprimenda a nuestra heroína, y todos convienen en que el galán aquel es un majagranzas, que no merece ni descalzarle el chapín a la doncella [141]. El mozo ya no rasca laúdes ni vihuelas, y se pasea por el Cerrillo de San Blas muy cabizbajo y melancólico [142]. Los criados del Conde le andan buscando para darle una paliza; pero escapa de ella gracias a las tretas del socarrón de su lacayo, que no por estar muerto de hambre deja de ser maestro en artimañas y sutilezas. Los amantes van a ser separados para siempre. Y lo peor es que el don Gaspar se enfurruña y ya no quiere casarse, y dice que si topa en la calle al pobre hidalgo, le pondrá como nuevo. ¿Qué hacer? ¡Tate!... Aquí está el *quid* de la dificultad. ¿Cómo desenredar esta enmarañada madeja? Pues verán ustedes de qué manera ingeniosa, con qué donosura y originalidad desato yo este intrincado nudo, en que el lector, suspenso de los imaginarios hechos, los mire como si fuesen reales y efectivos [143]. ¿Qué les parece a ustedes que voy a inventar? ¿A ver?

Todos nos quedamos con la boca abierta, sin saber qué contestarle. Yo, sobre todo, ¿cómo había de imaginar cosa

---

[141] *majagranzas:* hombre pesado y necio. *Chapín:* calzado femenino de corcho sobrepuesto al zapato; se usó tanto para dar a la mujer mayor altura, como para proteger los vestidos de la suciedad, y los pies, de la humedad del suelo.

[142] El *Cerrillo de San Blas* está en la parte sur del Retiro madrileño, donde se alza el Observatorio Astronómico. Aquí situará Galdós el inicio de su novela *El doctor Centeno* (1883).

[143] *donosura:* gracia, garbo. *Suspenso:* admirado, perplejo.

alguna que igualara a los profundos pensamientos de aquel pozo de ciencia?

—Pues verán ustedes —prosiguió—. Hallándose las cosas como he dicho, de repente... ¡Qué novedad! ¡Qué... agudísima e inesperada anagnórisis!... [144]. Pues es el caso que el muchacho tiene un tío, oidor en Indias [145]. Este tío oidor, que es todo un letrado y persona de pro, muere legando un caudal inmenso; de modo que, cuando menos se lo piensa, el hidalguillo se ve con 200.000 escudos en el arca y es más rico que el conde de enfrente. Cátate que en un momento le obsequian todos y le guardan más miramientos que si fuera el mismo duque de Lerma, ministro universal [146]. El padre de la dama se ablanda; esta se marcha a Platerías diciendo que va a comprar unas arracadas [147], pero con el disimulado fin de ver al hidalguillo y oír de sus mismos labios la noticia de la herencia; la Reina se desenoja; el Rey dice que les ha de casar o deja de ser quien es. Don Gaspar se va furioso a las guerras de la Valtellina, donde le matan de un arcabuzazo [148],

---

144 *anagnórisis:* reconocimiento de una persona cuya identidad se ignoraba. Es recurso frecuente en distintas épocas y géneros de la literatura, sobre todo en el teatro.

145 *oidor:* magistrado, ministro togado que en las audiencias oye y sentencia las causas y pleitos.

146 Se trata de don Francisco de Sandoval y Rojas (1553-1623), a quien Felipe III, en 1598, confió los asuntos de estado, inaugurando así el régimen de validos de los reyes de la casa de Austria.

147 Las *Platerías* eran una zona de la madrileña calle Mayor, así llamada por los obradores o tiendas de plateros que en ella había (por eso el personaje compraría aquí las *arracadas* o pendientes). El recorrido de esta vía, que empezaba en la puerta de Guadalajara y concluía en la del Sol, recibía los títulos de Almudena, Platerías y Mayor, y quedaban comprendidas estas aproximadamente entre Milaneses y Bordadores. Ahí estará también, por citar una presencia destacada en la obra galdosiana, la tienda de tiradores de oro de los Rubín, en *Fortunata y Jacinta* (1887).

148 *Un arcabuzazo* es, obviamente, un disparo de arcabuz, arma antigua parecida al fusil, y *la Valtellina* o Valtelina, un valle alpino de Italia donde se produjo una serie de conflictos militares (1620-1637) entre Francia y España.

y, por fin, los dos jóvenes se casan, son muy obsequiados y viven luengos años en paz y en gracia de Dios [149]. Así, señores, desarrollaría yo el pensamiento de esta novela, que, expuesta de tal modo, pienso no sería igualada por ninguna de cuantas en lengua italiana o española se han escrito desde Boccaccio hasta Vicente Espinel, que yo las he leído todas y aquí pudiera referirlas *ce* por *be,* sin que me quedara una en la cuenta [150].

Aquí terminó el dictamen de don Severiano Carranza, fénix de los literatos [151]. Esta lección tercera era ya demasiada carga de bochorno y humillación para mí. ¿Y cómo había yo de continuar leyendo, si en un dos por tres me habían mostrado aquellos personajes la flaqueza de mi entendimiento, apto tan solo para bajas empresas? Me afrentaron, y de sus enseñanzas saqué menos provecho que vergüenza. Sí; lo digo con la entereza del que ya ha desistido de caminar por el escabroso sendero de la literatura, y confiesa todos sus yerros y ridiculeces. Cuando don Severiano acabó, la poetisa hizo un mohín de fastidio, señal de que el discurso no le había parecido de perlas; don Marcos se reía del insigne erudito, y el duque de Cantarranas... (rubor me cuesta el confesarlo, porque le estimo sobremanera y desearía ocultar todo lo que le menoscabase; pero la imparcialidad me obliga a decirlo), el Duque se había dormido, cosa inexplicable en quien siempre fue la misma cortesía.

Otro suceso doloroso tengo que referir, y sabe Dios cuánto me cuesta revelar cosas que puedan obscurecer al-

---

149 *Luengos,* «largos», es arcaísmo.

150 Mucho había leído el estrafalario personaje, y más si era capaz de referir detalladamente *(ce por be)* las novelas escritas a lo largo de más de dos siglos y medio. Giovanni *Boccaccio* (1313-1375) es el célebre autor del *Decamerón* (1348-1353) y padre de la prosa italiana. *Vicente Espinel* (1550-1624) escribió, en el molde de la novela picaresca, sus *Relaciones de la vida del escudero Marcos de Obregón* (1618).

151 *fénix:* persona excepcional o única en su arte.

gún tanto la fama que rodea a estas cuatro venerandas personas [152]. ¿Revelaré este funesto incidente? ¿Llevaré la mundanal consideración y el efecto particular hasta el extremo de callar la verdad, hija de Dios, sin la cual ninguna cosa va a derechas en este mundo? No; que antes que nada es mi conciencia, y además, si enseño una flaqueza de mis cuatro amigos, no por eso van a perder la estimación general quienes tantos y tan grandes merecimientos y títulos de gloria reúnen. Hay momentos en que los más rutilantes espíritus sufren pasajero eclipse, y entonces, mostrándose la naturaleza en toda su desnudez, aparecen las malas pasiones que bullen siempre en el fondo del alma humana.

Eso fue lo que pasó a mis cuatro jueces en aquella noche funesta. Sucedió que unas palabras de don Marcos, que fue siempre algo deslenguado, irritaron al augusto crítico. Quiso intervenir Cantarranas, y como la poetisa dijese no sé qué tontería de las muchas que tenía en la cabeza, don Marcos la increpó duramente; salió a defenderla con singular tesón el Duque, y recibió de pasada, y como sin querer, un furibundo sopapo. Desde entonces fue aquello un campo de Agramante, y es imposible pintar el jaleo que se armó. Daba el erudito a don Marcos, don Marcos al Duque, este al erudito, el cual se vengaba en la poetisa, que arañaba a todos y chillaba como un estornino, siendo tal la baraúnda, que no parecía sino que una legión de demonios se había metido en mi casa [153]. No pararon los irritados combatientes hasta que don Marcos no derramó sangre a raudales, rasguñado por la

[152] *venerandas:* venerables, dignas de veneración.

[153] He aquí, en efecto, un auténtico *campo de Agramante,* o lugar donde todos pelean con todos. Evoca una vez más el *Quijote* cervantino: «Y así como suele decirse "el gato al rato, el rato a la cuerda, la cuerda al palo", daba el arriero a Sancho, Sancho a la moza, la moza a él, el ventero a la moza, y todos menudeaban con tanta priesa, que no se daban un punto de reposo; y fue lo bueno que al ventero se le apagó el candil, y, como quedaron ascuras, dábanse tan sin compasión todos a bulto, que a doquiera que ponían la mano no dejaban cosa sana» (I, 16, ed. cit., pp. 175-176).

poetisa; hasta que esta no se desmayó, dejando caer sus postizos bucles y haciéndose en la frente un chichón del tamaño de una nuez; hasta que al Duque se le fraccionó en dos pedazos completos la mejor levita que tenía; hasta que Carranza no perdió sus espejuelos y la peluca, que era bermeja y muy sebosa [154].

Así terminó la sesión, que ha dejado en mí recuerdos pavorosos. He revelado esta lamentable escena por amor a la verdad y porque debo ser severo con aquellos que más valen y más fama gozan. De todos modos, si hago esta confesión, no es con ánimo de publicar debilidades, sino por hacer patente lo miserable de la naturaleza humana, que aun en los más elevados caracteres deja ver en alguna ocasión su fondo de perversidad.

V

De la novela, inocente causa de tan reñida controversia y desbarajuste final, ¿qué he de decir, sino que salió cual engendrada en aciaga noche de escándalo? [155]. Como quise adoptar las ideas de cada uno, por parecerme todas excelentes, mi obra resultó análoga a estas capas tan llenas de remiendos y pegotes que no se puede saber cuál es el color y la tela primitivos. Después de la introducción que he leído, adopté el pensamiento del pajarito y le puse de intermedia-

---

[154] *bermeja:* rojiza.

[155] Nuevo recuerdo del *Quijote,* ahora del Prólogo: «¿qué podía engendrar el estéril y mal cultivado ingenio mío, sino la historia de un hijo seco, avellanado, antojadizo y lleno de pensamientos varios y nunca imaginados de otro alguno, bien como quien se engendró en una cárcel, donde toda incomodidad tiene su asiento y donde todo triste ruido hace su habitación?» (ed. cit., p. 9). A Cervantes remite también (*Quijote,* I, 1), más abajo, la expresión *pareciéndome de perlas,* que se repite otras veces en estos cuentos.

rio entre los dos amantes. Luego, pareciéndome de perlas el incidente de la chimenea, hice que Alejo se mudara a la casa de enfrente, y que una noche se deslizara muy calladito por el interior del ennegrecido tubo, apareciéndose a la dama cuando esta se percataba menos. Lo del negro no me fue posible introducirlo; pero sí el magnífico desenlace del tío en Indias, ideado por el fénix de los críticos, aunque no pude suponerle oidor, sino tabernero, diferencia que importa poco para el caso. Así la novela, como hija de distintos progenitores, venía a ser la cosa más pintoresca, variada y original del mundo, y bien podía decir su autor: «Yo, el menor padre de todos...» [156]. Imprimila, porque ningún editor la quería tomar, aunque yo, llevando mi modestia hasta lo sublime, la daba por 80 reales al contado y otros 80 pagaderos a plazos de dos duros en dos años.

La puse a la venta en las principales librerías, y en un lustro que ha corrido llevo despachada la friolera de tres ejemplares, con más los que me tomaron al fiado, y que espero cobrar, si la cosecha es buena, en el próximo otoño. Un librero de Sevilla me ha prometido comprarme un ejemplar si le hago una rebaja de dos reales; y este pedido, con otras proposiciones que me dirigen de lejanas tierras, me hace esperar que venderé hasta diez en todo lo que queda de año. No puedo quejarme, en verdad, porque yo sé que si las cosas estuvieran mejor y sobrase dinero en el país no había de quedar un ejemplar para muestra.

De todos modos, me consuela la singular protección que me dispensa, ahora como antes, el duque de Cantarranas, mi ilustre Mecenas, quien ha podido conseguir de un amigo suyo, dueño de una tienda de ultramarinos, que me compre

156 Es cita del verso inicial de un romance burlesco de Quevedo que viene como anillo al dedo: «Yo, el menor padre de todos / los que hicieron ese niño / que concebistes a escote / entre más de veinte y cinco...» (*Poesía original completa,* ed. J. M. Blecua, Barcelona, Planeta, 1981, núm. 732, pp. 912-915.)

media edición al peso y a 25 reales la arroba [157]. Si, merced a la solicitud del prócer ilustre, consigo realizar este negocio, me servirá de estímulo para proseguir por el fatigoso camino de las letras, que si tiene toda clase de espinas y zarzales en su largo trayecto, también nos conduce, como sin querer, a la holgura, a la satisfacción y a la gloria.

1871

157 La *arroba* era el peso de veinticinco libras de a dieciséis onzas cada una (en Castilla, once kilos y medio, aproximadamente).

EL ARTÍCULO DE FONDO

I

*B*ASTA DE CONTEMPLACIONES. *Basta de contubernios* [1]. *Basta de flaquezas. Ha sonado la hora de las energías. Creíamos que los hechos, tan claros ya en la mente de todo el mundo, se presentarían al fin en su espantosa gravedad a los ojos del insensato poder que dirige los negocios públicos. Juzgando que toda obcecación* [2]*, por grande que sea, ha de tener su límite, creíamos que el Gobierno no podría resistir a la evidencia de su descrédito; creíamos que, deponiendo la terquedad propia de todos los poderes que no se apoyan en la opinión* [3]*, se resolvería al fin a entrar por más despejado y seguro camino, si no consideraba como la mejor de las enmiendas el abandonar la vida pública. Esperábamos inquietos, ante los grandes males que afligen a la Patria; esperábamos callando, sin dejar de conocer los diarios y cada vez más graves errores de este insensato Gobierno. Hemos esperado hasta lo último, hasta que los escándalos han sido intolerables. Hemos callado*

---

1 *contubernios:* conspiraciones, confabulaciones.

2 *obcecación:* ofuscación, obstinación.

3 *deponiendo:* dejando, abandonando. A continuación, se refiere a la *opinión* pública.

mientras el callar no fue gravísima falta. Ya no hay esperanza. Es preciso no ocultar la verdad al país, y nosotros faltaríamos al primero de nuestros deberes si un momento más permaneciéramos en esta actitud. Nuestro patriotismo nos impele a obrar de este modo[4]*; y como sabemos que la opinión pública es la única...*

Al llegar aquí, el autor del artículo se paró. La inspiración, si así puede decirse, se le había concluido; y como si el esfuerzo hecho para crear los párrafos que anteceden produjera fatiga en su imaginación, se detuvo con ánimo de proseguir cuando las varias ideas que repentinamente y en tropel vinieron a su imaginación se disiparan.

Era su entendimiento tan pobre, que no hay noticia de que produjera nunca cosas de provecho, pues no han de tenerse por tales sus lucubraciones soporíferas sobre el origen de los poderes públicos y el equilibrio de las fuerzas sociales[5]; era, además de corto, díscolo, porque jamás pudo adquirir ni sombra de método[6]. Descollaba en las digresiones, y cuando se ocupaba en desarrollar una tesis cualquiera, no había fuerzas humanas que lo concretaran al asunto, impidiendo sus escapadas, ya al campo de la historia, ya a la selva de la moral, ya a los vericuetos de la arqueología o de la numismática[7]. Por todos estos campos, cerros y collados corría complaciente y alborozada la imaginación del autor del *artículo de fondo*[8], cuando interrumpido el hilo lógico de este y olvidado el asunto y desbaratado el plan, ocuparon

---

[4] *impele:* empuja, impulsa.

[5] *lucubraciones:* imaginaciones con escaso fundamento.

[6] *díscolo:* indisciplinado, rebelde.

[7] *vericuetos:* figuradamente, lugares ásperos y difíciles, de tránsito dificultoso.

[8] *artículo de fondo:* editorial, artículo que en los periódicos se inserta en lugar preferente, por lo común sin firmar, y trata temas de actualidad con arreglo al criterio de la redacción.

su mente, apoderándose de ella de un modo atropellado, violento y como de sorpresa, las intrusas ideas de que se ha hecho mérito [9].

Procedían estas de todos los objetos, de todas las ilusiones, de todos los recuerdos, de mil fuentes diversas que manaban a un tiempo una corriente sin fin. Vínole al pensamiento no sé qué fragmento de historia, con el cual se unía la imagen de un obispo de Astorga [10], tan testarudo clérigo como intrépido soldado. Acordábase de las torres mozárabes [11], que había contemplado en una ciudad antigua, y al mismo tiempo se le ofrecían a la vista lagos y jardines, no sin que de pronto afease este espectáculo algún animal de corpulenta forma y repugnante fealdad. Tan pronto se le representaban los versos de algún romance que hacía tiempo leyera en amarillos y arrugados códices [12], como sentía el rumor de lejana música de órgano, dulcísima y misteriosa.

¡Con cuánto abandono se entrega la imaginación a este cómodo vagar, suelta y libre, sin las trabas del árido razonamiento, sin que una voluntad firme la sujete ni la enfrene para elaborar difícilmente el producto literario, uno, lógico, de forma determinada y con especial contextura! La imaginación del pobre periodista había logrado escaparse en aquellos momentos, cuando el artículo no había pasado aún de su edad infantil y solo contaba escaso número de renglones. La imaginación del menguado escritor [13], después de correr de aquí para allí con la alborozada inquietud de un

---

[9] *mérito:* mención, alusión.

[10] *Astorga:* ciudad de la meseta leonesa, en la provincia de León. Era en efecto, y es aún, sede episcopal.

[11] Los *mozárabes,* pobladores de la España musulmana que conservaron su religión cristiana, desarrollaron un arte que combinaba elementos de la tradición visigótica con influjos árabes.

[12] *códices:* libros manuscritos antiguos, anteriores a la invención de la imprenta.

[13] *menguado:* falto de juicio, pobre, insignificante.

pájaro que, viendo rotas las cañas de su jaula, se escapa y vuela a todas partes sin fijarse en ninguna, se concretó al fin, se fijó, se regularizó poco a poco.

De entre los escasos renglones del artículo interrumpido poco después de haberse dado a luz su primera idea, surgen las líneas, las sombras y luces de una inmensa catedral gótica. Crecen sus haces de columnas, teñidas de suave matiz pardo, hasta llegar a enorme altura, desparramándose después los retorcidos tallos para formar las bóvedas. Descienden del techo, cual si estuvieran suspendidas de elásticas y casi invisibles cuerdas, lámparas de oro, cuyas luces oscilantes no bastan a eclipsar el diáfano colorido de las vidrieras, que, llenas de santos y figuras resplandecientes, parecen comunicar con el cielo el interior del templo. Mil figuras van destacándose en la pared, como si una mano invisible las tallara en la piedra con sobrenatural prontitud, y lozana flora crece portentosamente a lo largo de las columnas, llevando en sus cálices animales grotescos e inverosímiles, que parecen haber sido producidos por ignorado germen en las entrañas mismas de la piedra. Las estatuas aplastadas sobre los muros se multiplican, aparecen en filas, en series, en ciclos sin fin, y son todas rígidas, tiesas, retratando en sus semblantes el fastidio del Limbo o la placidez del Paraíso [14]. Alternan con ellas los seres simbólicos creados por la estatuaria cristiana y que parecen engendro sacrílego del paganismo y la teología. Los dragones, las sibilas, los monstruos bíblicos que para representar sutiles abstracciones ideó el genio de la Edad Media refundiendo los despojos de las sirenas y los centauros antiguos [15], muestran sus heterogéneos

---

[14] *Limbo:* lugar adonde, según la doctrina cristiana, van las almas de los que, antes del uso de la razón, mueren sin ser bautizados.

[15] *dragones:* animales fabulosos con figura de serpientes muy corpulentas, dotadas de pies y alas, que poseían una extraña fiereza y voracidad. *Sibilas:* mujeres inspiradas por los dioses, que, según los antiguos, tenían el poder de predecir el futuro. *Sirenas:* ninfas marinas, con busto de mujer

miembros, en que la figura humana se une a las más raras formas de la fantástica zoología, ya religiosa, ya heráldica, inventada por embriagados escultores. Vense en las paredes blasones de brillantes tintas, sobre suntuosos sepulcros en que duermen el sueño del mármol arzobispos y condestables, príncipes y guerreros, empuñando báculos o espadas [16]. Los perros y leoncillos en que apoyan sus pies parecen prestar atento oído a todo rumor que en el templo suena. Resplandece en el fondo el estofado riquísimo del altar, semejante a inmensa ascua de oro cuajada de diminutos ángeles y querubes que aletean quemándose en el seno de aquella nube incandescente y como si la combustión les diera vida [17]. Graves y barbudos santos, alineados con la compostura propia de los círculos celestes, aparecen en el centro de este gran Apocalipsis de madera dorada, terminando tan portentosa máquina un Cristo colosal [18], cuyos brazos, que se abren contraídos por los dolores corporales, parece van a estrechar en supremo abrazo a todo el linaje humano.

Se sienten rezos tenues y confusos, no interrumpidos por pausa alguna, como si la atmósfera interior del edificio, afectada de una vibración inherente a su esencia física, modulara un monólogo sin fin. Todo es calma y respeto. La claridad, las sombras, las formas esculturales, la gallardía de las

---

y cuerpo de ave, que extraviaban a los navegantes atrayéndolos con la dulzura de su canto. *Centauros:* seres mitológicos, mitad hombre y mitad caballo, que vivían en la naturaleza agreste.

[16] *blasones:* escudos de armas. *Condestables:* jefes supremos del ejército.

[17] *estofado:* acción y efecto de estofar, o pintar sobre dorado, especialmente raspando después parte de la superficie para que aparezca el oro. *Querubes,* o más frecuentemente *querubines,* son espíritus celestes pertenecientes, con los serafines y tronos, a la primera jerarquía angélica.

[18] *Apocalipsis:* representación del fin del mundo. El término procede del título del último libro canónico del Nuevo Testamento, que contiene las revelaciones escritas por el apóstol san Juan. *Máquina:* construcción grande y suntuosa.

líneas, el recóndito sonido que se creería producido por la oscilación de la masa arquitectónica; aquel sonido que hace pensar en la respiración de algún misterioso espíritu, habitante en las grandes cavidades de piedra; la variedad de objetos, la majestad de los sepulcros, el idealismo de los efectos de luz, todo esto produce estupor y recogimiento. Se piensa en Dios y se trata de medir la inmensidad de la idea que ha dado existencia a tan hermoso conjunto; se siente la más grande admiración hacia los tiempos que tuvieron fe, corazón y arte para expresar con símbolos inagotables su arraigada creencia...

Hallábase el menguado autor como en éxtasis, contemplando en su mente estas hermosuras del arte y de la fe, cuando un ruido de pasos primero, la inusitada aparición de un hombre después, le trajeron bruscamente a la realidad, haciéndole fijar la vista en las cuartillas del artículo de fondo que olvidado yacía sobre la mesa.

El ser que tenía delante era un monstruo, un vestiglo [19]. Aborrecíale en aquellos momentos más que si viniera a darle la muerte, y le inspiraba más pavor que si fuese Satanás en persona. El monstruo miró al autor de un modo que le hizo temblar; alargó la mano pronunciando palabras que aterraron al infeliz, cual si fueran anatemas de la Iglesia o sentencia de inquisidores [20]. Estremeciose en su asiento, erizósele el cabello y miró con angustia y bañado en sudor frío las incorrectas líneas del interrumpido articulejo.

II

Aquel vestiglo o, en otros términos, pedazo de bárbaro, venía cubierto de sudor, como si hubiese hecho una larga y

---

[19] *vestiglo:* monstruo creado por la imaginación.

[20] *anatemas:* excomuniones. *Inquisidores:* jueces de la Inquisición, o tribunal eclesiástico establecido para inquirir y castigar los delitos contra la fe. Fue suprimido en 1820.

precipitada carrera; y lo mismo su cara que su andrajosa y mugrienta ropa parecían teñidas de un ligero barniz obscuro. La tinta manaba de sus poros. Se diferenciaba de un carbonero en que su tizne era más consistente y como si le saliera de dentro. Enteramente igual a un cíclope, si no tuviera dos ojos [21], era el tal una de las más poderosas palancas de la civilización moderna, porque había recibido de la Providencia la alta misión de mover el manubrio de una máquina de imprimir que daba a luz diariamente millones de millones de palabras. Viviendo la mayor parte del día en el sótano donde la máquina civilizadora funciona, aquel hombre se había identificado con ella; formaba parte de su mecanismo, y la armazón ingeniosa, pero inerte, obra pura de las matemáticas, se convertía en ser inteligente cuando al impulso del monstruo movía sus ruedas, ejes y cilindros como si fueran órganos animados por recóndita vida. Ambos se entusiasmaban, se confundían: ella crujiendo convulsivamente y con acompasada celeridad; él, jadeante y lleno de sudor, describiendo curvas y más curvas con su brazo; ella recibiendo el papel para lanzarle fuera después de haber extendido en su superficie un mundo de ideas, y él entonando algún cantar para hacer más llevadero su trabajo. Horas y horas pasaban de este modo: la máquina, remedo de la Naturaleza, reproduciendo en millones de ejemplares un mismo tipo y una misma forma; el hombre, determinando la fuerza impulsora, semejante al soplo vital en los organismos animales. Cuando uno y otro se completaban de aquel modo, difícil era suponerlos desunidos; y después de admirar el pasmoso resultado de la combinación de los dos elementos, no habría sido fácil tampoco decir cuál de los dos era más inteligente.

Pero aquel hombre desempeñaba aún otras altas funciones igualmente encaminadas a la propagación de las lu-

[21] *cíclope:* gigante de la mitología que tenía un solo ojo.

ces[22]. ¿Qué sería del pensamiento humano si aquel bruto no tuviera la misión de arreglar la tinta de imprimir, haciéndola más espesa o más clara, según la intensidad que se quiera dar a la impresión? Cuando los ejemplares de los periódicos habían sido dados a luz por la máquina; cuando esta se paraba fatigada del alumbramiento y hacía rechinar sus tornillos como si le dolieran; cuando los ejemplares recién nacidos, húmedos, pegajosos y malolientes, eran apilados sobre una gran mesa, el vestiglo los doblaba cariñosamente, les ponía las fajas[23], les daba la forma con que circulan por toda la redondez de la Tierra, llevando la idea a las más apartadas regiones, vivificando cuanto existe; los transportaba al correo, los pesaba, los franqueaba, tratábalos con el cariño de un padre, y creía que él solo era autor de tanta maravilla.

No se limitaban a esto sus funciones; él pegaba carteles, complaciéndose sobremanera en vestir de colorines las esquinas de Madrid, coadyuvando de este modo a una de las grandes cosas de nuestro siglo, que es la publicidad. Y si tenía un arte especial para poner cataplasmas a las calles[24], no era menor su aptitud para echarse a cuestas enormes resmas de papel[25], que allá en su fuero interno consideraba como el alimento, pienso o forraje de la máquina. Pues, digo, también era insustituible para cargar moldes o formas que, llenas de letras, desafían los puños de los hombres más vigorosos; y además le destinaban a traer y llevar original y

[22] *luces:* ilustración, cultura, instrucción.

[23] *fajas:* tiras de papel que, en vez de cubierta o sobre, se ponen a los periódicos que se han de enviar por correo.

[24] Entiéndase «recubrir las calles» con los carteles que habría pegado. Una *cataplasma* es un remedio medicinal consistente en una masa de linaza o mostaza que, calentada y envuelta en una tela, se aplica como calmante o emoliente a una parte del cuerpo.

[25] La *resma* es el conjunto de veinte manos, cien cuadernillos, o quinientas hojas o pliegos de papel.

pruebas[26], misión que cumplía puntualmente al presentarse ante el joven autor de quien hablo y decirle que venía *a por el artículo,* añadiendo que hacía mucha falta, por estar parados y mano sobre mano los señores cajistas[27].

El apuro del autor no es para pintarse, y ved aquí explicado el horror, la indignación, los escalofríos y trasudores que la presencia del mocetón de la imprenta le produjo. Era preciso acabar el artículo, y antes de acabarlo era menester seguirlo, empresa de dificultad colosal, por hallarse la imaginación del escritor sin ventura a 100.000 leguas del asunto[28]. El desdichado mandó al mozo que volviera dentro de un breve rato; tomó la pluma, y recogiendo sus ideas lo mejor que pudo, después de trazar muchos garabatos en un papelejo y mirar al techo cuatro veces y al papel otras tantas, escribió lo siguiente:

... Y como sabemos que la opinión pública es la única norma de la política; como sabemos que los gobiernos que no se guían por la opinión pública elaboran su propia ruina con la ruina del país, nos decidimos hoy a alzar nuestra voz para indicar el peligro. El principal error del Gobierno, preciso es decirlo muy alto, es su empeño en destruir nuestras instituciones tradicionales, en realizar una abolición completa de lo pasado. *¿Son las conquistas de la civilización incompatibles con la Historia? ¡Ah! El Gobierno se esfuerza en extirpar los restos de la fe de nuestros padres, de aquella fe poderosa de que vemos exacta expresión en las soberbias catedrales de la Edad Media, que subsisten y subsistirán para asombro de las generaciones. ¡Mezquina*

---

26 *pruebas:* galeradas, muestras de la composición tipográfica hechas para corregir los posibles errores antes de su tirada definitiva.

27 *cajistas:* oficiales de imprenta, que componen lo que se ha de imprimir.

28 Verdaderamente, muy lejos, ya que la *legua* equivalía a 5.572,7 metros.

edad presente! ¡Ah! ¡Cómo se engrandece el ánimo al contemplar las prodigiosas obras que levantó el sentimiento religioso! El espíritu que de tal manera se reproduce, ¿no debe conservarse en la sociedad mediante la acción previsora de los gobiernos encargados de velar por los grandes y eternos principios?

No bien concluido este párrafo, que a nuestro autor le pareció de perlas, fue interrumpido por un tremendo golpe que sintió en el hombro. Alzó los ojos y vio, ¡cielos!, a un importuno amigo que tenía la mala costumbre de insinuarse dando grandes espaldarazos y pellizcos. Aunque el periodista tenía bastante intimidad con el recién venido, en aquel momento le fue más antipático que si viera en él a un alguacil encargado de prenderle. Le miró, apartando la vista del artículo, nuevamente interrumpido, y esperó con paciencia las palabras de su amigote.

III

El cual era en extremo pesado [29] y tenía un mirar tan parecido a la estupefacción inalterable de las estatuas, que al verle y oírle venían a la memoria los solemnes discursos de las esfinges o los augurios de cualquier oráculo o pitonisa [30]. Hablaba en voz baja y en tono algo cavernoso, lo que no dejaba de estar en armonía con la amarillez de su semblante y con los cabellos largos que a entrambos lados de la cabeza

[29] De nuevo emplea Galdós este recurso cervantino en el cambio de capítulo (véase el inicio del capítulo II de *Un tribunal literario* y la nota correspondiente).

[30] Las *esfinges* eran estatuas en forma de león echado con cabeza humana, de carnero o de halcón, propias del arte egipcio antiguo. El *oráculo* y la *pitonisa* eran el sacerdote y la sacerdotisa que daban las respuestas o *augurios* de los dioses paganos. Nótese la ironía del pasaje.

le caían. Era además tan lúgubre en su carácter y en sus costumbres, que no faltaba razón a los que habían dado en llamarle *Sepulturero.*

Con el desdichado autor de quien nos venimos ocupando tenía este hombre amistad antigua: ambos habían corrido juntos multitud de aventuras, y sin separarse navegaron por los revueltos golfos del periodismo hasta encallar en los arrecifes de una oficina, de donde no tardó en arrojarlos un cambio ministerial, y se embarcaron de nuevo en la prensa en busca de posición social [31]. Comunicábanse sus desgracias y placeres, partiendo unos y otros fraternalmente [32], y se ayudaban en sus respectivas crisis financieras, haciéndose mutuos empréstitos, y girando el uno contra el otro cuantiosas letras, a pagar noventa días después del Juicio Final [33]. El lúgubre, principalmente, era un gran ministro de Hacienda [34], y resolvía todos sus apuros por medio de grandes acometidas al bolsillo del joven escritor, que tenía, entre otras cualidades, la de despreciar las vanas riquezas.

En cambio de estos servicios, el *Sepulturero* ayudaba en sus amores al escritor, que era por extremo sensible, idealista de la clase más anticuada, si bien esto se compensaba por su habilidad en escribir billetes amorosos [35], manifestación literaria a que solo sus artículos políticos podían igualarse. También se consagraba el otro a tales entrenamientos; pero en su calidad de gran financiero jamás le pasó por las mientes, como al escritorcillo, la insensata idea de casarse.

---

[31] En la época, los cambios de gobierno comportaban la sustitución de los funcionarios, lo que dio lugar a la figura del *cesante,* que acabará poblando muchas páginas de la narrativa de Galdós, y singularmente su novela *Miau* (1888), con la creación de don Ramón Villaamil.

[32] *partiendo:* compartiendo.

[33] Es decir, nunca. *Noventa días* era un plazo frecuente para pagar por medio de *letras* de cambio.

[34] La referencia, metafórica, queda aclarada a continuación.

[35] *billetes:* cartas, misivas.

—Vengo a ponerte sobre aviso —dijo con su hueca, apagada y profunda voz el lúgubre—. Ha llegado.

Los dos amigos eran asiduos concurrentes a la ópera, y solían amenizar sus conversaciones con los cantos y romanzas de que tenían llena la cabeza; y a veces, cuando en el diálogo encajaba bien, soltaban algún recitativo [36]. Por eso cuando el lúgubre dijo: *Ha venido,* el periodista cantó con afectación de sobresalto:

—*L'incognito amante della Rossina?* [37].

—*Appunto quello* —contestó el otro [38].

—¡Qué contrariedad! ¿Pues no decían que ese hombre no vendría, que había ya renunciado a sus proyectos de matrimonio? ¿No estaban, lo mismo Juanita que su madre, convencidas de que la familia de ese gaznápiro no podía consentir en semejante boda? [39].

—Ahí verás. Él se ha escapado de su casa y dice que viene resuelto a dar su blanca mano. Ya sabes que la pécora de doña Lorenza bebe los vientos por atraparle [40], porque parece ha de heredar, cuando muera su tía, el título de marqués de los Cuatro Vientos. Es rico; doña Lorenza sabe de memoria el número de carneros, bueyes y asnos que posee en sus dehesas *il tuo rivale,* y está loca de contento. Si no casa a su hija con él, creo que revienta.

---

[36] *romanzas:* arias sencillas generalmente divididas en estrofas. *Recitativo:* canto declamado, cuya melodía y ritmo conservan en lo posible el acento natural de las palabras y las inflexiones propias de la frase hablada. Como se señaló anteriormente, Galdós no solo era un consumado melómano, sino que ejerció en su juventud como crítico musical.

[37] Ante la imposibilidad por nuestra parte de identificar todos estos pasajes, nos limitamos a dar su traducción del italiano (salvo cuando parezca innecesario). En este caso: «El desconocido amante de Rosina».

[38] «Apunto eso».

[39] *gaznápiro:* simple, bobo, alelado.

[40] *pécora:* maligna, de malas intenciones. *Beber los vientos* es desear vivamente a alguien.

—¡Pero Juanita, Juanita! —exclamó el escritor, mirando al techo—. Juanita no puede ceder a las despóticas exigencias de esa tarasca de su madre [41].

—*La ragazza* te quiere [42]; pero si su madre se emperra en que no y que no... Yo creo que de esta vez te quedas con tres palmos de narices. Cuando todas las contrariedades estaban allanadas, viene ese antiguo pretendiente, que si no agrada a la hija, agrada a la mamá, y esto basta. *Poverino!* [43]

—¡Quita allá!..., yo no lo puedo creer. La chica se resistirá; ha jurado no tener más esposo que yo.

—Sí. Pero tanto la sermonean... La madre es una rata de iglesia; frecuentan su casa, como sabes, multitud de clérigos que, según dicen, le tienen trastornado el juicio. Le han llevado el cuento de que tú eres un revolucionario impío; que insultas a Dios y a la Virgen en tus artículos; que estás excomulgado, y que debes de tener rabo, como los judíos. Doña Lorenza, que oye siete misas al día y se confiesa dos veces por semana, te detesta como si fueras el mismo Judas. Ella infundirá este odio a su niña, haciéndole creer que eres descendiente de Caifás, y que se va a condenar si se casa contigo [44].

—¡Monstruoso, inconcebible!

—Esa familia, chico, es la madriguera del obscurantismo [45]. ¡Qué rancias ideas y costumbres! En vano un espíritu fuerte, como Juanita, se esfuerza en romper los nudos de la tutela estúpida con que se la quiere oprimir. Tendrá que dejarte, y

---

41 *tarasca:* figura de serpiente monstruosa, con una boca muy grande, que se sacaba en la procesión del Corpus. Por extensión, persona o cosa temible por causar grandes daños.

42 *La ragazza:* «La chica».

43 *Poverino!:* «¡Pobrecillo!»

44 *Caifás:* sumo sacerdote judío durante la vida pública de Cristo, fue quien aconsejó matar a Jesús, quien condujo su proceso como presidente del Sanedrín, y quien lo condenó por haber afirmado ser el «Hijo de Dios».

45 *obscurantismo:* hoy más frecuentemente escrito *oscurantismo,* es la oposición sistemática a que se difunda la instrucción entre el pueblo.

se casará con ese alcornoque, a quien los clérigos y beatas que pululan en aquella casa elogian sin cesar, encomiando sus virtudes, su religiosidad, su grande amor a la causa carlista y sus inmensos ganados [46].

—¡Maldito sea el fariseísmo —exclamó el otro, indignado contra la teocracia que así se introduce en el seno de las familias para torcer los más nobles propósitos y amoldarlos a fines mundanos [47].

Desahogaba su ira en furibundos apóstrofes, anatemas y dicterios, golpeando la mesa, lívido y descompuesto [48], cuando sintiose ruido de pasos y apareció la fatídica estampa del mozo de la imprenta, que volvía en busca del comenzado fondo [49].

—¡El artículo! —suspiró nuestro escritor, echando mano a las cuartillas, mojando la pluma con detestable humor y echando pestes contra todos los periódicos y todos los clérigos del orbe.

Pasados algunos segundos, pudo fijar sus ideas y continuó su interrumpida obra del modo siguiente:

---

[46] *La causa carlista* era la que defendía los derechos al trono del infante Carlos María Isidro de Borbón (1788-1855), hijo de Carlos IV, y que desde 1833 reivindicaba la corona española para él —y más tarde para sus sucesores— alegando que la ley de 1713 excluía del trono a las mujeres, y que por tanto la rama isabelina lo había ocupado ilegalmente. Se caracterizaba políticamente por la defensa a ultranza del antiguo régimen. Cuando Galdós escribe, está a punto de desencadenarse la tercera guerra carlista (1872-1876), con el inicio de las hostilidades por los partidarios del pretendiente Carlos VII (1848-1909).

[47] *fariseísmo:* hipocresía religiosa, desde la condición de fariseo, o persona que, afectando virtud, se muestra intolerante. *Teocracia:* forma de gobierno en que el poder, que se considera emanado de la divinidad, es ejercido por la clase sacerdotal.

[48] *apóstrofes, anatemas y dicterios:* acusaciones, maldiciones e insultos. *Lívido* parece tener aquí su sentido propio de «amoratado», y no el más común, modernamente, de «pálido».

[49] *fondo:* artículo de fondo.

Meditemos. Si bien es cierto que el Gobierno tiene la misión de velar por la conservación y prestigio de los principios morales y religiosos, también está fuera de toda duda que el más grave error en que pueden incurrir los Poderes públicos es apegarse demasiado a las instituciones pasadas, protegiendo la teocracia y permitiendo que los apóstoles del obscurantismo extiendan su hipócrita y solapado dominio a toda la sociedad. ¡Oh!, la más espantosa lepra de las naciones es esa masonería clerical [50]*, que, ansiando allegar para su causa mundana toda clase de recursos, no vacila en apoderarse de la voluntad de las mujeres indoctas y tímidas para entronizarse mañosamente en las familias, organizarlas a su manera, intervenir en sus actos más secretos, atar y desatar sus vínculos y crear de este modo un influjo universal que, a poco de extendido, no podrá destruirse sino con una sangrienta hecatombe* [51]*. ¡Ah! ¡Oh! ¡Les conocemos bien!*

¿No es notorio para todo el mundo que el actual Gabinete, lejos de oponerse a tan grave mal, hace cuanto está en su mano para que tome proporciones? ¿No estamos viendo que los órganos del obscurantismo aplauden todos los actos del Gobierno, y que existe un pacto tácito entre la teocracia y el Poder [52]*, una comunidad de aspiraciones tal que parecen confundirse los poderes eclesiástico y civil, cual si viviéramos en los tiempos del más brutal absolutismo? ¡Ah! ¡Es preciso ya decir la verdad al país! ¡Oh! ¡Es preciso hablar muy alto y poner las cosas en su lugar, exigiendo la responsabilidad a quien realmente la tenga!*

---

50 *masonería:* asociación secreta.

51 *hecatombe:* en origen, sacrificio de cien víctimas que hacían los antiguos a sus dioses; por extensión, cualquier sacrificio solemne en el que se produce un crecido número de víctimas.

52 *tácito:* implícito, sobrentendido.

Aquí se paró el escritor, mil veces desdichado, porque se le acabaron las ideas; y no pudo *decir la verdad al país,* porque su imaginación no se apartaba de Juanita, de la impertinente y mojigata mamá, de los clerizontes y monagos que influían en la casa [53], de los carneros, bueyes, cabras y asnos del futuro marqués de los Cuatro Vientos.

IV

Aprovechándose de este intermedio, trató el lúgubre de entablar de nuevo el consabido palique.

—Pero la situación no es desesperada —dijo—. Con ingenio puedes vencer y dejar a ese señor de las vacas y carneros con un palmo de boca abierta.

—Si yo pudiera... *Le mie nozze colei meglio è affretare* [54].

—*Io dentr' oggi a finir vo questo affare...* [55]. Mira, tengo un plan... ¿Sabes que me comprometería a arreglar el asunto empleando ciertos medios...?

—A ver: ¿qué plan?, ¿qué medios son esos? Cualesquiera que sean, ponlos en práctica inmediatamente. Tú eres hombre de ingenio.

—Pero no basta el ingenio —dijo el lúgubre—. Para ello es preciso otra cosa..., es necesario dinero.

—¡Dinero! *Dovizie!* [56]. Pero ¿qué papel va a hacer aquí el dichoso dinero?

—Eso lo veremos. Es un plan vasto y difícil de explicar ahora.

---

[53] *mojigata:* persona de moralidad afectada o hipócrita. A continuación, nótese la expresividad despectiva de *clerizontes* y de *monagos.*

[54] *Le mie nozze...:* «Mi casamiento con ella mejor es apresurar».

[55] *Io dentr' oggi...:* «Yo hoy mismo a acabar voy este asunto».

[56] *Dovizie!:* «¡Riquezas!».

—Pero ¿se trata de raptos, escalamientos, sobornos? Todo eso está muy bien en las novelas de a cuarto la entrega [57].

—No es nada de eso. Tú has de ser el principal actor en esta trama que preparo... Es preciso que me des *guita* y te sometas a cuanto yo te mande.

—En cuanto a lo segundo, no veo inconveniente ninguno; lo primero es mucho más difícil, por una razón muy sencilla...

—Si no se tiene, se busca.

—¡Se busca! *E dove, sciagurato?* [58]. Pero explícame tus planes... Ya me figuro... ¿Quieres hacerme pasar por rico? Hombre, tiene gracia.

—Tú dame el *cumquibus* y cállate [59]. No es preciso mucho: basta con unos cuantos miles de reales, cinco o seis mil.

—¡Cinco o seis mil! ¡Anda, anda! ¡Si tú supieras cuál es la situación del tesoro! ¡Chico, yo pensaba pedirte para una cajetilla!

—Pero, hombre, busca bien —dijo el gran financiero con expresión de angustia, que indicaba lo triste que era para él hallar tan vacío el bolsillo del contribuyente—. ¡Y yo que necesitaba ahora un pico...!, nada más que un piquito.

—¡Piquitos a mí!

—Es una gran contrariedad que te halles en tal situación —dijo el lúgubre en tono de responso—. Yo que contaba...

---

[57] Es decir, las malas novelas. Se refiere propiamente a las novelas que se difundían por *entregas* semanales, bisemanales, mensuales... (y en este caso vendidas a un *cuarto,* o moneda de cobre de cuatro maravedís, esto es, muy baratas), fenómeno muy difundido, como el del folletín, en la segunda mitad del XIX, con autores tan representativos como Fernández y González, Ayguals de Izco, Ortega y Frías, Pérez Escrich, etc. La calificación concuerda con lo que el joven Galdós había escrito años antes: «entregas o cuadernillos que llevan a cada hogar tranquilo el germen maléfico de la más aterradora epidemia literaria que ha caído sobre la humanidad leyente desde Comella hasta nuestros días» («Revista de Madrid», en *Revista del Movimiento Intelectual de Europa,* 25-XI-1867).

[58] *E dove, sciagurato?:* «¿Y dónde, desgraciado?».

[59] *Cumquibus,* como antes *guita,* es voz coloquial por «dinero».

Además me había propuesto sacarte en bien de la aventura y hacer que doña Lorenza plantara en la calle al de los Cuatro Vientos, para que tu Juanita...

—¡Maldita sea tu estampa y mi miseria! —exclamó el articulista con desesperación—. Cuando uno se propone un fin noble y elevado, como es el del matrimonio, y no puede conseguirlo a causa de un cochino déficit, reniega de la existencia y...

No pudo concluir la frase, porque ante sus ojos se presentó un espectro que avanzaba lentamente, con expresión siniestra y aterradora. Aquel fantasma era el monstruo tipográfico, horrible caricatura de Gutenberg [60], que, puntual como el diablo cuando suena la hora de llevarse su alma, venía en busca del condenado artículo.

—¡El artículo! ¡Mal rayo me parta! [61]. ¡Es preciso acabarlo!

Y devorado por la ansiedad, trémulo y medio loco, trincó la pluma y ¡hala!:

Fácil es comprender —escribió— que esta situación no puede prolongarse mucho, por el aflictivo estado de la Hacienda. Los apuros del Erario son tales [62]*, que se nos llena el corazón de tristeza cuando hacemos un examen detenido de las rentas públicas. Los ingresos disminuyen de un modo aterrador; aumentan los gastos. Todas las corporaciones carecen de lo más necesario para cubrir sus atenciones. La miseria cunde por todas partes, y el ánimo se abate al con-*

---

[60] Alude a Johannes Gensfleisch, llamado Gutenberg (1394/1399-1468), inventor de la imprenta.

[61] Evoca el célebre comienzo de *Don Juan Tenorio,* de José Zorrilla: «¡Cuál gritan esos malditos! / Pero ¡mal rayo me parta / si en concluyendo la carta / no pagan caros sus gritos!» (vv. 1-4, ed. L. Fernández Cifuentes, Barcelona, Crítica, 1993, p. 75).

[62] *El Erario* es la Hacienda pública, que se halla en un estado *aflictivo* o angustioso, como acabamos de leer.

siderar nuestra situación. Nos es imposible aspirar a nobles fines, porque en la vida moderna nada puede lograrse; todas las mejoras materiales y morales son ilusorias cuando el Estado se halla próximo a una vergonzosa ruina. ¡Ah! Es preciso llamar sobre esto la atención del país. El Tesoro público está exhausto. La situación es angustiosa, insostenible, desesperada. ¡Oh! Hay que exigir la responsabilidad a quien corresponda, apartando de la gestión de los negocios públicos a los hombres funestos...

No pudo seguir, porque su amigo, que se había asomado al balcón mientras él escribía, le llamaba con grandes voces:

—¡Ven, ven... *eccola*![63]. Por la calle pasa *la ragazza* con doña Lorenza y el futuro marquesito. *Oh terribile momento!*

El desdichado escritor levantose de su asiento, tiró papel y plumas, sin cuidarse de que *aquellos hombres funestos* siguieran o no encargados de la gestión de los negocios públicos.

Los dos fijaron la vista con ansiosa curiosidad en un grupo que por la calle iba, compuesto de tres personas, a saber: una vieja por extremo tiesa y con un aire presuntuoso que indicaba su adoración de todas las cosas tradicionales y venerandas; una joven, de cuya hermosura no podían tenerse bastantes datos desde el balcón, si bien no era difícil apreciar la esbeltez de su cuerpo, su andar airoso y su traje, en que la elegancia y la modestia habían conseguido hermanarse; y por último un mozalbete, cuyo semblante no era fácil distinguir, pues solo se veía algo de patillas, un poco de lentes y unas miajas de nariz.

El desesperado articulista estuvo a punto de gritar, de arrojar el objeto que hallara más a mano sobre la inocente pareja que cruzaba la calle. Púsose lívido al notar que se hablaban con una confianza parecida a la intimidad, y hasta le

---

[63] *eccola:* «aquí está».

pareció escuchar algunas tiernas y conmovedoras frases. Apretó los puños y echó por aquella boca sapos y culebras, apartándose del balcón por no presenciar más tiempo un espectáculo que le enloquecía. Al volverse, su mirada se cruzó con la mirada del bruto de la imprenta, que, inmóvil en medio de la sala, más feo, más horrible y siniestro que nunca, reclamaba las nefastas cuartillas. ¡Nada, nada, a rematar el artículo! Ciego de furor, pálido como la muerte, trémulo y con extraviados ojos se sentó, tomó la pluma, y salpicando a diestra y siniestra grandes manchurrones de tinta, acribillando el papel con los picotazos de la pluma, enjaretó lo siguiente:

Sí; hay que apartar de la gestión de los negocios públicos a esos hombres funestos, que han usurpado el Poder de una manera nunca vista en los anales de la ambición; a esos hombres inmorales que han extendido a todas las esferas administrativas sus viciosas costumbres; a esos hombres que escarnecen al país con sus improvisadas fortunas. Todo el mundo ve con indignación los abusos, la audacia, el cinismo de tales hombres, y nosotros participamos de esa patriótica indignación. ¡Oh!, no podemos contenernos. Señalamos a la execración de todas las gentes honradas a esos ministros funestos e inmorales[64] *—lo repetimos sin cesar— que han traído a nuestra Patria al estado en que hoy se halla, irritando los ánimos y estableciendo en todo el país el reinado de la desconfianza, del miedo, de la cólera, de la venganza. Sí; ¡¡castigo, venganza!!*[65]*. He aquí las palabras que sintetizan la aspiración nacional en el actual momento histórico.*

---

64 *execración:* reprobación, condena.

65 Esta exclamación es más propia de un drama romántico que de un artículo de fondo.

Hubiera seguido desahogando las hieles de su alma si alguien no le interrumpiera inopinadamente en aquel crítico momento histórico, entregándole una carta, cuyo sobre, escrito por mano femenina, le produjo extraordinaria conmoción. Abriola con frenesí, rasgando el papel, y leyó lo que sigue, trazado con lápiz, apresuradamente:

«No puedo pintar mi martirio desde que este alcornoque de los Cuatro Vientos ha venido de Extremadura, con la pretensión de casarse conmigo. Mamá es *partidaria de esta solución,* como tú dices; pero yo me mantengo y me mantendré siempre en la más resuelta oposición. Nada ni nadie me hará desistir, tontín, y yo te respondo que mi *actitud,* ¡vivan las actitudes!, será tan firme, que ha de causarte admiración. El suplicio de tener que oír las simplezas y ver al antipático semblante de Cuatro Vientos me dará fuerza para resistir al *sistema arbitrario y a las medidas preventivas* de mamá» [66].

La alegría del autor fue tan grande en aquel *momento histórico,* que por poco se desmaya en los brazos de su amigo. Recobró repentinamente su buen humor, volviendo los colores a su rostro demacrado. Pero la presencia del siniestro gañán de la imprenta [67], que inmóvil permanecía en medio de la sala, le hizo comprender la necesidad de concluir su obra, que reclamaban con furor los irritados cajistas y el inexorable regente [68]. Tomó la pluma, y con facilidad notoria terminó de esta manera:

Pero en honor de la verdad, y penetrándonos de un alto espíritu de imparcialidad, deponiendo pasiones bas-

[66] Las expresiones subrayadas pertenecen al léxico político del joven articulista.

[67] *gañán:* mozo de labranza; figuradamente, hombre fuerte y rudo.

[68] *regente:* encargado.

tardas[69] *y hablando el lenguaje de la más estricta justicia, debemos decir que no tiene el Gobierno toda la culpa de lo que hoy pasa. Sería obcecación negarle el buen deseo y la aspiración al acierto. ¡Ah! Su gestión tropieza con los obstáculos que la insensata oposición de los partidos revolucionarios hace de continuo; y los males que sufre el país no proceden, por lo general, de las altas regiones. Todos los ministros tienen muchísimo talento y se inspiran, ¿a qué negarlo?, en el más puro patriotismo. ¡Ah!, nuestro deber es excitar a todo el mundo para que, por medio de hábiles transacciones, por medio de sabios temperamentos, puedan el pueblo y el poder hermanarse, inaugurando la serie de felicidades, de inefables dichas*[70]*, de prosperidades sin cuento que la Providencia nos destina.*

1871

---

[69] *deponiendo pasiones bastardas:* apartando sentimientos ilegítimos.
[70] *inefables:* que no se pueden expresar con palabras.

LA NOVELA EN EL TRANVÍA

I

EL COCHE PARTÍA de la extremidad del barrio de Salamanca, para atravesar todo Madrid en dirección al de Pozas[1]. Impulsado por el egoísta deseo de tomar asiento antes que las demás personas movidas de iguales intenciones, eché mano a la barra que sustenta la escalera de la imperial[2], puse el pie en la plataforma y subí; pero en el mismo instante —¡oh imprevisión!— tropecé con otro viajero que por el opuesto lado entraba. Le miro y reconozco a mi amigo el señor don Dionisio Cascajares de la Vallina, persona tan

---

[1] El tranvía madrileño (o «Tram-vía de Madrid», como rezaba la propaganda oficial) era entonces novedad recentísima: se había inaugurado el 31 de mayo de 1871, muy pocos meses antes de la composición de nuestro relato. Tirado por mulas, hacía el recorrido que irá punteando la narración: desde su estación de partida (en Serrano, esquina a Maldonado), pasaba sucesivamente por la Puerta de Alcalá, fuente de Cibeles, Puerta del Sol, calle Mayor, plaza de Oriente, calles de Bailén y de la Princesa, hasta llegar a la también novísima iglesia del Buen Suceso, desde donde regresaba. Unía así dos barrios creados con el Ensanche de la capital en 1868, que recibieron los nombres de sus dos constructores o impulsores, don José de Salamanca (1811-1883) y don Ángel de las Pozas (¿-?), y que estaban situados, respectivamente, en los extremos oriental y occidental de la ciudad, más allá de la Puerta de Alcalá y del Portillo de San Bernardino.

[2] *imperial:* lugar con asientos que tenía el tranvía sobre la cubierta.

inofensiva como discreta, que tuvo en aquella crítica ocasión la bondad de saludarme con un sincero y entusiasta apretón de manos.

Nuestro inesperado choque no había tenido consecuencias de consideración, si se exceptúa la abolladura parcial de cierto sombrero de paja puesto en la extremidad de una cabeza de mujer inglesa, que tras de mi amigo intentaba subir, y que sufrió, sin duda por falta de agilidad, el rechazo de su bastón.

Nos sentamos sin dar al percance exagerada importancia, y empezamos a charlar. El señor don Dionisio Cascajares es un médico afamado, aunque no por la profundidad de sus conocimientos patológicos [3], y un hombre de bien, pues jamás se dijo de él que fuera inclinado a tomar lo ajeno, ni a matar a sus semejantes por otros medios que por los de su peligrosa y científica profesión. Bien puede asegurarse que la amenidad de su trato y el complaciente sistema de no dar a los enfermos otro tratamiento que el que ellos quieren son causa de la confianza que inspira a multitud de familias de todas jerarquías, mayormente cuando también es fama que en su bondad sin límites presta servicios ajenos a la ciencia, aunque siempre de índole rigurosamente honesta.

Nadie sabe como él sucesos interesantes que no pertenecen al dominio público, ni ninguno tiene en más estupendo grado la manía de preguntar, si bien este vicio de exagerada inquisitividad se compensa en él por la prontitud con que dice cuanto sabe, sin que los demás se tomen el trabajo de preguntárselo [4]. Júzguese por esto si la compañía de tan hermoso ejemplar de la ligereza humana será solicitada por los curiosos y por los lenguaraces.

Este hombre, amigo mío, como lo es de todo el mundo, era el que sentado iba junto a mí, cuando el coche, resba-

---

[3] *patológicos:* sobre las enfermedades.

[4] El *vicio de exagerada inquisitividad* es esa misma *manía de preguntar* recién aludida.

lando suavemente por su calzada de hierro, bajaba la calle de Serrano[5], deteniéndose alguna vez para llenar los pocos asientos que quedaban ya vacíos. Íbamos tan estrechos, que me molestaba grandemente el paquete de libros que conmigo llevaba, y ya le ponía sobre esta rodilla, ya sobre la otra, ya por fin me resolvía a sentarme sobre él, temiendo molestar a la señora inglesa, a quien cupo en suerte colocarse a mi siniestra mano.

—Y usted, ¿adónde va? —me preguntó Cascajares, mirándome por encima de sus espejuelos azules[6], lo que me hacía el efecto de ser examinado por cuatro ojos.

Contestele evasivamente, y él, deseando sin duda no perder aquel rato sin hacer alguna útil investigación, insistió en sus preguntas, diciendo:

—Y Fulanito, ¿qué hace? Y Fulanito, ¿dónde está? —con otras indagatorias del mismo jaez[7], que tampoco tuvieron respuesta cumplida.

Por último, viendo cuán inútiles eran sus tentativas para pegar la hebra, echó por camino más adecuado a su expansivo temperamento, y empezó a desembuchar.

—¡Pobre Condesa! —dijo, expresando con un movimiento de cabeza y un visaje su desinteresada compasión[8]—. Si hubiera seguido mis consejos, no se vería en situación tan crítica.

—¡Ah! Es claro —contesté maquinalmente, ofreciendo también el tributo de mi compasión a la señora Condesa.

---

5 Es una de las calles más importantes de la zona, paralela al paseo de la Castellana. Fue abierta por don José de Salamanca, dando así comienzo al barrio que lleva su nombre. Se llamó primero bulevar Narváez, pero cambió su denominación por la de Francisco Serrano (1810-1885), caudillo de la Gloriosa, tras la revolución de septiembre de 1868.

6 *espejuelos azules:* gafas o anteojos con cristales de este color. Hoy diríamos «gafas de sol».

7 *jaez:* clase, condición.

8 *visaje:* gesto anormal o exagerado del rostro.

—Figúrese usted —prosiguió— que se ha dejado dominar por aquel hombre, y aquel hombre llegará a ser el dueño de la casa. ¡Pobrecilla! Cree que con llorar y lamentarse se remedia todo, y no: urge tomar una determinación. Porque ese hombre es un infame; le creo capaz de los mayores crímenes.

—¡Ah! ¡Sí; es atroz! —dije yo, participando irreflexivamente de su imaginación.

—Es como todos los hombres de malos instintos y baja condición, que, si se elevan un poco, luego no hay quien los sufra. Bien claro indica su rostro que de allí no puede salir cosa buena.

—Ya lo creo; eso salta a la vista.

—Le explicaré a usted en breves palabras. La Condesa es una mujer excelente, angelical, tan discreta como hermosa, y digna por todos conceptos de mejor suerte. Pero está casada con un hombre que no comprende el tesoro que posee, y pasa la vida entregado al juego y a toda clase de entretenimientos ilícitos. Ella, entre tanto, se aburre y llora. ¿Es extraño que trate de sofocar su pena divirtiéndose honestamente aquí y allí, dondequiera que suene un piano? Es más, yo mismo se lo aconsejo, y le digo: «Señora, procure usted distraerse, que la vida se acaba. Al fin el señor Conde se ha de arrepentir de sus locuras y se acabarán las penas». Me parece que estoy en lo cierto.

—¡Ah! ¡Sin duda! —contesté con oficiosidad [9], continuando en mis adentros tan indiferente como al principio a las desventuras de la Condesa.

—Pero no es eso lo peor —añadió Cascajares, golpeando el suelo con su bastón—, sino que ahora el señor Conde ha dado en la flor de estar celoso...; sí, de cierto joven que se ha tomado a pechos la empresa de distraer a la Condesa [10].

---

[9] *oficiosidad:* solicitud por agradar y ser útil.

[10] *dar en la flor:* contraer la costumbre, tomar la manía. En cuanto al joven ocupado en distraer a la Condesa, responde a la que era una práctica

—El marido tendrá la culpa de que lo consiga.

—Todo eso sería insignificante, porque la Condesa es la misma virtud; todo eso sería insignificante, digo, si no existiera un hombre abominable, que sospecho ha de causar un desastre en aquella casa.

—¿De veras? ¿Y quién es ese hombre? —pregunté, con una chispa de curiosidad.

—Un antiguo mayordomo, muy querido del Conde, y que se ha propuesto martirizar a la infeliz cuanto sensible señora. Parece que se ha apoderado de cierto secreto que la compromete, y con esta arma pretende..., ¡qué sé yo!... ¡Es una infamia!

—Sí que lo es, y ello merece un ejemplar castigo —dije yo, descargando también el peso de mis iras sobre aquel hombre.

—Pero ella es inocente; ella es un ángel... Pero, ¡calle!; estamos en la Cibeles. Sí, ya veo a la derecha el parque de Buenavista [11]. Mande usted parar, mozo; que no soy de los que hacen la gracia de saltar cuando el coche está en marcha, para descalabrarse contra los adoquines. Adiós, mi amigo, adiós.

---

habitual en la alta sociedad que venía del siglo anterior, la del *chichisveo* o *cortejo,* por la cual una mujer casada podía disponer de un galanteador, sujeto a su voluntad, que la acompañase y sirviese.

[11] *La Cibeles,* ese lugar tan característico de Madrid, es el nombre de una de las ocho fuentes que jalonaban el Salón del Prado desde su construcción, a finales del siglo XVIII. Fue diseñada, como remate de este gran paseo, por los arquitectos José Hermosilla y Ventura Rodríguez, y realizada por Francisco Gutiérrez y Roberto Michel. En estos mismos años (1777), y en lo alto de una colina que dominaba la calle de Alcalá, se inició la edificación del palacio de *Buenavista.* Rodeado de los jardines o *parque* que lleva su nombre, no se concluyó hasta casi un siglo después, en 1861, tras haber sido adquirido por las autoridades municipales a comienzos del XIX para donarlo a Godoy, el omnipotente ministro de Carlos IV. Ha sido utilizado sucesivamente como cuartel de artillería, Museo del Ejército, y, en la actualidad, como sede del Ministerio de Defensa.

Paró el coche y bajó don Dionisio Cascajares y de la Vallina, después de darme otro apretón de manos y de causar segundo desperfecto en el sombrero de la dama inglesa, aún no repuesta del primitivo susto.

II

Siguió el ómnibus su marcha [12] y, ¡cosa singular!, yo a mi vez seguí pensando en la incógnita Condesa, en su cruel y suspicaz consorte, y sobre todo en el hombre siniestro que, según la enérgica expresión del médico, a punto estaba de causar un desastre en la casa. Considera, lector, lo que es el humano pensamiento: cuando Cascajares principió a referirme aquellos sucesos, yo renegaba de su inoportunidad y pesadez; mas poco tardó mi imaginación en apoderarse de aquel mismo asunto, para darle vueltas de arriba abajo, operación psicológica que no deja de ser estimulada por la regular marcha del coche y el sordo y monótono rumor de sus ruedas, limando el hierro de los carriles.

Pero al fin dejé de pensar en lo que tan poco me interesaba, y recorriendo con la vista el interior del coche, examiné uno por uno a mis compañeros de viaje. ¡Cuán distintas caras y cuán diversas expresiones! Unos parecen no inquietarse ni lo más mínimo de los que van a su lado; otros pasan revista al corrillo con impertinente curiosidad; unos están alegres; otros, tristes; aquel bosteza; el de más allá ríe, y a pesar de la brevedad del trayecto, no hay uno que no desee terminarlo pronto. Pues entre los mil fastidios de la existencia, ninguno aventaja al que consiste en estar una docena de personas mirándose las caras sin decirse palabra, y con-

[12] *ómnibus:* vehículo de gran capacidad, que sirve para transportar personas, generalmente dentro de las poblaciones, por precio módico. Obviamente, aquí se refiere al tranvía.

tándose recíprocamente sus arrugas, sus lunares, y este o el otro accidente observado en el rostro o en la ropa.

Es singular este breve conocimiento con personas que no hemos visto y que probablemente no volveremos a ver. Al entrar, ya encontramos a alguien; otros vienen después que estamos allí; unos se marchan, quedándonos nosotros, y por último también nos vamos. Imitación es esto de la vida humana, en que el nacer y el morir son como las entradas y salidas a que me refiero, pues van renovando sin cesar, en generaciones de viajeros, el pequeño mundo que allí dentro vive. Entran, salen; nacen, mueren... ¡Cuántos han pasado por aquí antes que nosotros! ¡Cuántos vendrán después!

Y para que la semejanza sea más completa, también hay un mundo chico de pasiones en miniatura dentro de aquel cajón. Muchos van allí que se nos antojan excelentes personas, y nos agrada su aspecto y hasta les vemos salir con disgusto. Otros, por el contrario, nos revientan desde que les echamos la vista encima: les aborrecemos durante diez minutos; examinamos con cierto rencor sus caracteres frenológicos y sentimos verdadero gozo al verles salir [13]. Y en tanto, sigue corriendo el vehículo, remedo de la vida humana; siempre recibiendo y soltando, uniforme, incansable, majestuoso, insensible a lo que pasa en su interior; sin que le conmuevan ni poco ni mucho las mal sofocadas pasioncillas de que es mudo teatro; siempre corriendo, corriendo sobre las dos interminables paralelas de hierro, largas y resbaladizas como los siglos.

Pensaba en esto mientras el coche subía por la calle de Alcalá [14], hasta que me sacó del golfo de tan revueltas cavi-

---

[13] *frenológicos:* Rrelativos a la frenología, o teoría según la cual es posible conocer las facultades o instintos de un individuo mediante la inspección de sus protuberancias craneales.

[14] Se trata de la célebre arteria que unía la Puerta del Sol con el Salón del Prado, y que posteriormente ha ido alargando su longitud con el crecimiento de la capital. Se llamó antes calle de los Olivares, por dos árboles muy frondosos de esta especie que se encontraban junto a la fuentecilla de los Caños de Alcalá.

laciones el golpe de mi paquete de libros al caer al suelo. Recogilo al instante; mis ojos se fijaron en el pedazo de periódico que servía de envoltorio a los volúmenes, y maquinalmente leyeron medio renglón de lo que allí estaba impreso. De súbito sentí vivamente picada mi curiosidad: había leído algo que me interesaba, y ciertos nombres esparcidos en el pedazo de folletín hirieron a un tiempo la vista y el recuerdo [15]. Busqué el principio y no lo hallé: el papel estaba roto, y únicamente pude leer, con curiosidad primero y después con afán creciente, lo que sigue:

Sentía la Condesa una agitación indescriptible. La presencia de Mudarra, el insolente mayordomo, que olvidando su bajo origen atrevíase a poner los ojos en persona tan alta, le causaba continua zozobra. El infame la estaba espiando sin cesar, la vigilaba como se vigila a un preso. Ya no le detenía ningún respeto, ni era obstáculo a su innoble asechanza la sensibilidad y delicadeza de tan excelente señora.

Mudarra penetró a deshora en la habitación de la Condesa, que, pálida y agitada, sintiendo a la vez vergüenza y terror, no tuvo ánimo para despedirle.

—No se asuste usía [16], señora Condesa —dijo con forzada y siniestra sonrisa, que aumentó la turbación de la dama—; no vengo a hacer a usía daño alguno.

—¡Oh Dios mío! ¡Cuándo acabará este suplicio! —exclamó la dama, dejando caer sus brazos con desaliento—. Salga usted; yo no puedo acceder a sus deseos. ¡Qué infamia! ¡Abusar de ese modo de mi debilidad y de la indiferencia de mi esposo, único autor de tantas desgracias!

—¿Por qué tan arisca, señora Condesa? —añadió el feroz mayordomo—. Si yo no tuviera el secreto de su perdi-

---

[15] *folletín:* véase la nota 54 de *Un tribunal literario.*

[16] *usía:* vuestra señoría (véase la nota 29 de *La conjuración de las palabras*).

ción en mi mano; si yo no pudiera imponer al señor Conde de ciertos particulares... [17]*, pues..., referentes a aquel caballerito... Pero no abusaré, no, de estas terribles armas. Usted me comprenderá al fin, conociendo cuán desinteresado es el grande amor que ha sabido inspirarme.*

Al decir esto, Mudarra dio algunos pasos hacia la Condesa, que se alejó con horror y repugnancia de aquel monstruo.

Era Mudarra un hombre como de cincuenta años, moreno, rechoncho y patizambo [18]*, de cabellos ásperos y en orden, grande y colmilluda la boca. Sus ojos, medio ocultos tras la frondosidad de largas, negras y espesísimas cejas, en aquellos instantes expresaban la más bestial concupiscencia* [19]*.*

—¡Ah puerco espín! —exclamó con ira al ver el natural despego de la dama—. ¡Qué desdicha no ser un mozalbete almidonado! [20]*. Tanto remilgo sabiendo que puedo informar al señor Conde... Y me creerá, no lo dude usía; el señor Conde tiene en mí tal confianza, que lo que yo digo es para él el mismo evangelio...* [21]*, pues..., y como está celoso..., si yo le presento el papelito...*

—¡Infame! —gritó la Condesa con noble arranque de indignación y dignidad—. Yo soy inocente, y mi esposo no será capaz de prestar oídos a tan viles calumnias. Y aunque fuera culpable, prefiero mil veces ser despreciada por mi marido y por todo el mundo, a comprar mi tranquilidad a ese precio. Salga usted de aquí al instante.

---

[17] *imponer... de ciertos particulares:* instruir de ciertas materias, informar de ciertos asuntos.

[18] *patizambo:* que tiene las piernas torcidas hacia afuera y junta mucho las rodillas.

[19] *concupiscencia:* lujuria, lascivia, apetito de placeres deshonestos.

[20] *almidonado:* planchado con almidón; figuradamente, atildado o compuesto en exceso.

[21] Es decir, la verdad indiscutible.

—Yo también tengo mal genio, señora Condesa —dijo el mayordomo devorando su rabia—; yo también gasto mal genio, y cuando me amosco... [22]*. Puesto que usía lo toma por la tremenda, vamos por la tremenda. Ya sé lo que tengo que hacer, y demasiado condescendiente he sido hasta aquí. Por última vez propongo a usía que seamos amigos, y no me ponga en el caso de hacer un disparate... Conque, señora mía...*

Al decir esto, Mudarra contrajo la pergaminosa piel y los rígidos tendones de su rostro [23]*, haciendo una mueca parecida a una sonrisa, y dio algunos pasos como para sentarse en el sofá junto a la Condesa. Esta se levantó de un salto, gritando:*

—¡No; salga usted! ¡Infame! Y no tener quien me defienda... ¡Salga usted!

El mayordomo, entonces, era como una fiera a quien se escapa la presa que ha tenido un momento antes entre sus uñas. Dio un resoplido, hizo un gesto de amenaza, y salió despacio, con pasos muy quedos. La Condesa, trémula y sin aliento, refugiada en la extremidad del gabinete, sintió las pisadas que alejándose se perdían en la alfombra de la habitación inmediata, y respiró al fin cuando le consideró lejos. Cerró todas las puertas y quiso dormir; pero el sueño huía de sus ojos, aún aterrados con la imagen del monstruo.

*Capítulo XI.—*El complot. *Mudarra, al salir de la habitación de la Condesa, se dirigió a la suya, y dominado por fuerte inquietud nerviosa, comenzó a registrar cartas y papeles diciendo entre dientes: «Ya no aguanto más; me las pagará todas juntas». Después se sentó, tomó la pluma, y poniendo delante una de aquellas cartas y examinándola bien, empezó a escribir otra, tratando de remedar la letra. Mudaba la vista con febril ansiedad del modelo a la copia,*

---

[22] *me amosco:* me enfado, me irrito.

[23] *pergaminosa:* lisa, estirada.

y por último, después de gran trabajo, escribió con caracteres enteramente iguales a los del modelo la carta siguiente, cuyo sentido era de su propia cosecha: «Había prometido a usted una entrevista, y me apresuro...».

El folletín estaba roto y no pude leer más.

III

Sin apartar la vista del paquete, me puse a pensar en la relación que existía entre las noticias sueltas que oí de boca del Sr. Cascajares y la escena leída en aquel papelucho, folletín, sin duda, traducido de alguna desatinada novela de Ponson du Terrail o de Montepin [24]. Será una tontería, dije para mí, pero es lo cierto que ya me inspira interés esa señora Condesa, víctima de la barbarie de un mayordomo imposible, cual no existe sino en la trastornada cabeza de algún novelista nacido para aterrar a la gente sencilla. ¿Y qué haría el maldito para vengarse? Capaz sería de imaginar cualquier atrocidad de esas que ponen fin a un capítulo de sensación. Y el Conde, ¿qué hará? Y aquel mozalbete de quien hablaron Cascajares en el coche y Mudarra en el folletín, ¿qué hará?, ¿quién será? ¿Qué hay entre la Condesa y ese incógnito caballerito? Algo daría por saber...

Esto pensaba, cuando alcé los ojos, recorrí con ellos el interior del coche y, ¡horror!, vi una persona que me hizo es-

[24] Son dos de los más leídos y celebrados folletinistas franceses, cuya fama traspasó fronteras en toda Europa. Pierre Alexis, vizconde Ponson du Terrail (1829-1871), tras *Bastidores del mundo* (1853) no cesó de producir folletines para los periódicos: *Los jinetes de la noche* (1855), *Bavolet* (1856), y sobre todo *Las hazañas de Rocambole* (1859), de éxito asombroso. Xavier de Montepin (1823-1902) es autor de dramas populares, además de folletines como *Los caballeros del lansquenete* (1847) o *Los vividores de París* (1848), este en colaboración.

tremecer de espanto. Mientras estaba yo embebido en la interesante lectura del pedazo del folletín, el tranvía se había detenido varias veces para tomar o dejar algún viajero. En una de estas ocasiones había entrado aquel hombre, cuya súbita presencia me produjo tan grande impresión. Era él, Mudarra, el mayordomo en persona, sentado frente a mí, con sus rodillas tocando mis rodillas. En un segundo le examiné de pies a cabeza y reconocí las facciones cuya descripción había leído. No podía ser otro: hasta los más insignificantes detalles de su vestido indicaban claramente que era él. Reconocí la tez morena y lustrosa; los cabellos indomables, cuyas mechas surgían en opuestas direcciones como las culebras de Medusa [25]; los ojos hundidos bajo la espesura de unas agrestes cejas [26]; las barbas, no menos revueltas e incultas que el pelo; los pies, torcidos hacia dentro, como los de los loros, y en fin, la misma mirada, el mismo hombre en el aspecto, en el traje, en el respirar, en el toser, hasta en el modo de meterse la mano en el bolsillo para pagar.

De pronto le vi sacar una cartera, y observé que este objeto tenía en la cubierta una gran *M* dorada, la inicial de su apellido. Abriola, sacó una carta y miró el sobre con sonrisa de demonio, y hasta me pareció que decía entre dientes:

—¡Qué bien imitada está la letra!

En efecto, era una carta pequeña, con el sobre garabateado por mano femenina. Lo miró bien, recreándose en su infame obra, hasta que observó que yo, con curiosidad indiscreta y descortés, alargaba demasiado el rostro para leer el sobrescrito [27].

---

[25] Porque *Medusa* era una de las tres gorgonas —con Esteno y Euríale—, o monstruos de la mitología que presentaban, entre otros atributos, la cabeza erizada de serpientes o *culebras*.

[26] *Agrestes* se emplea aquí como hipérbole notoria, pues este adjetivo se aplica propiamente a parajes naturales ásperos, incultos o llenos de maleza.

[27] *el sobrescrito:* lo escrito en el sobre o en la parte exterior de un pliego cerrado.

Dirigiome una mirada que me hizo el efecto de un golpe, y guardó su cartera.

El coche seguía corriendo, y en el breve tiempo necesario para que yo leyera el trozo de novela, para que pensara un poco en tan extrañas cosas, para que viera al propio Mudarra, novelesco, inverosímil, convertido en ser vivo y compañero mío en aquel viaje, había dejado atrás la calle de Alcalá, atravesaba la Puerta del Sol y entraba triunfante en la calle Mayor [28], abriéndose paso por entre los demás coches, haciendo correr a los carromatos rezagados y perezosos, y ahuyentando a los peatones, que en el tumulto de la calle, y aturdidos por la confusión de tantos y tan diversos ruidos, no ven la mole que se les viene encima sino cuando ya la tienen a muy poca distancia [29].

Seguía yo contemplando a aquel hombre como se contempla un objeto de cuya existencia real no estamos muy seguros, y no quité los ojos de su repugnante facha hasta que no le vi levantarse, mandar parar el coche y salir, perdiéndose luego entre el gentío de la calle.

Salieron y entraron varias personas, y la decoración viviente del coche mudó por completo.

Cada vez era más viva la curiosidad que me inspiraba aquel suceso, que al principio podía considerar como forjado exclusivamente en mi cabeza por la coincidencia de varias sensaciones ocasionadas por la conversación o por la lectura, pero que al fin se me figuraba cosa cierta y de indudable realidad.

---

[28] O sea, en el centro neurálgico de la ciudad, si bien la *Puerta del Sol* —de ahí su nombre— había sido en su día una de las entradas a Madrid. La *calle Mayor,* como el tranvía de nuestro texto, une la citada puerta con la calle de Bailén. Véase también la nota 147 de *Un tribunal literario.*

[29] Cosa bien cierta, como se documenta abundantemente en las crónicas de sucesos de la prensa de la época, y también en la literatura misma, con muestras tan excelentes como *Doña Berta* (1892), de *Clarín.*

Cuando salió el hombre en quien creí ver al terrible mayordomo, quedeme pensando en el incidente de la carta y me lo expliqué a mi manera, no queriendo ser en tan delicada cuestión menos fecundo que el novelista, autor de lo que momentos antes había leído. Mudarra, pensé, deseoso de vengarse de la Condesa, ¡oh infortunada señora!, finge su letra y escribe una carta a cierto caballerito, con quien hubo esto y lo otro y lo de más allá. En la carta le da una cita en su propia casa; llega el joven a la hora indicada, y poco después, el marido, a quien se ha tenido cuidado de avisar, para que coja *in fraganti* a su desleal esposa: ¡oh admirable recurso del ingenio! Esto, que en la vida tiene su pro y su contra, en una novela viene como anillo al dedo. La dama se desmaya, el amante se turba, el marido hace una atrocidad, y detrás de la cortina está el fatídico semblante del mayordomo, que se goza en su endiablada venganza.

Lector yo de muchas y muy malas novelas, di aquel giro a la que insensiblemente iba desarrollándose en mi imaginación por las palabras de mi amigo, la lectura de un trozo de papel y la vista de un desconocido.

IV

Andando, andando, seguía el coche, y ya por causa del calor que allí dentro se sentía, ya porque el movimiento pausado y monótono del vehículo produce cierto mareo que degenera en sueño, lo cierto es que sentí pesados los párpados, me incliné del costado izquierdo, apoyando el codo en el paquete de libros, y cerré los ojos. En esta situación continué viendo la hilera de caras de ambos sexos que ante mí tenía, barbadas unas, limpias de pelo las otras, aquellas riendo, estas muy acartonadas y serias. Después me pareció que, obedeciendo a la contracción de un músculo común, todas aquellas caras hacían muecas y guiños, abriendo y cerrando los ojos y las bocas, y mostrándome alternativamente una serie de dientes que variaban desde los más blancos hasta los más amarillos, afilados unos, romos y gastados los otros [30]. Aquellas ocho narices erigidas bajo dieciséis ojos diversos en color y expresión, crecían o menguaban, variando de forma; las bocas se abrían en línea horizontal, produciendo mudas carcajadas, o se estiraban hacia adelante formando hocicos puntiagudos, parecidos al interesante rostro de cierto benemérito animal que tiene sobre sí el anatema de no poder ser nombrado [31].

Por detrás de aquellas ocho caras, cuyos horrendos visajes he descrito, y al través de las ventanillas del coche, yo veía la calle, las casas y los transeúntes, todo en veloz carrera, como si el tranvía anduviera con rapidez vertiginosa. Yo por lo menos creía que marchaba más aprisa que nuestros ferrocarriles, más que los franceses, más que los ingleses, más que los norteamericanos; corría con toda la velocidad que puede suponer la imaginación, tratándose de la traslación de lo sólido.

A medida que era más intenso aquel estado letargoso, se me figuraba que iban desapareciendo las casas, las calles, Madrid entero. Por un instante creí que el tranvía corría por lo más profundo de los mares: al través de los vidrios se veían los cuerpos de cetáceos enormes, los miembros pegajosos de una multitud de pólipos de diversos tamaños. Los peces chicos sacudían sus colas resbaladizas contra los cristales, y algunos miraban adentro con sus grandes y dorados ojos. Crustáceos de forma desconocida, grandes moluscos, madréporas, esponjas y una multitud de bivalvos grandes y deformes cual nunca yo los había visto, pasaban sin cesar. El coche iba tirado por no sé qué especie de na-

---

[30] *romos:* obtusos, sin punta.

[31] Se refiere al cerdo, que efectivamente no solía ser nombrado en público directamente, sino a través de rodeos o eufemismos, como hace aquí el autor.

dantes monstruos, cuyos remos, luchando con el agua, sonaban como las paletadas de una hélice, tornillaban la masa líquida con su infinito voltear.

Esta visión se iba extinguiendo; después pareciome que el coche corría por los aires, volando en dirección fija y sin que lo agitaran los vientos. Al través de los cristales no se veía nada más que espacio: las nubes nos envolvían a veces; una lluvia violenta y repentina tamborileaba en la imperial [32]; de pronto salíamos al espacio puro, inundado de sol, para volver de nuevo a penetrar en el vaporoso seno de celajes inmensos, ya rojos, ya amarillos, tan pronto de ópalo como de amatista, que iban quedándose atrás en nuestra marcha. Pasábamos luego por un sitio del espacio en que flotaban masas resplandecientes de un finísimo polvo de oro; más adelante, aquella polvareda que a mí se me antojaba producida por el movimiento de las ruedas triturando la luz, era de plata, después verde como harina de esmeraldas, y por último, roja como harina de rubíes [33]. El coche iba arrastrado por algún volátil apocalíptico, más fuerte que el hipogrifo y más atrevido que el dragón [34], y el rumor de las ruedas y de la fuerza motriz recordaba el zumbido de las grandes aspas de un molino de viento, o más bien el de un abejorro del tamaño de un elefante. Volábamos por el espacio sin fin, sin llegar nunca; entre tanto la tierra quedábase abajo, a muchas leguas de nuestros pies; y en la tierra, España, Madrid, el barrio de Salamanca, Cascajares, la Condesa, el Conde, Mudarra, el incógnito galán, todos ellos.

---

[32] *imperial:* cubierta o techo del tranvía.

[33] Imagina el narrador una visión en que el cielo presenta diversos matices o colores *(celajes)*, entre ellos el blanco azulado *(ópalo)* y el violeta *(amatista)*, pintados a través de la mención de estas y otras piedras *(esmeraldas, rubíes)* y metales preciosos.

[34] *Apocalíptico* se emplea aquí en el sentido de «terrorífico, espantoso». Tanto el *hipogrifo* como el *dragón* son animales fabulosos: el primero compuesto de caballo, águila y león, y el segundo con figura de serpiente, pero dotado de pies y alas.

Pero no tardé en dormirme profundamente; y entonces el coche cesó de andar, cesó de volar, y desapareció para mí la sensación de que iba en tal coche, no quedando más que el ruido monótono y profundo de las ruedas, que no nos abandona jamás en nuestras pesadillas dentro de un tren o en el camarote de un vapor. Me dormí... ¡Oh infortunada Condesa! La vi tan clara como estoy viendo en este instante el papel en que escribo; la vi sentada junto a un velador, la mano en la mejilla, triste y meditabunda como una estatua de la melancolía. A sus pies estaba acurrucado un perrillo, que me pareció tan triste como su interesante ama.

Entonces pude examinar a mis anchas a la mujer que yo consideraba como la desventura en persona. Era de alta estatura, rubia, con grandes y expresivos ojos, nariz fina, y casi, casi grande, de forma muy correcta y perfectamente engendrada por las dos curvas de sus hermosas y arqueadas cejas. Estaba peinada sin afectación, y en esto, como en su traje, se comprendía que no pensaba salir aquella noche. ¡Tremenda, mil veces tremenda noche! Yo observaba con creciente ansiedad la hermosa figura que tanto deseaba conocer, y me pareció que podía leer sus ideas en aquella noble frente, donde la costumbre de la reconcentración mental había trazado unas cuantas líneas imperceptibles, que el tiempo convertiría pronto en arrugas.

De repente se abre la puerta dando paso a un hombre. La Condesa dio un grito de sorpresa y se levantó muy agitada.

—¿Qué es esto? —dijo—. Rafael... ¡Usted! ¡Qué atrevimiento! ¿Cómo ha entrado usted aquí?

—Señora —contestó el que había entrado, joven de muy buen porte—. ¿No me esperaba usted? He recibido una carta suya...

—¡Una carta mía! —exclamó más agitada la Condesa—. Yo no he escrito carta ninguna. ¿Y para qué había de escribirla?

—Señora, vea usted —repuso el joven sacando la carta y mostrándosela—; es su letra, su misma letra.

—¡Dios mío! ¡Qué infernal maquinación! —dijo la dama con desesperación—. Yo no he escrito esa carta. Es un lazo que me tienden...

—Señora, cálmese usted... Yo siento mucho...

—Sí; lo comprendo todo... Ese hombre infame. Ya sospecho cuál habrá sido su idea. Salga usted al instante... Pero ya es tarde; ya siento la voz de mi marido.

En efecto, una voz atronadora se sintió en la habitación inmediata, y al poco rato entró el Conde, que fingió sorpresa de ver al galán, y después, riendo con cierta afectación, le dijo:

–¡Oh Rafael!, usted por aquí... ¡Cuánto tiempo!... Venía usted a acompañar a Antonia... Con eso nos acompañará a tomar el té.

La Condesa y su esposo cambiaron una mirada siniestra. El joven, en su perplejidad, apenas acertó a devolver al Conde su saludo. Vi que entraron y salieron criados; vi que trajeron un servicio de té y desaparecieron después, dejando solos a los tres personajes. Iba a pasar algo terrible.

Sentáronse; la Condesa parecía difunta; el Conde afectaba una hilaridad aturdida [35], semejante a la embriaguez, y el joven callaba, contestándole solo con monosílabos. Sirvió el té, y el Conde alargó a Rafael una de las tazas, no una cualquiera, sino una determinada. La Condesa miró aquella taza con tal expresión de espanto, que pareció echar en ella todo su espíritu. Bebieron en silencio, acompañando la poción con muchas variedades de las sabrosas pastas *Huntley and Palmers* y otras menudencias propias de tal clase de cena [35bis]. Después el Conde volvió a reír con la desaforada y ruidosa expansión que le era peculiar aquella noche, y dijo:

—¡Cómo nos aburrimos! Usted, Rafael, no dice una palabra. Antonia, toca algo. Hace tanto tiempo que no te

---

[35] *hilaridad:* Gozo, satisfacción.

[35bis] En efecto, numerosísimas fueron, y han sido hasta nuestros días, las variedades de pastas de esta célebre marca inglesa, con sede en Reading.

oímos... Mira... Aquella pieza de Gottschalk que se titula *Morte...* [36]. La tocabas admirablemente. Vamos, ponte al piano.

La Condesa quiso hablar; érale imposible articular palabra. El Conde la miró de tal modo, que la infeliz cedió ante la terrible expresión de sus ojos, como la paloma fascinada por el boa *constrictor* [37]. Se levantó dirigiéndose al piano, y ya allí, el Conde debió de decirle algo que la aterró más, acabando de ponerla bajo su infernal dominio. Sonó el piano, heridas a la vez multitud de cuerdas, y corriendo de las graves a las agudas, las manos de la dama despertaron en un segundo los centenares de sonidos que dormían mudos en el fondo de la caja. Al principio era la música una confusa reunión de sones que aturdía en vez de agradar; pero luego serenose aquella tempestad, y un canto fúnebre y temeroso como el *Dies irae* surgió de tal desorden [38]. Yo creía escuchar el son triste de un coro de cartujos, acompañado con el bronco mugido de los fagots [39]. Sentíanse después ayes lastimeros como nos figuramos han de ser los que exhalan las ánimas condenadas en el Purgatorio a pedir incesantemente un perdón que ha de llegar muy tarde.

Volvían luego los arpegios prolongados y ruidosos, y las notas se encabritaban unas sobre otras, como disputándose cuál ha de llegar primero. Se hacían y deshacían los acordes como se forma y desbarata la espuma de las olas [40]. La ar-

---

36 Se cita aquí a Louis Moreau Gottschalk (1829-1862), reputado pianista y compositor estadounidense. Vino a España, llamado por la reina, y dio conciertos en Madrid con éxito extraordinario.

37 *boa constrictor:* serpiente de hasta cinco metros de longitud, de gran fuerza y corpulencia. Se encuentra en las selvas americanas de densa vegetación, desde México hasta Argentina.

38 *Dies irae:* véase la nota 22 a *Una industria que vive de la muerte.*

39 Para *fagots* y *cartujos,* véanse, respectivamente, las notas 21 a *Una industria que vive de la muerte* y 73 a *Un tribunal literario.*

40 Se conoce como *arpegio* la sucesión más o menos acelerada de los sonidos de un *acorde,* que es, a su vez, el conjunto de tres o más sonidos diferentes combinados armónicamente.

monía fluctuaba y hervía en una marejada sin fin, alejándose hasta perderse, y volviendo más fuerte en grandes y atropellados remolinos.

Yo continuaba extasiado oyendo la música imponente y majestuosa; no podía ver el semblante de la Condesa, sentada de espaldas a mí; pero me la figuraba en tal estado de aturdimiento y pavor, que llegué a pensar que el piano se tocaba solo.

El joven estaba detrás de ella; el Conde, a su derecha, apoyado en el piano. De vez en cuando levantaba ella la vista para mirarle; pero debía de encontrar expresión muy horrenda en los ojos de su consorte, porque tornaba a bajar los suyos y seguía tocando. De repente el piano cesó de sonar y la Condesa dio un grito.

En aquel instante sentí un fortísimo golpe en un hombro, me sacudí violentamente y desperté.

V

En la agitación de mi sueño había cambiado de postura y me había dejado caer sobre la venerable inglesa que a mi lado iba.

—¡Aaah! Usted... *sleeping*... molestar... *me* —dijo con avinagrado mohín, mientras rechazaba mi paquete de libros, que había caído sobre sus rodillas [41].

—Señora..., es verdad...; me dormí —contesté turbado al ver que todos los viajeros se reían de aquella escena.

—¡Oooh!... Yo soy... *going*... *to* decir al *coachman*... usted molestar... *me*. Usted, caballero... *very shocking* —aña-

[41] Como se observará, el personaje emplea una lengua en la que se mezclan castellano e inglés con una sintaxis más que deficiente. Anotamos la traducción de los términos ingleses que pudieran presentar alguna dificultad de comprensión. *Sleeping:* «durmiendo». *Me:* «a mí». Por otra parte, *avinagrado mohín* equivale a «malhumorado gesto».

dió la inglesa en su jerga ininteligible—. ¡Oooh! Usted creer... *my body* es... su cama *for* usted... *to sleep*. ¡Oooh!, *gentleman, you are a stupid ass*[42].

Al decir esto, la hija de la Gran Bretaña[43], que era de sí bastante amoratada, estaba lo mismo que un tomate. Creyérase que la sangre agolpada a sus carrillos y a su nariz a brotar iba por sus candentes poros[44]. Me mostraba cuatro dientes puntiagudos y muy blancos, como si me quisiera roer. La pedí mil perdones por mi sueño descortés, recogí mi paquete y pasé revista a las nuevas caras que dentro del coche había. Figúrate, ¡oh cachazudo y benévolo lector![45], cuál sería mi sorpresa cuando vi frente a mí, ¿a quién creerás?: al joven de la escena soñada, al mismo don Rafael en persona. Me restregué los ojos para convencerme de que no dormía, y en efecto, despierto estaba, y tan despierto como ahora.

Era él, él mismo, y conversaba con otro que a su lado iba. Puse atención y escuché con toda mi alma.

—Pero ¿tú no sospechaste nada? —le decía el otro.

—Algo, sí; pero callé. Parecía difunta: tal era su terror. Su marido la mandó tocar el piano y ella no se atrevió a resistir. Tocó, como siempre, de una manera admirable, y oyéndola llegué a olvidarme de la peligrosa situación en que nos encontrábamos. A pesar de los esfuerzos que ella hacía para aparecer serena, llegó un momento en que le fue imposible fingir más. Sus brazos se aflojaron, y resbalando

---

[42] Si no ininteligible, sí al menos macarrónica es la jerga de la inglesa. *Yo soy... going... to decir al coachman* viene a ser, en la voluntad del personaje, «Yo iré a decir al cochero». *Very shocking:* «muy chocante». *My body:* «mi cuerpo». *For:* «para». *To sleep:* «para dormir». *Gentleman, you are a stupid ass:* «Caballero, es usted un estúpido asno».

[43] *Hija de la Gran Bretaña* es literalmente «inglesa», pero la expresión tiene a la vez un valor despectivo, pues se utiliza comúnmente como eufemismo por «hija de puta».

[44] *candentes:* al rojo (suele aplicarse a objetos metálicos).

[45] *cachazudo:* sosegado, flemático.

de las teclas echó la cabeza atrás y dio un grito. Entonces su marido sacó un puñal, y dando un paso hacia ella exclamó con furia: «¡Toca o te mato al instante!». Al ver esto hirvió mi sangre toda; quise echarme sobre aquel miserable; pero sentí en mi cuerpo una sensación que no puedo pintarte; creí que repentinamente se había encendido una hoguera en mi estómago; fuego corría por mis venas; las sienes me latieron, y caí al suelo sin sentido.

—Y antes, ¿no conociste los síntomas del envenenamiento? —le preguntó el otro.

—Notaba cierta desazón y sospeché vagamente, pero nada más. El veneno estaba bien preparado, porque hizo el efecto tarde y no me mató, aunque me ha dejado una enfermedad para toda la vida.

—Y después que perdiste el sentido, ¿qué pasó?

Rafael iba a contestar, y yo le escuchaba como si de sus palabras pendiera un secreto de vida o muerte, cuando el coche paró.

—¡Ah!, ya estamos en los Consejos: bajemos —dijo Rafael[46].

¡Qué contrariedad! Se marchaban y yo no sabía el fin de la historia.

—Caballero, caballero, una palabra —dije al verlos salir.

El joven se detuvo y me miró.

—¿Y la Condesa? ¿Qué fue de esa señora? —pregunté con mucho afán.

---

46 *Los Consejos:* es el Palacio de los Consejos, al que el tranvía llega ahora. Situado al final de la calle Mayor, en la confluencia con la de Bailén, el edificio fue proyectado a finales del siglo XVI por Juan de Herrera, y realizado por sus discípulos Francisco de Mora y Juan Gómez de Mora. Tras pertenecer a los duques de Uceda, la Real Hacienda lo destinó en 1747 a sede de los Consejos, más concretamente los de Castilla, Indias, Hacienda y de las Órdenes. En la época de nuestro relato, se hallaban establecidos en el edificio el Consejo de Estado y el Tribunal Supremo de Justicia.

Una carcajada general fue la única respuesta. Los dos jóvenes, riéndose también, salieron sin contestarme palabra. El único ser vivo que conservó su serenidad de esfinge en tan cómica escena fue la inglesa, que, indignada de mis extravagancias, se volvió a los demás viajeros diciendo:

—¡Oooh! *A lunatic fellow!* [47].

VI

El coche seguía, y a mí me abrasaba la curiosidad por saber qué había sido de la desdichada Condesa. ¿La mató su marido? Yo me hacía cargo de las intenciones de aquel malvado. Ansioso de gozarse en su venganza, como todas las almas crueles, quería que su mujer presenciase, sin dejar de tocar, la agonía de aquel incauto joven, llevado allí por una vil celada de Mudarra [48].

Mas era imposible que la dama continuara haciendo desesperados esfuerzos para mantener su serenidad, sabiendo que Rafael había bebido el veneno. «¡Trágica y espeluznante escena!», pensaba yo, cada vez más convencido de la realidad de aquel suceso; «¡y luego dirán que estas cosas solo se ven en las novelas!».

Al pasar por delante de Palacio el coche se detuvo [49], y entró una mujer que traía un perrillo en sus brazos. Al instante reconocí al perro que había visto recostado a los pies

---

[47] *A lunatic fellow:* «Un sujeto lunático».

[48] *celada:* engaño o fraude dispuesto con artificio o disimulo.

[49] Es el Palacio Real, o Palacio de Oriente, en la calle de Bailén. Se alza sobre el lugar que ocupó el antiguo alcázar, que fue devorado por un incendio en 1734. Inmediatamente, Felipe V convocó a Madrid a Felipe Jubara, y su proyecto, modificado por Felipe Sacheti, fue el que se llevó a cabo a partir de 1737. Más tarde, Carlos III introdujo nuevas modificaciones, y las obras se alargaron, hasta el punto de que en el momento en que Galdós escribe aún no habían finalizado.

de la Condesa; era el mismo: la misma lana blanca y fina, la misma mancha negra sobre una de sus orejas. La suerte quiso que aquella mujer se sentara a mi lado. No pudiendo yo resistir la curiosidad, le pregunté:

—¿Es de usted ese perro tan bonito?

—¿Pues de quién ha de ser? ¿Le gusta a usted?

Cogí una de las orejas del inteligente animal para hacerle una caricia; pero él, insensible a mis demostraciones de cariño, ladró, dio un salto y puso sus patas sobre las rodillas de la inglesa, que me volvió a enseñar sus dos dientes como queriéndome roer, y exclamó:

—¡Oooh! Usted... *unsupportable* [50].

—¿Y dónde ha adquirido usted ese perro? —pregunté sin hacer caso de la nueva explosión colérica de la mujer británica—. ¿Se puede saber?

—Era de mi señorita.

—¿Y qué fue de su señorita? —dije con la mayor ansiedad.

—¡Ah! ¿Usted la conocía? —repuso la mujer—. Era muy buena, *¿verdá usté?*

—¡Oh!, excelente... Pero ¿podría yo saber en qué paró todo aquello?

—De modo que usted está enterado, usted tiene noticias...

—Sí, señora... He sabido todo lo que ha pasado, hasta aquello del té..., pues. Y diga usted, ¿murió la señora?

—¡Ah! Sí, señor; está en la gloria.

—¿Y cómo fue eso? ¿La asesinaron, o fue a consecuencia del susto?

—¡Qué asesinato ni qué susto! —dijo con expresión burlona—. Usted no está enterado. Fue que aquella noche había comido no sé qué, pues..., y le hizo daño... Le dio un desmayo que le duró hasta el amanecer.

«¡Bah!», pensé yo, «esta no sabe una palabra del incidente del piano y del veneno, o no quiere darse por entendida».

---

[50] *unsupportable:* «insoportable».

Después dije en alta voz:

—¿Conque fue de indigestión?

—Sí, señor. Yo le había dicho aquella noche: «Señora, no coma usted esos mariscos»; pero no me hizo caso.

—¡Conque mariscos!, ¿eh? —dije con incredulidad–. ¡Si sabré yo lo que ha ocurrido!

—¿No lo cree usted?

—Sí..., sí —repuse aparentando creerlo—. ¿Y el Conde..., su marido, el que sacó el puñal cuando tocaba el piano?

La mujer me miró un instante y después soltó la risa en mis propias barbas.

—¿Se ríe usted...? ¡Bah! ¿Piensa usted que no estoy perfectamente enterado? Ya comprendo, usted no quiere contar los hechos como realmente son. Ya se ve, como habrá causa criminal...

—Es que ha hablado usted de un conde y de una condesa.

—¿No era el ama de ese perro la señora Condesa, a quien el mayordomo Mudarra...?

La mujer volvió a soltar la risa con tal estrépito, que me desconcerté, diciendo para mi capote [51]: «Esta debe de ser cómplice de Mudarra, y naturalmente ocultará todo lo que pueda».

—Usted está loco —añadió la desconocida.

—*Lunatic, lunatic. Me... suffocated... Oooh! My God!* [52].

—Si lo sé todo; vamos, no me lo oculte usted. Dígame de qué murió la señora Condesa.

—¡Qué Condesa ni qué ocho cuartos, hombre de Dios! —exclamó la mujer riendo con más fuerza.

—¡Si creerá usted que me engaña a mí con sus risitas! —contesté—. La Condesa ha muerto envenenada o asesinada; no me queda la menor duda.

---

[51] *para mi capote:* para mis adentros, en mi interior.

[52] *My God!:* «¡Dios mío!».

En esto llegó el coche al barrio de Pozas, y yo, al término de mi viaje. Salimos todos; la inglesa me echó una mirada que indicaba su regocijo por verse libre de mí, y cada cual se dirigió a su destino. Yo seguí a la mujer del perro, aturdiéndola con preguntas, hasta que se metió en su casa, riendo siempre de mi empeño en averiguar vidas ajenas. Al verme solo en la calle, recordé el objeto de mi viaje y me dirigí a la casa donde debía entregar aquellos libros. Devolvílos a la persona que me los había prestado para leerlos, y me puse a pasear frente al Buen Suceso, esperando a que saliese de nuevo el coche para regresar al otro extremo de Madrid[53].

No podía apartar de la imaginación a la infortunada Condesa, y cada vez me confirmaba más en mi idea de que la mujer con quien últimamente hablé había querido engañarme, ocultando la verdad de la misteriosa tragedia.

Esperé mucho tiempo, y al fin, anocheciendo ya, el coche se dispuso a partir. Entré, y lo primero que mis ojos vieron fue la señora inglesa sentadita donde antes estaba. Cuando me vio subir y tomar sitio a su lado —la expresión de su rostro no es definible—, se puso otra vez como la grana, exclamando:

—¡Oooh!... Usted... *Me* quejarme al *coachman*... Usted reventar *me for it*[54].

Tan preocupado estaba yo con mis confusiones, que, sin hacerme cargo de lo que la inglesa me decía en su híbrido y trabajoso lenguaje, le contesté:

---

[53] La iglesia del *Buen Suceso,* en el barrio de Pozas, es el punto de destino del tranvía (véase la nota inicial del presente relato). Construida por el arquitecto don Agustín Ortiz Villajos, había sido inaugurada el 25 de marzo de 1868. El mismo Galdós había consagrado una de sus crónicas periodísticas (*La Nación,* 2-IV-1868) a este templo y hospital, saludando su construcción, «en lo más alto de la calle de la Princesa, en el paraje donde termina el caserío y principian los acotados jardines de la Moncloa», y calificándolo como «el mejor templo de Madrid».

[54] *for it:* «por eso», «por ello».

—Señora, no hay duda de que la Condesa murió envenenada o asesinada. Usted no tiene idea de la ferocidad de aquel hombre.

Seguía el coche, y de trecho en trecho deteníase para recoger pasajeros. Cerca del Palacio Real entraron tres, tomando asiento enfrente de mí. Uno de ellos era un hombre alto, seco y huesudo, con muy severos ojos y un hablar campanudo que imponía respeto [55].

No hacía diez minutos que estaban allí, cuando este hombre se volvió a los otros dos y dijo:

—¡Pobrecilla! ¡Cómo clamaba en sus últimos instantes! La bala le entró por encima de la clavícula derecha y después bajó hasta el corazón.

—¿Cómo? —exclamé yo, repentinamente—. ¿Conque fue de un tiro? ¿No murió de una puñalada?

Los tres me miraron con sorpresa.

—De un tiro, señor —dijo con cierto desabrimiento el alto, seco y huesudo [56].

—Y aquella mujer sostenía que había muerto de una indigestión —dije, interesándome más cada vez en aquel asunto—. Cuente usted, ¿y cómo fue?

—¿Y a usted qué le importa? —dijo el otro con muy avinagrado gesto.

—Tengo mucho interés por conocer el fin de esa horrorosa tragedia. ¿No es verdad que parece cosa de novela?

—¡Qué novela ni qué niño muerto! ¿Usted está loco o quiere burlarse de nosotros?

—Caballerito, cuidado con las bromas —añadió el alto y seco.

—¿Creen ustedes que no estoy enterado? Lo sé todo; he presenciado varias escenas de ese horrendo crimen. Pero dicen ustedes que la Condesa murió de un pistoletazo.

---

[55] *campanudo:* hinchado o retumbante.

[56] *desabrimiento:* dureza, displicencia.

—Válgame Dios; nosotros no hemos hablado de condesa, sino de mi perra, a quien cazando disparamos inadvertidamente un tiro. Si usted quiere bromear, puede buscarme en otro sitio, y ya le contestaré como merece.

—Ya, ya comprendo; ahora hay empeño en ocultar la verdad —manifesté, juzgando que aquellos hombres querían desorientarme en mis pesquisas, convirtiendo en perra a la desdichada señora.

Ya preparaba el otro su contestación, sin duda más enérgica de lo que el caso requería, cuando la inglesa se llevó el dedo a la sien, como para indicarles que yo no regía bien de la cabeza. Calmáronse con esto, y no dijeron una palabra más en todo el viaje, que terminó para ellos en la Puerta del Sol. Sin duda me habían tenido miedo.

Yo continuaba tan dominado por aquella idea, que en vano quería serenar mi espíritu, razonando los verdaderos términos de tan embrollada cuestión. Pero cada vez eran mayores mis confusiones, y la imagen de la pobre señora no se apartaba de mi imaginación. En todos los semblantes que iban sucediéndose dentro del coche, creía ver algo que contribuyera a explicar el enigma. Sentía yo una sobreexcitación cerebral espantosa, y sin duda el trastorno interior debía de pintarse en mi rostro, porque todos me miraban como se mira lo que no se ve todos los días.

VII

Aún faltaba algún incidente que había de turbar más mi cabeza en aquel viaje fatal. Al pasar por la calle de Alcalá, entró un caballero con su señora; él quedó junto a mí. Era un hombre que parecía afectado de fuerte y reciente impresión, y hasta creí que alguna vez se llevó el pañuelo a los ojos para enjugar las invisibles lágrimas que sin duda corrían bajo el cristal verde oscuro de sus descomunales antiparras [57].

Al poco rato de estar allí, dijo en voz baja a la que parecía ser su mujer:

—Pues hay sospechas de envenenamiento; no lo dudes. Me lo acaba de decir D. Mateo. ¡Desdichada mujer!

—¡Qué horror! Ya me lo he figurado también —contestó su consorte—. De tales cafres, ¿qué se podía esperar?

—Juro no dejar piedra sobre piedra hasta averiguarlo.

Yo, que era todo oídos, dije también en voz baja:

—Sí, señor; hubo envenenamiento. Me consta.

—¿Cómo? ¿Usted sabe? ¿Usted también la conocía? —dijo vivamente el de las antiparras verdes, volviéndose hacia mí.

—Sí, señor; y no dudo que la muerte ha sido violenta, por más que quieran hacernos creer que fue indigestión.

—Lo mismo afirmo yo. ¡Qué excelente mujer! Pero ¿cómo sabe usted...?

—Lo sé, lo sé —repuse muy satisfecho de que aquel no me tuviera por loco.

—Luego usted irá a declarar al juzgado; porque ya se está formando la sumaria [58].

—Me alegro; para que castiguen a esos bribones. Iré a declarar, iré a declarar; sí, señor.

A tal extremo había llegado mi obcecación, que concluí por penetrarme de aquel suceso mitad soñado, mitad leído, y lo creí como ahora creo que es pluma esto con que escribo.

—Pues sí, señor; es preciso aclarar este enigma para que se castigue a los autores del crimen. Yo declararé: fue envenenada con una taza de té, lo mismo que el joven.

—Oye, Petronila —dijo a su esposa el de las antiparras—; con una taza de té.

---

[57] *antiparras:* gafas.

[58] *sumaria:* proceso judicial.

—Sí; estoy asombrada —contestó la señora—. ¡Cuidado con lo que fueron a inventar esos malditos!

—La Condesa tocaba el piano.

—¿Qué condesa? —preguntó aquel hombre interrumpiéndome.

—La Condesa, la envenenada.

—Si no se trata de ninguna condesa, hombre de Dios.

—Vamos; usted también es de los empeñados en ocultarlo.

—Bah, bah; si en esto no ha habido ninguna condesa ni duquesa, sino simplemente la lavandera de mi casa, mujer del guardagujas del Norte [59].

—¿Lavandera, eh? —dije en tono de picardía—. ¡Si también me querrá usted hacer tragar que es lavandera!

El caballero y su esposa me miraron con expresión burlona, y después se dijeron en voz baja algunas palabras. Por un gesto que vi hacer a la señora, comprendí que había adquirido el profundo convencimiento de que yo estaba borracho. Lleneme de resignación ante tal ofensa, y callé, contentándome con despreciar en silencio, cual conviene a las grandes almas, tan irreverente suposición. Cada vez era mayor mi zozobra; la Condesa no se apartaba ni un instante de mi pensamiento, y había llegado a interesarme tanto por su siniestro fin, como si todo ello no fuera elaboración enfermiza de mi propia fantasía, impresionada por sucesivas visiones y diálogos. En fin, para que se comprenda a qué extremo llegó mi locura, voy a referir el último incidente de aquel viaje; voy a decir con qué extravagancia puse término

[59] El *guardagujas* era el empleado del ferrocarril que tenía a su cargo el manejo de las agujas, para que cada tren marchase por la vía correspondiente. En cuanto al *Norte,* se refiere a los «Ferrocarriles del Norte y Noroeste de España», que era una de las tres líneas —junto con las del Tajo y del Mediodía— que en los años 70 partían de Madrid. Si es cierto lo que el mismo Galdós escribe en *Tormento* (1884), se había inaugurado en 1865.

a aquel doloroso pugilato de mi entendimiento empeñado en fuerte lucha con un ejército de sombras.

Entraba el coche por la calle de Serrano [60], cuando por la ventanilla que frente a mí tenía miré a la calle, débilmente iluminada por la escasa luz de los faros, y vi pasar a un hombre. Di un grito de sorpresa y exclamé desatinado:

—Ahí va, es él, el feroz Mudarra, el autor principal de tantas infamias.

Mandé parar el coche y salí, mejor dicho, salté a la puerta tropezando con los pies y las piernas de los viajeros; bajé a la calle y corrí tras aquel hombre, gritando:

—¡A ese, a ese, al asesino!

Júzguese cuál sería el efecto producido por estas voces en aquel pacífico barrio.

Aquel sujeto, el mismo exactamente que yo había visto en el coche por la tarde, fue detenido. Yo no cesaba de gritar:

—¡Es el que preparó el veneno para la Condesa, el que asesinó a la Condesa!

Hubo un momento de indescriptible confusión. Afirmó él que yo estaba loco; pero quieras que no los dos fuimos conducidos a la prevención [61]. Después perdí por completo la noción de lo que pasaba. No recuerdo lo que hice aquella noche en el sitio donde me encerraron. El recuerdo más vivo que conservo de tan curioso lance fue el de haber despertado del profundo letargo en que caí, verdadera borrachera moral, producida, no sé por qué, por uno de los pasajeros fenómenos de enajenación que la ciencia estudia con gran cuidado como precursores de la locura definitiva.

---

[60] Está acabando, por tanto, el viaje de vuelta.

[61] La *prevención* era el puesto de policía o vigilancia al que se llevaba preventivamente a las personas que habían cometido algún delito o falta. Era el primer paso hacia la reclusión, o en el asilo o en la cárcel. Había dos en el Madrid de entonces: la Prevención o Asilo de la Inclusa, en la calle de Embajadores, y la Delegación de Vigilancia de la Latina, en la plaza de los Carros.

Como es de suponer, el suceso no tuvo consecuencias, porque el antipático personaje que yo bauticé con el nombre de Mudarra es un honrado comerciante de ultramarinos que jamás había envenenado a condesa alguna. Pero aún por mucho tiempo después persistía yo en mi engaño, y solía exclamar: «Infortunada Condesa; por más que digan, yo siempre sigo en mis trece. Nadie me persuadirá de que no acabaste tus días a manos de tu iracundo esposo...».

Ha sido preciso que transcurran meses para que las sombras vuelvan al ignorado sitio de donde surgieron volviéndome loco, y torne la realidad a dominar en mi cabeza. Me río siempre que recuerdo aquel viaje, y toda la consideración que antes me inspiraba la soñada víctima la dedico ahora, ¿a quién creeréis?, a mi compañera de viaje en aquella angustiosa expedición, a la irascible inglesa, a quien disloqué un pie en el momento de salir atropelladamente del coche para perseguir al supuesto mayordomo.

1871

LA PLUMA EN EL VIENTO O EL VIAJE DE LA VIDA

Poe [1]

INTRODUCCIÓN

SOBRE EL APELMAZADO suelo de un corral, entre un cascarón de huevo y una hoja de rábano, cerca del medio plato donde bebían los pollos y como a dos pulgadas del jaramago que se había nacido en aquel sitio sin pedir permiso a nadie [2], yacía una pequeña y ligerísima pluma, caída al parecer del cuello de cierta paloma vecina, que diez minutos antes se había dejado acariciar, ¡oh femenil condescendencia!, por un donjuán que hacía estragos en los tejados de aquellos contornos [3].

---

[1] Este es el subtítulo del relato, al que acompaña la siguiente nota del autor a pie de página: «Perdón, ¡oh lector!: iba a cometer la irreverencia de llamar a esto *Poema*».

[2] *A dos pulgadas* quiere decir que está muy cerca, a menos de 5 centímetros, pues la pulgada, que equivalía a la duodécima parte del pie, medía algo más de 23 milímetros. Observará el lector en estos cuentos que, aunque cuando Galdós escribe, el sistema métrico decimal tiene más de veinte años de vigencia, nuestro autor emplea profusamente aún los términos que designan las medidas tradicionales castellanas. En cuanto al *jaramago,* es una planta herbácea muy común, que nace espontáneamente entre los sembrados, junto a paredes de tierra, en los bordes de caminos o en escombreras.

[3] El *donjuán* es el hombre seductor o conquistador (aquí se aplica al palomo). El término procede del nombre de don Juan Tenorio, elevado a figura arquetípica desde el teatro de Tirso de Molina (*El burlador de Sevilla y convidado de piedra,* 1627) y de Zorrilla (*Don Juan Tenorio,* 1844).

El corral era triste, feo y solitario. Desde donde estaba la pluma no se veía otra cosa que la copa de algunos castaños plantados fuera de la tapia; el campanario de la iglesia, con su remate abollado a manera de sombrero viejo; la vara enorme y deslucida de un chopo inválido y casi moribundo, y las tejas de la casa adyacente, que en días de temporal regaban con abundante lloro el corral y la huerta. La vid, la zarza trepadora y la madreselva, apenas cubrían entre las tres toda la extensión de la tapia, erizada de vidrios rotos en su parte superior, que servía de baluarte inexpugnable contra zorras y chicuelos.

A esto se reducía el paisaje, amén del inmenso y siempre hermoso cielo, tan espléndido de día como imponente y misterioso de noche.

La pluma (¿por qué no hemos de darle vida?) yacía, como dijimos, en compañía de varios objetos bastante innobles, propios del lugar, y constantemente expuesta a ser hollada por la bárbara planta de los gansos [4], de los pollos y aun de otros animalejos menos limpios y decentes que tenían habitación en algún lodazal cercano [5].

No hay para qué decir que la pluma debía de estar muy aburrida; pues suponiendo un alma en tan delicado, aéreo y flexible cuerpo, la consecuencia es que esta alma no podía vivir contenta en el corral descrito. Por una misteriosa armonía entre los elementos constitutivos de aquel ser, si el cuerpo parecía un espectro de materia [6], el alma había sido creada para volar y remontarse a las alturas, elevándose a la mayor distancia posible sobre el suelo, en cuyo fango jamás debieran tocar los encajes casi imperceptibles de su sutil vestidura. Para esto había nacido ciertamente; pero en ella,

---

[4] *hollada:* pisada. La *planta* es la del pie o la pata.

[5] *tenían habitación:* habitaban, vivían. Los *animalejos* aquí aludidos deben de ser los cerdos.

[6] *espectro:* imagen, figura.

como en nosotros los hombres, la predestinación continuaba siendo una vana palabra [7]. Estaba la pobre en el corral, lamentando su suerte, con la vista fija en el cielo, sin más distracción que ver agitados por el viento los blancos festones de su ropa inmaculada, y diciendo en la ignota lengua de las plumas [8]: «No sé cómo aguanto esta vida fastidiosa. Más valdría cien veces morir».

Otras muchas cosas igualmente tristes dijo; pero en el mismo instante una ráfaga de viento, que puso en conmoción todas las pajas y objetos menudos arrojados en el corral, la suspendió, ¡oh inesperada alegría!, alzándola sobre el suelo más de media vara [9]. Por breve espacio de tiempo estuvo fluctuando de aquí para allí, amenazando caer unas veces y remontándose otras, con gran algazara de los pollos, quienes al ver aquella cosa blanca que se paseaba por los aires con tanta majestad, iban tras ella aguardándola en su caída, con la esperanza de que fuera algo de comer. Pero el viento sopló más recio, y haciendo un fuerte remolino en todo el recinto del corral, la sacó fuera velozmente. Cuando ella se vio más alta que la tapia, más alta que la casa, que los castaños, que la cúspide del chopo, tembló toda de entusiasmo y admiración. Allá arribita, el viento la meció, sosteniéndola sin violentas sacudidas: parecía balancearse en invisible hamaca o en los brazos de algún cariñoso genio. Desde allí, ¡qué espectáculo! Abajo, el corral con sus inquietos pollos escarbando sin cesar; la huerta, la casa, los castaños, el chopo, ¡qué pequeño lo que antes parecía tan grande! Después, toda la extensión del hermoso valle poblado de ca-

---

[7] *predestinación:* hecho de estar destinado anticipadamente para un fin. Suele emplearse como concepto teológico que designa la voluntad divina de tener elegidos a quienes han de lograr la salvación.

[8] *festones:* adornos o remates en los bordes de la ropa. *Ignota:* no conocida ni descubierta.

[9] Algo así como medio metro, pues la *vara* equivalía en Castilla a 839,5 milímetros.

sas, de árboles, de flores, de ganados; a lo lejos, las montañas con sus laderas cubiertas de bosques, sus eminencias rojizas y azules [10] y sus cúspides encaperuzadas con una blancura en la cual nuestra viajera creyó ver enormes montones de plumas; encima, el cielo sin fin, el sol de la mañana dando vivos colores a todo el paisaje, garabateando el agua con rayos de luz, produciendo temblorosos reflejos en el follaje de los olmos y reverberando en las sementeras pajizas [11], salpicadas aquí y allí de manchas de amapolas. ¡Esto sí que se llama vivir! Tremenda cosa sería caer otra vez en el corral.

La pluma, en el colmo de su regocijo, no halló medio mejor de expresarlo que dando vueltas sobre su eje, para que se orearan bien sus miembros húmedos y ateridos [12]; se bañó en el sol y se esponjó, ahuecando con cierta vanidad los flecos diminutos de que se componía su cuerpo. El sol penetraba por entre los mil intersticios de aquel encaje prodigioso, y nuestra viajera se vio vestida de hilos de cristal más tenues que los que tienden las arañas de rama en rama, y cubierta de diamantes, esmeraldas y rubíes que variaban de luces a cada movimiento, y tan menudos, que los granos de arena parecerían montañas a su lado.

Extender la vista por el valle, por las montañas, por el horizonte, y querer recorrerlo todo hasta el fin, fue en la pluma obra de un momento. Su estupor y alborozo no tenían límites; y si al pronto la sorpresa la mantuvo en aquella altura, divagando, sin apartarse de su situación primera, después, serenada un poco y sintiendo en su pecho (?) [13] el fuego del entusiasmo, se lanzó en el inmenso espacio en brazos del geniecillo. Desaparecieron corral, casa, aldea; la torre de la

---

[10] *eminencias:* alturas o elevaciones del terreno.

[11] *reverberando:* reflejándose, proyectándose.

[12] *orearan:* airearan, secaran. *Ateridos:* rígidos a causa del frío.

[13] El signo es del original. Se emplea para limitar la personificación de la pluma, a la vez que produce un sutil efecto humorístico.

iglesia, como gigante despavorido, caminaba también en grandes zancajos hasta perderse de vista [14]. En la agitación de aquel vuelo vertiginoso, la pluma subía a veces a tanta altura, que apenas podía distinguir los objetos; otras, descendía hasta rozar con la tierra, y contemplaba su imagen fugitiva en la superficie verdosa de los charcos. A veces se remontaba tanto, que parecía confundirse con las nubes y perderse en los inmensos océanos del espacio; a veces descendía tanto, que casi casi tocaba a la tierra, y en su lenguaje ignoto decía al viento: «Bájame un poco, amigo, que me mareo en estas alturas», o «Levántame, por favor, amiguito, que voy a caer en ese lodazal».

El viento, dócil vehículo, la subía y la bajaba, según su deseo, andando siempre, y pasaban valles, ríos, montes, colinas, pueblos, sin parar nunca. En su viaje, la pluma no cesaba de admirar cuanto veía. Los pájaros pasaban cantando junto a ella; las mariposas se detenían, mirándola con asombro, no acertando a comprender si era cosa viva o un objeto arrastrado por el viento. Cuando iban cerca de tierra y pasaban rozando por encima de zarzales y plantas espinosas, creeríase que todas las púas se erizaban como garras para cogerla, y al volar por encima de un charco, los gansos de la orilla volvían de medio lado la cabeza mirándola, y con la esperanza de verla caer, corrían graznando tras ella. «Súbeme, amiguito», gritaba, «para no oír a estos bárbaros».

CANTO PRIMERO [15]

Y subían hasta lo alto de la montaña; pasaban la divisoria, y recorrían otro valle, y así todo el camino, sin detenerse

---

[14] *zancajos:* zancadas, pasos.

[15] Nótese cómo esta designación de los capítulos o partes refuerza, a pesar de la nota inicial del autor, el carácter lírico del cuento.

nunca. Tanto anduvieron, que la pluma, sintiendo satisfecha su curiosidad, se arremolinó, dio varias vueltas sobre sí misma, y dijo al genio que la conducía [16]:

—¿Sabes que hemos corrido bastante? ¿No convendría elegir sitio para descansar un rato? ¡Ay, amigo! Aunque deseaba salir del corral, recorrer el mundo, puedes creer que lo que a mí me gusta es la vida tranquila y reposada. Por un instante pensé que la felicidad es volar de aquí para allí, viendo cosas distintas cada minuto, y recibiendo impresiones diferentes. Ya me voy convenciendo de que es mejor estarse una quietecita en un paraje que no sea tan feo como el corral, viviendo sin sobresalto ni peligro. Allí veo, cerca del río, unos grandes árboles, que me parecen el lugar más hermoso que hemos encontrado en nuestro viaje.

Acercáronse y vieron, efectivamente, que a la sombra de aquellos árboles había el sitio más apetecible y delicioso que podría ambicionar una pluma para pasar sus días. Césped finísimo cubría el suelo; el río cercano corría con mansa corriente, ni tan rápida que arrastrara y revolviera la tierra de las verdes márgenes, ni tan pausada que se enturbiaran sus aguas; fácil era contar todas las piedrecillas del fondo, mas no la muchedumbre de peces que divagaban por su transparente cristal. Las ramas de los árboles, cerniendo la viva luz del sol [17], mantenían en templada penumbra el pequeño prado; y de allí habían huido todos los insectos importunos y sucios, así como todas las aves impertinentes y casquivanas [18]. Los pocos seres que allí estaban de paso o

---

[16] Deducimos que el *genio* o *geniecillo* es el viento.

[17] *cerniendo:* filtrando, matizando. *Cerner* es propiamente separar con criba o cedazo, en una materia pulverulenta o granulosa, las partículas gruesas de las finas, para aprovechar estas.

[18] *casquivanas:* frívolas, inestables, ligeras de cascos. Por otra parte, se observará que el paraje descrito responde al tópico del *locus amoenus,* y, como él, representa la felicidad en contacto con la naturaleza.

con residencia fija eran lo más culto y distinguido de la creación: insectos vestidos de oro y condecorados con admirables pedrerías; aves sentimentales y discretas que cantaban sus amores en cortesano estilo, y solo a ciertas horas de la mañana o de la tarde. Era el mediodía, y todas callaban en lo alto de las ramas, entreteniendo el espíritu en abstractas meditaciones.

—¡Fresco y bonito lugar es este! —dijo la pluma, erizándose de entusiasmo al verse allí—. Aquí quiero pasar toda mi vida, toda, toda; lo repito con seguridad completa de no variar de propósito.

Vagaba a la sombra de los árboles, resbalando sobre el fresco césped, cuando vio que se acercaba una pastora, guiando dos docenas de ovejas, con alguno que otro cordero, y un perro que les servía de custodia y compañía. La pastora se ocupaba, andando, en tejer una corona de flores, que traía en la falda, y era tanta su hermosura, donaire y elegancia, que la pluma se quedó absorta.

Sentose la joven, y la pluma, remontándose de nuevo por los aires, empezó a dar vueltas en torno suyo, admirando de cerca y de lejos, ya la blancura del cutis, ya la expresión y brillo de los ojos, ya los cabellos negros, ya sus labios encendidos; todas y cada una de las perfecciones de tan ejemplar criatura.

—Aquí me he de estar toda la vida —exclamaba la viajera en su enrevesado idioma—. Esto sí que es vivir. Nunca me cansaré de mirarla, aunque viva mil años. ¡Qué bien he hecho en establecerme aquí..., y qué gran cosa es el amor! Gracias a Dios que he encontrado la felicidad. ¡Cuán dulcemente se pasa el tiempo mirándola, ahora y después y siempre! ¿Qué placer iguala al de pasar rozando sus cabellos, y acariciarle la frente con mis flequitos? ¿Qué mayor ambición puedo tener que dejarme resbalar por su cuello hasta escurrirme... qué sé yo dónde, o esconderme entre su ropa y su carne para estarme allí haciéndole cosquillas *per saecula saeculorum*? [19]. Esto me vuelve loca..., y de veras que estoy loca de amor. Aquí, y sin apartarme de ella un instante, he de pasar toda la vida.

La pluma volaba y revolaba alrededor de la pastora, hasta que fue a posarse sutilmente sobre su hombro, y en él hizo mil morisquetas y remilgos con sus flecos [20]. Vio la muchacha aquel objeto blanco, que al principio juzgó ser cosa menos delicada caída de las ramas del árbol, y tomándola, la estrujó entre sus dedos y la arrojó lejos de sí con indiferencia desdeñosa. Un rato después convocó a su rebaño y se fue.

Mucho tardó nuestra infortunada viajera en volver de su desmayo. Al abrir los ojos, en vano buscó al objeto de su tierna pasión; reconociendo el sitio, sacudió sus encajes magullados y rotos, y dio al viento sus quejas en esta forma:

—¡Ay, vientecillo, sácame de aquí, por las ánimas benditas; levántame, que me muero de tristeza! Quiero correr otra vez, pues ahora comprendo que la felicidad no existe en lo que yo creía. ¡Buena tonta he sido! El amor no es más que fatigas y dolores. Basta de amor, que harto conozco ya lo que trae consigo. Volemos otra vez y vamos a donde tú quieras, amiguito. De veras te digo que me cargan estos árboles y este río; estoy ya hasta la coronilla de céspedes, prados, arroyos y pajarillos. Démonos una vueltecita por esos mundos. Levántame: quiero subir hasta las nubes. Eso es; así me gusta: súbeme todo lo que puedas. Mira, allí a lo lejos se alcanza a ver una casa que ha de ser muy grande: ¿ves cómo brilla a los rayos del sol, cual si fuese de plata, y a su lado hay otra y otra, muchas, muchísimas casas? Sin duda aquello es lo que llaman una ciudad. Eso, eso es lo que yo deseo

---

[19] Expresión latina que significa «para siempre» (literalmente, «por los siglos de los siglos»). En otro orden de cosas, note el lector que la de nuestra pluma es una perspectiva masculina, lo que volverá a evidenciarse en adelante.

[20] *morisquetas:* muecas, visajes. *Remilgos:* gestos que denotan delicadeza o escrúpulos.

ver. Gracias a Dios que encuentro lo que me gusta. Vámonos derechos allá, y dejémonos de montes y valles, que son lugares impropios para este genio mío... Ya, ya se ve de cerca la ciudad. En aquel magnífico palacio que vimos primero nos hemos de meter. Corre, corre más, que me parece que no llegamos nunca.

CANTO SEGUNDO

Pronto se hallaron muy cerca de un soberbio palacio de mármol, tan grande y bello, que hasta el mismo genio misterioso que conducía a nuestra amiga se quedó absorto ante tanta magnificencia. Oíanse por allí algazaras como de baile o festín, y músicas sorprendentes. Flotaban banderas en los minaretes y azoteas[21], y por las ventanas se veía discurrir la gente alegre y bulliciosa.

—Adentro, amiguito —dijo la pluma—; colémonos por este balcón que está de par en par abierto.

Así lo hicieron, encontrándose dentro de una gran sala en la cual había hasta cien personas sentadas alrededor de vasta mesa, llena de ricos manjares y adornada de flores, todo puesto con arte y soberana magnificencia. Era igual el número de hombres al de mujeres, y si entre aquellos los había de distintas edades, estas eran todas jóvenes y hermosas. Los criados vestían riquísimos trajes, y un sinfín de músicos tocaban armoniosas sonatas en lo alto de una gran tribuna.

Los convidados estaban tendidos sobre cojines cubiertos de vistosos tapices; ellas, adornadas con flores, y tan ligera y graciosamente vestidas, que su hermosura no podía menos de aparecer realzada con atavíos tan indiscretos. Las carcajadas, las voces y la música, impresionando el oído; el aroma de las flores y el olor aperitivo de las comidas y li-

---

21 *minaretes:* torres.

cores, hiriendo el olfato [22]; la viveza de las miradas, la variedad de colores, afectando la vista, producían en aquel recinto una fascinación que habría dado al traste con la fortaleza de todos los ermitaños de la Tebaida [23].

La pluma, divagando por la bóveda del salón, sintió que desde la sala subían a acariciar sus sentidos los dulces vapores de la mesa, y se embriagaba con la fragancia de los vinos, escanciados sin cesar en copas de oro. Su entusiasmo y alegría no tenían límites, y la lengua se le soltó de tal modo, que no cesó de hablar en todo el día, diciendo a su compañero y conductor:

—Esto sí que es delicioso, amiguito; esto sí que es vivir. ¡Bien te decía yo que aquí habíamos de encontrar la felicidad; bien me lo anunciaba el corazón! Me están volviendo tarumba las emanaciones de esas aves, de esas especias, de esas frutas, de esos licores que parecen llevar en sí gérmenes de vida y nos infunden aliento y júbilo. Repara en la incitante belleza de esas mujeres: ¡qué miradas!, ¡qué senos!, ¡qué admirable configuración de sus cuerpos!, ¡qué encantadora risa en sus labios! Pero ¿no te vuelves loco como yo? Aquí he de estarme toda la vida, ¿sabes? No hay duda que la vida es el placer, y buenos tontos serán los que se anden por ahí discurriendo insulsamente por montes y valles. ¡Y yo fui tan imbécil que vi la felicidad en el amor insípido que me inspiró aquella pastora! ¡Qué fácilmente nos equivocamos!... Pero ya he conocido mi error, y tengo la seguridad de no equivocarme más. Es que ya voy teniendo mucha experiencia, no te creas, y de aquí en adelante ya sé lo que tengo que hacer. Gracias a Dios que encontré lo definitivo:

---

[22] *Aperitivo* está usado como adjetivo, con su sentido primario, que se aplica a algo «que sirve para abrir el apetito».

[23] Los *ermitaños* se retiraban a lugares apartados para vivir en soledad y alejarse de los placeres mundanos. En los desiertos de *la Tebaida,* región meridional del antiguo Egipto, se instalaron muchos de los primitivos cristianos que se entregaban a la vida ascética.

aquí, aquí hasta que me muera. ¡Qué placer, y qué embriaguez, y qué mareo tan deliciosos! ¡Sublime es esto, y cuán desgraciados los que no lo conocen!

La comida avanzaba, y la locura de los comensales tocaba a su límite; las ánforas habían dado ya su última ofrenda de vino; los convidados las habían hecho llenar de nuevo, y hasta las mujeres, aturdidas, o gritaban como furias o callaban con perezoso recogimiento [24].

La pluma se sintió también atontada: empezó a dar vueltas y más vueltas en el aire, hasta que poco a poco perdió la conciencia de lo que allí ocurría. Conservando un resto de vago conocimiento, sintió que las voces se alejaban; que caían los muebles; que se rompían con estrépito los vasos; que callaban los músicos; que, obscurecido el sol, lo sustituía una débil claridad de antorchas; que estas se extinguían después; que todo quedaba en silencio. Entonces se sintió caer, abandonada de su misterioso genio amigo; vio las flores marchitas y pisoteadas por el suelo, los restos de la comida arrojados en desorden y exhalando repugnante olor; todo revuelto y disperso, y ningún ser vivo en la sala. En su desmayo juzgó que pasaban lentamente horas y más horas, que luego amanecía, y que por fin alguien daba señales de vida en aquel palacio, ayer del regocijo y hoy de la tristeza. Los pasos se acercaban, y manos desconocidas intentaron poner en orden los restos del festín. Luego se sintió arrastrada violentamente a impulsos de un objeto áspero; abrió los ojos, ya con la cabeza despejada, y vio que era impelida por una escoba. La barrían juntamente con multitud de objetos despreciables, ajados, repugnantes y pestíferos: hojas de flores pisoteadas, pedazos de cristal aún mojados en vino, huesos de frutas aún cubiertos de saliva, cortezas de pan, espinas de salmón con alguna hilacha de carne, una cinta manchada

---

24 Las *furias* eran, en la mitología romana, divinidades infernales que simbolizaban el castigo.

de salsa, fresas espachurradas, entre las cuales lucía un alfiler teñido del zumo rojizo y que semejaba el puñal de un asesino, piltrafas de jamón, cascaritas de hojaldre y algunos ojos de pescado que, aun fijos a sus rotas cabezas, parecían contemplar con asombro y terror semejante espectáculo.

Entre estos objetos, rodando todos en tropel, fue nuestra pluma empujada por la escoba hasta parar a un gran cesto, de donde la arrojaron a un corral mil veces más inmundo que aquel de donde había salido. Al verse entre tanta basura, magullada, rota, sucia, oliendo a vino, a especias, a grasa, a saliva, empezó a lamentarse con estas patéticas frases:

—¡Ay vientecillo de mi alma, levántame y sácame de aquí, por Dios y todos los santos! Me muero en este montón de inmundicia; yo quiero ser libre y pura como antes. A fe que te has lucido, plumita [25]. ¡Qué error tan grosero! En buena parte has venido a concluir aquella brillante jornada de placer y felicidad. Que no me digan a mí que el placer lleva consigo otra cosa que degradaciones, bajezas, dolores y miserias. ¡Por un ratito de gozo, cuánta amargura! Y gracias a Dios que he salido con vida. Afortunadamente no seré yo quien vuelva a caer. Sácame de aquí, amigo, así te dé Dios todos los reinos de la tierra y del mar; sácame o me muero en esta podredumbre.

El geniecillo la levantó con rapidez a grandísima altura, y allá arriba se ahuecó toda, llena de contento, para purificarse y orear su cuerpo. Apartó la vista del palacio y de la ciudad, y ambos siguieron luego su camino sin saber adónde iban.

—Ni los campos tranquilamente fastidiosos, ni los palacios, que son mansión del hastío, me hacen a mí maldita gracia —decía la pluma—. Por fuerza hemos de encontrar pronto lo que cuadra a mi genio. ¿Ves? O yo me engaño mucho, o aquel gentío que ocupa la llanura que tenemos de-

[25] *A fe:* en verdad, verdaderamente.

lante nos va a detener allí con el espectáculo de algún acto sublime. Vamos pronto, que ya siento viva curiosidad. O yo no sé lo que son ejércitos, o lo que allí se divisa son dos que van a encontrarse y a reñir. ¡Sublime acontecimiento! ¡Bendito sea Dios, que nos ha deparado ocasión de presenciar una batalla! He aquí una cosa que me entusiasma. Me pirro yo por las batallas. ¡La gloria! Te digo que se me va la cabeza cuando hablo de esto. Tarde ha sido, amigo, pero al fin he encontrado la norma de mi destino. Mira, ya van a empezar. Coloquémonos encima de aquellos que parecen ser los caudillos de uno de los dos ejércitos y veamos la que se va a armar aquí.

CANTO TERCERO

Efectivamente, dos grandes y poderosas huestes iban a chocar en aquella planicie. ¿A qué describir el brillo de las armas, las empresas de los escudos, el ardor de los combatientes, el relinchar de los corceles y demás accidentes de la empeñada refriega? [26]. La pluma, palpitando de emoción, vio los primeros encuentros, y no apartaba los ojos del que parecía ser rey del ejército por quien más tarde se decidió la victoria. El tal rey llevaba un casco de oro, armadura de bruñido acero, y oprimía los lomos de soberbio caballo tordo [27]. Ninguno le igualaba en furor y osadía, razón por la cual su gente, entusiasmada con tal ejemplo, arrollaba a los contrarios cual si fuesen manadas de carneros.

Nuestra viajera no sabía cómo expresar su frenético alborozo ante la sublime tragedia.

---

[26] *empresas:* figuras, símbolos. *Corceles:* caballos ligeros, de mucha alzada, que servían para los torneos y batallas.

[27] *bruñido:* brillante. *Tordo:* que tiene el pelo mezclado de negro y blanco.

—¡La gloria! ¡Qué gran cosa es la gloria! —exclamaba, siguiendo lo más cerca posible al rey victorioso—. Estoy en mi centro: esta es la vida, esto es lo que cuadra a mi genio, esto es la felicidad; gracias a Dios que he encontrado lo que quería. ¡Y fui tan imbécil, que perdí el tiempo en frívolos amores y en livianos placeres! [28]. ¡La verdad es que se equivoca una tontamente! Pero ya voy teniendo experiencia, y no me equivocaré más. La gloria es lo que más enaltece el alma. Mira, amiguito mío, cómo vencen los de aquí. Ya van los otros en retirada. ¡Grande y poderoso rey! Daría la mitad de mi vida por ponerme encima de su casco, de aquel áureo yelmo, ante cuya cimera se inclinarán con pavura todos los monarcas y naciones de la tierra [29]. Vamos, esto me enajena. ¿No oyes cómo crujen las armas, cómo relinchan los caballos y cómo blasfeman los combatientes, encendidos en marcial coraje? ¡Gloriosa muerte la de los unos, y gloriosísima victoria la de los otros!

Esta fue decisiva para el rey del áureo casco y del caballo tordo. Su ejército triunfante persiguió en veloz carrera al enemigo, y la pluma siguió la triunfal marcha revoloteando sobre la cabeza del héroe. Corrían sin fatigarse hasta que llegó la noche. Luego se detuvieron, satisfechos de haber aniquilado en su fuga al ejército contrario. Acamparon los vencedores, se armó la tienda del rey, preparósele comida y lecho; y en aquella hora de la reflexión y del reposo, pasada la exaltación primera, hasta la pluma bajó a la tierra cubierta de cadáveres, de sangre, de ruinas.

Entonces la viajera sintió frío glacial, extraordinaria fatiga y una modorra que no pudo vencer evocando los recuerdos del épico combate. En su letargo, creyó sentir los

---

[28] *livianos:* ligeros, poco importantes.

[29] *Áureo yelmo* es expresión sinónima de *casco de oro.* El yelmo se componía de babera, visera y morrión, y la parte superior de este último, o *cimera,* solía adornarse de plumas y otras cosas. *Pavura:* pavor, temor.

lamentos de los heridos, mezclados con horrorosas imprecaciones [30]. No tardaron en venir las madres, las hermanas, los tiernos hijos, sosteniéndose entre sí, porque el dolor aflojaba sus desmayados cuerpos, alumbrándose con triste linterna para buscar al padre, al hijo, al esposo, al hermano. Hombres horribles, tipo medio entre el sayón y el sepulturero [31], cavaban la profunda y holgada fosa, donde eran arrojados los infelices muertos de ambos ejércitos. Las santas mujeres buscaban aún entre aquellos despojos, mal cubiertos por la tierra, a los seres queridos, y hasta hubieran escarbado para sacarlos de nuevo, si las voces y los lamentos que más allá se oían no les dieran la esperanza de que en otro lugar estarían quizás los que buscaban. Graznando lúgubremente bajaron los buitres y demás aves que tienen su festín en los campos de batalla; la lluvia encharcó el piso, amasando lechos de fango y sangre para los pobres difuntos, y el frío remató a los heridos que esperaban escapar a la muerte. ¡Tremenda noche! Volviendo de su letargo, pudo observar la pluma que cuanto había visto no era alucinación, sino realidad clarísima. Quiso huir, pero se detuvo sobrecogida, porque en la cercana tienda del rey sonaron gritos y juramentos y fuerte choque de armas. Varios hombres salieron de allí luchando, y una voz dijo: «¡Muera el tirano!», y otras exclamaron: «¡Han asesinado al rey!». En efecto, así era: el héroe victorioso había sido sacrificado por sus ambiciosos generales, ávidos de repartirse el botín y apoderarse del reino.

—Viento querido, amigo mío, sácame de aquí —gritó la pluma, agitando su fleco para volar—. Levántame; llévame por esos aires de Dios, que no quiero ver tantos horrores. ¡Maldita sea la gloria y malditos los pícaros que la inventaron! Parece mentira que me haya dejado alucinar por tan

---

[30] *imprecaciones:* maldiciones, blasfemias.

[31] *sayón:* verdugo.

craso disparate [32]. Ya ves que de la gloria no se saca cosa alguna, si no es la desesperación, el odio, la envidia y todas las bajezas de la ambición. ¡Cuánto más valen la dulce modestia y una apacible obscuridad! Gracias a Dios que he salido de las tinieblas del error. Tres veces me equivoqué; pero al fin la luz ha entrado en mi cabeza, y ya tengo la certeza de no equivocarme más. ¡Cuán claro veo ahora todo! ¡Qué bien considero y profundizo la verdad de las cosas! No, no volveré a incurrir en tales tonterías. Por supuesto, siempre es conveniente equivocarse par adquirir experiencia y estudiar y conocer la vida. Felizmente, ya sé a qué atenerme. Dichosos los que han pasado tantas amarguras y visto tantísimo mundo... Pero si no tengo telarañas en los ojos, amigo vientecillo, allá a lo lejos se distingue una altísima torre que debe de ser de alguna catedral. Sí, a medida que nos acercamos se va destacando la mole del edificio... No parece sino que Dios nos ha encaminado a este sitio para que nos arrepintamos de nuestras culpas y aprendamos que Él es la única verdad, la única vida y el camino único, fuente de todas las cosas, consuelo de todas las aflicciones, asilo de todos los extraviados... ¡Ay!, vamos pronto, que ya tengo deseos de entrar allí. ¿No oyes el repicar de las campanas? ¿No ves cómo el sol perfila con rayos de oro las mil estatuas erigidas en los pináculos y agujas que rematan el grandioso monumento por una y otra parte? [33]. Date prisa y llegaremos pronto, amiguito; ¡qué pesado te has vuelto! A ver si encontramos un agujerito por donde introducirnos.

---

[32] *craso:* grueso, grande.

[33] *Pináculos* y *agujas* son remates estrechos y altos, generalmente piramidales o cónicos, de la parte superior de edificios y templos.

CANTO CUARTO

Dieron vueltas alrededor del templo, que era ojival y de sorprendente hermosura [34], y al fin, hallando un vidrio roto, se colaron dentro sin pedir permiso al sacristán. Soberbio espectáculo se ofreció a las miradas de nuestros dos viajeros. La vasta nave y sus haces de columnas delicadísimas, que remataban en palmeras, entretejiéndose para formar la bóveda; las ventanas rasgadas en toda la extensión del pavimento y cubiertas con el diáfano muro de cristales de colores; la multitud de figuras representativas; la fauna, la flora; las riquezas de los altares, las luces, los resplandecientes trajes de los sacerdotes; el incienso, formando azuladas nubes; el son del órgano, a veces suave y apagado como la respiración de un niño que duerme, después fuerte y estentóreo como el resoplido de un gigante colérico; el coro grave y los rezos quejumbrosos, todo esto impresionó de tal modo a nuestra viajera, que estuvo un buen rato pegada a la bóveda, sin atreverse a descender, sobrecogida de admiración, piedad y respeto.

—Me falta poco para llorar, amigo vientecillo —dijo—. Aunque un poco tardío, mi arrepentimiento es seguro. ¡Con cuánto gozo abro mis ojos a la luz de la verdad! ¿Y habrá quien sostenga que puede haber dicha, reposo y paz fuera de la religión sacratísima? Santa y sublime fe: a ti vengo fatigada de las luchas del mundo, el alma llena de congojas y atormentada por el recuerdo de mis pasados extravíos. Inexperta y alucinada, juzgué que el mejor empleo y ocupación de mi ser era el amor, los goces o la incitante gloria, cosas, ¡ay!, de liviana realidad, que se desvanecen pasada la ilusión primera. Mi alma está pura, y anhela reposarse en el

---

[34] *ojival:* gótico. El adjetivo proviene del empleo, en este estilo, del arco de ojiva, o doble arco de círculos iguales que se cortan en uno de sus extremos formando un ángulo curvilíneo.

bien. Aborrezco el mundo; pienso solo en Dios, imán de nuestros corazones, fuente de toda salud, principio de toda inteligencia. Aquí, en este santo y bello asilo, creado por el arte y la fe, he de pasar lo que me resta de vida. Segurísima estoy ahora de no variar de inclinaciones ni de pensamiento. Aquí, siempre aquí. Dulce es, entre todas las dulzuras, zambullir el pensamiento en la idea de Dios, adorarle, contemplarle, confundirnos ante su presencia como granos de polvo o frágiles plumas que somos las criaturas. Vientecillo, puedes marcharte, que yo me quedo aquí para toda la vida. ¡Cuán feliz soy!

Calló la pluma y se acurrucó con devota compostura en la punta de una de las espinas que ceñían la frente del dorado Cristo suspendido en lo más alto del retablo. Cesaron los cantos, apagáronse las luces. Rumores extraños de misales que se cierran, de goznes rechinantes, de papeles de música que se arrollan, de cortinas que se corren tapando un santo, de llaves que crujen en la enmohecida cerradura, de acólitos que tropiezan corriendo hacia la sacristía, de rosarios que se guardan, sustituyeron a la imponente salmodia de antes [35]; y las pisadas de los hombres y las faldas de las mujeres levantaron ligera nube de polvo que subió a confundirse con los desgarrados celajes del incienso [36], vagabundos aún por las altas bóvedas, como los jirones de nubes que corren por el cielo después de una tempestad.

Vino la noche, y los vidrios se obscurecieron, tomando tintas suaves y misteriosas [37]. La gran nave quedó por fin en completa sombra; mas en lo alto de sus muros velaban, como espectros de moribundo resplandor, las pintadas efigies de cristal. En el centro del lóbrego santuario lucía un

---

[35] *acólitos:* monaguillos. *Salmodia:* canto monótono y prolongado.

[36] *Celaje* es propiamente el aspecto del cielo cuando hay nubes tenues y de varios matices. Aquí se aplica el término, por semejanza, a las formas que toma el humo del incienso.

[37] *tintas:* colores.

punto de luz: era la lámpara del altar, que como un alma despierta y vigilante oraba en el recinto. Su débil claridad apenas iluminaba los pies del Santo Cristo próximo y el blanco cuerpo de un obispo de mármol que, tendido en su mausoleo [38], parecía como que a ratos abría la boca para bostezar.

Pasaron horas y más horas, que por lo largas parecían noches empalmadas, sin días que las separasen, y la pluma acabó sus rezos y los volvió a empezar, y acabados de nuevo, y agotado todo el repertorio de oraciones que sabía, dijo otras que sacaba de su cabeza, hasta que al fin, no ocurriéndosele nada, aburrida de aburrirse, se dejó decir:

—Vientecillo, me alegro de que no te hayas ido. Ven acá un momento: ¿sabes que siento así como ganas de dar un paseíto por ahí fuera? No es que quiera abandonar este sitio, pues lo dicho, dicho: aquí he de estarme toda la vida. Es que, hablando con sinceridad, esto es bastante triste, y no sé, no sé..., las horas tienen una longitud desmesurada. Si me apuras, te diré con mi habitual franqueza que me aburro soberanamente. ¿Por qué no hemos de salir a refrescarnos la cabeza y a ver el cielo? Pues por mucha que sea nuestra devoción, no hemos de estar siempre reza que te reza, y conviene dar al ánimo esparcimiento para cobrar fuerzas y..., ya me entiendes. Salgamos, que en realidad no tiene maldita gracia que nos estemos aquí hechos unos pasmarotes. Y repara que después que aquellos señores acabaron de cantar, esto está tan solo y obscuro, que antes impone miedo que piedad. Larguémonos fuera un ratito, que una cosa es la fe y otra el saludable recreo del cuerpo y del alma.

[38] *mausoleo:* sepulcro monumental y suntuoso.

CANTO QUINTO

Salieron por donde habían entrado, y al hallarse fuera, la pluma prorrumpió en exclamaciones:

—¡Oh, gracias a Dios que veo otra vez el profundo cielo, las altas estrellas y la luna! ¡Qué hermosura! Paréceme que hace años que no he visto este admirable espectáculo, siempre nuevo y seductor. Mira, alarguemos nuestro paseíto, que en nada se admira tanto a Dios como en la Naturaleza, ni nada es en esta tan bello como la noche. Vaya, con franqueza, amigo viento: ¿no es esto más hermoso que el antro sombrío y estrecho de la catedral? Compara aquella lámpara con estas luminarias celestiales que tenemos encima de nuestras cabezas... Sigamos un poquitín más allá; que si no volviéramos, ya encontraríamos otra catedral en que meternos. Hay muchas, mientras que cielos no hay más que uno... ¡Cuánto se aprende viviendo! ¿Sabes lo que se me ha ocurrido? Pues que la religión es cosa admirable; pero que consagrarse enteramente a ella sin pensar en nada más, me parece una gran majadería. Ya voy teniendo experiencia, y veo todas las cosas con mucha claridad. Para alabar a Dios y honrarle, me parece a mí que, antes que pasarnos la vida metidas en las iglesias, debemos las plumas emplear constantemente nuestro pensamiento en conocer y apreciar las leyes por el mismo Dios creadas. Yo, si quieres que te hable con el corazón en la mano, no tengo muchas ganas de volver a la catedral, fuera de que ya hemos perdido el camino y no lo encontraremos fácilmente. ¿No te parece que debemos lanzarnos por esos espacios anchísimos buscando en ellos la razón de todas las cosas? Siento tal curiosidad, que no sé qué haría por satisfacerla. ¡Saber! Ese es el objeto de nuestra vida; en saber consiste la felicidad. No negaré yo que la Fe es muy estimable; pero la Ciencia, amigo mío, ¡cuánto más estimable es! Por consiguiente, te confieso con toda ingenuidad que he variado de ideas; pero con el firme propósito de que esta sea la última vez. Quiero, a fe de pluma de origen divino [39], examinar cómo y por qué se mueven esos astros; a qué distancia están unos de otros; qué tamaño y qué cantidad de agua tienen los mares; qué hay dentro de la tierra; cómo se hacen la lluvia, el rayo, el granizo; de qué diablos está compuesto el sol; qué cosa es la luz y qué el calor, etc., etc. [40]. Me da la gana de saber todas esas cosas. Gracias a Dios que he encontrado la verdadera y legítima ocupación de mi espíritu. Ni el amor pastoril, ni los placeres sensuales, ni la terrible y estúpida gloria, ni el misticismo estéril enaltecen al ser. ¡El conocimiento! Ahí tienes la vida, la verdadera vida, amigo vientecillo. Bendigo mis errores, de cuyas tinieblas saqué la luz de mi experiencia y la certeza del destino que tenemos las plumas. Llévame, amigo, llévame por ahí, pronto, que hay mucho que ver y mucho que estudiar.

Corrieron, volaron, y la pluma no se cansaba de sus observaciones especulativas [41]. Estudió la marcha de los astros y las distancias a que están de la tierra; atravesó el inmenso Océano de una orilla a otra; hízose cargo de la configuración y trazado de las costas; midió el globo, fijando la atención en la diversidad de sus climas y habitantes; penetró en las cavernas profundas, donde existen los indescifrables documentos de la Mineralogía, y leyó el gran libro Geológico, en cuyas páginas o capas hablan idioma parecido al de los jeroglíficos la multitud de fósiles, siglos muertos que tan bien saben contar el misterio de las pasadas vidas; todo lo

---

[39] *a fe de:* en mi condición de.

[40] Presenta este pasaje ecos indudables de alguna de las odas de fray Luis de León, quien inicia en nuestras letras una senda que recorrerá después la lírica de la Ilustración (y que J. Arce llamó *poesía astral*), con muestras eminentes en Jovellanos, Meléndez Valdés, fray Diego Tadeo González y otros.

[41] *especulativas:* teóricas, contemplativas, reflexivas.

estudió, lo conoció y se lo metió en el magín[42], y entre tanto no cesaba de repetir:

—¡Gran cosa es la Ciencia! ¡Y cuánto me felicito de haber entrado por este camino, el único digno de nuestro noble origen! Pero lo que me enfada es que nunca llegamos al fin: a medida que voy aprendiendo se me presentan nuevos misterios y enigmas. Yo quisiera aprendérmelo todo de una vez. Es mucho cuento este de que nunca se le ve el fondo al odre de la sabiduría[43]. ¡Ay! Vientecillo perezoso, corre más, a ver si conseguimos llegar a un punto donde no haya más tierra, ni más mar, ni más cielo, ni más estrellas... Esto no se acaba nunca. Corramos, volemos, que no ha de haber cosa que yo no vea ni examine, ni arcano que no se me revele[44]. He de saber cómo es Dios, cómo es el alma humana, de dónde salimos las plumas y adónde volvemos después de dar nuestro último vuelo en el viaje de la existencia.

* * *

Y así transcurrió un lapso de tiempo indeterminable, y ni se veía el fin de la Ciencia, ni la sed de saber encontraba dónde saciarse por completo. Ya habían recorrido toda la atmósfera que rodea nuestro planeta, y la buena pluma, cansada y aburrida, sin fuerzas para avanzar más, giraba alrededor de su eje con desorden y aturdimiento, como un astro que se vuelve loco y olvida la ley de su rotación.

—¡Ay!, vientecillo —exclamaba lánguidamente—; ya estoy confusa, ya estoy mareada. ¿De qué vale la Ciencia, si al fin, después de tanto investigar, más me espanta lo que ignoro que me satisface lo que sé? ¡Ay!, compañero mío de

---

[42] *magín:* cabeza, inteligencia.

[43] *odre:* cuero de animal, especialmente de cabra, que, cosido por todas partes menos por la correspondiente al cuello, sirve para contener líquidos. Aquí designa metafóricamente el acervo de los saberes humanos.

[44] *arcano:* secreto, misterio.

desengaños, *solo sé que no sé una condenada palabra de nada* [45]. Esto es para volverse loca. Llévame a un sitio recóndito donde encuentre consuelo del olvido. Quiero aniquilarme; quiero reposar en completa calma, dando paz al pensamiento y a la imaginación siempre ambiciosa. ¡Cuántas equivocaciones en tan breve tiempo! Ni el amor, ni el placer, ni la gloria, ni la religión, ni la Ciencia me satisfacen. El lugar de paz y de contento perdurable con que soñaba para pasar la vida no se encuentra en parte alguna. Experiencia lenta y dolorosa, ¿de qué sirves? Si ese lugar que busco no existe por aquí, forzosamente ha de existir en alguna [46] otra región. Busquémosle, amigo leal y ya inseparable... Veo que no estás menos aburrido y desilusionado que yo. ¡Ay!, yo desfallezco; apenas puedo sostenerme en tus brazos; todo me desagrada: el aire, la luz, los árboles, la mar, el espacio, las estrellas, el sol.

Fijaron la vista en la tierra, de la cual muy cerca estaban, y vieron una como procesión que se dirigía a un bosquecillo frondoso, entre cuya verdura se destacaban objetos de blanquísimo mármol. Era un cementerio; y la procesión, un entierro. Observaron nuestros viajeros que sobre la tierra había sido colocado un ataúd pequeño y azul. Abriéronlo algunos de los circunstantes, y todos los demás se agruparon en derredor para ver las facciones de la muerta: era una niña como de diez años, coronada de flores, las manecitas cruzadas en actitud de rezar no se sabe qué, y semejante a un ángel de cera, tan bonito y puro, que al verle todos se admiraban de que se hubiera tomado el trabajo de vivir.

—Aquí, aquí quiero estar siempre, querido vientecillo. Suéltame, déjame caer —dijo la pluma, desasiéndose de

---

[45] Es frase que, al menos en su contenido, se atribuye a Sócrates (siglo V a. de C.), el filósofo griego.

[46] *perdurable:* que dura siempre. *Contento* es aquí sustantivo («alegría, dicha»), como en alguna aparición anterior.

los brazos de su amado conductor, para caer dentro del ataúd.

Este se cerró, y el vientecillo, que empezaba a dar revoloteos para sacarla con maña, no pudo conseguirlo, y la pluma quedó dentro.

¿Acabarán con esto tus paseos, oh alma humana?

1872

LA MULA Y EL BUEY

(Cuento de Navidad)

I

CESÓ DE QUEJARSE la pobrecita; movió la cabeza, fijando los tristes ojos en las personas que rodeaban su lecho; extinguiose poco a poco su aliento, y expiró. El Ángel de la Guarda, dando un suspiro, alzó el vuelo y se fue [1].

La infeliz madre no creía tanta desventura; pero el lindísimo rostro de Celinina se fue poniendo amarillo y diáfano como cera [2]; enfriáronse sus miembros, y quedó rígida y dura como el cuerpo de una muñeca. Entonces llevaron fuera de la alcoba a la madre, al padre y a los más inmediatos parientes, y dos o tres amigas y las criadas se ocuparon en cumplir el último deber con la pobre niña muerta [3].

La vistieron con riquísimo traje de batista, la falda blanca y ligera como una nube, toda llena de encajes y rizos que la asemejaban a espuma. Pusiéronle los zapatos, blancos también y apenas ligeramente gastada la suela, señal de haber dado pocos pasos, y después tejieron, con sus admirables

---

1 *El Ángel de la Guarda,* o ángel custodio, es el que Dios tiene asignado a cada persona para su guarda o custodia.

2 *Diáfano* («transparente») significa aquí «claro, pálido».

3 El de amortajarla, o vestirla para el sepulcro, y preparar su féretro, como se verá a continuación.

cabellos de color castaño obscuro, graciosas trenzas enlazadas con cintas azules. Buscaron flores naturales; mas no hallándolas, por ser tan impropia de ellas la estación, tejieron una linda corona con flores de tela, escogiendo las más bonitas y las que más se parecían a verdaderas rosas frescas traídas del jardín.

Un hombre antipático trajo una caja algo mayor que la de un violín, forrada de seda azul con galones de plata, y por dentro guarnecida de raso blanco [4]. Colocaron dentro a Celinina, sosteniendo su cabeza en preciosa y blanda almohada, para que no estuviese en postura violenta, y después que la acomodaron bien en su fúnebre lecho, cruzaron sus manecitas, atándoselas con una cinta, y entre ellas pusiéronle un ramo de rosas blancas, tan hábilmente hechas por el artista, que parecían hijas del mismo Abril [5].

Luego las mujeres aquellas cubrieron de vistosos paños una mesa, arreglándola como un altar, y sobre ella fue colocada la caja. En breve tiempo armaron unos al modo de doseles de iglesia [6], con ricas cortinas blancas que se recogían gallardamente a un lado y otro; trajeron de otras piezas cantidad de santos e imágenes [7], que ordenadamente distribuyeron sobre el altar, como formando la corte funeraria del ángel difunto, y sin pérdida de tiempo encendieron algunas docenas de luces en los grandes candelabros de la sala, los cuales en torno a Celinina derramaban tristísimas claridades. Después de besar repetidas veces las heladas mejillas de la pobre niña, dieron por terminada su piadosa obra.

---

[4] *galones:* cintas.

[5] Se refiere al mes del año, aquí personificado.

[6] *doseles:* cubiertas ornamentales, fijas a la pared o con columnas, y frecuentemente con colgaduras, que decoran y ennoblecen altares, camas, tronos, etc.

[7] *piezas:* habitaciones, salas.

II

Allá en lo más hondo de la casa sonaban gemidos de hombres y mujeres. Era el triste lamentar de los padres, que no podían convencerse de la verdad del aforismo *angelitos al cielo* [8], que los amigos administran como calmante moral en tales trances. Los padres creían entonces que la verdadera y más propia morada de los angelitos es la tierra; y tampoco podían admitir la teoría de que es mucho más lamentable y desastrosa la muerte de los grandes que la de los pequeños. Sentían, mezclada a su dolor, la profundísima lástima que inspira la agonía de un niño, y no comprendían que ninguna pena superase a aquella que destrozaba sus entrañas.

Mil recuerdos e imágenes dolorosas les herían, tomando forma de agudísimos puñales que les traspasaban el corazón. La madre oía sin cesar la encantadora media lengua de Celinina, diciendo las cosas al revés, y haciendo de las palabras de nuestro idioma graciosas caricaturas filológicas que afluían de su linda boca como la música más tierna que puede conmover el corazón de una madre [9]. Nada caracteriza a un niño como su estilo, aquel genuino modo de expresarse y decirlo todo con cuatro letras, y aquella gramática prehistórica, como los primeros vagidos de la palabra de los albores de la humanidad [10], y su sencillo arte de declinar y conjugar, que parece la rectificación inocente de los idiomas regularizados por el uso. El vocabulario de un niño de tres años, como Celinina, constituye el verdadero tesoro literario de las familias. ¿Cómo había de olvidar la madre

---

[8] *aforismo:* sentencia breve y doctrinal.

[9] *filológicas:* lingüísticas. Véase a continuación la interesante intervención del narrador, que muestra las ideas —y la sensibilidad— de Galdós sobre este particular.

[10] *genuino:* puro, propio, natural. *Vagidos:* gemidos, llanto del recién nacido.

aquella lengüecita de trapo, que llamaba al sombrero *tumeyo* y al garbanzo *babancho*?

Para colmo de aflicción [11], vio la buena señora por todas partes los objetos con que Celinina había alborotado sus últimos días, y como estos eran los que preceden a Navidad, rodaban por el suelo pavos de barro con patas de alambre, un San José sin manos, un pesebre con el Niño Dios semejante a una bolita de color de rosa; un Rey Mago montado en arrogante camello sin cabeza [12]. Lo que habían padecido aquellas pobres figuras en los últimos días, arrastradas de aquí para allí, puestas en esta o en la otra forma, solo Dios, la mamá y el purísimo espíritu que había volado al cielo lo sabían.

Estaban las rotas esculturas impregnadas, digámoslo así, del alma de Celinina, o vestidas, si se quiere, de una singular claridad muy triste, que era la claridad de ella. La pobre madre, al mirarlas, temblaba toda, sintiéndose herida en lo más delicado y sensible de su íntimo ser. ¡Extraña alianza de las cosas! ¡Cómo lloraban aquellos pedazos de barro! ¡Llenos parecían de una aflicción intensa, y tan doloridos, que su vista sola producía tanta amargura como el espectáculo de la misma criatura moribunda, cuando miraba con suplicantes ojos a sus padres y les pedía que le quitasen aquel horrible dolor de su frente abrasada! La más triste cosa del mundo era para la madre aquel pavo con patas de alambre clavadas en tablilla de barro, y que en sus frecuentes cambios de postura había perdido el pico y el moco [13].

---

[11] *aflicción:* pesadumbre, congoja.

[12] Se entenderá que son figuras del nacimiento o belén, típico de Navidad.

[13] *moco:* apéndice carnoso y eréctil que el pavo tiene sobre el pico.

III

Pero si era aflictiva la situación de espíritu de la madre [14], éralo mucho más la del padre. Aquella estaba traspasada de dolor; en este, el dolor se agravaba con un remordimiento agudísimo. Contaremos brevemente el peregrino caso, advirtiendo que esto quizá parecerá en extremo pueril a algunos [15]; pero a los que tal crean les recordaremos que nada es tan ocasionado a puerilidades como un íntimo y puro dolor, de esos en que no existe mezcla alguna de intereses de la tierra, ni el desconsuelo secundario del egoísmo no satisfecho.

Desde que Celinina cayó enferma, sintió el afán de las poéticas fiestas que más alegran a los niños: las fiestas de Navidad. Ya se sabe con cuánta ansia desean la llegada de estos risueños días, y cómo les trastorna el febril anhelo de los regalitos, de los nacimientos y las esperanzas del mucho comer y del atracarse de pavo, mazapán, peladillas y turrón. Algunos se creen capaces, con la mayor ingenuidad, de embuchar en sus estómagos cuanto ostentan la Plaza Mayor y calles adyacentes [16].

---

14 *aflictiva:* apesadumbrada, dolorosa.

15 *peregrino:* raro, extraño. *Pueril:* trivial, infundado, poco importante.

16 La zona citada era en la época la principal área comercial de Madrid, carácter que ya poseía la plaza del Arrabal, que fue su denominación desde los tiempos de los Reyes Católicos, a finales del siglo XV. En 1591 la encontramos con su nombre actual (aunque en algunos momentos de su larga historia ha sido rebautizada como plaza Real, plaza de la República y plaza de la Constitución), pero con una apariencia diferente, pues hubo de ser reconstruida, tras sucesivos incendios, por Juan Gómez de Mora (1619) y por Juan de Villanueva (1853). El comercio se distribuía en ella según las condiciones señaladas por los gremios: paños en el lado de poniente; cáñamos y sedas en el meridional; quincalla, mantos y zapatos en el de levante; sedas e hilos en el del norte. Y por Navidad, como trae el texto, se multiplicaban los puestos de nacimientos y de productos típicos de esas fechas. El lugar ejerció sobre Galdós una enorme fascinación, como lo muestran los cientos de páginas de su obra, tanto periodística como novelística, en que aparece. A modo de ejemplo, recordemos que constituye el eje espacial de

Celinina, en sus ratos de mejoría, no dejaba de la boca el tema de la Pascua, y como sus primitos, que iban a acompañarla, eran de más edad y sabían cuanto hay que saber en punto a regalos y nacimientos, se alborotaba más la fantasía de la pobre niña oyéndoles, y más se encendían sus afanes de poseer golosinas y juguetes. Delirando [17], cuando la metía en su horno de martirios la fiebre, no cesaba de nombrar lo que de tal modo ocupaba su espíritu, y todo era golpear tambores, tañer zambombas, cantar villancicos. En la esfera tenebrosa que rodeaba su mente no había sino pavos haciendo *clau clau;* pollos que gritaban *pío pío;* montes de turrón que llegaban al cielo, formando un Guadarrama de almendras [18]; nacimientos llenos de luces y que tenían lo menos cincuenta mil millones de figuras; ramos de dulce; árboles cargados de cuantos juguetes puede idear la más fecunda imaginación tirolesa [19]; el estanque del Retiro lleno de sopa de almendras [20]; besugos que miraban a las cocineras

su obra maestra, *Fortunata y Jacinta,* o que asoma en algunas de sus crónicas de prensa, como la «Revista de la Semana» de *La Nación* (24-XII-1865), donde escribe que si no es «el sitio más bello de la corte» —a causa de la estatua de Felipe III que está en su centro—, sí es «el más risueño, por la variedad de objetos que en él se encuentran hacinados, por la multitud de personas que le cruzan en todas direcciones, y por los diversos rumores de tenaces regateos, de ofertas, de baraturas y de carestías que le dan armoniosa belleza».

[17] *Delirando:* desvariando, por perder la razón a causa de la fiebre alta.

[18] *Guadarrama* se emplea aquí como metonimia por *montes.* Es el nombre de una de las sierras más conocidas de la Cordillera Central, al norte de Madrid.

[19] Porque de esta región austriaca procedía buena parte del comercio de juguetes —y también de ferretería— instalado en Madrid y en otras poblaciones españolas. En la calle de Atocha, junto a San Sebastián, hubo a principios del XIX el famoso almacén «de los Tiroleses», y todavía hoy el *Diccionario* académico trae, bajo una de las acepciones de *tirolés,* «mercader de juguetes y quincalla».

[20] La extensión del citado *estanque* es lo que aquí se pondera. «Mar de bolsillo» lo llamará Augusto Miquis en *La desheredada* (cap. 4), en una de las muchas apariciones de este parque en la obra de don Benito. Se trata

con sus ojos cuajados; naranjas que llovían del cielo, cayendo en más abundancia que las gotas de agua en día de temporal, y otros mil prodigios que no tienen número ni medida.

IV

El padre, por no tener más chicos que Celinina, no cabía en sí de inquieto y desasosegado. Sus negocios le llamaban fuera de casa; pero muy a menudo entraba en ella para ver cómo iba la enfermita. El mal seguía su marcha con alternativas traidoras; unas veces dando esperanzas de remedio, otras quitándolas.

El buen hombre tenía presentimientos tristes. El lecho de Celinina, con la tierna persona agobiada en él por la fiebre y los dolores, no se apartaba de su imaginación. Atento a lo que pudiera contribuir a regocijar el espíritu de la niña, todas las noches, cuando regresaba a la casa, le traía algún regalito de Pascua, variando siempre de objeto y especie, pero prescindiendo siempre de toda golosina. Trájole un día una manada de pavos, tan al vivo hechos, que no les faltaba más que graznar; otro día sacó de sus bolsillos la mitad de la Sacra Familia, y al siguiente a San José con el pesebre y portal de Belén. Después vino con unas preciosas ovejas a quien conducían gallardos pastores[21], y luego se hizo acompañar de unas lavanderas que lavaban, y de un choricero que vendía chorizos, y de un Rey Mago negro, al cual sucedió otro de barba blanca y corona de oro. Por traer, hasta trajo una vieja que daba azotes en cierta parte a un chico por no saber la lección.

---

de los jardines del palacio del Buen Retiro, que fueron propiedad de la corona hasta 1868, en que pasaron a poder del Ayuntamiento de la villa, y este los abrió al público.

[21] Nótese el uso de *quien* con valor plural, muy frecuente en el idioma ya desde el castellano clásico.

Conocedora Celinina, por lo que charlaban sus primos, de todo lo necesario a la buena composición de un nacimiento, conoció que aquella obra estaba incompleta por la falta de dos figuras muy principales, la mula y el buey. Ella no sabía lo que significaban la tal mula ni el tal buey; pero atenta a que todas las cosas fuesen perfectas, reclamó una y otra vez del solícito padre el par de animales que se había quedado en Santa Cruz [22].

Él prometió traerlos, y en su corazón hizo propósito firmísimo de no volver sin ambas bestias; pero aquel día, que era el 23, los asuntos y quehaceres se le aumentaron de tal modo, que no tuvo un punto de reposo. Además de esto, quiso el cielo que se sacase la lotería, que tuviera noticia de haber ganado un pleito, que dos amigos cariñosos le embarazaran toda la mañana... [23], en fin, el padre entró en la casa sin la mula, pero también sin el buey.

Gran desconsuelo mostró Celinina al ver que no venían a completar su tesoro las dos únicas joyas que en él faltaban. El padre quiso al punto remediar su falta, mas la nena se había agravado considerablemente durante el día; vino el médico, y como sus palabras no eran tranquilizadoras, nadie pensó en bueyes, mas tampoco en mulas.

El 24 resolvió el pobre señor no moverse de la casa. Celinina tuvo por breve rato un alivio tan patente, que todos concibieron esperanzas, y lleno de alegría dijo el padre: «Voy al punto a buscar eso».

---

[22] Se refiere a la plazuela de *Santa Cruz,* en los aledaños de la Plaza Mayor antes citada, donde se instalaba un mercado de objetos navideños, entre los que sobresalían las figuras de los nacimientos, que tanto interesaron a Galdós: «Entre los nacimientos, los hay de todas clases y para niños de todas condiciones. Entre el que atrae las miradas de la multitud curiosa en el escaparate de Scropp y los de la plaza de Santa Cruz, hay una escala de pequeñas obras de arte, destinadas a la explotación de todas las clases de bolsillos paternales» («Revista de Madrid», en *Revista del Movimiento Intelectual de Europa,* 23-XII-1867).

[23] *embarazaran:* impidieran, retuvieran, retardaran.

Pero como cae rápidamente un ave herida al remontar el vuelo a lo más alto, así cayó Celinina en las honduras de una fiebre muy intensa. Se agitaba trémula y sofocada en los brazos ardientes de la enfermedad, que la constreñía sacudiéndola para expulsar la vida [24]. En la confusión de su delirio y sobre el revuelto oleaje de su pensamiento flotaba, como el único objeto salvado de un cataclismo [25], la idea fija del deseo que no había sido satisfecho, de aquella codiciada mula y de aquel suspirado buey que aún proseguían en estado de esperanza.

El papá salió medio loco, corrió por las calles; pero en mitad de una de ellas se detuvo y dijo: «¿Quién piensa ahora en figuras de nacimiento?».

Y corriendo de aquí para allí, subió escaleras, y tocó campanillas [26], y abrió puertas sin reposar un instante hasta que hubo juntado siete u ocho médicos y les llevó a su casa. Era preciso salvar a Celinina.

V

Pero Dios no quiso que los siete u ocho (pues la cifra no se sabe a punto fijo) alumnos de Esculapio contravinieren la sentencia que Él había dado [27], y Celinina fue cayendo, cayendo más a cada hora, y llegó a estar abatida, abrasada, luchando con indescriptibles congojas, como la mariposa que ha sido golpeada y tiembla sobre el suelo con las alas rotas. Los padres se inclinaban junto a ella con afán insensato,

---

[24] *trémula:* temblorosa. *Constreñía:* forzaba, oprimía.

[25] *cataclismo:* desastre de grandes proporciones producido por un fenómeno natural.

[26] *tocó campanillas:* quiere decir que llamó a las puertas. Hoy diríamos «tocó timbres».

[27] *alumnos de Esculapio:* médicos, pues Esculapio era el dios de la medicina en la mitología romana.

cual si quisieran con la sola fuerza del mirar detener aquella existencia que se iba, suspender la rápida desorganización humana, y con su aliento renovar el aliento de la pobre mártir que se desvanecía en un suspiro.

Sonaron en la calle tambores y zambombas y alegre chasquido de panderos. Celinina abrió los ojos, que ya parecían cerrados para siempre, miró a sus padres, y con la mirada tan solo y un grave murmullo que no parecía venir ya de lenguas de este mundo, pidió a su padre lo que este no había querido traerle. Traspasados de dolor padre y madre, quisieron engañarla para que tuviese una alegría en aquel instante de suprema aflicción, y presentándole los pavos, le dijeron: «Mira, hija de mi alma, aquí tienes la mulita y el bueyecito».

Pero Celinina, aun acabándose, tuvo suficiente claridad en su entendimiento para ver que los pavos no eran otra cosa que pavos, y los rechazó con agraciado gesto. Después siguió con la vista fija en sus padres, y ambas manos en la cabeza señalando sus agudos dolores. Poco a poco fue extinguiéndose en ella aquel acompasado son, que es el último vibrar de la vida, y al fin todo calló, como calla la máquina del reloj que se para; y la linda Celinina fue un gracioso bulto, inerte y frío como mármol, blanco y transparente como la purificada cera que arde en los altares.

¿Se comprende ahora el remordimiento del padre? Porque Celinina tornara a la vida, hubiera él recorrido la tierra entera para recoger todos los bueyes, y todas, absolutamente todas, las mulas que en ella hay. La idea de no haber satisfecho aquel inocente deseo era la espada más aguda y fría que traspasaba su corazón. En vano con el raciocinio quería arrancársela [28]; pero ¿de qué servía la razón, si era tan niño entonces como la que dormía en el ataúd, y daba más importancia a un juguete que a todas las cosas de la tierra y del cielo?

---

[28] *raciocinio:* razón, juicio.

VI

En la casa se apagaron al fin los rumores de la desesperación, como si el dolor, internándose en el alma, que es su morada propia, cerrara las puertas de los sentidos para estar más solo y recrearse en sí mismo.

Era Nochebuena, y si todo callaba en la triste vivienda recién visitada de la muerte, fuera, en las calles de la ciudad y en todas las demás casas, resonaban placenteras bullangas de groseros instrumentos músicos [29], y vocería de chiquillos y adultos cantando la venida del Mesías. Desde la sala donde estaba la niña difunta, las piadosas mujeres que le hacían compañía oyeron espantosa algazara, que al través del pavimento del piso superior llegaba hasta ellas, conturbándolas en su pena y devoto recogimiento. Allá arriba, muchos niños chicos, congregados con mayor número de niños grandes y felices papás y alborozados tíos y tías, celebraban la Pascua, locos de alegría ante el más admirable nacimiento que era dado imaginar, y atentos al fruto de juguetes y dulces que en sus ramas llevaba un frondoso árbol con mil vistosas candilejas alumbrado [30].

Hubo momentos en que con el grande estrépito de arriba parecía que retemblaba el techo de la sala, y que la pobre muerta se estremecía en su caja azul, y que las luces todas oscilaban, cual si, a su manera, quisieran dar a entender también que estaban algo peneques [31]. De las tres mujeres que velaban se retiraron dos; quedó una sola, y esta, sintiendo en su cabeza grandísimo peso, a causa sin duda del cansancio producido por tantas vigilias [32], tocó el pecho con la barba y se durmió.

---

29 *bullangas:* bullicios, tumultos.

30 *candilejas:* luces. El término deriva de *candil,* lamparilla de aceite.

31 *peneques:* coloquialmente, «embriagadas, borrachas».

32 *vigilia:* acción de estar despierto o en vela.

Las luces siguieron oscilando y moviéndose mucho, a pesar de que no entraba aire en la habitación. Creeríase que invisibles alas se agitaban en el espacio ocupado por el altar. Los encajes del vestido de Celinina se movieron también, y las hojas de sus flores de trapo anunciaban el paso de una brisa juguetona o de manos muy suaves. Entonces Celinina abrió los ojos.

Sus ojos negros llenaron la sala con una mirada viva y afanosa que echaron en derredor y de arriba abajo. Inmediatamente después, separó las manos sin que opusiera resistencia la cinta que las ataba, y cerrando ambos puños se frotó con ellos los ojos, como es costumbre en los niños al despertarse. Luego se incorporó con rápido movimiento, sin esfuerzo alguno, y mirando al techo, se echó a reír; pero su risa, sensible a la vista, no podía oírse. El único rumor que fácilmente se percibió era una bullanga de alas vivamente agitadas, cual si todas las palomas del mundo estuvieran entrando y saliendo en la sala mortuoria y rozaran con sus plumas el techo y las paredes.

Celinina se puso en pie, extendió los brazos hacia arriba, y al punto le nacieron unas alitas cortas y blancas. Batiendo con ellas el aire, levantó el vuelo y desapareció.

Todo continuaba lo mismo: las luces, ardiendo, derramando en copiosos chorros la blanca cera sobre las arandelas [33]; las imágenes, en el propio sitio, sin mover brazo ni pierna ni desplegar sus austeros labios; la mujer, sumida plácidamente en un sueño que debía saberle a gloria; todo seguía lo mismo, menos la caja azul, que se había quedado vacía.

---

[33] *arandelas:* piezas a modo de platillos o tacillas, de vidrio o metal, que tienen un agujero en medio y se ponen en la parte superior del candelero, abrazando las velas, para recoger lo que se derrame y caiga de ellas o de los pabilos.

VII

¡Hermosa fiesta la de esta noche en casa de los señores de *** [34]!

Los tambores atruenan la sala. No hay quien haga comprender a esos endiablados chicos que se divertirán más renunciando a la infernal bulla de aquel instrumento de guerra. Para que ningún humano oído quede en estado de funcionar al día siguiente, añaden al tambor esa invención del Averno llamada zambomba [35], cuyo ruido semeja a gruñidos de Satanás. Completa la sinfonía el pandero, cuyo atroz chirrido de calderetería vieja alborota los nervios más tranquilos. Y sin embargo, esta discorde algazara sin melodía y sin ritmo, más primitiva que la música de los salvajes, es alegre en aquesta singular noche, y tiene cierto sonsonete lejano de coro celestial.

El Nacimiento no es una obra de arte a los ojos de los adultos; pero los chicos encuentran tanta belleza en las figuras, expresión tan mística en el semblante de todas ellas y propiedad tanta en sus trajes, que no creen haya salido de manos de los hombres obra más perfecta, y la atribuyen a la industria peculiar de ciertos ángeles dedicados a ganarse la vida trabajando en barro. El portal de corcho, imitando un arco romano en ruinas, es monísimo, y el riachuelo, representado por un espejillo con manchas verdes que remedan acuáticas hierbas y el musgo de las márgenes, parece que corre por la mesa adelante con plácido murmurio [36]. El puente por do pasan los pastores es tal [37], que nunca se ha visto el cartón tan semejante a la piedra, al contrario de lo

---

[34] El narrador calla así el nombre de las personas aludidas. Véase la nota 41 a *Una industria que vive de la muerte.*

[35] *Averno:* infierno. Es el nombre de un lago de la Campania italiana, donde Virgilio situó la entrada a los infiernos.

[36] *murmurio:* murmullo.

[37] *do:* donde (arcaísmo).

que pasa en muchas obras de nuestros ingenieros modernos, los cuales hacen puentes de piedra que parecen de cartón. El monte que ocupa el centro se confundiría con un pedazo de los Pirineos, y sus lindas casitas, más pequeñas que las figuras, y sus árboles figurados con ramitas de evónimus [38], dejan atrás a la misma Naturaleza.

En el llano es donde está lo más bello y las figuras más características: las lavanderas que lavan en el arroyo; los paveros y polleros conduciendo sus manadas; un guardia civil que lleva dos granujas presos; caballeros que pasean en lujosas carretelas junto al camello de un Rey Mago, y Perico el ciego tocando la guitarra en un corrillo donde curiosean los pastores que han vuelto del Portal. Por medio a medio pasa un tranvía lo mismito que el del barrio de Salamanca [39], y como tiene dos raíles y sus ruedas, a cada instante le hacen correr de Oriente a Occidente, con gran asombro del Rey Negro, que no sabe qué endiablada máquina es aquella.

Delante del Portal hay una lindísima plazoleta, cuyo centro lo ocupa una redoma de peces, y no lejos de allí vende un chico *La Correspondencia* [40], y bailan gentilmente dos majos. La vieja que vende buñuelos y la castañera de la esquina son las piezas más graciosas de este maravilloso pueblo de barro, y ellas solas atraen con preferencia las miradas

---

[38] *evónimus:* evónimo, planta leñosa, usada frecuentemente en la formación de setos.

[39] Es el que aparece aludido en *La novela del tranvía.* Véase la nota 1 a este relato.

[40] *redoma:* vasija de vidrio ancha en el fondo y estrecha en la boca. *La Correspondencia:* se trata del diario fundado en 1848 por Manuel María de Santa Ana como *Carta Autógrafa*, título al que sucedieron los de *Correspondencia Autógrafa Comercial, Correspondencia Autógrafa de España,* y que desde octubre de 1859 pasó a llamarse definitivamente *La Correspondencia de España,* popularmente *La Corres.* Tuvo un éxito extraordinario, y durante casi toda la segunda mitad del XIX fue el periódico más leído de España. No era del agrado de Galdós, quien en sus crónicas de prensa le acusó repetidamente de sensacionalismo.

de la infantil muchedumbre. Sobre todo, aquel chicuelo andrajoso que en una mano tiene un billete de lotería y con la otra le roba bonitamente las castañas del cesto a la tía Lambrijas, hace desternillar de risa a todos.

En suma: el nacimiento *número uno* de Madrid es el de aquella casa, una de las más principales, y ha reunido en sus salones a los niños más lindos y más juiciosos de veinte calles a la redonda.

VIII

Pues ¿y el árbol? Está formado de ramas de encina y cedro. El solícito amigo de la casa que lo ha compuesto con gran trabajo declara que jamás salió de sus manos obra tan acabada y perfecta. No se pueden contar los regalos pendientes de sus hojas. Son, según la suposición de un chiquitín allí presente, en mayor número que las arenas del mar. Dulces envueltos en cáscaras de papel rizado; mandarinas, que son los niños de pecho de las naranjas; castañas arropadas en mantillas de papel de plata; cajitas que contienen glóbulos de confitería homeopática [41]; figurillas diversas a pie y a caballo; cuanto Dios crió para que lo perfeccionase luego la Mahonesa o lo vendiese Scropp, ha sido puesto allí por una mano tan generosa como hábil [42]. Alumbraban

---

[41] Quiere decir que los dulces *(confitería)* que contienen son de forma esférica *(glóbulos)* y de tamaño diminuto *(homeopática)*.

[42] *La Mahonesa* era una confitería de las más selectas de Madrid (en realidad dos, pues la casa de la calle de Peligros tenía una sucursal en la Carrera de San Jerónimo). Su dueño, Perico, el Mahonés, aparece citado en *La Fontana de Oro* (1870) y *El audaz* (1871). En cuanto a *Scropp* (o más correctamente *Schropp*) era el apellido del propietario de un famoso bazar de la calle de la Montera, junto a la Puerta del Sol. En la *Nueva guía especial de Madrid* (1876) se anuncia: «Almacén de los Alemanes de C. P. Schropp, Montera, 4, gran surtido en juegos, juguetes, bordados, lanas, cañamazos y transparentes para balcones». Lo frecuente de las referencias

aquel árbol de la vida candilejas en tal abundancia, que, según la relación de un convidado de cuatro años, hay allí más lucecitas que estrellas en el cielo.

El gozo de la caterva infantil no puede compararse a ningún sentimiento humano: es el gozo inefable de los coros celestiales en presencia del Sumo Bien y de la Belleza Suma. La superabundancia de satisfacción casi les hace juiciosos, y están como perplejos, en seráfico arrobamiento [43], con toda el alma en los ojos, saboreando de antemano lo que han de comer, y nadando, como los ángeles bienaventurados, en éter puro de cosas dulces y deliciosas, en olor de flores y de canela, en la esencia increada del juego y de la golosina.

IX

Mas de repente sintieron un rumor que no provenía de ellos. Todos miraron al techo, y como no veían nada, se contemplaban los unos a los otros, riendo. Oíase gran murmullo de alas rozando contra la pared y chocando en el techo. Si estuvieran ciegos, habrían creído que todas las palomas de todos los palomares del universo se habían metido en la sala. Pero no veían nada, absolutamente nada.

Notaron, sí, de súbito, una cosa inexplicable y fenomenal. Todas las figurillas del Nacimiento se movieron, todas variaron de sitio sin ruido. El coche del tranvía subió a lo

---

de Galdós a esta tienda, tanto en varias de sus novelas como en algunos Episodios Nacionales (y que lamentamos no podemos aquí detallar; véase solo la anterior nota 22), son prueba indudable de la atracción que el establecimiento debió de ejercer en don Benito.

[43] Es decir, con el embeleso *(arrobamiento)* propio de los serafines *(seráfico)*, o ángeles pertenecientes al primero de los nueve *coros celestiales*, quienes experimentan un *gozo inefable*, esto es, inenarrable, que no puede ser explicado.

alto de los montes, y los Reyes se metieron de patas en el arroyo. Los pavos se colaron sin permiso dentro del Portal, y San José salió todo turbado, cual si quisiera saber el origen de tan rara confusión. Después, muchas figuras quedaron tendidas en el suelo. Si al principio las traslaciones se hicieron sin desorden, después se armó una barahúnda tal, que parecían andar por allí cien mil manos afanosas de revolverlo todo. Era un cataclismo universal en miniatura. El monte se venía abajo, faltándole sus cimientos seculares [44]; el riachuelo variaba de curso, y echando fuera del cauce sus espejillos, inundaba espantosamente la llanura; las casas hundían el tejado en la arena; el Portal se estremecía cual si fuera combatido de horribles vientos, y como se apagaron muchas luces, resultó nublado el sol y obscurecidas las luminarias del día y de la noche.

Entre el estupor que tal fenómeno producía, algunos pequeñuelos reían locamente y otros lloraban. Una vieja supersticiosa les dijo:

—¿No sabéis quién hace este trastorno? Hácenlo los niños muertos que están en el cielo, y a los cuales permite Padre Dios, esta noche, que vengan a jugar con los nacimientos.

Todo aquello tuvo fin, y se sintió otra vez el batir de alas alejándose.

Acudieron muchos de los presentes a examinar los estragos, y un señor dijo:

—Es que se ha hundido la mesa y todas las figuras se han revuelto.

Empezaron a recoger las figuras y a ponerlas en orden. Después del minucioso recuento y de reconocer una por una todas las piezas, se echó de menos algo. Buscaron y rebuscaron, pero sin resultado. Faltaban dos figuras: la Mula y el Buey.

---

[44] *seculares:* de siglos, de siempre.

X

Ya cercano el día, iban los alborotadores camino del cielo, más contentos que unas pascuas, dando brincos por esas nubes, y eran millones de millones, todos preciosos, puros, divinos, con alas blancas y cortas que batían más rápidamente que los más veloces pájaros de la tierra. La bandada que formaban era más grande que cuanto pueden abarcar los ojos en el espacio visible, y cubría la luna y las estrellas, como cuando el firmamento se llena de nubes.

—Aprisa, aprisa, caballeritos, que va a ser de día —dijo uno—, y el Abuelo nos va a reñir si llegamos tarde [45]. No valen nada los nacimientos de este año... ¡Cuando uno recuerda aquellos tiempos...!

Celinina iba con ellos, y como por primera vez andaba en aquellas altitudes, se atolondraba un poco.

—Ven acá —le dijo uno—, dame la mano y volarás más derecha... Pero ¿qué llevas ahí?

—Esto —repuso Celinina, oprimiendo contra su pecho dos groseros animales de barro—. Son pa mí, pa mí.

—Mira, chiquilla, tira esos muñecos. Bien se conoce que sales ahora de la tierra. Has de saber que, aunque en el Cielo tenemos juegos eternos y siempre deliciosos, el Abuelo nos manda al mundo esta noche para que enredemos un poco en los nacimientos. Allá arriba se divierten también esta noche, y yo creo que nos mandan abajo porque les mareamos con el gran ruido que metemos... Pero si Padre Dios nos deja bajar y andar por las casas, es a condición de que no hemos de coger nada, y tú has afanado eso [46].

Celinina no se hacía cargo de estas poderosas razones, y apretando más contra su pecho los dos animales, repitió:

---

[45] Entiéndase que con *el Abuelo* alude familiar y cariñosamente a Dios.

[46] Los niños del cuento hablan vulgarmente, como vemos a través del anterior *pa mí* de Celinina o de este empleo de *afanar* («hurtar, robar»).

—Pa mí, pa mí.

—Mira, tonta —añadió el otro—, que si no haces caso nos vas a dar un disgusto. Baja en un vuelo y deja eso, que es de la tierra y en la tierra debe quedar. En un momento vas y vuelves, tonta. Yo te espero en esta nube.

Al fin Celinina cedió, y bajando, entregó a la tierra su hurto.

XI

Por eso observaron que el precioso cadáver de Celinina, aquello que fue su persona visible, tenía en las manos, en vez del ramo de flores, dos animalillos de barro. Ni las mujeres que la velaron, ni el padre, ni la madre, supieron explicarse esto; pero la linda niña, tan llorada de todos, entró en la tierra apretando en sus frías manecitas la Mula y el Buey.

1876

LA PRINCESA Y EL GRANUJA

I

PACORRITO MIGAJAS era un gran personaje. Alzaba del suelo poco más de tres cuartas, y su edad apenas pasaba dc los siete años. Tenía la piel curtida del sol y del aire, y una carilla avejentada que más bien le hacía parecer enano que niño [1]. Sus ojos eran negros y vividores, con grandes pestañas como alambres y resplandor de pillería. Pero su boca daba miedo de puro fea, y sus orejas, al modo de aventadores [2], antes parecían pegadas que nacidas. Vestía gallardamente una camisa de todos colores, por lo sucia, y pantalón hecho de remiendos, sostenido con un solo tirante. En invierno abrigábase con una chaqueta que fue de su señor abuelo, la cual, después de cortadas las mangas por el codo, a Pacorrito le venía que ni pintada para gabán. En el cuello le daba varias vueltas, a manera de serpiente, un guiñapo con aspiraciones de bufanda, y cubría la mollera con una gorrita que afanó en el Rastro. No usaba zapatos, por serle esta prenda de grandísimo estorbo, ni tampoco medias, porque le molestaba el punto.

---

[1] *avejentada:* aviejada, envejecida.

[2] *aventadores:* soplillos, abanicos.

La familia de Pacorrito Migajas no podía ser más ilustre. Su padre, acusado de intentar un escalo por la alcantarilla, fue a tomar aires de Ceuta, donde murió [3]. Su madre, una señora muy apersonada que por muchos años tuvo puesto de castañas en la Cava de San Miguel [4], fue también metida en líos de justicia, y después de muchos embrollos y dimes y diretes con jueces y escribanos, me la empaquetaron para el penal de Alçalá [5]. Aún quedaba a Pacorrito su hermana; pero esta, abandonando su plaza en la Fábrica de Tabacos [6], corrió a Sevilla en amoroso seguimiento de un cabo de artillería, y esta es la hora en que no ha vuelto. Estaba, pues, Migajas solo en el mundo, sin más familia que él mismo, sin más amparo que el de Dios, ni otro guía que su propia voluntad [7].

---

[3] El *escalo* es el trabajo de zapa o boquete practicado para salir de un lugar cerrado o penetrar en él. En este caso debemos suponer lo segundo, para entrar a robar, como se deduce del hecho de que fuese acusado por ello. La alusión a *Ceuta* implica la condena, pues se trataba de un presidio al que desde el siglo XVIII se enviaba a algunos penados.

[4] *muy apersonada:* de buena presencia. *La Cava de San Miguel,* junto a la Plaza Mayor, se comunicaba a través de una mina con la Cava Baja, y tenía otra salida en dirección a la Puerta de Guadalajara. Era una calle comercial, con establecimientos de ropa blanca, tejidos de seda, guantes y corbatas, confitería... , y muy galdosiana: recordemos simplemente que en su número 11, una tienda de aves y huevos, Juanito Santa Cruz conocerá a Fortunata (*Fortunata y Jacinta,* 1.ª, III, 4).

[5] Se refiere a Alcalá de Henares, donde, en efecto, había entonces dos establecimientos penales, uno de hombres y otro de mujeres.

[6] *La Fábrica de Tabacos,* situada en la calle de Embajadores, 59, había sido construida en 1790, primero como fábrica de «aguardientes, barajas, papel sellado y efectos plomizos», pero a partir de 1809, bajo gobierno francés, comenzó a elaborar cigarrillos y rapé. En 1854, según Mesonero Romanos *(Nuevo manual de Madrid),* contaba nada menos que con 3.000 operarias.

[7] Sin duda notará el lector la ironía que se vierte sobre el personaje, de la que solo apuntaremos que procede de fuentes clásicas: la de Quevedo en el vestido, y la de la novela picaresca (el *Lazarillo* y el *Buscón* sobre todo) en la parentela del héroe. Otros ecos de la picaresca se prolongan en el capítulo II.

II

Pero ¿creerá el pío lector que Pacorrito se acobardó al verse solo? [8] Ni por pienso. Había tenido ocasión, en su breve existencia, de conocer los vaivenes del mundo, y algo de lo falso y mentiroso que encierra esta vida miserable. Llenándose de energía, afrontó la situación como un héroe. Afortunadamente, tenía buenas relaciones con diversa gente de su estofa y aun con hombres barbudos que parecían dispuestos a protegerle [9], y bulle que bulle, aquí me meto y allí me saco, consiguió dominar su triste estado.

Vendía fósforos, periódicos y algún billete de lotería, tres ramos mercantiles que explotados con inteligencia podían asegurarle honradas ganancias; así es que a Pacorrito nunca le faltaban cuatro cuartos en el bolsillo para sacar de un apuro a un compañero o para obsequiar a las amigas [10].

No le inquietaban gran cosa ni las molestias del domicilio ni las exigencias del casero. Sus palacios eran el Prado en verano, y en invierno, los portales de la casa Panadería [11]. Varón sobrio y enemigo de pompas mundanas, se contentaba con un rincón cualquiera donde pasar la noche. Comía, como los pájaros, lo que encontraba, sin que jamás se apurase por esto, a causa de la conformidad religiosa que existía en su alma y de su instintiva fe en los misteriosos auxilios

---

[8] *pío:* benigno, compasivo.

[9] *estofa:* tejido, y figuradamente, calidad, clase.

[10] El *cuarto* era una moneda de cobre que equivalía a cuatro maravedís de vellón.

[11] Quiere decir que no tenía casa donde vivir. Sobre el *Prado,* véase la nota 25 al relato *Dos de mayo de 1808... La Casa Panadería* era la segunda Casa Consistorial y, desde el punto de vista arquitectónico, el edificio más interesante de la plaza Mayor, a partir del cual se encargó a Juan Gómez de Mora, en 1617, el proyecto de construcción del recinto. Fue edificada en 1590 con destino a panadería en su parte baja, habiéndose reservado las salas y balcones del piso principal para que los Reyes presenciasen desde ellos los actos públicos que se hacían en la plaza.

de la Providencia, que a ningún ser grande ni chico desampara.

Los que esto lean creerán que Migajas era feliz. Parece natural que lo fuese. Si carecía de familia, gozaba de preciosísima libertad, y como sus necesidades eran escasas, vivía holgadamente de su trabajo, sin deber nada a nadie, sin que le quitaran el sueño cuidados ni ambiciones; pobre, pero tranquilo; desnudo el cuerpo, pero lleno de paz sabrosa el espíritu. Pues a pesar de esto, el señor de Migajas no era feliz. ¿Por qué? Porque estaba enamorado hasta las cachas, como suele decirse.

Sí, señores; aquel Pacorrito tan pequeño y tan feo y tan pobre y tan solo, amaba. ¡Ley inexorable de la vida, que no permite a ningún ser, cualquiera que sea, redimirse del despótico yugo de amor!

Amaba nuestro héroe con soñador idealismo, libre de todo pensamiento impuro, a veces con ardoroso fuego que en sus venas ponía un hervor de todos los demonios. Su corazón volcánico tenía sensaciones de todas clases para el objeto amado, ora dulces y platónicas como las de Petrarca, ora arrebatadas como las de Romeo [12].

¿Y quién había inspirado a Pacorrito pasión tan terrible? Pues una dama que arrastraba vestidos de seda y terciopelo con vistosas pieles, una dama de cabellos rubios, que en bucles descendían sobre su alabastrino cuello [13]. La tal solía gastar quevedos de oro [14], y a veces estaba sentada al piano tres días seguidos.

---

[12] Francesco *Petrarca* (1304-1374), poeta y humanista italiano, marcó con su *Cancionero* toda la lírica amorosa europea hasta el siglo XVII. *Romeo* es el amante de la tragedia de Shakespeare *Romeo y Julieta* (1594-1595).

[13] *alabastrino:* blanquísimo. El alabastro es una variedad de piedra de este color que se emplea en escultura y arquitectura.

[14] Los *quevedos,* que reciben su nombre del célebre escritor, eran lentes de forma circular con armadura a propósito para que se sujetasen en la nariz.

III

Sabed cómo la conoció Pacorro y quién era aquella celestial hermosura.

Extendía el chico la esfera de sus operaciones mercantiles por la mitad de una de las calles que afluyen a la Puerta del Sol, calle muy concurrida y con hermosas tiendas, que de día ostentan en sus escaparates mil prodigios de la industria y por las noches se iluminan con la resplandeciente claridad del gas. Entre estas tiendas, la más bonita es una que pertenece a un alemán, siempre llena de bagatelas preciosísimas destinadas a grandes y pequeños. Es el bazar de la infancia infantil y de la adulta. Por Carnaval se llena de caretas burlescas; en Semana Santa, de figuras piadosas; hacia Navidad, de nacimientos y árboles cargados de juguetes, y por Año Nuevo, de magníficos objetos para regalos [15].

La pasión frenética de Pacorrito empezó cuando el alemán puso en su vitrina una encantadora colección de damas vestidas con los ricos trajes que imagina la fantasía parisiense. Casi todas tenían más de media vara de estatura [16]. Sus rostros eran de fina y purificada cera, y ningún carmín de frescas rosas se igualaba al rubor de sus castas mejillas [17]. Sus azules ojos de vidrio brillaban inmóviles con más fulgor que la pupila humana. Sus cabellos, de suavísima lana rizada, podían compararse, con más razón que los de muchas damas, a los rayos del sol; y las fresas de abril, las ce-

---

[15] Alude aquí al famoso bazar de Schropp, en el número 4 de la calle de la Montera (véase la nota 42 a *La mula y el buey*). *Bagatelas* son cosas de poca importancia. Por otro lado, importa señalar que la atracción que los establecimientos comerciales ejercieron en Galdós tenía en los escaparates uno de sus principales focos. Así lo muestra el curiosísimo dato que nos han transmitido sus biógrafos: hacia 1910, y a las puertas de la ceguera, una de las distracciones que más apreciaba don Benito era la de ir con algunos amigos a ver escaparates.

[16] Recordemos que la *vara* equivalía a 835,9 milímetros.

[17] Tanto *carmín* como *rubor* remiten al color rojo muy encendido.

rezas de mayo y el coral de los hondos mares, parecían cosa fea en comparación de sus labios rojos.

Eran tan juiciosas, que jamás se movían del sitio en que las colocaban. Solo crujía el gozne de madera de sus rodillas, hombros y codos, cuando el alemán las sentaba al piano o las hacía tomar los lentes para mirar a la calle. De resto, no daban nada que hacer y jamás se les oyó decir esta boca es mía.

Entre ellas había, ¡ay qué hembra!, la más hermosa, la más alta, la más simpática, la más esbelta, la mejor vestida, la más señora. Debía de ser mujer de elevada categoría, a juzgar por su ademán grave y pomposo y cierto airecillo de protección que a maravilla le sentaba.

—¡Gran mujer! —dijo Pacorrito la primera vez que la vio; y más de una hora estuvo plantado ante el escaparate, contemplando tan seductora belleza.

IV

Nuestro personaje se hallaba en ese estado particular de exaltación y desvarío en que aparecen los héroes de las novelas amatorias. *Su cerebro hervía; en su corazón se enroscaban culebras mordedoras; su pensamiento era un volcán; deseaba la muerte; aborrecía la vida; hablaba sin cesar consigo mismo; miraba a la luna; se remontaba al quinto cielo,* etc. [18].

¡Cuántas veces le sorprendió la noche en melancólico éxtasis delante del cristal, olvidado de todo, hasta de su propio comercio y modo de vivir! Mas no era por cierto muy desairada la situación del buen Migajas, quiero decir que era hasta cierto punto correspondido en su loca pasión. ¿Quién

[18] Son expresiones tópicas de esta clase de novelas, que Galdós había satirizado, como hemos visto, en *Un tribunal literario.*

puede medir la intensidad amorosa de un corazón de estopa o serrín? [19]. El mundo está lleno de misterios. La ciencia es vana y jamás llegará a lo íntimo de las cosas. ¡Oh Dios! ¿Será posible algún día demarcar fijamente la esfera de lo inanimado? Lo inanimado, ¿dónde empieza? Atrás los pedantes que, deteniéndose delante de una piedra o de un corcho, le dicen: «Tú no tienes alma». Solo Dios sabe cuáles son las verdaderas dimensiones de ese Limbo invisible donde yace todo lo que no ama [20].

Bien seguro estaba Pacorrito de haber hecho tilín a la dama [21]. Esta le miraba, y sin moverse ni pestañear ni abrir la boca, decíale mil cosas deleitables, ya dulces como la esperanza, ya tristes como el presentimiento de sucesos infaustos [22]. Con esto se encendía más y más en el corazón del amigo Migajas la llama que le devoraba, y su atrevida mente concebía dramáticos planes de seducción, rapto y aun de matrimonio [23].

Una noche, el amartelado galán acudió puntual a la cita [24]. La señora estaba sentada al piano, las manos suspendidas sobre las teclas y el divino rostro vuelto hacia la calle. El granuja y ella se miraron. ¡Ay! ¡Cuánto idealismo, cuánta pasión en aquella mirada! Los suspiros sucedieron a los sus-

---

[19] Es decir, del relleno de los muñecos. La *estopa* es la borra o masa basta que queda como residuo al rastrillar el lino o el cáñamo.

[20] El *Limbo,* según la doctrina cristiana, es el lugar donde van las almas de los que mueren sin el bautismo antes del uso de la razón. Se aplica por extensión, como aquí, a un sitio apartado o aislado del resto.

[21] Como habrá observado el lector, Galdós mezcla con gracia —y lo seguirá haciendo en todo el relato— la lengua literaria con la coloquial. A términos y expresiones anteriores como *le venía que ni pintada, mollera, afanó, metida en líos, me la empaquetaron, ni por pienso...,* puede sumarse este *haber hecho tilín:* haber gustado.

[22] *infaustos:* infelices, desgraciados.

[23] *rapto:* acción de raptar, esto es, llevarse un hombre a una mujer violentamente o con engaño.

[24] *amartelado:* rendido, acaramelado, muy enamorado.

piros, y las ternezas a las ternezas, hasta que un suceso imprevisto cortó el hilo de tan dulce comunicación, truncando de un golpe la felicidad de los amantes. Fue como esas súbitas catástrofes que hieren mortalmente los corazones, originando suicidios, tragedias y otros lamentables casos.

Una mano penetró en el escaparate por la parte de la tienda y, cogiendo a la señora por la cintura, se la llevó dentro. Al asombro de Migajas sucedió una pena tan viva, que deseó morirse en aquel mismo instante. ¡Ver desaparecer al objeto amado, cual si se lo tragara la insaciable tumba, y no poder detener aquella existencia que se escapa, y no poder seguirla aunque fuera al mismo infierno! ¡Desgracia superior a las fuerzas de un mortal! Migajas estuvo a punto de caer al suelo; pensó en el suicidio; invocó a Dios y al diablo...

—¡La han vendido! —murmuró sordamente.

Y se arrancó los cabellos, y se arañó el rostro; y en las pataletas de su desesperación se le cayeron al suelo los fósforos, los periódicos y los billetes de lotería. ¡Intereses del mundo, no valéis lo que un suspiro!

V

Repuesto al cabo de su violenta emoción, el rapaz miró hacia el interior de la tienda y vio a unas niñas y a dos o tres personas mayores hablando con el alemán. Una de las chicas sostenía en sus brazos a la dama de los pensamientos de Migajas. Hubiérase lanzado este con ímpetu salvaje dentro del local; pero se detuvo, temeroso de que viendo su facha estrambótica le adjudicaran una paliza o le entregasen a una pareja [25].

---

[25] Se sobrentiende que se trata de *una pareja* de guardias.

Fijo en la puerta, consideraba los horrores de la trata de blancos, de aquella nefanda institución tirolesa, en la cual unos cuantos duros deciden la suerte de honradas criaturas, entregándolas a la destructora ferocidad de niños mal criados [26]. ¡Ay! ¡Cuán miserable le parecía a Pacorrito la naturaleza humana!

Los que habían comprado a la señora salieron de la tienda y entraron en un coche de lujo. ¡Cómo reían los tunantes! Hasta el más pequeño, que era el más mimoso, se permitía tirar de los brazos a la desgraciada muñeca, a pesar de tener él para su exclusivo goce variedad de juguetillos propios de su edad. Las personas mayores también parecían muy satisfechas de la adquisición.

Mientras el lacayo recibía órdenes, Pacorrito, que era hombre de resoluciones heroicas y audaces, concibió la idea de colgarse a la zaga del coche. Así lo hizo, con la agilidad cuadrumana que emplean los granujas cuando quieren pasear en carruaje de un cabo a otro de la villa [27].

Alargando el hocico hacia la derecha, veía asomar por la portezuela uno de los brazos de la dama sacrificada al vil metal [28]. Aquel brazo rígido y aquel puño de rosa hablaban enérgico lenguaje a la imaginación de Migajas, que en medio del estrépito de las ruedas oía estas palabras:

—¡Sálvame, Pacorrito mío, sálvame!

---

26 *La trata de blancos* sería el comercio de muñecos, como se comprueba con la posterior referencia a la *nefanda* («indigna») *institución tirolesa* (véase la nota 19 a *La mula y el buey*). El sintagma parece creación galdosiana, y está montado sobre *trata de negros* («comercio de esclavos») y *trata de blancas* («comercio de mujeres con destino a la prostitución»).

27 El *lacayo* era el criado vestido de librea o uniforme cuya ocupación era acompañar a su amo. *Cuadrumana* es adjetivo que se aplica a los mamíferos en cuyas cuatro extremidades el dedo pulgar es oponible a los restantes. Por otra parte, se entenderá que el *coche* o *carruaje* es de caballos, y que con *la villa* se alude a Madrid.

28 *El vil metal* es el dinero, el responsable de lo que el narrador presenta desde la perspectiva de Migajas como un tráfico indigno.

VI

En el pórtico de la casa grande donde se detuvo el coche cesaron las ilusiones del granuja, porque un criado le dijo que si manchaba el piso con sus pies enlodados, le rompería el espinazo. Ante esta abrumadora razón, Migajas se retiró, lleno el corazón de un ardiente anhelo de venganza.

Su fogoso temperamento le impulsaba a seguir adelante, arrojándose en brazos de la fortuna y en las tinieblas de lo imprevisto [29]. Su alma se adaptaba a las ruidosas y dramáticas aventuras. ¿Qué hizo el muy pillo? Pues concertarse con los que iban a recoger la basura a la casa donde estaba en esclavitud su adorada, y por tal medio, que podrá no ser poético, pero que revela agudeza de ingenio y un corazón como la copa de un pino, Migajas se introdujo en el palacio.

¡Cómo le palpitaba el corazón cuando subía y penetraba en la cocina! La idea de estar cerca de *ella* le confundía de tal suerte, que más de una vez se le cayó la espuerta de la mano, derramándose en la escalera. Pero de ningún modo podía saciar la ardiente sed de sus ojos, que anhelaban ver a la hermosa dama. Sintió lejanos chillidos de niños juguetones, pero nada más. La gran señora por ninguna parte aparecía.

Los criados de la casa, viéndole tan pequeño y tan feo, le hacían mil burlas; mas uno de ellos, que era algo compasivo, le daba golosinas. Una mañana muy fría, el cocinero, ya fuese por lástima, ya por maldad, le dio a beber de un vino áspero y picón como demonios [30]. El granuja sintió dulcísimo calor en todo el cuerpo y un vapor ardiente que a la cabeza le subía. Sus piernas flaqueaban, sus brazos desmayados caían con abandono voluptuoso [31]. Del pecho le brotaba una risa juguetona, que iba afluyendo de su boca

---

[29] *arrojándose... imprevisto:* las dos expresiones son sinónimas, pues debe entenderse *fortuna* en el sentido de «azar».

[30] *picón:* picante.

[31] *voluptuoso:* sensual, deleitoso, placentero.

cual arroyo sin fin, y Pacorrito reía y se agarraba con ambas manos a la pared para no caer.

Un puntapié vigoroso, aplicado en semejante parte, modificó un tanto la risa, y puesta la mano en la parte dolorida, Pacorrito salió de la cocina. Su cabeza seguía trastornada. Él no sabía adónde le conducían sus pasos. Corrió tambaleándose y riendo de nuevo; pisó fríos ladrillos, y después suave entarimado, y luego tibias alfombras.

De repente sus ojos se detuvieron en un objeto que en el suelo yacía. ¡Cielos!... Migajas exhaló un rugido de dolor y cayó de rodillas.

Allí, tendida como un cadáver, los vestidos rasgados y en desorden, partida la frente alabastrina, roto uno de los brazos, desgreñado el pelo, estaba la señora de sus pensamientos. ¡Lastimoso cuadro que partía el corazón!

Nuestro héroe, durante un rato, no pudo articular palabra. La voz se ahogaba en su garganta. Estrechó contra su corazón aquel frío cuerpo inanimado, cubriéndolo de besos ardientes. La señora tenía abiertos los ojos y miraba con melancólica dulzura a su fiel adorador. A pesar de sus horribles heridas y del lastimoso estado de su cuerpo, la noble dama vivía. Pacorrito lo conoció en la luz singular de sus quietos ojos azules, que despedían llamaradas de amor y gratitud.

—Señora, ¿quién os trajo a tan triste estado? —exclamó en tono patético, angustioso.

Pero pronto al dolor agudísimo sucedió la ira, y Pacorrito pensó tomar venganza de aquel descomunal agravio.

Como en el mismo instante sintiera pasos, cargó en sus brazos a la gentil dama, echando a correr con ella fuera de la casa. Bajó la escalera, atravesó el patio, salió a la calle con tanta velocidad, que no se podía decir que corría, sino que volaba. Su carrera era como la del pájaro que, al robar su grano, oye el tiro del cazador y, sintiéndose ileso [32], quiere

[32] *ileso:* sin lesión, sin daño.

poner entre su persona y la escopeta toda la distancia posible.

Corrió por una, dos, tres, diez calles, hasta que, creyéndose bastante lejos, descansó, poniendo sobre sus rodillas el precioso objeto de su insensato amor.

VII

Vino la noche, y Pacorrito vio con placer las dulces sombras que envolvían el atrevido rapto, protegiendo sus honestos amores. Examinando atentamente las heridas del descalabrado cuerpo de su adorada, observó que no eran de gravedad, aunque por los agujeros del cráneo se le verían los sesos si los tuviera, y toda la estopa del corazón se salía a borbotones por diferentes heridas. El traje estaba hecho jirones, y parte de la cabellera se había quedado en el camino durante la veloz corrida [33]. Inundósele el alma de pena al considerar que carecía de fondos para hacer frente a situación tan apurada. Con el abandono de su comercio se le habían vaciado los bolsillos, y una mujer amada, mayormente si no está bien de salud, es fuente inagotable de gastos. Migajas se tentó aquella parte de su andrajosa ropa donde solía tener la calderilla, y no halló ni tampoco un triste chavo [34].

«Ahora», pensó, «ahora necesitaré casa, cama, la mar de médicos y cirujanos, modista, mucha comida, un buen fuego..., y nada tengo».

Pero como estaba tan fatigado, recostó la cabeza sobre el cuerpo de su ídolo y se durmió como un ángel [35].

---

[33] *corrida:* carrera.

[34] *chavo:* coloquialismo por *ochavo,* esto es, moneda de cobre de dos maravedís.

[35] *ídolo:* imagen que se adora como divinidad, y por extensión, persona o cosa que es objeto de gran admiración o veneración.

Entonces, ¡oh prodigio!, la señora se fue reanimando, y levantándose al fin, mostró a Pacorrito su risueño semblante, su noble frente sin ninguna herida, su cuerpo esbelto sin la más leve rotura, su vestido completo y limpio, su cabellera rizosa y perfumada, su sombrero coquetón que adornaban diminutas flores; en suma, se mostró perfecta y acabadamente hermosa, tal como la conoció el muchacho en la vitrina.

¡Ay! Migajas se quedó deslumbrado, atónito, suspenso, sin habla. Púsose de rodillas y adoró a la señora como a una divinidad. Entonces ella tomó la mano al granuja, y con voz entera [36], más dulce que el canto de los ruiseñores, le dijo:

—Pacorrito, sígueme, ven conmigo. Quiero demostrarte mi agradecimiento y el sublime amor que has sabido inspirarme. Has sido constante, leal, generoso y heroico, porque me has salvado del poder de aquellos vándalos que me martirizaban [37]. Mereces mi corazón y mi mano. Ven, sígueme y no seas bobo, ni te creas inferior a mí porque estás vestido de pingos [38].

Observó Migajas la deslumbradora apostura de la dama, el lujo con que vestía, y lleno de pena exclamó:

—Señora, ¿adónde he de ir yo con esta facha?

La hermosa dama no contestó, y tirando de la mano a Pacorrito, le llevó por misteriosa región de sombras.

VIII

El granuja vio al cabo una gran sala iluminada y llena de preciosidades, cuya forma no pudo precisar bien en el primer momento. Al poco rato comenzó a percibir con claridad

---

[36] *entera:* firme, segura.

[37] *vándalos:* salvajes, destructores.

[38] *pingos:* harapos, andrajos.

mil figurillas diversas, como las que poblaban la tienda donde había conocido a su adorada. Lo que más llamó su atención fue ver que salieron a recibirles, luciendo sus flamantes vestidos, todas las damas que acompañaban en el escaparate a la gran señora.

La cual contestó [39] con una grave y ceremoniosa cortesía a los saludos de todas ellas. Parecía ser de superior condición, algo como princesa, reina o emperatriz. Su gesto soberano y su gallardo continente, sin altanería, revelaban dominio sobre las demás [40]. Al instante presentó a Pacorrito. Este se quedó todo turbado y más rojo que una amapola cuando la princesa, tomándole de la mano, dijo:

—Presento a ustedes al Sr. D. Pacorro de las Migajas, que viene a honrarnos esta noche.

Al pobre chico se le cayeron las alas del corazón cuando observó el desmedido lujo que allí reinaba, comparándolo con su pobreza, sus pies desnudos, sus calzones sujetos con un tirante y su chaqueta cortada por los codos.

—Ya adivino lo que piensas —manifestó la princesa con disimulo—. Tu traje no es el más conveniente para una fiesta como la de esta noche. En rigor de verdad, no estás presentable.

—Señora, mi pícaro sastre —murmuró Pacorrito, creyendo que una mentirilla pondría a salvo su decoro [41]— no me ha acabado la condenada ropa.

—Aquí te vestiremos —indicó la noble dama.

Los lacayos de aquella extraña mansión eran monos pequeños y graciosísimos. De pajes hacían unos loros diminutos, de esos que llaman *pericos,* y varias pajaritas de papel. Estas no se apartaban un momento de la señora.

---

[39] De nuevo emplea Galdós este recurso cervantino de iniciar el parágrafo con un relativo que tiene su antecedente en el anterior. Véase la nota 49 a *Un tribunal literario.*

[40] *gallardo continente:* airosa presencia, gentil aspecto.

[41] *decoro:* decencia, dignidad.

La servidumbre se ocupó al punto de arreglar un poco la desgraciada figura del buen Migajas. Con unas fosforeras doradas y muy monas en forma de zapatos [42], le calzaron al momento. Por gorguera le pusieron medio farolillo de papel encarnado [43], y de una jardinera de mimbres hiciéronle una especie de sombrerete pastoril, con graciosas flores adornado. Al cuello le colgaron, a modo de condecoraciones, la chapa de un quepis elegantísimo [44], una fosforera redonda que parecía reloj, y el tapón de cristal de un frasquito de esencias. Las pajaritas tuvieron la buena ocurrencia de ponerle en la cintura, a guisa de espada o daga, una lujosa plegadera de marfil [45]. Con estas y otras invenciones para ocultar sus haraposos vestidos, el vendedor de periódicos quedó tan guapo que no parecía el mismo. Mucho se vanaglorió de su persona cuando le pusieron ante el espejo de un estuche de costura para que se mirase. Estaba el chico deslumbrador.

IX

Enseguida principió el baile. Varios canarios cantaban en sus jaulas valses y habaneras, y las cajas de música tocaban solas, así como los clarinetes y cornetines, que se movían a sí mismos sus llaves con gran destreza [46]. Los violines también se las componían de un modo extraño para pulsarse a sí propios sus cuerdas, y las trompetas se soplaban unas a

---

[42] *fosforeras:* estuches o cajitas para guardar fósforos.

[43] *gorguera:* adorno del cuello, hecho de lienzo plegado y alechugado.

[44] *quepis:* gorra cilíndrica o ligeramente cónica, con visera horizontal, que es parte del uniforme militar en algunos países.

[45] *guisa:* modo. La *daga* es una especie de espada corta, y la *plegadera,* un instrumento parecido a un cuchillo, que se emplea para plegar y cortar papel.

[46] Las *llaves* son aquí los elementos metálicos que, movidos por los dedos, abren o cierran el paso del aire en los instrumentos de viento.

otras. La música era un poco discordante; pero Migajas, en la exaltación de su espíritu, la hallaba encantadora.

No es necesario decir que la princesa bailó con nuestro héroe. Las otras damas tenían por pareja a militares de alta graduación o a soberanos que habían dejado sus caballos a la puerta. Entre aquellas figuras interesantísimas se veía a Bismarck, al emperador de Alemania, a Napoleón y a otros grandes hombres [47]. Migajas no cabía en su pellejo de puro orgulloso.

Pintar las emociones de su alma cuando se lanzaba a las vertiginosas curvas del vals con su amada en brazos fuera imposible. La dulce respiración de la princesa y sus cabellos de oro acariciaban blandamente la cara de Pacorrito, haciéndole cosquillas y causándole cierta embriaguez. La mirada amorosa de la gentil dama o un suave quejido de cansancio acababan de enloquecerle.

En lo mejor del baile, los monos anunciaron que la cena estaba servida, y al punto se desconcertó el cotarro. Ya nadie pensó más que en comer, y al bueno de Migajas se le alegraron los espíritus, porque, sin perjuicio de la espiritualidad de su amor, tenía un hambre de mil demonios.

X

El comedor era precioso, y la mesa, magnífica; las vajillas y toda la loza, de lo mejor que se ha fabricado para mu-

---

[47] Otto von *Bismarck*-Schönhausen (1815-1898), estadista alemán, fue ministro del rey de Prusia Guillermo I, canciller del Imperio y padre de la unificación alemana. El citado Guillermo I (1797-1888) era en esos momentos *emperador de Alemania* (lo fue desde 1871 hasta su muerte). *Napoleón* Bonaparte (1769-1821) es el emperador francés que extendió sus dominios por Europa, incluida España, hasta que fue vencido en Waterloo (1815).

ñecas, y multitud de ramilletes esparcían su fragancia y mostraban sus colores en pequeños búcaros, en hueveras, y algunos, en dedales [48].

Pacorrito ocupó el asiento a la derecha de la princesa. Empezaron a comer. Servían los pericos y las pajaritas tan bien y con tanta precisión como los soldados que maniobran en una parada a la orden de su general [49]. Los platos eran exquisitos, y todos crudos o fiambres. Si la comida no disgustó a Migajas al comenzar, pronto empezó a producirle cierto empacho, aun antes de haber tragado como un buitre. Componían el festín pedacitos de mazapán, pavos más chicos que pájaros y que se engullían de un solo bocado, filetes y besugos como almendras, un rico principio de cañamones y un pastel de alpiste *a la canaria,* albóndigas de miga de pan *a la perdigona,* fricasé de ojos de faisán en salsa de moras silvestres, ensalada de musgo, dulces riquísimos y frutas de todas clases, que los pericos habían cosechado en un tapiz donde estaban bordadas, siendo los melones como uvas y las uvas como lentejas [50].

Durante la comida, todos charlaban por los codos, excepto Pacorrito, que por ser muy corto de genio no despegaba sus labios. La presencia de aquellos personajes de uniforme y entorchados le tenía perplejo [51], y se asombraba mucho de ver tan charlatanes y retozones a los que en el escaparate estaban tiesos y mudos cual si fuesen de barro.

---

[48] *búcaros:* vasijas o floreros.

[49] *parada:* formación militar para revista o desfile.

[50] Observará el lector que destacan en el festín sobre todo dos aspectos, lo diminuto de las viandas y su asociación con el mundo de las aves, además del toque humorístico general, que incluye la parodia de la terminología culinaria galicista (*a la perdigona* parece puro invento de don Benito). Añadamos que un *principio* es una entrada o entremés, y un *fricasé,* un guisado (francés) cuya salsa se bate con huevos.

[51] *entorchados:* bordados en oro o plata que llevan en las mangas como distintivos los militares y algunos altos funcionarios.

Principalmente el llamado Bismarck no paraba. Decía mil chirigotas, daba manotadas sobre la mesa y arrojaba a la princesa bolitas de pan [52]. Movía sus brazos como atolondrado, cual si los goznes de estos tuviesen un hilo, y oculta mano tirase de él por debajo de la mesa.

—¡Cómo me estoy divirtiendo! —decía el canciller—. Querida princesa: cuando uno se pasa la vida adornando una chimenea, entre un reloj, una figura de bronce y un tiesto de begonia, estas fiestas le rejuvenecen y le dan alegría para todo el año.

—¡Ay!, dichosos mil veces —dijo la señora con melancólico acento— los que no tienen otro oficio que adornar chimeneas y entredoses [53]. Esos se aburren, pero no padecen como nosotras, que vivimos en continuo martirio, destinadas a servir de juguete a los hombres chicos. No podré pintar a usted, señor de Bismarck, lo que se sufre cuando uno nos tira del brazo derecho, otro del izquierdo; cuando este nos rompe la cabeza y aquel nos descuartiza, o nos pone de remojo, o nos abre en canal para ver lo que tenemos dentro del cuerpo.

—Ya lo supongo —contestó el canciller abriendo los brazos y cerrándolos repetidas veces.

—¡Oh, desgraciados, desgraciados! —exclamaron en coro los emperadores, Espartero y demás personajes [54].

---

[52] *chirigotas:* cuchufletas, dichos graciosos.

[53] *entredoses:* armarios bajos de madera fina que suelen colocarse ante el trozo de pared comprendido entre dos balcones en una sala.

[54] Conocemos ahora a un nuevo miembro del grupo. Se trata de Baldomero Fernández *Espartero* (1793-1879), uno de los más célebres protagonistas de la historia española del siglo. Como militar, participó muy activamente en la primera guerra carlista (1833-1840), logrando un éxito que le condujo a la política, hasta la presidencia del Gobierno y la regencia del Reino (1840). Su fracaso posterior le acarreó incluso el destierro, del que regresó para presidir de nuevo el Gobierno (1854-1856), pero ahora bajo la sombra de O'Donnell. Tras la revolución de 1868, Prim llegó a ofrecerle la corona de España, que rehusó.

—Y menos desgraciada yo —añadió la dama—, que encontré un protector y amigo en el valeroso y constante Migajas, que supo librarme del bárbaro suplicio.

Pacorro se puso colorado hasta la raíz del pelo.

—Valeroso y constante —repitieron a una las muñecas todas, en tono de admiración.

—Por eso —continuó la princesa— esta noche, en que nuestro Genio Creador nos permite reunirnos para celebrar el primer día del año, he querido obsequiarle, trayéndole conmigo y dándole mi mano de esposa, en señal de alianza y reconciliación entre el linaje muñequil y los niños juiciosos y compasivos.

XI

Cuando esto decía, el señor de Bismarck miraba a Pacorrito con expresión de burla tan picante y maligna, que nuestro insigne héroe se llenó de coraje[55]. En el mismo instante, el tuno del canciller disparó una bolita de pan con tanta puntería, que por poco deja ciego a Migajas. Pero este, como era tan prudente y el prototipo de la circunspección[56], calló y disimuló.

La princesa le dirigía miradas de amor y gratitud.

—¡Cómo me estoy divirtiendo! —repitió Bismarck dando palmadas con sus manos de madera—. Mientras llega la hora de volver junto al reloj y de oír su incesante tictac, divirtámonos, embriaguémonos, seamos felices. Si el caballero Pacorrito quisiera pregonar *La Correspondencia*, nos reiríamos un rato[57].

---

[55] *coraje:* irritación, ira.

[56] *circunspección:* cordura, sensatez.

[57] No ya en la literatura, sino en la realidad, los vendedores de *La Correspondencia* (granujas o no) vocearían pregonando su mercancía, sobre todo si se tiene en cuenta la curiosa novedad que este periódico introdujo: no admitía suscripciones y se distribuía íntegramente en la calle.

—El señor de Migajas —dijo la princesa mirándole con benevolencia— no ha venido aquí a divertirnos. Eso no quita que le oigamos con gusto pregonar *La Correspondencia* y los fósforos, si quiere hacerlo.

Hallaba el granuja esta proposición tan contraria a su dignidad y decoro, que se llenó de aflicción y no supo qué contestar a su adorada.

—¡Que baile! —gritó el canciller con desparpajo—, que baile encima de la mesa. Y si no lo quiere hacer, pido que se le quiten los adornos que se le han puesto, dejándole cubierto de andrajos y descalzo, como cuando entró aquí.

Migajas sintió que afluía toda su sangre al corazón. Su cólera impetuosa no le permitió pronunciar una sola sílaba.

—No seáis cruel, mi querido príncipe —dijo la señora sonriendo—. Por lo demás, yo espero quitarle al buen Migajas esos humos que está echando.

Una carcajada general acogió estas palabras, y allí eran de ver todas las muñecas y los más célebres generales y emperadores del mundo dándose simultáneamente cachiporrazos en la cabeza como las figuras de *guignol*[58].

—¡Que baile! ¡Que pregone *La Correspondencia*! —clamaron todos.

Migajas se sintió desfallecer. Era en él tan poderoso el sentimiento de la dignidad, que antes muriera que pasar por la degradación que se le proponía. Iba a contestar, cuando el maligno canciller tomó una paja larga y fina, sacada al parecer de una cestilla de labores, y mojando la punta en saliva se la metió por una oreja a Pacorrito con tanta presteza, que este no se enteró de la grosera familiaridad hasta que hubo experimentado la sacudida nerviosa que tales chanzas ocasionan.

---

[58] Galdós mantiene aún la ortografía francesa de esta palabra, que en la actualidad castellanizamos en *guiñol,* para referirse al teatro de títeres sin hilos. Aunque parece que existió en China desde tiempo inmemorial, el moderno guiñol se popularizó a través de Francia a finales del siglo XVIII.

Ciego de furor, echó mano al cinto y blandió la plegadera[59]. Las damas prorrumpieron en gritos, y la princesa se desmayó. Pero no aplacado con esto el fiero Migajas, sino, por el contrario, más rabioso, arremetió contra los insolentes, y empezó a repartir estacazos a diestra y siniestra, rompiendo cabezas que era un primor. Oíanse alaridos, ternos, amenazas[60]; hasta los pericos graznaban, y las pajaritas movían sus colas de papel en señal de pánico.

Un momento después nadie se burlaba del bravo Migajas. El canciller andaba recogiendo del suelo sus dos brazos y sus dos piernas (caso raro que no puede explicarse), y todos los emperadores se habían quedado sin nariz. Poco a poco, con saliva y cierta destreza ingénita[61], se iban curando todos los desperfectos; que esta ventaja tiene la cirugía muñequil. La princesa, repuesta de su desmayo con las esencias que en un casco de avellana la trajeron sus pajes, llamó aparte al granuja, y llevándole a su camarín reservado, le habló a solas de esta manera:

XII

—Ínclito Migajas: lo que acabas de hacer, lejos de amenguar el amor que puse en ti, lo aumenta, porque me has probado tu valor indómito, triunfando con facilidad de toda esa caterva de muñecos bufones, la peor casta de seres que conozco[62]. Movida por los dulces afectos que me impulsan hacia ti, te propongo ahora solemnemente que seas mi esposo, sin pérdida de tiempo.

Pacorrito cayó de rodillas.

---

59 *blandió:* empuñó.

60 *ternos:* votos, juramentos.

61 *ingénita:* connatural, no adquirida.

62 *ínclito:* ilustre, insigne. *Indómito:* no domado, fiero. *Bufones:* chocarreros, personas que solo buscan provocar la risa.

—Cuando nos casemos —continuó la señora—, no habrá uno solo de esos emperadorcillos y cancilleretes que no te acate y reverencie como a mí misma, porque has de saber que yo soy la reina de todos los que en aquesta parte del mundo existen [63], y mis títulos no son usurpados, sino transmitidos por la divina ley muñequil que estableciera el Supremo Genio que nos creó y nos gobierna.

—Señora, señora mía —dijo o quiso decir Migajas—: mi dicha es tanta que no puedo expresarla.

—Pues bien —manifestó la señora con majestad—. Puesto que quieres ser mi esposo, y por consiguiente, príncipe y señor de estos monigotiles reinos, debo advertirte que para ello es necesario que renuncies a tu personalidad humana.

—No comprendo lo que quiere decir vuestra alteza.

—Tú perteneces al linaje humano, yo no. Siendo distintas nuestras naturalezas, no podemos unirnos. Es preciso que tú cambies la tuya por la mía, lo cual puedes hacer fácilmente con solo quererlo. Respóndeme, pues. Pacorrito Migajas, hijo del hombre: ¿quieres ser muñeco?

La singularidad de esta pregunta tuvo en suspenso al granuja durante breve rato.

—¿Y qué es eso de ser muñeco? —preguntó al fin.

—Ser como yo. La naturaleza nuestra es quizá más perfecta que la humana. Nosotros carecemos de vida, aparentemente; pero la tenemos grande en nosotros mismos. Para los imperfectos sentidos de los hombres, carecemos de movimientos, de afectos y de palabras; pero no es así. Ya ves cómo nos movemos, cómo sentimos y cómo hablamos. Nuestro destino no es, en verdad, muy lisonjero por ahora [64], porque servimos para entretener a los niños de tu linaje, y

[63] *aquesta,* por *esta,* es arcaísmo deliberado, para contribuir al carácter enfático de las intervenciones de «la señora».

[64] *lisonjero:* agradable, satisfactorio.

aun a los hombres del mismo; pero en cambio de esta desventaja, somos eternos.

—¡Eternos!

—Sí, nosotros vivimos eternamente. Si nos rompen esos crueles chiquillos, renacemos de nuestra destrucción y tornamos a vivir, describiendo sin cesar un tenebroso círculo desde la tienda a las manos de los niños, y de las manos de los niños a la fábrica tirolesa, y de la fábrica a la tienda, por los siglos de los siglos [65].

—¡Por los siglos de los siglos! —repitió Migajas absorto.

—Pasamos malísimos ratos, eso sí —añadió la señora—; pero en cambio no conocemos el morir, y nuestro Genio Creador nos permite reunirnos en ciertas festividades para celebrar las glorias de la estirpe, tal como lo hacemos esta noche [66]. No podemos evadir ninguna de las leyes de nuestra naturaleza; no nos es dado pasar al reino humano, a pesar de que a los hombres se les permite venir al nuestro, convirtiéndose en monigotes netos [67].

—¡Cosa más particular! —exclamó Migajas lleno de asombro.

—Ya sabes todo lo necesario para la iniciación muñequillesca. Nuestros dogmas son muy sencillos. Ahora medítalo y responde a mi pregunta: ¿quieres ser muñeco?

La princesa tenía unos desplantes de sacerdotisa antigua, que cautivaron más a Pacorrito.

—Quiero ser muñeco —afirmó el granuja con aplomo.

Y al punto la princesa trazó unos endiablados signos en el espacio, pronunciando palabrotas que Pacorro no sabía si eran latín, chino o caldeo, pero que de seguro serían tirolés [68].

---

65 La *fábrica tirolesa* es de juguetes (véase anteriormente).

66 *estirpe:* linaje, ascendencia.

67 *netos:* puros, absolutos. Nótese la carga humorística y satírica de estas palabras.

68 Por más que el *tirolés* es un dialecto retorrománico, aquí viene a ser el idioma de los muñecos, en la línea de alusiones anteriores al Tirol o lo tirolés.

Después la dama dio un estrecho abrazo al bravo Migajas, y le dijo:

—Ahora ya eres mi esposo. Yo tengo poder para casar, así como lo tengo para recibir neófitos en nuestra gran ley [69]. Amado principillo mío, bendito seas por los siglos de los siglos.

Toda la corte de figurillas entró de repente, cantando con música de canarios y ruiseñores:

—Por los siglos de los siglos.

XIII

Discurrieron por los salones en parejas. Migajas daba el brazo a su consorte.

—¡Es lástima —dijo esta— que nuestras horas de placer sean tan breves! Pronto tendremos que volver a nuestros puestos.

El serenísimo Migajas experimentaba, desde el instante de su transformación, sensaciones peregrinas. La más extraña era haber perdido por completo el sentimiento del paladar y la noción del alimento. Todo lo que había comido era para él como si su estómago fuese una cesta o una caja y hubiera encerrado en ella mil manjares de cartón, que ni se digerían, ni alimentaban, ni tenían peso, sustancia ni gusto.

Además, no se sentía dueño de sus movimientos, y tenía que andar con cierto compás difícil. Notaba en su cuerpo una gran dureza, como si todo él fuese hueso, madera o barro. Al tentarse, su persona sonaba a porcelana. Hasta la ropa era dura, y nada diferente del cuerpo.

Cuando, solo ya con su mujercita, la estrechó entre sus brazos, no experimentó sensación alguna de placer divino ni

[69] Un *neófito* es una persona recién convertida a una religión o recién incorporada a una colectividad.

humano, sino el choque áspero de dos cuerpos duros y fríos. Besola en las mejillas y las encontró heladas. En vano su espíritu, sediento de goces, llamaba con furor a la naturaleza. La naturaleza en él era cosa de cacharrería. Sintió palpitar su corazón como una máquina de reloj. Sus pensamientos subsistían, pero todo lo restante era insensible materia.

La princesa se mostraba muy complacida.

—¿Qué tienes, amor mío? —preguntó a Pacorrito, viendo su expresión de desconsuelo.

—Me aburro soberanamente, chica —dijo el galán, adquiriendo confianza.

—Ya te irás acostumbrando. ¡Oh deliciosos instantes! Si durarais mucho, no podríamos vivir.

—¡A esto llama delicioso tu alteza! —exclamó Migajas—. ¡Dios mío, qué frialdad, qué dureza, qué vacío, qué rigidez!

—Tienes aún los resabios humanos, y el vicio de los estragados sentidos del hombre [70]. Pacorrito, modera tus arrebatos o trastornarás con tu mal ejemplo a todo el muñequismo viviente.

—¡Vida, vida, sangre, calor, pellejo! —gritó Migajas con desesperación, agitándose como un insensato—. ¿Qué es esto que pasa en mí?

La princesa le estrechó en sus brazos, y besándole con sus rojos labios de cera, exclamó:

—Eres mío, mío por los siglos de los siglos.

En aquel instante oyose gran bulla y muchas voces que decían:

—¡La hora, la hora!

Doce campanadas saludaron la entrada del Año Nuevo. Todo desapareció de súbito a los ojos de Pacorrito: princesa, palacio, muñecos, emperadores, y se quedó solo.

---

70 *estragados:* viciados, corrompidos.

XIV

Se quedó solo y en obscuridad profunda.

Quiso gritar y no tenía voz. Quiso moverse y carecía de movimiento. Era piedra.

Lleno de congoja, esperó. Vino por fin el día, y entonces Pacorrito se vio en su antigua forma; pero todo de un color y al parecer de una misma materia: cara, brazos, ropa, cabello y hasta los periódicos que en la mano tenía.

—Ya no me queda duda —exclamó, llorando por dentro—. Soy mismamente como un ladrillo.

Vio que frente a él había un gran cristal con algunas letras del revés. A un lado, multitud de figurillas y objetos de capricho le acompañaban.

—¡Estoy en el escaparate!... ¡Horror!

Un mozo le tomó cuidadosamente en la mano, y después de limpiarle el polvo volvió a ponerle en su sitio.

Su Alteza Serenísima vio que en el pedestal donde estaba colocado había una tarjeta con esta cifra: *240 reales* [71].

—Dios mío, es un tesoro lo que valgo. Esto al menos le consuela a uno.

Y la gente se detenía por la parte de afuera del cristal para ver la graciosa escultura de barro amarillo representando un vendedor de periódicos y cerillas. Todos alababan la destreza del artista, todos se reían observando la chusca fisonomía y la chabacana figura del gran Migajas [72], mientras este, en lo íntimo de su insensible barro, no cesaba de exclamar con angustia:

—¡Muñeco, muñeco por los siglos de los siglos!

1876

---

[71] *Su Alteza Serenísima:* se trata de Pacorrito, que tendría este tratamiento tras su boda «muñequil» con la princesa.

[72] *chusca:* graciosa, pícara. *Chabacana:* grosera, vulgar.

TROPIQUILLOS

I

FINALIZABA octubre. Agobiado por la doble pesadumbre del dolor moral y de la cruel dolencia que me aquejaba, arrastreme lejos de la ciudad ardiente, buscando un lugar escondido donde arrojarme como ser inútil, indigno de la vida, para que nadie me interrumpiese en mi única ocupación posible, la cual era contemplar mi propia decadencia y verme resbalar lento, mas sin tregua ni esperanza, hacia la muerte.

Los campos eran para mí más tristes que el cementerio. Habíanme dicho los médicos: «Te morirás cuando caigan las hojas». Y yo las veía palidecer y temblar en las ramas, cual contagiadas de mi fiebre y de mi temor.

El sereno cielo irradiaba demasiada luz para mis ojos, y cuando tras el ardor húmedo del día venían de las montañas, embozados en sombras y con la espada desnuda, los traidores vientecillos septentrionales, yo me arrebozaba también en mi pobre capa, y escondía la cabeza para que no me tocasen y pasaran de largo. El campo de mis padres y la humilde casa en que nací eran lastimoso cuadro de abandono, soledad, ruinas. Hierbas vivaces y plantas silvestres erizadas de púas cubrían el suelo sin señal ni rastro alguno de la acción del arado. Las cepas, sin cultivo, o habían muerto, o, envejecidas y cancerosas, echaban algún sarmiento miserable que para sostenerse se agarraba a los cercanos espinos. Árboles que antes protegían el suelo con apacible sombra, a cuyo amparo se reunía la familia, habíanse quedado en los puros leños, y secos, desnudos, abrasados de calor o ateridos de frío [1], según el tiempo, esperaban el hacha y la paz de la leñera como espera el cadáver la paz del hoyo. Algunos, conservando un resto de savia escrofulosa en sus venas enfermas [2], se adornaban irrisoriamente el tronco con pobres hojuelas, semejantes a condecoraciones puestas sobre el pecho del vanidoso amortajado. Las cercas de piedra no resistían ya ni el paso resbaladizo de los lagartos, y se caían, aplastando a veces a sus habitantes.

Por todas partes veíase el rastro baboso de los caracoles, plantas mordidas por los insectos, enormes cortinajes de tela de araña, y nubes de seres microscópicos, ávidos de poseer tanta desolación.

II

Dominaba estas tristes cosas el esqueleto de la casa derrumbada, hendida por el rayo como por un lanzazo, renegrida por el incendio, con el techo en los cimientos, los cimientos hechos lodo por la humedad, las paredes trocándose lentamente en polvo.

Al ver tanta cosa muerta, me pregunté si no estaría yo también desbaratado y descompuesto como las ruinas de aquellos objetos queridos, hallándome en tal sitio al modo de espectro que a visitar venía la escena de los días reales y de la existencia extinguida [3]. Esta consideración evocó mil

---

[1] *ateridos:* rígidos.

[2] *escrofulosa:* debilitada

[3] *espectro:* imagen, fantasma.

recuerdos: representome el semblante de todos los de casa; mis juegos infantiles en aquel mismo sitio; luego mi temprana ausencia de la casa paterna para correr en busca de locas aventuras, enardecido por la fiebre del lucro [4]. Vi mis primeros pasos en el lejano continente donde el sol irrita el cerebro y envenena la sangre; mis luchas gigantescas, mis caídas y mis victorias, mi sed insaciable de dinero; sentí renovada la quemadura interna de las pasiones que habían consumido mi salud; me vi persiguiendo la fortuna y atrapándola casi siempre; recordé la ceguera a que me llevó mi vanidad y el valor que di a mis fabulosas riquezas, allegadas en los bosques de pimienta y canela, o bien sacadas del mar y de los ríos, así como de las quijadas de los paquidermos muertos; extraídas también del zumo que adormece a los orientales y de la hierba verdinegra que aguza el ingenio de los ingleses [5].

Después de verme enaltecido por el respeto y la envidia, amado por quien yo amaba, rico, poderoso, vime herido súbitamente por la desgracia. Mi decadencia brusca pasó ante mis ojos envuelta en humo de incendios, en olas de naufragios, en aliento de traidores, en miradas esquivas de mujer culpable, en alaridos de salvajes sediciosos [6], en estruendo de calderas de vapor que estallaban, en fragancia mortífera de flores tropicales, en atmósfera espesa de epidemias asiáticas, en horribles garabatos de escritura chinesca, en una confusión espantosa de injurias dichas en inglés, en portugués, en español, en tagalo, en cipayo, en japonés,

---

[4] *lucro:* beneficio, ganancia.

[5] Se refiere a Asia, en donde el personaje tuvo éxito en su persecución de la *fortuna,* hasta conseguir esas *fabulosas riquezas,* procedentes del comercio de especias *(pimienta y canela),* pesca, marfil *(quijadas de los paquidermos muertos),* opio (que es producto de la desecación del jugo que se extrae de las cabezas de adormideras verdes, o *zumo que adormece a los orientales*) y té *(la hierba verdinegra que aguza el ingenio de los ingleses).*

[6] *sediciosos:* que se alzan colectiva y violentamente contra la autoridad.

por bocas blancas, negras, rojas, amarillas, cobrizas y bozales [7].

Ya no quedaba en mí sino el dejo nauseabundo de una navegación lenta y triste en buque de vapor cuya hélice había golpeado mi cerebro sin cesar día tras día [8]: solo quedaba en mí la conciencia de mi ignominia y los dolores físicos precursores de un fin desgraciado [9]. Enfermo, consumido, ya no era más que un pábilo sediento, a cuyo tizón negro se agarraba una llama vacilante, que se extinguiría al primer soplo de las auras de otoño [10]. Y me encontraba en lo que fue principio del camino de mi vida, en mi casa natal, montón de ruinas, habitadas solo por el alma ideal de los recuerdos. Mis padres habían muerto; mis hermanos también; apenas quedaba memoria de aquella honrada familia. Todo era polvo esparcido, lo mismo que el de la casa. Y yo, que existía aún como una estela ya distante que a cada minuto se borra más, perecía también de tristeza y de tisis [11], las dos formas características del acabamiento humano. El polvo, los lagartos, las arañas, la humedad, las alimañas diminutas que alimentan su vida de un día con los despojos de la vida grande, me cercaban aguardándome con expectación famélica [12].

---

[7] Todas las citadas son lenguas habladas en el continente asiático o en las islas cercanas, incluidas el portugués (Ceilán, Macao, Malaca...) y el español (Filipinas). De Filipinas precisamente es el *tagalo;* el *cipayo* quizá sea la variedad lingüística indio-irania que hablaban los *cipayos,* soldados indios al servicio de los ejércitos de ocupación británicos, franceses y portugueses (aunque no consta ninguna lengua, según nuestros datos, bajo tal denominación). *Bozales* son los negros recién sacados de su país y destinados a la esclavitud.

[8] *dejo:* gusto o disgusto que deja una cosa.

[9] *ignominia:* afrenta o vergüenza pública.

[10] El *pábilo,* o *pabilo,* es la parte carbonizada de la mecha de una vela. *Auras* son vientos suaves y apacibles.

[11] *tisis:* tuberculosis pulmonar, o más genéricamente, cualquier enfermedad en que hay consunción gradual y lenta, con fiebre y ulceración en algún órgano.

[12] *famélica:* hambrienta.

—Ya voy, ya voy... —exclamé apoyando mi cabeza en una piedra, a punto que la interposición de un cuerpo opaco entre la luz y mis ojos hízome conocer la presencia de un... [13]. ¿Era un hombre?

III

Sí; no podía dudar que era un hombre lo que vi delante de mí, aunque su redondez ventruda tenía algo de la vanidad del tonel lleno de licor generoso [14]. Vi una pipa de fumar que aparecía entre enmarañada selva de bigotes amarillentos. Cuando se disipaban las espesas nubes de humo que de la tal pipa salían, presentábanseme dos carrillos redondos, teñidos de un rosicler que envidiaría cualquier doncella [15], los cuales colindaban con unos ojuelos movedizos y extraordinariamente vivaces, fijos en mí, y que me examinaban con presteza desde la cara a los pies, y desde el capisayo raído a las manos trémulas [16]. La descubierta cabeza de mi observador era redonda, con pelo tieso y duro, ligeramente salpicado de canas.

Llevaba esa magnífica toga pretexta del trabajo a quien llamamos delantal [17], y por debajo de la curva que formaba

---

[13] *a punto que:* en el momento en que, cuando.

[14] *generoso:* se dice del vino producido por uvas selectas, de alta graduación, propio para aperitivos y postres.

[15] *rosicler:* color rosado suave propio de la aurora.

[16] *capisayo:* vestidura corta a manera de capotillo abierto, que sirve de capa y de sayo. *Raído:* desgastado, muy gastado por el uso. *Trémulas:* temblorosas.

[17] La *toga* era la prenda principal exterior del traje romano, que se ponía sobre la túnica. La toga *pretexta* (*praetexta* en latín) era la que llevaban los niños y los magistrados, de color blanco (de aquí quizá su asociación en el texto con el *delantal*). A continuación, emplea Galdós el relativo *quien* con antecedente referido a cosa, lo que resulta poco frecuente, si no chocante.

este sobre el vientre, salían dos patas poderosas, digno cimiento de tan admirable arquitectura; y más arriba, junto a los tirantes, dos brazos enfundados en mangas de camisa, los cuales se abrieron en cruz, acompañando con un gesto de asombro y cordialidad estas palabras:

—No, no me engaño; es Tropiquillos... Tropiquillos, ¿no es verdad que eres tú?... Sí, el hijo mayor del señor Lázaro Tropiquillos, que pasó a mejor vida en esta misma casa la víspera del incendio y antevíspera de la inundación, o lo que es lo mismo, el día después de la batalla de Zarapicos, en que perecieron sus hijos y sus hermanos Baltasar y Cosme Tropiquillos [18].

Es pasmoso cómo la desgracia refresca memorias de la niñez, y cómo reconocemos, en horas de angustias, cosas y fisonomías que parecían borradas para siempre de nuestra mente. Aquel era el maestro Cubas, tonelero, amigo y protegido de mi padre en días mejores; hombre excelente, trabajador, cariñosísimo, a quien en el pueblo llamábamos *mestre* Cubas [19].

—Yo soy el que usted supone —dije—, y usted es *mestre* Cubas, a cuyo taller iba yo a jugar. ¿Viven Ramoncilla y Belisarión? ¡Oh, *mestre* Cubas, cuántos recuerdos vienen a mi memoria! ¡Todo perdido, todo en ruinas, todo acabado! Yo que parezco vivo no soy más que un cadáver que se mueve y habla todavía.

—Todo sea por Dios —exclamó el bonachón *mestre* Cubas, que usaba esta frase como estribillo—. Yo creí que no quedaba ya ningún Tropiquillos. Cuando estaba ya para cerrar el ojo el Sr. Lázaro, me dijo: «Yo soy el último, querido Cubillas, porque mi hijo Zacarías debe de estar allá en lo hondo, con todo el mar por losa».

---

[18] No parece que esta *batalla de Zarapicos* corresponda a la realidad; sí el lugar, una población de la provincia de Salamanca relativamente cercana a la capital.

[19] *Mestre,* en catalán «maestro», implica que el relato se desarrolla en algún lugar del ámbito lingüístico catalán.

—No —repliqué sintiendo que mis ojos se llenaban de lágrimas—; aquí está enfermo el que ha sido sano y robusto, miserable el que ha sido rico. Yo, que he mirado los colmillos de elefante como podría mirar usted las piedras de esa cerca, he venido a Europa de limosna.

—Todo sea por Dios... ¡Cómo cambian las cosas! Pues yo, que era pobre, soy rico. Lo debo a mi trabajo, a la ayuda de Dios y a tu padre, que me protegió grandemente. ¿Ves eso?

Señaló con su mano atlética las lomas cercanas, llenas de viñas, cuyos pámpanos, dorados ya, dejaban ver el fruto negro.

—Pues todo eso es mío.

—¿Ve usted esto? —le respondí con amargura, señalando mi capisayo—. Pues ni siquiera esto es mío. Me lo prestaron al desembarcar para que no me muriera de frío. Tengo el fuego del trópico en mis entrañas, el tifón en mi cerebro [20], y mi piel se hiela y se abrasa alternativamente en el temple benigno de la madre Europa...

IV

—Gracias, mil gracias, un millón de gracias, *mestre* Cubas —dije, aceptando los obsequios que en la mesa me hacía aquella honrada familia, pues el buen tonelero me obligó a aceptar su hospitalidad rumbosa [21].

Me había dicho: «El hijo del Sr. Lázaro es mi hijo. Si el pródigo no pudo llegar a la casa del padre, llega a la del amigo, y es lo mismo. Yo te acojo, Tropiquillos, y haz cuenta que estás en tu casa».

Mi alma se inundaba de una paz celestial, fruto de la gratitud, y no sabía cómo corresponder a tanta generosidad. No hallando mi emoción palabras a su gusto, no decía nada.

---

[20] *tifón:* huracán o ciclón tropical.

[21] *rumbosa:* generosa, desprendida.

Mestra Cubas era una hermosa campesina, *alta de pechos y ademán brioso,* como Dulcinea [22].

Su esposo tenía cincuenta años, ella cuarenta, y conservaba su belleza y frescura. Eran de admirar sus blanquísimos dientes y su porte sereno, que parecía el lecho nupcial de los buenos pensamientos casados con las buenas acciones.

Su hijo Belisarión estudiaba para cura. Sus dos hijas, Ramona y Paulina, eran dos señoritas de pueblo muy bien educadas, muy discretas, muy guapas. Estaban suscritas a un periódico de modas, leían también obras serias y se vestían al uso de capital de provincia, mas con sencillez tan encantadora y tan libres de afectación, que en ellas, por primera vez quizá, perdonó la tiesura urbana al donaire campesino [23]. Hablaban recatadamente y no sin agudeza; tenían su habitación sobre la huerta, llena de fragancias de frutas diversas, de flores y de placentero murmullo de pájaros, y se sentaban a coser en el balcón, protegido del sol por ancha cortina. Desde abajo, mientras Cubas me enseñaba sus frutales, las sentía riendo benévolamente de mi extraña facha, y cuando miraba hacia ellas para pedirles cuentas de sus burlas, decíanme:

—No, Tropiquillos; no es por usted..., no es por usted.

Mi corazón palpitaba de gozo ante las atenciones de aquella honrada familia. Yo sentía mi pobre ser, caduco y enfermo, resurgir y como desentumecerse por la acción de manos blandas y finas empapadas en bálsamo consolador [24].

Mestre Cubas comía como un lobo y quería que yo le imitase, cosa difícil, a pesar del renacimiento gradual de mi apetito.

---

[22] *Mestra* es, de nuevo en catalán, el femenino de *mestre. Alta de pechos y ademán brioso* es el segundo verso del soneto burlesco en loor de Dulcinea al final de la primera parte del *Quijote* (I, 52, ed. cit., p. 593).

[23] *donaire:* gracia, desenvoltura.

[24] *caduco:* decrépito, poco duradero. *Bálsamo:* medicamento compuesto de sustancias comúnmente aromáticas, que se aplica como remedio en las heridas, llagas y otras enfermedades.

—Mira, Tropiquillos —me decía—, es preciso que te convenzas de que no debe uno morirse. En este mundo, hijo, hay que hacer lo siguiente: el pensamiento en Dios, la tajada en la boca y tirar todo lo que se pueda [25]. Dejémonos de tristezas y de aprensiones. Tan tísico estás tú como ese moral que nos sombrea y nos abanica con sus ramas. En ocho días has cambiado de color, has echado carnes, se te ha quitado aquel mirar siniestro, ¿no es verdad, muchachas? Todavía hemos de hacer de ti un guapo mozo, y hemos de verte arrastrando una barriga como esta mía... Come más de este sabroso carnero. ¿Quieres que te eche un latín? Yo también sé mis latines. Oye este: *Omnis saturatio bona; pecoris autem optima* [26]. ¿Qué te parece, amigo Tropiquillos? Echa un buen trago de este divino clarete, plantado, cogido, prensado, fermentado, envasado, clarificado y embotellado por mí en este propio sitio, sí señor, en estas tierras de Miraculosis, que son lo mejorcito del mundo [27].

Yo dije que, en efecto, me sentía con más bríos, como si entrara progresivamente sangre nueva en mis venas; pero que no por eso dudaba de la gravedad de mi mal, y que tenía por segura mi muerte al caer de las hojas. Lo que, oído por *mestre* Cubas, fue como si quitaran la espita a un tonel, dejando escapar a borbotones el vino [28]: del mismo modo salía del cuerpo su reír franco, primero en carcajada ruidosa, después mezclado con alegres palabras en apacible chorro que salpicaba un poco a los circunstantes.

---

[25] Curiosa máxima la de Cubas, que atiende al alma y al cuerpo. No pase por alto el lector ese *tirar,* «copular, fornicar».

[26] En castellano: «Todo hartazgo es bueno; pero el de carnero es el mejor».

[27] *Miraculosis* es nombre inventado, pero significativo, pues deriva de *miraculum,* «milagro».

[28] *espita:* canuto con llave que sirve para abrir o cerrar el paso del líquido en una cuba o vasija similar.

—¡El caer de las hojas!... ¡Vaya una simpleza! Todo sea por Dios... Entramos ahora en la época mejor del año, en la más sana, en la más alegre, en la más útil, en la más santa. De mí sé decir que vivo aburridísimo en las otras tres estaciones. Poco que hacer, el taller casi parado..., composturas, echar alguna duela, aflojar y apretar los aros... [29]. Pero se acerca el otoño, se ve que la cosecha es buena, y... «*Mestre* Cubas, que me haga usted veinte pipas...» «Y a mí doce.» «*Mestre* Cubas, que no me olvide. Pienso envasar ochocientas arrobas... [30]» Luego, no necesito desatender lo mío. Cien cubas, doscientas, nada me basta, porque octubre llueve vino..., cada año más. Desde que empieza septiembre mi taller es la gloria, y el martillo, golpeando sobre las barrigas de roble, hace la música más alegre que se puede imaginar. Pam, pum, pim...; dime tú si has oído jerigonza de violines y flautas que a esto se iguale... [31]. Pues yo te pregunto si conoces nada tan grato como estar en el taller dando zambombazos, deseando acabar para ir a ver las uvas, si cuajan bien, si pintan o no [32], si las ha engordado la lluvia, si las ha rechupado el sol, y atender al sarmiento que se cae por el suelo, y al que está muy cargado de hoja... Y luego viene el gran día, el... el *Corpus Christi* del campo, la vendimia, Tropiquillos, que es la faena para la cual hizo Dios el mundo [33]. Como la has de ver, nada más te digo. Para mí la vida toda está en esta deliciosa madurez del año,

[29] Son algunas de las *composturas* que hace el tonelero. La *duela* es cada una de las tablas que forman las paredes curvas de las cubas, pipas, toneles, etc.

[30] La *arroba* es una unidad de peso o de capacidad, que, en el caso del vino, oscila entre 15,66 y 16,72 litros según las regiones.

[31] Nótese cómo la referencia musical tiene aquí el valor opuesto al que presenta en el primer relato de nuestra colección, *Una industria que vive de la muerte*. *Jerigonza:* lenguaje.

[32] *pintan:* empiezan a tomar color (porque maduran).

[33] Presupone que el *Corpus Christi,* día de la eucaristía, es la solemnidad máxima de la Iglesia.

en esta tarde placentera que al darnos el fruto de los trabajos de la mañana nos anuncia una noche tranquila, límite de la vida mortal y principio de la eterna y gloriosa [34].

V

Con estas y otras pláticas amenizaba la comida, mostrando en todo su natural honrado y su amor al trabajo, a cuyas virtudes debía su bienestar y la paz de su casa. En las tibias y hermosas tardes, más cortas cada día, mientras el gran Cubas se afanaba en su taller y la *mestra* dirigía con infatigable diligencia los preparativos de la próxima vendimia, las niñas y yo recorríamos toda la hacienda para coger la fruta madura. Era de ver cómo hacíamos pilas de melocotones, cómo hacinábamos peras y sandías, apartándolas y clasificándolas para entregarlas a los vendedores de la ciudad, después de guardar lo mejor para la casa. Aquellas niñas tan simpáticas, que en la soledad y desamparo intelectual del campo habían sabido darse un barniz de cultura, aprendiendo lo más elemental de las letras sociales, sabían también cómo se aporcan las hortalizas, cómo se conservan las frutas para el invierno, cómo se benefician las esparragueras, en qué punto y sazón se deben regar los pimientos, cuáles uvas dan mejor mosto, qué viento es el más propio para que cuajen las almendras, qué orientación debe tener un nidal de gallinas, y cuál es el modo clásico, magistral, infalible de disponer una echadura de aves [35]. Yo las acompa-

[34] Nótese la alegoría que encierran estas líneas: la *tarde,* la *mañana* y la *noche* simbolizan respectivamente al otoño, la primavera y el invierno.

[35] He aquí algunas voces de esa *doctrina del campo* —como dirá Tropiquillos— que quizá necesiten aclaración: *aporcar,* «cubrir con tierra ciertas plantas (como las hortalizas) para que se pongan más tiernas y blancas»; *beneficiar,* «laborar, cultivar»; *cuajar,* «granar, nacer y formarse la flor»; *nidal,* «lugar señalado donde el ave va a poner sus huevos»; y *echadura,* «acción de echarse las gallinas cluecas para empollar los huevos».

ñaba por aprender algo de la incomparable doctrina del campo, que excede en belleza y bondad a todas las demás sabidurías humanas.

Ramoncita se esforzaba en darme lecciones, y cuando íbamos a echar de comer a las gallinas, me decía:

—Es preciso no darles poco ni demasiado; y en caso de no poder medir bien, atiéndase más a la sobriedad que al exceso. La sabiduría consiste en dar a la vida, ya sea moral, ya física, un poquito menos de lo necesario.

Esta rara sentencia me probaba lo que ya sabía yo, y era que Ramoncita tenía un despejo sin igual, intuición de primer orden, perspicacia grandísima [36]. De tales prendas resultaría, teniendo en cuenta las compensaciones de la Naturaleza, que no debía de ser bonita. Y sin embargo lo era. Ella y su hermana pedíanme que les contara mis aventuras. Yo hablaba, hablaba: referíales maravillas y sorpresas, describiendo países, pintando pueblos, ponderando riquezas que parecían fábulas, y después de tanto charlar, me recogía en mí mismo, creyendo no haber dicho nada. Un millón de palabras había salido de mi boca, y no obstante, mi corazón permanecía lleno y pletórico lo mismo que un tonel en cuya concavidad fermenta el mosto recién sacado de las uvas [37].

VI

¡La vendimia! *Mestre* Cubas se movía como un epiléptico y gritaba como un loco [38], mientras la señora daba pausadamente y sin atropellarse sus órdenes. Las cestas llenas de uvas no cabían en el patio del lagar [39]. No lejos de allí

---

[36] *perspicacia:* agudeza y penetración de la vista, y figuradamente, del entendimiento.

[37] *pletórico:* que tiene exceso o abundancia.

[38] *como un epiléptico:* de manera muy activa o convulsiva.

[39] El *lagar* es donde se pisa la uva para obtener el mosto.

oíase un gargoteo hueco y profundo, cual enjuagadero de bocas de gigantes que soltaban buches y revolvían entre el paladar y la lengua pequeñas olas [40]. Era que estaban llenando las pipas.

Por otro lado, Ramoncita y su hermana vigilaban la separación de las uvas, agrupándolas según su clase y su madurez, porque no se saca buen vino prensando a granel todo lo que se arranca de las parras. Pronto se vio que las prensas funcionaban, y un chorro oscuro, espumante, opaco, recorría la canal para entrar en el estanquillo [41]. Aquí, un hombre metido en mosto hasta las rodillas lo sacaba en una gran cubeta, midiendo y contando a la vista del amo. Los mozos que hacían el trabajo de prensas, el medidor y los que transportaban el líquido a la bodega aparecían teñidos de un carmín virulento [42], como si sudaran pintura. Los chicos, soliviantados por febril alegría, cogían puñados de uvas ya estrujadas, y se frotaban la cara, y se pintaban rayas en ella como los salvajes. Yo apuntaba las cántaras de mosto que entraban en la bodega, y sentía comunicarse a mi alma el gozo inquieto de *mestre* Cubas y la satisfacción prudente y circunspecta de su arrogante esposa [43]. Las chicas, retirándose a la casa, cuidaban de que no faltase nada en la próxima comida que se había de dar a tanta gente.

Y en tanto, la bodega se llenaba. Las cubas decían con espumarajos de ira que ya no podían tragar más. Pero había toneles en abundancia, y además vasijas, tinajas, cántaros. Allí estaba recién nacido y ya bullicioso, turbulento, anunciando travesuras mil, el néctar de los dioses, el amigo de los reyes y de los pueblos, el gran demócrata, el gran nivelador, el que a un tiempo es retrógrado y revolucionario, sin dejar nunca de ser consecuente con sus altos principios sa-

---

[40] *buche:* porción de líquido que cabe en la boca.

[41] *estanquillo:* depósito.

[42] *carmín virulento:* rojo ponzoñoso o venenoso.

[43] *circunspecta:* comedida, sensata.

lutíferos y embriagadores; el que no conoce la esquivez humana [44], porque le miran con ojos chispeantes el sano y el enfermo; el que preside los festines de la amistad y de la reconciliación, y disparando balas de corcho se presenta en los momentos del mayor regocijo [45], desbordándose en elocuencia, en cariño, en entusiasmo, en exaltada fe y esperanzas; el que en los altares es la sangre del cordero inmolado, y después de figurar junto al pan en la mesa divina [46], puede gloriarse de haber tenido por amigos a los más grandes hombres: Noé, Anacreonte, Horacio, Shakespeare y otros [47]; el que ha sido adorado como dios en Grecia, coronado de flores en Roma [48], cantado en Alemania, ensalzado por los bárbaros y llevado a las más remotas tierras por los conquistadores; el que se adapta con maravillosa flexibilidad al genio de cada país, siendo agrio y fino en Francia, dulce en Italia, grave en Hungría, seco y fogoso en España, delicado y pensativo en Alemania, popular en Inglaterra. Él ha encendido crueles guerras entre el Norte que lo desea y el Mediodía que lo produce; tiene parte en la melancolía del Oriente bí-

---

[44] *esquivez:* rechazo, desdén.

[45] Las *balas de corcho* son metafóricamente los tapones de las botellas.

[46] Porque en la eucaristía se produce el milagro de la transubstanciación del pan y el vino en el cuerpo y la sangre de Cristo (aquí aludido como *cordero inmolado*).

[47] *Noé* fue el primer agricultor, cuenta la Biblia, que se embriagó tras beber vino, tal como trae el *Génesis* (9, 20-25). *Anacreonte,* lírico griego (siglo VI a. de C.), ha dado nombre con sus odas a las anacreónticas, que cantan los placeres del vino y del amor. Quinto *Horacio* Flaco es el célebre poeta latino (siglo I a. de C.), cultivador de todos los géneros, pero que destacó quizá con sus odas, en muchas de las cuales llama al goce de la placidez de la vida campestre. En cuanto a William *Shakespeare* (1564-1616), máximo poeta y dramaturgo de la literatura inglesa, no faltan en su obra menciones del vino y personajes con él relacionados, como es el caso de Falstaff —en *Enrique IV* y en *Las alegres comadres de Windsor*—, caracterizado por su ingenio, jovialidad..., y afición a la bebida.

[48] Alude, respectivamente, a Dioniso y Baco, dioses griego y romano del vino y de la embriaguez.

blico, en el estro armonioso de los helenos [49], en la ruda exaltación goda, en la valentía tosca del Romancero, que viene a ser la épica contienda de dos razas que se disputan durante siglos unas cuantas llanadas de cepas [50]. Tiene parte también en la donosa borrachera de la poesía del Rin [51], y en las epopeyas colosales de los portugueses, buscadores de mundos, para acercar la copa divina a los labios amables del hijo de Confucio y despertar de su *nirvana* al bramín que tiene el mal gusto de emborracharse con agua y meditaciones [52].

Suyo es el picor de las conversaciones francesas, impregnadas de travesuras; suya la fantasía de los artistas flamencos, el humorismo de Teniers, la gala de Rubens [53]; suya es también esa seriedad cómica del inglés, esa fiebre de trabajo, esa excitabilidad discreta que a tantos y tan grandes éxitos conduce. En el Olimpo antiguo y el moderno [54],

---

[49] Menciona indirectamente la poesía griega *(de los helenos)* a través de la inspiración *(estro)* que la produce.

[50] El *Romancero* es el conjunto de romances, poemas narrativos derivados quizá de los cantares de gesta, que conservan frecuentemente ese fondo bélico de la Reconquista al que se refiere don Benito con humor.

[51] Debe de referirse a la lírica alemana, pues alemán es sobre todo el recorrido de este gran río, que riega además tierras de viñedos afamados, desde Basilea a Colonia.

[52] Fueron los navegantes *(buscadores de mundos) portugueses* los que llevaron el vino a Asia, a los chinos, descendientes del filósofo *Confucio* (siglo VI a. de C.) y a los hindúes, despertando con él al sacerdote o *bramín* del *nirvana,* estado de ausencia al que le conduce la meditación.

[53] Alude genéricamente a la extraordinaria escuela flamenca de pintura, que se constituye desde el siglo XV, con Van Eyck, y cita concretamente a dos de sus mayores representantes del XVII: David *Teniers,* el Joven (1610-1690), que destacó por sus cuadros de magia y brujería y por sus escenas costumbristas campesinas, y Pedro Pablo *Rubens* (1577-1640), que lleva a cabo una exaltación de la vida en todas sus formas.

[54] El *Olimpo* era el monte donde residían los dioses griegos. De aquí que estos mismos dioses constituyan *el Olimpo antiguo,* mientras que poblarían *el moderno* los seres más notables o superiores de las diferentes artes y actividades humanas.

en la literatura y en la religión, en las costumbres y en las artes, en la vida toda, en fin, hallaréis la influencia poderosa de este inmenso colaborador del trabajo humano.

VII

Vinieron días húmedos, y una lluvia fría y persistente azotaba los árboles, cuyas ramas se desnudaban a impulsos del viento. A pesar de esto, yo me sentía más fuerte; desaparecieron mis temores de una muerte próxima, y dejaba de inspirarme horror la estación otoñal.

—Ya ves como no pasa nada —decíame en la mesa mi amigo, después de celebrar mi buen apetito con actos que al mismo tiempo daban testimonio del suyo—. Dos meses de campo y de tranquilidad laboriosa han disipado tus necias aprensiones, dándote salud, contento, esperanza... Todo sea por Dios.

Y luego, tomando un tono más serio, no exento de cierta expresión contemplativa, añadió:

—Estamos en la placentera tarde del año, ya cerca de ese crepúsculo a quien llamamos invierno[55]. Querido Tropiquillos: celebremos el otoño, que es la madurez de la vida y del año, la experiencia, el fruto, la cosecha cogida y apreciada, y no temamos que esta noble estación nos anuncie el invierno, que es la decrepitud del año y de la vida. La idea de la muerte solo causa tristeza a los tontos. Para mí, la muerte no es otra cosa que la siembra para las cosechas de la inmortalidad.

Después callamos todos. Yo observaba el rostro de Ramoncita, aún turbado del coloquio que poco antes habíamos tenido los dos al volver de la huerta. Cubas tomó de nuevo la palabra, y no ya con rostro grave, sino antes bien ligero y festivo, me dijo:

---

[55] Vuelve al planteamiento del final del capítulo IV (véase nota 34).

—Casi todos los grandes hombres han nacido en otoño... ¡Ah! ¿Te ríes de mí? Soy hombre de medianas letras. Sí, ahí tienes esa pléyade augusta. Cervantes, Virgilio, Beethoven, Shakespeare, nacieron en otoño... [56]. Pues todos ellos fueron a morirse a la primavera. Lee la estadística, querido Tropiquillos, y verás cómo nacemos en estos meses y nos morimos en los de abril o mayo... ¡Ja, ja, ja!... A los que me hablan mal de mi querido otoño, les digo que es el papá del invierno y el abuelo de esa fachendosa y presumida primavera... [57]. Vamos a ver: a su vez, es el hijo del verano, que al mismo tiempo viene a ser su biznieto... De modo que...

Sin duda la cabeza hercúlea del buen tonelero se resentía del exceso de libaciones, motivado por el prurito de unir el ejemplo a la regla en aquel ardiente panegírico del otoño [58]. Aquella tarde la pasamos Ramona y yo entretenidos en dulces y honestas pláticas, ambos muy serios, muy proyectistas, muy atentos en mirar y remirar los horizontes del porvenir que empezaban a teñírsenos de rosa. Por la noche, pasada la hora de la cena, *mestre* Cubas, después de ahumarme con su pipa, me dijo:

---

[56] Verdaderamente *augusta* es esta *pléyade* o grupo de artistas. Miguel de *Cervantes* (1547-1616) es el inmortal autor del *Quijote* (1605-1615), de *La Galatea* (1585), las *Novelas ejemplares* (1613), varias comedias y entremeses... Publio *Virgilio* Marón (70-19 a. de C.), poeta latino, compuso el poema épico la *Eneida,* su obra maestra, junto a las églogas de las *Bucólicas,* y las *Geórgicas,* poema didáctico sobre las labores del campo. El músico alemán Ludwig van *Beethoven* (1770-1827) es uno de los más grandes compositores universales, que destaca por sus sonatas para piano y muy especialmente por sus nueve sinfonías, en las que se manifiesta una profundidad y una expresividad incomparables. Sobre *Shakespeare,* véase la anterior nota 47.

[57] *fachendosa:* vanidosa, jactanciosa.

[58] En pasajes como este, sobre todo por la selección léxica, Galdós está bastante lejos de ser ese «don Benito el garbancero» que fue para algunos espíritus escogidísimos. *Hercúlea:* robusta, vigorosa. *Libaciones:* sorbos, tragos. *Prurito:* picor, comezón, y figuradamente, deseo persistente y excesivo. *Panegírico:* discurso de elogio o alabanza.

—Amado Tropiquillos, yo no me opongo; *mestra* Cubas no se opone tampoco; de modo que nadie, absolutamente nadie se opone.

Y reposaba su carnosa mano en mi hombro, haciéndome inclinar bajo el peso de ella.

—El hijo de mi amigo Lázaro —añadió— debe ser mi hijo... A propósito. Ahí están tus tierras, que no son malas. Es preciso replantarlas. Las replantaremos.

Dio varias vueltas como pipa que gira impulsada por las manos de los toneleros, y viniéndose otra vez a mí y abrazándome con efusión sofocante, me dijo [59]:

—Reedificaremos la casa...

Yo no tenía palabras; yo no decía nada, y me dejaba abrazar, sintiendo el contacto de la panza de mi generoso amigo y su rebote, semejantes uno y otro al de una gran pelota de goma.

El tonelero llamó a su esposa, que vino prontamente, seria y afable.

—Ramona, Ramona —gritó después *mestre* Cubas.

Turbada, ruborosa, entró la doncella esquivando mis miradas [60]. Sus bellos ojos mostraban singular empeño en examinar el suelo antes que mi rostro y el de sus bondadosos padres. ¿Cómo diré que todo quedó concertado aquella misma noche en palabras breves y expresivas? Mi felicidad era una nueva faz de mi salud recobrada. Ya era otro hombre, física y moralmente, y la vida me ofrecía encantos mil que jamás había conocido. Sano, amado y amante, dueño otra vez del campo de mis padres y de la humilde casa en que nací, dueño también de un corazón puro y noble, de una mujer hechicera, discreta, buena, rica... [61]. Tanta felicidad

---

[59] *efusión:* expansión, intensidad.

[60] *ruborosa:* enrojecida, avergonzada.

[61] *hechicera:* encantadora, cautivadora. *Discreta* no solo debe entenderse en el sentido de «prudente, reservada», sino también —y quizá sobre todo— en el más clásico de «sensata, inteligente».

debía producir en mí uno de esos estallidos que nos trastornan para siempre. No sé bien cómo fue; no sé si fue en el momento de casarme o poco después cuando sentí una sacudida en lo más profundo de mi ser... Yo tenía la mano de mi esposa entre las mías. ¿Tenía también su talle? No lo puedo decir. Solo sé que todo cambió bruscamente ante mis ojos, que el mundo dio una rápida vuelta, que me encontré arrojado en el suelo debajo de una mesa, en un estado que si no era la misma estupidez se le parecía mucho.

La efervescencia de mi pensamiento se iba apagando. Yo tocaba el suelo para cerciorarme de la realidad. Híceme cargo de tener delante una figura tosca que extendía hacia mí sus brazos, como queriendo alzarme del suelo... Creo que lo consiguió y que me puso sobre un sofá.

Era mi criado, que, al verme entrar lentamente en posesión de mí mismo, trajo una taza humeante, y me dijo:

—Eso va pasando. Se acabará de quitar con café muy fuerte [62].

1884

[62] Sabrá el lector que el *café muy fuerte* se emplea, por ejemplo, contra una borrachera. Es chocante, y también divertido, este final que despoja violentamente al cuento de su lirismo.

CELÍN

CAPÍTULO PRIMERO

Que trata de las pomposas exequias del señorito de Polvoranca en la movible ciudad de Turris

Cuenta Gaspar Díez de Turris, cronista de las dos casas ilustres de Polvoranca y de Pioz [1], que el capitán don Galaor, primogénito del marquesado de Polvoranca, murió de un tabardillo pintado el último día de octubre [2], y le enterraron en una de las capillas de Santa María del Buen Fin el 1.º de noviembre, día de Todos los Santos. El año de esta desgracia no consta en la Crónica, ni hay posibilidad de fijarlo, porque todo el documento es pura confusión en lo tocante a cronología, como si el autor hubiera querido hacer mangas y capirotes de la ley del tiempo. Tan pronto nos habla de cosas y personas que semejan de pasados siglos, como se nos descuelga con otras que al nuestro y a los días que vivimos pertenecen; por lo cual le entran a uno tenta-

[1] No hay tales *casas ilustres de Polvoranca y de Pioz* en la realidad, pero estos nombres no son inventados, pues *Polvoranca* responde al de una villa agregada al ayuntamiento de Leganés, a dos leguas y media de Madrid, mientras que *Pioz* era —y es— una villa con ayuntamiento en la provincia de Guadalajara, partido judicial de Pastrana.

[2] *tabardillo pintado:* tifus exantemático.

ciones de creer cierto runrún que la tradición nos ha transmitido referente al tal Díez de Turris [3]; y es que después de las comidas solía corregirse la flaqueza de estómago con un medicamento que no se compra en la botica [4], siendo tal su afición, que el codo lo tenía casi siempre en alto hasta la hora de la cena, y aun después de esta, que era cuando escribía. Estaba, pues, el hombre tan inspirado, que hasta el manuscrito que a la vista tengo conserva todavía el olor.

Pues, como decía, dieron tierra al capitán don Galaor la víspera de los Difuntos, con tanta pompa y tan lucido acompañamiento de personas principales, que en Turris no se había visto nunca cosa semejante [5]. Veinticinco años tenía el joven, gloria extinguida y esperanza marchita de sus papás. Había despuntado con igual precocidad en las armas y en las letras, y aunque no llegó a consumar ninguna sonante proeza con la espada ni con la pluma, sin duda estaba llamado a asombrar al mundo cuando la ocasión llegase. Su muerte fue muy sentida en todo el Reino, mayormente en aquella parte donde radican los estados de Polvoranca y de Pioz, casas un tiempo divididas por rencillas de caciquismo, después de reconciliadas en bien de la República [6]. Habitaban los dignos jefes de estas familias en la opulenta ciudad de Turris, a quien baña el caudaloso Alcana, de variable

---

[3] *runrún:* rumor, voz que corre entre el público.

[4] Así se refiere, con eufemismo humorístico, al vino. Fuente de humor será también a lo largo del relato la confusión cronológica antes aludida, hasta constituir, como veremos, uno de sus rasgos más peculiares.

[5] *la víspera de los Difuntos:* el día de los Difuntos es el 2 de noviembre, y la víspera, por lo tanto, la ya citada festividad de Todos los Santos, que fue cuando se celebraron los suntuosos funerales *(pomposas exequias)* aludidos en el título.

[6] Debe entenderse *República* en el sentido clásico de «conjunto de asuntos de interés público». Por otra parte, el empleo aquí de *caciquismo* viene a introducir, en un contexto de historia pasada, un término ajeno, moderno. Constituye una primera muestra de la confusión cronológica.

curso [7], y fue prenda final de su concordia el concertado matrimonio de don Galaor de Polvoranca con Diana de Pioz, hija única del marqués de Pioz, cuyos títulos, honores y preeminencias rebasarían el papel de la Crónica si se pusiesen todos en ella. La muerte, según dice Díez de Turris con patética elegancia, demolió en un día el sólido alcázar de estos planes. Ella y él habían nacido, como es uso decir, el uno para el otro. Era Dianita una *chica* (así lo reza el historiador) de prendas tan excelentes, que no se han inventado aún palabras con que deban ser encarecidas, pues si en hermosura daba quince y raya a todas las hembras del reino, en discreción, saber y talento se las apostaba con los turriotas más ilustres, académicos, teólogos, oradores, publicistas calzados y pensadores descalzos que iban de tertulia al palacio de Pioz [8].

El dolor de esta sin par damisela cuando le dieron la noticia del fallecimiento de su novio fue tan vivo, que no perdió el juicio por milagro de Dios. El marqués y su hija se abrazaron llorando, y las lágrimas de uno y otro se mezclaban, empapándoles la ropa. Al papá se le puso tan perdida la golilla [9], que se la tuvo que quitar, y la falda de Diana se

---

[7] *opulenta:* abundante, rica y sobrada de bienes. Más adelante veremos por qué se habla del *variable curso* del río (así como de la *movible ciudad* que es Turris, como trae el epígrafe del capítulo). En todo caso, su nombre resulta inventado como topónimo, aunque presenta claras resonancias semíticas, pues *alcana* (del árabe *al-hanna*) es sinónimo de alheña, sin olvidar que se llamaba *alcaná* (también del árabe *al-khanat,* «las lonjas») a la calle del barrio judío donde estaban las tiendas de los mercaderes (y que sí ha dejado varios topónimos en la geografía española).

[8] Las voces *chica* y *publicista* («el que escribe para el público»), modernas, chocan en el pasaje por voluntad del autor, lo que se refuerza aún con el empleo de *calzados* y *descalzos,* que es condición propia de los religiosos, y aquí se aplica con humor, respectivamente, a publicistas y pensadores. Lo mismo ocurre al situar en el palacio una *tertulia,* que sería más propia de un café, por ejemplo. Se continúa así, y aún se continuará, la ya citada confusión cronológica.

[9] *golilla:* adorno almidonado y liso que circundaba el cuello, usado especialmente por jueces, abogados, escribanos, etc.

podía torcer. Entráronle a la niña convulsiones, y después una congoja tan fuerte, que pensaron se quedaba en ella [10]. Gracias al pronto auxilio de los mejores médicos de Turris, que acudieron llamados por teléfono, y a los consuelos cristianos que echó por aquel pico de oro el capellán de la casa, filósofo de la Orden de Predicadores y hombre muy consolador, a la niña se le aplacaron los alborotados nervios [11]. Metiéronla en el lecho sus doncellas, y en él siguió llorando, aunque resignada. Si las lágrimas fuesen perlas —dice muy serio Gaspar Díez—, conforme sienten y afirman los poetas, en aquel caso se habrían podido recoger entre las sábanas algunos celemines de ellas [12].

Verificose el entierro con pompa nunca vista. Los periódicos de la mañana echaron en cuarta plana la papeleta con un rosario de títulos y honores encerrados en negra orla. El carro fúnebre iba tirado por ocho caballos con negros caparazones bordados de oro. Los lacayos de la casa de Polvoranca, vestidos a la borgoñona, llevaban hachas, y los niños del Hospicio estrenaron las dalmáticas de luto que para tales casos les hizo por contrata la Diputación [13]. Presidía el capitán general, llevando a su derecha a dos señores senadores y a su izquierda a D. Beltrán de Pioz, que había sido

---

[10] *se quedaba:* se moría, fallecía.

[11] *La Orden de Predicadores* era, y es, la de los dominicos, fundada por santo Domingo de Guzmán en 1215. Nótese cómo en este pasaje, ambientado del todo en el pasado, sorprende que los médicos fueran *llamados por teléfono* o, a continuación, que *los periódicos de la mañana* publicasen *la papeleta* o esquela.

[12] El *celemín* era una medida de capacidad que equivalía en Castilla a 4,625 litros aproximadamente.

[13] De nuevo la *Diputación,* y más al ser *por contrata,* pone la nota moderna en este ambiente lejano en el tiempo, con *lacayos* o criados vestidos de librea o uniforme (en este caso, *a la borgoñona,* o moda francesa con casacas y pantalones de polainas que vestían los criados de algunas casas aristocráticas), con *hachas* o antorchas, y con *dalmáticas* (vestiduras sagradas semejantes a casullas con mangas anchas y abiertas).

virrey del Perú; al inspector de la Santa Hermandad y al licenciado fray Martín de Celenque, subsecretario del Santo Oficio [14]. Iban también todos los individuos de la Junta Directiva del Ateneo presididos por el prior de la Merced, la oficialidad del tercio de Sicilia, varios alcaldes de Corte, lo más granado de la Sociedad Protectora de los Peces, algunos consejeros de Indias y de Órdenes, y toda la plana mayor del Consejo de Administración del *Ferrocarril de Turris a Utopía* [15]. La venerada Archicofradía del A.B.C. iba completa, cubiertos los cofrades con hopa negra de penitente y capuchón colorado, y detrás seguían los masones, tan respetables con sus mandiles, que se confundían con los padres dominicos [16]. Llevaban las cintas del féretro un teniente del

---

[14] *La Santa Hermandad* era una institución que establecieron los Reyes Católicos a partir de anteriores hermandades surgidas en Castilla y León desde el siglo XIII. Su existencia se mantuvo hasta el siglo XVII, y su función era la de perseguir y castigar los delitos cometidos fuera de poblado. El *Santo Oficio* era el de la Inquisición, creada a instancias de los Reyes Católicos para investigar y castigar los delitos contra la fe; se mantuvo hasta el siglo XVIII, en que fue decayendo, para desaparecer definitivamente en 1820.

[15] Continúa el desfile de autoridades con otro anacronismo, el del *Ateneo,* institución liberal propia del XIX, que en mezcla impensable preside *el prior de la Merced.* Con intención humorística hay que tomar esa *Sociedad Protectora de los Peces,* y también moderno es el *Ferrocarril de Turris a Utopía,* en que este punto de destino (*utopía* es etimológicamente «lugar que no existe») resulta muy significativo desde la perspectiva del cuento. Por otro lado, los *tercios* eran regimientos de infantería de los siglos XVI y XVII; los *alcaldes de Corte,* los jueces togados que componían la quinta sala del Consejo de Castilla; el consejo *de Indias* era el que intervenía en los negocios provenientes de las posesiones españolas de ultramar, y el *de Órdenes,* el que tenía jurisdicción sobre las órdenes militares españolas.

[16] Solo como humorístico cabe interpretar el nombre de la *Archicofradía del A.B.C.,* así como la confusión, en la línea de las que vamos encontrando, entre *los masones,* pertenecientes a una asociación secreta entre cuyos símbolos estaba el de los *mandiles* de cuero, y los *padres dominicos,* monjes de la orden de santo Domingo de Guzmán. *Hopa:* vestidura a modo de túnica.

tercio de Sicilia, a que pertenecía el finado, un caballero del hábito de Santiago el Verde, un socio del Club de Pescadores de Turris, un padre jesuita (por haber recibido el don Galaor su educación primera en un falansterio de la Compañía), un jovencito de la Academia de Jurisprudencia y otro de la Sociedad Kantiana de San Luis Gonzaga, donde el malogrado Polvoranca había leído su memoria sobre la organización militar a la prusiana [17].

Hubo gran funeral de cuerpo presente en Santa María, con mucha clerecía, canto llano y orquesta [18]. Ofició el obispo de la diócesis, que era también senador y del Consejo y Cámara de Castilla, y subió al púlpito el doctor Ramírez Cobos, lector en Teología y presidente de la Sección de Cánones del Ateneo, el cual pronunció la oración fúnebre. Los taquígrafos la tomaron puntualmente y salió en los periódicos de la noche [19]. Después llevaron el cuerpo a la

---

[17] *Santiago el Verde* era una ermita madrileña situada en el Sotillo, entre la puerta de Toledo y el portillo de Embajadores, donde se celebraba la famosa romería del 1.º de mayo, día de San Felipe y Santiago. Y nuevamente hallamos aquí la mezcla de elementos diversos y sobre todo opuestos, en oposición a veces corrosiva: así en la asociación entre la muy conservadora *Compañía* de Jesús y los *falansterios,* o comunidades de producción y consumo creadas por el socialista utópico Charles Fourier (1772-1837); y así también en la *Sociedad Kantiana de San Luis Gonzaga,* al fundir la filosofía crítica de Immanuel Kant (1724-1804) y la práctica de la caridad de san Luis Gonzaga (1568-1591) con los apestados. En cuanto a *la organización militar a la prusiana,* se refiere a los métodos de instrucción militar de Federico II de Prusia (1740-1786), quien hizo de su ejército el primero de Europa.

[18] Un *funeral de cuerpo presente* implica que el cadáver está dispuesto para ser conducido al enterramiento. El *canto llano* —que sería incompatible con la *orquesta*— es el gregoriano, el propio de la liturgia cristiana, cuyas notas son uniformes y proceden con la misma medida de tiempo.

[19] Las referencias a *los taquígrafos* y a *los periódicos de la noche* son contemporáneas, pero otras anteriores vuelven a mezclar elementos diversos y aun opuestos. Así, es llamativo sobre todo que un *senador,* un miembro del moderno Parlamento, lo sea a la vez *del Consejo y Cámara de Castilla,* instituciones que nos remiten a la monarquía del siglo XVI. No es menos sor-

capilla del Espíritu Santo. La muerte había respetado las agraciadas facciones del joven, que más parecía dormido que difunto. Diósele sepultura junto a las tumbas de esclarecidos varones de las familias de Polvoranca y de Pioz [20], que en la tal capilla tienen desde tiempo inmemorial sus enterramientos. Allí está el Gran Maestre de Pioz, general de las galeras de S. M., terror del turco y del veneciano, y su estatua yacente, vestida con hábito de almirante, empuñando la estaca de mando, pone miedo a cuantos la contemplan [21]; allí, la ilustre doña Leonor de Polvoranca, casada en primeras nupcias con un hermano del palatino de Hungría y en segundas con don Ataúlfo de Pioz, jefe superior de Administración y colector de espolios [22]; allí, el marmóreo busto del Adelantado de Hacienda, poeta excelso que compuso en octavas reales la epopeya de las *Rentas,* y recogió en su *Flora selecta de rimas económicas* toda la poesía del Siglo de Oro de nuestros financieros más inspirados [23];

---

prendente la existencia de una *Sección de Cánones del Ateneo,* ya que un canon es una regla o precepto establecido por la Iglesia católica, mientras el Ateneo, como señalamos anteriormente, es una institución liberal decimonónica.

20 *esclarecidos:* insignes, ilustres.

21 *S. M.* es abreviatura de Su Majestad, común en documentos antiguos. *Galeras* son embarcaciones de vela y remo, y, en este contexto, el conjunto de la armada o fuerzas navales. *Yacente:* echada, tendida, esto es, representando su cadáver.

22 Las dos *nupcias* o casamientos marcan de nuevo la confusión temporal, pues si el *palatino* era un alto dignatario de palacio, el de *la Administración* era un empleo de la burocracia contemporánea, en este caso el de *colector de espolios,* o sea, quien reúne los documentos referentes a bienes que, por haber sido adquiridos con rentas eclesiásticas, pasaban a la Iglesia al morir el clérigo que los poseía, y sobre los cuales tenía derechos el Estado.

23 *Adelantado de Hacienda, la epopeya de las Rentas,* y hasta el título *Flora selecta de rimas económicas* son nuevos casos de chirriantes contraposiciones que afectan aquí al personaje representado en la estatua de mármol o *marmóreo busto.* El *Adelantado* es propiamente el gobernador militar y político de una provincia fronteriza; una *epopeya,* un poema narrativo extenso (en este caso en *octavas reales,* un tipo de estrofa de ocho versos), de estilo elevado y personajes heroicos.

allí, el gran don Lope de Pioz, caballerizo mayor del Congreso y gentilhombre del Ayuntamiento constitucional de Turris [24]; allí, en fin, empotrados en nichos murales o sepultados bajo losas con peregrinos epitafios [25], otros muchos varones y hembras tan insignes, que la Fama, cuando tiene que pregonarlos a todos, como dice galanamente el cronista, se queda asmática para ocho días y con los labios hinchados de tanto soplar la trompa [26].

En resolución, que somos polvo, aun siendo Polvoranca (esta es también frase del escritor iluminado) [27]; y luego que pusieron sobre la removida tierra las coronas dedicadas al muerto por su familia y amigos, retiráronse estos afligidísimos a catar el espléndido *lunch* con que les obsequiaron el capellán y coadjutores de Santa María del Buen Fin [28].

Y vino la noche sobre Turris, dejando caer antes un velo de neblina sutil, que mermaba y desleía el brillo de las luces de gas. Este vapor húmedo y fresco, condensándose en las aceras, las hacía resbaladizas, y los adoquines brillaban como si les hubieran dado una mano de negro jabón. Los caballos de los coches echaban por sus narizotas gruesos chorros de vapor luminoso, y todo se iba empañando, desvaneciendo; las líneas se alejaban, las formas se perdían.

---

[24] Una vez más, *caballerizo mayor* y *gentilhombre* remiten a lo antiguo, y *Congreso* y *Ayuntamiento constitucional,* a lo coetáneo, además de implicar el antagonismo político entre la monarquía y el constitucionalismo.

[25] *epitafios:* inscripciones funerarias, en este caso raras o insólitas *(peregrinos).*

[26] Porque *la Fama,* divinidad alegórica de griegos y romanos, era representada a veces como una mujer alada con una *trompa* en la mano.

[27] *iluminado* equivale a «inspirado», pero tomado también en el sentido de este término que se deja entrever en el párrafo inicial, esto es, «ebrio, borracho». Es un vulgarismo que podría autorizarse literariamente con más de un pasaje de Valle-Inclán.

[28] *lunch,* «refrigerio», es un vocablo moderno que nuevamente rechina en este ámbito antiguo.

Poco después empezaron los chicos a vocear los periódicos de la noche *con la llegada de los galeones de Indias* [29]. La gente acudía a los teatros a ver el *D. Juan Tenorio* [30], los cafés estaban llenos de parroquianos, y las tiendas de lujo apagaron el gas, porque los cristales de los escaparates estaban empañados y nada se podía ver de lo que dentro se exponía. Algunas rondas de penitentes circulaban por las principales calles, rezando en alta voz el Santo Rosario, y como era noche de Difuntos, había muchos puestos de castañas, y las campanas de todas las iglesias, así como las de las sociedades literarias y científicas, atronaban el aire con sus fúnebres lamentos [31].

CAPÍTULO II

La inconsolable

PROFUNDAMENTE ABATIDA, Diana de Pioz se resistía a tomar alimento y a pronunciar palabra. Su desconsolado papá, el egregio marqués, empleaba, para sacarla de aquella postración lúgubre, todos los recursos de su facundia parla-

---

[29] Nueva fusión cronológica, pues *los chicos* que voceaban *los periódicos* remiten a la realidad del momento, mientras que *los galeones de Indias* aluden a los siglos XVI y XVII, con la mención de estos barcos que transportaban mercaderías de América a España.

[30] Alude al célebre drama romántico de don José Zorrilla (1844), que se representaba, siguiendo una tradición moderna vigente hasta hace poco, el día de Difuntos.

[31] Si las referencias al *Tenorio*, a *los cafés*, a *las tiendas de lujo* y sus *escaparates*, al *gas* y hasta a los *puestos de castañas* pertenecen a la realidad coetánea, las de las *rondas de penitentes* y sus rezos son del pasado, y culminan en una nueva pirueta, al extender el tañido fúnebre de *las campanas de las iglesias* (posible en los dos ámbitos temporales) a las *sociedades literarias y científicas*, instituciones modernas que no podían tocar campanas que no tenían, si nos atenemos a la realidad más estricta.

mentaria [32]. Era hombre que hablaba por siete, y en el Senado no había quien le echara el pie delante en ilustrar todas las cuestiones que iban saliendo. Su especialidad era la estadística, y con las resmas de números que llevaba en los bolsillos probaba todo cuanto quería [33]. No había sesión en que no se le oyera un par de horas, siempre indignado, entreverando el largo discurso con repetidas tomas de rapé [34], y marcando las frases con la coleta de su peluca, que por detrás de la cabeza extendíase a tan considerable distancia, que ningún senador podía sentarse a espaldas del marqués sin recibir algún zurriagazo.

Cierro el paréntesis y sigo. Diana, fingiéndose más consolada para que su papá la dejara sola, dijo que quería dormir. Mandó retirar también a sus doncellas, y buen rato estuvo atenta al vocerío de las campanas, contando los segundos que mediaban entre son y son, y sintiendo como un goce terrible en el temblor que le producían las vibraciones del metal rasgando el aire. Prolongó una hora, dos horas, aquella delectación de su mente extraviada [35], y cuando calculó que todos los habitantes del palacio dormían, saltó resueltamente del lecho. Su irremediable pena le había sugerido la idea de quitarse la vida, idea muy bonita y muy espiritual, porque, hablando en plata, ¿qué iba sacando ella con sobrevivir a su prometido? ¡Ni cómo era posible tolerar aquel dolor inmenso que le atenazaba las entrañas! Nada, nada, matarse, saltar desde el borde obscuro de esta vida insufrible a otra en que todo debía de ser amor, luz y dicha. Ya vería el mundo quién era ella y qué geniecillo tenía para aguantar los bromazos de la miseria humana. Esta idea,

---

[32] *egregio:* ilustre, insigne. *Facundia:* verborrea, labia, facilidad de palabra.

[33] *resma:* conjunto de 500 hojas o pliegos de papel.

[34] *rapé:* tabaco en polvo, que se aspiraba por la nariz para provocar el estornudo.

[35] *delectación:* deleite, placer.

mezcla extraña de dolor y orgullo, se completaba con la seguridad de que ella y su amado se juntarían en matrimonio eterno y eternamente joven y puro; ayuntamiento lleno de pureza y tan etéreo como las esferas rosadas y sin fin por donde entrambos volarían abrazados [36]. Por su inexperiencia del mundo y por su educación puramente idealista, por la índole de sus gustos y aficiones artísticas y literarias, hasta la fecha aquella de su corta vida, Diana consideraba la humana existencia, en su parte más inmediatamente unida a la naturaleza visible, como una esclavitud cuyas cadenas son la grosería y la animalidad. Romper esta esclavitud es librarnos de la degradación y apartarnos de mil cosas poco gratas a todo ser de delicado temple.

Abro otro paréntesis para decir que aquella gran casa de Pioz, de remotísima antigüedad, tenía por patrono al Espíritu Santo. La imagen de la paloma campeaba en el escudo de la familia y era emblema, amuleto y marca heráldica de todos los Pioces que habían existido en el mundo [37]. La paloma resaltaba esculpida en las torres vetustas y en las puertas y ventanas del palacio, tallada en los muebles de nogal, bordada en las cortinas, grabada con cerco de piedras preciosas en la tabaquera del marqués, en los anillos de Diana, en todas sus joyas, y hasta estampada por el maestro de obra prima en las suelas de sus zapatos [38]. Diana tenía costumbre de invocar a la tercera persona de la Trinidad en todos los

---

[36] El autor refuerza hábilmente la confusión o mezcla temporal con registros lingüísticos pertenecientes a diversos niveles y épocas. Aquí leemos arcaísmos como *ayuntamiento* («unión, matrimonio») o *entrambos* («ambos»), cuando unas líneas antes teníamos *hablando en plata* o *bromazo,* términos del habla más viva del momento.

[37] En efecto, *la imagen de la paloma* simboliza generalmente, y también en este caso, al Espíritu Santo *(emblema);* aquí además se tiene para alejar el mal o propiciar el bien *(amuleto),* a la vez que forma parte del escudo de armas *(marca heráldica)* de la familia.

[38] *maestro de obra prima:* zapatero de nuevo, oficial que hace zapatos.

actos de su vida[39], así comunes como extraordinarios, por lo cual, en esta tremenda ocasión que acabo de mencionar, convirtió la niña su espíritu hacia la paloma tutelar de los ilustres Pioces[40], y después de una corta oración, se salió con esto: «Sí, pichón de mi casa, tú me has inspirado esta sublime idea, tuya es, y a ti me encomiendo para que me ayudes».

En su desvarío cerebral, Diana conservaba un tino perfecto para las ideas secundarias, y no se equivocó en ningún detalle del acto de vestirse: ni se puso las medias al revés, ni hizo nada que pudiera deslucir su gallarda persona, después de vestida. Veía con claridad todo lo concerniente al atavío de una dama que va a salir a la calle, atavío que el decoro y el buen gusto deben inspirar, aun cuando una vaya a matarse. El espejo la aduló, como siempre, y ambos estuvieron de consulta un ratito... Por supuesto, era una ridiculez salir de sombrero. Como el frío no apretaba mucho, púsose chaquetilla de terciopelo negro, muy elegante, falda de seda, sobre la cual brillaba la escarcela riquísima bordada de oro[41]. En el pecho se prendió un alfiler con la imagen de su amado. Zapatos rojos (que eran la moda entonces) sobre medias negras concluían su persona por abajo, y por arriba el pelo recogido en la coronilla, con horquilla de oro y brillantes en la cima del moño. Envolviose toda en manto negro, el manto clásico de las comedias, el cual la cubría de pies a cabeza, y ensayó al espejo el embozarse bien y taparse como una máscara, no dejando ver más que ojo y medio, y a veces un ojo solo. ¡Qué bien estaba y qué gallardamente manejaba el tapujito! [42]. El misterioso rebozo marcaba en lo

---

[39] *La tercera persona de la Trinidad* es el Espíritu Santo.

[40] *convirtió:* dirigió. Es latinismo usado por fray Luis de León y algunos otros autores clásicos.

[41] La *escarcela* era una bolsa, especialmente para guardar el dinero, que se llevaba pendiente de la cintura.

[42] *tapujito:* diminutivo de *tapujo,* embozo con que una persona se tapa para no ser conocida.

alto la cúspide puntiaguda del moño, y caía después, dibujando con severa línea el busto delicado, la oprimida cintura, las caderas, todo lo demás de la airosa lámina de la joven. En aquel tiempo se usaban muy exagerados esos aditamentos que llaman *polisones,* y el manto marcaba también, como es natural, el que Diana se puso [43], que no era de los más chicos, cayendo después hasta dos dedos del suelo, donde se entreparecían los pies menuditos y rojos de la enamorada y espiritual niña... [44]. Vamos: era la fantasma más mona que se podría imaginar.

Cogió una llave que en su bargueño guardaba, y salió [45]. Era la llave de la escalerilla de caracol que comunicaba la biblioteca y armería con el jardín. Tiqui, tiqui, se escurrió bonitamente Diana por un pasadizo, y luego atravesó dos o tres salas, a obscuras, palpando las paredes y los muebles, hasta que llegó a la biblioteca. Abrió, cuidando de no hacer ruido, la puerta de la escalera de caracol, y tiqui, tiqui, bajó los gastados escalones, hasta encontrarse en el jardín. Cómo pasó de este al gran patio, y del patio a la calle burlando la vigilancia de la ronda nocturna del palacio, es cosa que no declara el cronista. Lo que sí expresa terminantemente es que en el tiempo que duró el largo tránsito por tenebrosas galerías, escaleras, terrazas, poternas y fosos hasta llegar a la calle [46], iba pensando la niña en la forma y manera de consumar la saludable liberación que proyectaba. Su mente descartó pronto algunos sistemas de morir muy usados entre los suicidas, pero que a ella no le hacían maldita gracia.

---

[43] *el que Diana se puso:* el *polisón* recién citado, o armazón que, atado a la cintura, se ponían las mujeres para que abultasen los vestidos por detrás.

[44] *se entreparecían:* se entreveían.

[45] *bargueño:* mueble de madera con muchos cajoncitos y gavetas, adornado con labores de talla o de taracea, en parte dorados y en parte de colores vivos, al estilo de los que se construían en Bargas (Toledo).

[46] *poternas:* en las fortificaciones, puertas menores que las principales y mayores que los portillos, que dan al foso o al extremo de una rampa.

Fácil le hubiera sido coger en la armería de su papá un mosquete o un revólver [47]; pero ni sabía cargar estas armas, ni estaba segura de saber pegarse el tirito fatal. Puñal, daga o alfanje no le petaban [48], por aquello de que se puede uno quedar medio vivo; y los venenos son repugnantes, porque ponen el estómago perdido y quizá hay que vomitar... Nada, lo mejor y más práctico era tirarse al río. Cuestión de unos minutos de pataleo en el agua, y luego el no padecer y el despertar en la vida inmortal y luminosa.

CAPÍTULO III

Trátase de la ciudad movible y del río vagabundo

TOMADA LA RESOLUCIÓN de ahogarse, Diana pensó que debía ir antes a visitar el sepulcro de D. Galaor; pero al dar los primeros pasos en la calle se sobrecogió, pues la obscuridad de la noche y la extensión laberíntica de la gran ciudad de Turris no le permitirían acaso encontrar la iglesia del Buen Fin sin que alguien la guiase. Miró a diestro y sinies-

[47] La mención conjunta de estas dos armas nos trae de nuevo la confusión temporal, pues el *mosquete* era un arma de fuego antigua, mucho más larga y de mayor calibre que el fusil, la cual se disparaba apoyándola sobre una horquilla; el *revólver,* por el contrario, es un arma del siglo XIX, de corto alcance, que se puede usar con una sola mano, y provista de un tambor en el que se colocan las balas. Cronología aparte, pretender suicidarse con un mosquete es pura guasa.

[48] La *daga* era una especie de espada corta, y el *alfanje,* un tipo de sable, corto y curvo. Por otra parte, el coloquialismo *petaban* («agradaban, complacían») nos da pie a señalar en estas líneas la perspectiva humorística del narrador, a través del empleo, dentro de un estilo culto y hasta muy culto, de términos, expresiones y otros elementos lingüísticos rebajadores, frecuentemente ligados a la lengua viva del momento: *tiqui tiqui, no le hacían maldita gracia, papá, tirito, por aquello de que, ponen... perdido, nada.*

tro, pero como por todos lados viera techos negros, torres altísimas, almenados muros y pináculos góticos [49], la pobre niña no sabía adónde volverse. La niebla no se había disipado, aunque era ya menos densa que al anochecer, y los edificios se dibujaban, entre la penumbra blanquecina, mayores de lo que realmente eran. La inconsolable discurrió que lo mejor era andar a la aventura [50], confiando en que su protector el Espíritu Santo la conduciría sin tropiezo al través de las dificultades permanentes y ocasionales de la topografía de la ciudad [51].

Hay que hacer ahora una aclaración de carácter geográfico, que sorprenderá mucho al lector, y en la cual insiste mucho el cronista, asegurando en forma de juramento que el día en que escribió esta parte de su relación no cometió exceso antes ni después de la cena [52]. Pues ello es un fenómeno físico peculiar de la ciudad de Turris, y que en ninguna otra parte del globo se ha manifestado nunca, como sienten Estrabón y dos graves autores más [53]. La ciudad de Turris se mueve. No se trata de terremotos, no; es que la ciudad anda, por declinación misteriosa del suelo [54], y sus extensos barrios cambian de sitio sin que los edificios sientan

---

[49] *Almenados* son los *muros* rematados en almenas, o prismas que los coronaban en las antiguas fortalezas para resguardarse en ellos los defensores. *Pináculos góticos* son los remates piramidales o cónicos propios de este estilo.

[50] *La inconsolable* es Diana, como ya aparece en el título del capítulo anterior y seguirá apareciendo en lo sucesivo. Este recurso de nombrar al personaje con apelativos propios del narrador es muy frecuente en toda la novelística galdosiana.

[51] *La topografía de la ciudad* es su configuración física, en este caso compleja y hasta *laberíntica,* como antes leímos.

[52] Quiere decir que estaba sobrio, que no había bebido. Recuérdese lo escrito al comienzo del relato sobre la afición del cronista a empinar el codo.

[53] *sienten:* juzgan, opinan. *Estrabón* es un destacado geógrafo griego de la época de Jesucristo.

[54] *declinación:* caída, descenso o declive.

la más ligera oscilación, ni puedan los turriotas apreciar el movimiento misterioso que de una parte a otra les lleva. Se parece, según feliz expresión del cronista, a un gran animal que hoy estira una calle y mañana enrosca un paseo. A veces, la calle que anocheció curva amanece recta, sin que se pueda fijar el momento del cambio. Los barrios del norte se trasladan inopinadamente al sur. Los turriotas, al levantarse todas las mañanas, tienen que enterarse de las variaciones topográficas ocurridas durante la noche, pues a lo mejor aparece el Tribunal de Cuentas al lado de la Plaza de Toros, y el Congreso frente al Depósito de caballos padres [55].

El centro de la ciudad se mueve poco y rara vez. Los radios son los que van de aquí para allí con movimiento tan inapreciable a los sentidos [56], directamente, cual la rotación cósmica del planeta. Las arterias radiales de la ciudad y sus extremidades son las que se revuelven, se cruzan y se enroscan como los rejos del pulpo. Lo más particular es que las líneas de tranvías sufren poco o nada [57], pues sus carriles se acomodan a la dirección del movimiento. El inaudito fenómeno se verifica casi siempre de noche. El Municipio tiene pregoneros que salen por las mañanas voceando la nueva topografía, y se ponen carteles diciendo, por ejemplo: «La cárcel se ha corrido al oeste. Hay tendencias en el Senado a derivar hacia los Pozos de Nieve [58]. La Bolsa, firme (quiere decir que no se ha movido). El convento de Padres Capuchinos Agonizantes, unido a la Dirección de Infantería y al Hotel de Bagdad, marcha, costeando el barrio de los ju-

---

[55] Nótese la heterogeneidad de los organismos o instituciones que aquí se aproximan. *Caballos padres* son sementales, aquellos que los criadores tienen destinados a la monta de las yeguas.

[56] Los *radios* son las zonas de la ciudad que se van alejando del centro.

[57] *particular:* raro, extraordinario.

[58] *Pozos de Nieve:* excavaciones secas donde se guardaba y conservaba la nieve para el verano.

díos, hacia la Fábrica del Gas»[59]. Cierto que este fenómeno, único en el globo, tiene sus inconvenientes, porque no se sabe nunca, en tal ciudad, de quién es uno vecino y de quién no; pero hay que reconocer que no carece de ventajas, pues cuando un turriota sale, a altas horas de la noche, de una francachela, con la cabeza un poco mareada, no necesita fatigarse para ir a su casa, sino que se está quietecito, arrimado a un guardacantón, esperando a que pase la puerta de su vivienda para meterse en ella tan tranquilo[60].

Es, pues, de saber que Diana tiró por la primera calle que a su vista se ofrecía. El lamentar de las campanas, en vez de intimidarla, le prestaba más ánimos, confirmando en lenguaje solemne sus propios pensamientos. Pasó por calles céntricas y comerciales, bulliciosas de día, a tal hora casi desiertas. Ya había salido el público de los teatros, y en los cafés había bastante gente cenando o tomando chocolate. Los vendedores de periódicos voceaban perezosos, deseando vender los últimos ejemplares. Diana reparó en algunas mujeres con manto que no parecían trigo limpio, y hombres que las seguían y alborotaban con ellas en animado grupo. Oyó ruido de espuelas y vio caballeros envueltos en capas negras o rojas, mostrando la espada a la manera de un rabo tieso que alzaba la tela. Pasando por barrios excéntricos, donde observó secreteos en las rejas, llegó a una calle donde había muchas tabernas y gente de malos modos y peores palabras que escandalizaba a ciencia y paciencia de los cuadrilleros de Orden Público, los cuales, plantados en las esquinas como estatuas, encajonada la cara en las golillas, ta-

---

[59] No hará falta señalar la nueva confusión, ahora no temporal, sino espacial. Por otra parte, habrá notado el lector la dilogía o doble sentido del adjetivo *firme* aplicado a la Bolsa.

[60] *francachela:* diversión bulliciosa que generalmente tiene por base una comida. *Guardacantón:* poste de piedra o hierro destinado a evitar que los carruajes se salgan del camino o rocen las esquinas de los edificios. Por otro lado, comprendemos ya el porqué del título de *ciudad movible.*

pándose la boca con el ferreruelo, más parecían durmientes que vigilantes [61].

Atravesó después la niña un tenebroso parque, y hallose, por fin, en sitio solitario y abierto. Vio pasar una gran torre que iba de norte a sur, cual un fantasma, y como al mismo tiempo sonaban en ella las campanas, el eco de estas se arrastraba por el aire a modo de cabellera [62]. Fábricas monstruosas con altísimas chimeneas pasaron también como escuadrón que marcha al combate con los fusiles al hombro; después vio ante sí los resplandores de la Fábrica del Gas. Pasaron algunos hombres encapuchados, que debían de ser la ronda del Santo Oficio [63]. La inconsolable se ocultó en la sombra de una casa destechada. Pasaron, tras la ronda, penitentes que se daban de zurriagazos sin piedad; luego, empleados del Resguardo que iban a relevarse en los puestos; en pos, un borracho que trazaba con inseguro paso rúbricas sin fin en el suelo húmedo [64]. La joven, asustada de su soledad y sin esperanza de encontrar la iglesia del Buen Fin, no se atrevía a preguntar a nadie. Por último, oyó una voz infantil que cantaba el himno de Riego [65], mejor dicho, lo

---

[61] La primera mitad de este párrafo, aproximadamente, plantea referencias contemporáneas: teatros, cafés, periódicos... En la segunda, sin embargo, las alusiones llevan a tiempos pasados o a fundir ambos; así en la mención de *los cuadrilleros de Orden Público,* donde se asocian en este sintagma *Orden Público,* que es un concepto del XIX, con *cuadrilleros,* que eran los que formaban parte de una cuadrilla de la Santa Hermandad (véase la anterior nota 14, y también la 9 para *golilla*). *Ferreruelo:* capa corta, con cuello pero sin capilla o capucha, propia de los siglos XVI-XVII.

[62] Note el lector la curiosísima imagen prevanguardista.

[63] *Santo Oficio:* el de la Inquisición (consúltese de nuevo la nota 14).

[64] Asistimos una vez más a la fusión entre pasado —los *penitentes* o disciplinantes *que se daban de zurriagazos sin piedad*— y presente —los *empleados del Resguardo,* o guardias de sitios fronterizos o del litoral encargados de impedir el contrabando—. El *borracho* es atemporal.

[65] *El himno de Riego* —que alude a Rafael del Riego (1785-1823), militar, político y héroe revolucionario— era una marcha militar compuesta en 1820 con el fin de que sirviera de himno a las tropas sublevadas para

silbaba con música semejante a la que aprenden los mirlos enjaulados a las puertas de las zapaterías. Aquella tierna voz le inspiró confianza. Un niño como de seis años avanzaba con marcial continente, marcando el pasodoble y agitando un palito con la mano derecha, en perfecta imitación de los gestos de un tambor mayor al frente del regimiento [66].

Discurrió la damisela que aquel gallardo rapaz podría darle informes mejor que cualquier gandul desvergonzado, y...

—¡Pst..., chiquillo, ven acá!

Parose en firme el muchacho al ver salir de la sombra la esbelta figura, y cuando reparó que era una dama llevose la mano al andrajo que por gorra tenía [67].

—Chiquillo —añadió ella—, ¿quieres decirme si está por aquí Santa María del Buen Fin? Y si está lejos, ¿qué camino debo tomar? Te daré una buena propina si no me engañas.

El muchacho se cuadró ante la señorita de Pioz [68], y con desenvuelta palabra y ademanes más desenvueltos todavía, le dijo:

—¡El Buen Fin! Muy cerca está ¿Ves aquella torre que se acaba de parar?... Allí es. Yo te enseñaré el camino.

---

restaurar el régimen constitucional, pero que tuvo después una larga y significativa historia, que llega casi hasta nuestros días. Lo adoptaron los liberales en la primera guerra carlista (1833-1840), se oyó durante las revoluciones de 1854 y 1868, e incluso durante las campañas de África. A la vez, estuvo prohibido en tiempos de Fernando VII y de Isabel II. Acabó así por convertirse en una especie de himno de la revolución española, y ya después de la época de Galdós, la II República (1931-1939) hizo de él himno nacional. Todavía hoy conserva alguna vigencia entre españoles de edad más o menos avanzada que vivieron la guerra civil o el franquismo.

[66] *marcial continente:* porte o aire militar. El *pasodoble* es la marcha a cuyo compás puede llevar la tropa el paso ordinario, y el *tambor mayor,* el maestro de una banda de tambores.

[67] Debe entenderse que se la quita (lo comprobaremos a continuación) en señal de respeto.

[68] *se cuadró:* adoptó la posición de firmes como actitud de acatamiento (el niño sigue imitando los movimientos militares).

—¡Ay, hijo, qué alegría me das!... Pero ponte la gorra, que hace frío. Mira —sacando una moneda de su escarcela—, ¿ves este ducadito de once reales?[69]. Pues es para ti, si te portas bien.

Los ojos del chico brillaron de tal modo al ver la moneda, que Diana creyó tener delante dos estrellas. Sin decir nada, el rapaz echó a andar, silbando otra vez su patriotera música y marcando el paso vivo con mucho meneo del brazo derecho, a estilo de cazadores[70].

—Oye, niño —le dijo la inconsolable, que no quería ser precedida por una banda militar—. Vale más que vayamos calladitos. No nos conviene llamar la atención... ¿Te parece?

Callose el guía y dio dos o tres brincos y zapatetas con tanta ligereza, que la niña de Pioz no pudo menos de sonreír un poco.

—Pobrecillo —poniéndole la mano en la cabeza—, ¡y qué mal estás de ropa!

Efectivamente, el chico llevaba unos gregüescos cortos, las piernas al aire, los pies descalzos[71]. El cuerpo ostentaba un juboncillo con cuchilladas, mejor dicho, roturas, por donde se le veían las carnes[72]. Su gorra informe tenía por cintillo una cuerda de esparto, y otra prenda del mismo

---

[69] El *ducadito* nos remite de nuevo al pasado, pues era el ducado una moneda, en principio de oro, que tuvo su origen en Sicilia en el XII, recibió este nombre en Venecia un siglo después, y se introdujo en España en el XV, donde se siguió acuñando hasta los primeros años del XVII. Sus diversas variedades y valores nos impiden cuantificarlo con precisión en nuestro texto, pero no hay duda de que se trataría de *una buena propina,* como acaba de decir Diana.

[70] *cazadores:* soldados de tropa ligera.

[71] *gregüescos:* calzones anchos. Esta prenda, como las que siguen, nos remite al pasado.

[72] *juboncillo con cuchilladas:* el jubón era una vestidura que cubría desde los hombros hasta el talle, ceñida y ajustada al cuerpo. Las cuchilladas —que aquí en realidad son *roturas*— eran aberturas para que por ellas se viese otra tela de distinto color u otra prenda lujosa.

jaez le apretaba la cintura para que no se le cayeran los gregüescos [73].

—¿No tienes frío? —le preguntó compadecida la señorita.

—No tal —replicó el otro saltando un gran trecho; y se puso a dar vueltas de carnero tan repetidas y con tanta presteza, que mareaba verle [74].

Tanta gracia y ligereza excitaron más la compasión de Diana, y siguiéndole por un callejón sombrío y tortuoso, le dijo:

—Mayor recompensa de la que te ofrecí te daré si te portas bien conmigo. ¿Cómo te llamas?

—Celín, para servirte.

—¿Tienes padre?

—Sí; pero no está aquí.

—¿Dónde?

Celín, dando un gran brinco, señaló una estrella.

—¡Ah!, eres huérfano. ¿De qué vives? ¿Pides limosna? ¡Pobrecito! ¿Y quién te ampara? ¿Dónde vives? ¿Dónde duermes?

Celín contestó dando brincos mayores, y Diana admiraba la extraordinaria agilidad del muchacho, que, al levantar los pies del suelo, brincaba hasta alturas increíbles.

—Chiquillo, pareces un pájaro... [75]. Cuéntame: ¿de qué vives tú? ¿Tienes hambre? Si pasáramos por una tienda, te compraría pasteles... ¿Acaso vives tú, como otros niños vagabundos, de merodear en los mercados y de desvalijar a los caminantes? Eso es muy malo, Celín... Si yo no fuera a donde voy, te protegería... A propósito: después que me lle-

---

73 Se entenderá que lleva *una cuerda de esparto* en lugar del *cintillo* o cordoncillo de la gorra (*informe,* «que carece de forma determinada»), y otra cuerda igual para sujetar los calzones.

74 *Vueltas de carnero* son medias volteretas.

75 No pase por alto el lector la extraordinaria agilidad que muestra Celín, ni tampoco la comparación que hace Diana.

ves al Buen Fin, me llevarás al río Alcana. ¿Sabes dónde está hoy?

—El río estaba aquí esta tarde, pero se pasó ya a la otra banda. Le vi correr, levantándose las aguas para no tropezar en las piedras, y echando espumas por el aire. Iba furioso, y de paso se tragó dos molinos y arrancó tres haciendas, llevándoselas por delante con árboles y todo [76].

—¡Huy, qué miedo! Iremos luego al río. Yo tengo confianza en ti, pues aunque me pareces alborotado, eres simpático y complaciente con las damas.

Y aquí es preciso repetir la explicación que se dio referente a la ciudad. El río Alcana variaba de curso cuando le parecía. Unas veces corría por el este, otras por el oeste; mas la misteriosa ley determinante de su curso vagabundo le imponía la obligación de no inundar nunca la ciudad. Como depositaba en su cauce un sinnúmero de arenas de oro, la variación era utilísima a los turriotas, y muchos se dedicaban a cosechar el valioso metal. Últimamente se formó una gran sociedad por acciones para la explotación de aquella riqueza. Los cambios de curso se anunciaban con hondos murmullos del agua, que parecían salmodia entonada por las invisibles ninfas del río [77], y desde que sonaba aquella música, los ribereños se preparaban, retirando sus ganados de las peligrosas orillas. En ocasiones, alejábase hasta una y dos leguas de la ciudad [78]; otras se acercaba tanto, que lamía los muros de la Inquisición y de la Fábrica de Tabacos, o se rascaba en los duros sillares del palacio de Pioz [79]. Llevá-

---

[76] Los *molinos,* o máquinas para moler, se instalaban junto a los ríos, para aprovechar el agua como fuerza motriz. *Haciendas* son fincas agrícolas o tierras de labor.

[77] *salmodia:* canto monótono. Las *ninfas* eran jóvenes diosas de la mitología que personificaban la vitalidad y fecundidad de la naturaleza; vivían en parajes naturales, como ríos, bosques, prados...

[78] Recuérdese que la *legua* equivalía a 5.572,7 metros.

[79] *sillares:* piedras labradas que forman parte de una construcción.

base muy a menudo los corpulentos árboles que poblaban sus orillas, y se veían hermosas masas de verdura corriendo al través de los campos.

Los chicos juguetones se montaban en las ramas nadantes y navegaban en ellas de una parte a otra. En cambio, las naves que surcaban el río, las potentes galeras de Indias, cargadas de plata [80], se quedaban en seco, con las hélices enterradas en fango, y era forzoso esperar a que el río volviera a pasar por allí. También solía acarrear el Alcana, de remotos confines, plantas rarísimas, desconocidas de los turriotas, y animales exóticos, y aun viviendas con hombres de razas muy diferentes de la nuestra en lengua y color. Los peces le seguían siempre en sus caprichosas mudanzas, y desde que se percibían los primeros acentos de aquel canto de las ninfas acuáticas, se reunían en grandes caravanas con sus jefes a la cabeza, y tomaban el portante antes que mermase el caudal de aguas [81].

CAPÍTULO IV

De la visita que Diana y Celín hicieron a la capilla del Espíritu Santo

YA LLEGARON LA NIÑA de Pioz y su guía a Nuestra Señora del Buen Fin. La puerta principal estaba cerrada. Las esculturas de ella dormían beatíficamente en sus nichos, la cabeza inclinada sobre el hombro. Por indicación del ra-

[80] En efecto, las *galeras* o naves traían *de Indias* en los siglos XVI y XVII diversas mercaderías, y muy especialmente metales preciosos en cantidades ingentes, que representaban unas tres cuartas partes de la producción mundial; como la plata, que procedía sobre todo de las minas de Potosí, en la actual Bolivia. Por otra parte, este pasaje localiza hipotéticamente a Turris cerca del mar, con un río navegable hasta la ciudad.

[81] *tomaban el portante:* se iban, se marchaban (coloquialismo).

paz dieron la vuelta, tropezando en el desigual piso, hasta acertar con una rinconada donde se veía claridad. Era el postigo de la sacristía [82]. Celín delante, la señorita detrás, entraron, y el chicuelo guiaba, mostrándose conocedor de los rincones del edificio. Como llegaran a un sitio obscuro, sacó Celín del seno su caja de cerillas y encendió una contra la pared para alumbrar el tránsito. Cuando había que bajar dos o tres escalones, alargaba la mano con galantería para que la señorita se apoyase.

Penetraron en una pieza abovedada y rectangular, mal alumbrada por un candilón cuya llama ahumaba la pared [83]. Por un agujero del techo aparecían varias sogas, cuya punta tocaba el suelo. En este había un ruedo, y sobre él, un hombre sentado a la turquesca, y entre sus piernas, montones de castañas y dos botellas de aguardiente [84]. Era el campanero, maese Kurda [85], y estaba profundamente dormido, la barba pegada al pecho, dando unos ronquidos que parecían truenos subterráneos. De rato en rato, sin salir de su sopor, conservando los ojos cerrados y la respiración de perfecto durmiente, estiraba el tal los brazos, y agarrando las cuerdas hacía un esfuerzo, cual si quisiera colgarse de ellas. Sonaban allá arriba las campanas con estruendo terrorífico y vibraba todo el edificio como si fuera de metal, mientras se desvanecían y alargaban en el aire las ondas del sonido. Luego maese Kurda sepultaba nuevamente la barba en el pecho y seguía roncando, hasta transcurrir el tiempo exacto entre un doble y otro [86].

---

[82] *postigo:* puerta pequeña y secundaria.

[83] *candilón:* lámpara grande de aceite.

[84] *a la turquesca:* con las piernas recogidas (?). No aparece en los diccionarios.

[85] *Maese Kurda* es nombre caracterizador (*curda,* «borrachera, borracho»).

[86] *doble:* toque de campanas.

Celín hizo provisión de castañas, metiéndose por las cuchilladas de su jubón todas las que cupieron, y enseguida indicó a la señorita la puerta que a la iglesia conducía. No tardaron en encontrarse en la nave principal, y respetuosamente pasaron a la capilla del Espíritu Santo. La primera impresión de Diana fue miedo de verse entre tantísimo sepulcro. Descollaba la estatua yacente del Gran Maestre de Pioz, terror de los turcos, y había más allá otra imagen marmórea, barbuda y en pie, mirando terroríficamente con sus ojos sin niñas a todo cristiano que osaba entrar allí. Los sepulcros de los Polvorancas tenían el emblema de la casa, que era un reloj de arena, y en las tumbas de los Pioces campeaba la paloma tutelar de la estirpe [87]. Alumbraban la capilla los cirios encendidos junto a la sepultura de don Galaor. Casi todos estaban ya en lo último del cabo, y sus pábilos negros se enroscaban como lenguas de la llama bostezante, mientras el lagrimeo de la cera derretida escurría por los blandones abajo, goteando sobre el suelo [88].

Diana se sintió sobrecogida de respeto y religioso pavor. Sobre la tierra, aún no sentada [89], que cubría los restos de su novio, yacían las coronas que adornaron el féretro. Leyó las cintas con doradas letras que decían: «¡La oficialidad del tercio de Sicilia, a su noble compañero!...». Otra: «El Ateneo Científico, Literario y Litúrgico, etc.» [90]. Las flores naturales dedicadas por ella se habían ajado ya, y las de trapo exhalaban un ingrato aroma de tintes industriales.

---

[87] *estirpe:* linaje, familia.

[88] El *cabo* es la pequeña parte que queda por consumir de *cirios* o velas. *Pábilos:* mechas de la vela o partes carbonizadas de esta. *Blandones:* candeleros, candelabros.

[89] *sentada:* asentada, asegurada.

[90] *Ateneo Científico* y *Literario* era una designación común de este tipo de instituciones. El añadido *Litúrgico,* disparatado, constituye una más de esas fusiones que vamos viendo.

Sintió la joven, al arrodillarse, brusco impulso hacia la tierra, como si brazos invisibles desde ella la llamasen y atrajesen. Cayó boquita abajo; besó el suelo, y aquí dice el ingenioso cronista que, siendo la sepultura de secano, ella la hizo de regadío con el caudal fontanero de sus lágrimas. La idea de la muerte se afirmó entonces en su alma, a la manera de una voluptuosidad embriagadora [91]. Ofreciose a su espíritu la muerte, sucesivamente, en las dos formas eternas. Figurábase primero estar en esencia al lado de su amante, los brazos enlazados con los brazos, las cabezas juntitas. Pero no podía imaginar esta situación prescindiendo del bulto corpóreo. Sería su cuerpo todo lo sutil e impalpable que se quisiera, pero cuerpo tenía que ser, aunque con solo medio adarme de materialidad [92], pues sin este no podía verificarse el abrazo ni la sensación mutua y recíproca de estar juntos.

La otra forma ideal de muerte consistía en suponerse toda huesos debajo de aquella tierra, el esqueleto de su amante desbaratado y confundido con el de ella, de modo que no se pudiese decir: «Este huesito es mío y este tuyo». Revueltas de este modo las piezas, se realizaba mejor el anhelo amoroso de ser los dos uno solo. Los cráneos eran lo único que conservaba personalidad distinta, tocándose los frontales y la mandíbula inferior. Pero esta confusión de huesos no podía la joven concebirla sino admitiendo que los tales huesos debían de tener conciencia de sí mismos, que los cráneos se reconocían pensantes, y que todas las demás piezas óseas, bien barajadas, habían de experimentar la sen-

---

[91] *voluptuosidad:* sensualidad, placer.

[92] *medio adarme:* cantidad o porción mínima. El *adarme* era propiamente una unidad de peso que equivalía aproximadamente a 1,8 gramos. Por otra parte, nótese cómo en este pasaje el narrador, adoptando la perspectiva más o menos frívola o ligera de la joven, evita el dramatismo con el uso del diminutivo (*boquita abajo, juntitas,* más abajo *huesitos*).

sación del roce de unas con otras, pues si tal conciencia y sensación no existiesen, la común sepultura no tenía gracia. Estas ideas, sucediéndose con rapidez en su mente, le produjeron vértigo, el cual vino a parar en desesperación... ¡Que no pudiera ella resucitar al que bajo aquella tierra estaba, darle vida con sus lágrimas y su aliento! Expresaba esta infantil desesperación hiriendo el suelo con las puntas de los pies (no se olvide que estaba boca abajo), y también clavó los dedos en la tierra blanda como queriendo revolverla. El cronista dice que consideraba a la tierra como a una rival y le arañaba el rostro. Mientras esto pasaba, no se oían en el triste panteón más rumores que el de los suspiros de Diana y el que producía Celín descascarando las castañas para comérselas. Estaba sentado en el escalón del altar, de espaldas a este, mostrando soberana indiferencia hacia cuanto le rodeaba.

La inconsolable se levantó decidida a abreviar el tiempo que la separaba de la muerte.

—Chiquillo: ahora, al río —dijo secándose el de sus lágrimas [93]; y salieron por donde habían entrado, cruzando junto al dormido campanero, que tocó cuando pasaban.

Al encontrarse en la calle, Diana dijo a su guía:

—Celín, si te portas bien, te daré más, mucho más de lo prometido. No has de decir a nadie que me has visto ni que hemos ido al río, ni tienes que meterte en que yo haga esto o lo otro.

Respondió el chico que el Alcana estaba un poquito lejos, y guió por torcida calle, en la cual había una imagen alumbrada por macilento farol [94]. Pasaron por junto al cuartel de la Santa Hermandad, establecido en el desamortizado convento del Buen Fin. En la puerta estaba de centinela un

---

[93] Entiéndase *el* río *de sus lágrimas.*

[94] *macilento:* de luz pálida o mortecina.

cuadrillero con tricornio y capote [95]. Dejaron atrás la Casa de locos y un barrio de gitanos. Costeando luego la inmensa mole de la Casa de los Jesuitas, rodeada de sombras, entraron en una plaza enorme con muchísimas horcas, de las cuales pendían los ajusticiados de aquel día. Eran salteadores de caminos, periodistas que habían hablado mal del Gobierno, un judaizante, un brujo y un cajero de fondos municipales, autor de varios chanchullos [96]. Apretaron el paso, y al salir a un lugar más abierto, entre campo y ciudad, notó Diana que la obscuridad menguaba.

—Pero ¿qué?, ¿ya viene el día? —dijo a su compañero—. Apresurémonos, hijo, que esto debe concluir antes que amanezca.

Entonces se fijó en Celín, creyendo advertir que su simpático amigo era menos chico que cuando le tomó por guía.

—O es que la claridad agranda los objetos, o tú, Celinillo, has crecido. Cuando te encontré, tu cabeza no me pasaba de la cintura, y ahora, ahora... Acércate. ¡Jesús, qué cosa tan rara!... ¡Qué estirón has dado, hijo! Si casi casi me llegas al hombro.

---

[95] El *desamortizado convento* alude a la desamortización de Mendizábal (1835-1837) o a la posterior de 1855, mediante las cuales se pretendió liberar y entregar a la contratación general las propiedades inmuebles acumuladas por entidades incapacitadas para enajenar sus bienes, como la Iglesia. Obviamente, la *Santa Hermandad* ya no existía por entonces. Observamos, pues, un nuevo caso de confusión cronológica, apoyado aún por ese *cuadrillero* vestido como un guardia civil. Véanse las anteriores notas 14 y 61.

[96] Las *sombras* que rodeaban *la Casa de los Jesuitas* deben entenderse en doble sentido. Por otro lado, aunque en el momento en que Galdós escribe existen aún en España las ejecuciones públicas, las *horcas* y *los ajusticiados de aquel día* remiten al pasado. Lo curioso es que la lista de víctimas mezcle a los de antes (*un judaizante, un brujo,* quizá los *salteadores de caminos*) con los de ahora (*periodistas que habían hablado mal del Gobierno, un cajero de fondos municipales*), en una amalgama divertida por disparatada.

Celín se reía. Como aumentaba la claridad, Diana creyó observar en las pupilas de su guía algo penetrante y profundo que no es propio del mirar de los niños. Eran sus ojos negros y de expresión jovial; pero cuando se ponían serios, Diana no podía menos de humillar ante ellos su mirada.

De repente, Celín se restregó sus heladas manos, y recurriendo a la gimnasia para entrar en calor, dio un sinfín de volteretas con agilidad pasmosa. A pesar del estado de su espíritu, la niña de Pioz se echó a reír. Celín se le puso delante, y con picaresco acento le dijo:

—Sé volar.

Para probarlo agitó los brazos y fue de una parte a otra con increíble presteza. Diana no podía apreciar la razón física de aquel fenómeno, y atónita contempló las rápidas curvas que Celín describía, ya rastreando el suelo, ya elevándose hasta mayor altura que las puertas de las casas; tan pronto se deslizaba por un pretil ornado de macetas [97], como se dejaba caer de considerable altura, subiendo luego por un poste telegráfico y saltando desde la punta de él a un balcón próximo, para deslizarse hacia el suelo, rozando su cuerpo con un farol.

—No te canses, hijo; ya veo que vuelas —gritó la señorita corriendo hacia él, porque con aquellos brincos fenomenales Celín se había puesto a considerable distancia.

Avanzaron más, y hallándose junto a unas tapias rojizas que eran las de los corrales de la Plaza de Toros, Celín se paró y dijo:

—¿Oyes? ¿Oyes? Es el río.

—Pero ¿qué?, ¿viene hacia acá?

—No; está aquí desde ayer. A la vuelta de esta tapia lo veremos.

—Corramos —dijo la señorita, impaciente—. Esto debe concluir pronto. Cuidado, hijo, cómo das cuenta a nadie de lo que me veas hacer [98].

---

[97] *pretil:* muro bajo, barandilla o vallado.

[98] *Cuidado... cómo das:* cuidado con dar, te prohíbo que des.

CAPÍTULO V

Refiérense las increíbles travesuras de Celín, y cómo fueron él y la inconsolable en seguimiento del río Alcana

Y CORRIERON TANTO, que Diana, fatigada, se detuvo junto a un grueso pilar de sillería [99]. Hallábanse bajo el viaducto del ferrocarril [100], y pronto, a la luz del naciente día, vieron la fila de pilares y encima el inmenso tubo de hierro por donde el tren pasaba. Diana no podía respirar y tuvo que sentarse; Celín permaneció en pie. Oyose un ruido lejano y sordo que crecía a cada instante. Era el tren, que se aproximaba silbando y embestía el viaducto como un toro. Oyeron sus pisadas y el rumor de su resuello. Cuando penetró en la inmensa viga metálica, parecía que el mundo se venía abajo.

—Esto me da miedo, Celín —dijo la señorita apartándose sobresaltada—. Si esto se cae y nos coge debajo...

Y luego que el tren pasó, hablaron un instante de cosas completamente extrañas al motivo de aquella insensata correría de la marquesita de Pioz.

—Este es el tren de recreo —dijo Celín recostándose junto a ella—. Dentro de media hora viene otro, y después otro, y el correo, y el expreso. Mucha gente, muchísima, con billete de ida y vuelta, para ver el auto de fe de mañana [101].

---

[99] *sillería:* obra hecha con sillares o piedras labradas.

[100] *viaducto:* puente construido sobre una hondonada para el paso de un camino o una vía férrea.

[101] De nuevo la fusión temporal asocia lo contemporáneo, los trenes, con lo pasado, el *auto de fe*. Era este un acto (auto) público y solemne en el que se hacía la proclamación de las sentencias dictadas por el tribunal de la Inquisición, seguida de la abjuración o retractación de los errores y reconciliación pública de los reos o de la entrega a la autoridad civil de los condenados a muerte o «relajados». Aquí terminaba propiamente el *auto*, pero llegó a generalizarse la costumbre de ejecutar a los reos en el mismo lugar, como ocurre en nuestro texto.

—Sí, he oído que solo de la parte de Utopía vendrán más de ocho mil personas; todo para ver un auto y los toros que habrá después. Por bonito que sea un auto, no comprendo que se agolpe tanta gente para presenciarlo.

—En el de esta tarde achicharrarán setenta, entre judíos, blasfemos, sargentos y falsificadores. Y como también hay toros y cucañas, música por las calles, discursos y carreras de tortugas, viene gente y más gente [102].

—¡Qué tristeza me dan la animación y la alegría de Turris! La suerte mía es que no viviré esta tarde, y así me libro del suplicio de la felicidad ajena. Tú eres un niño y no comprendes esto; tú, inocente y travieso Celín, gozas viendo el tropel de la gente bulliciosa que se agolpa ante las hogueras, y quizá, quizá, lo digo sin ofenderte, vives de los descuidos de la multitud, aligerando bolsillos y distrayendo algún pañuelo o tal vez cosa de más peso [103]. Por eso te gusta el gentío, y que los trenes de Utopía y Trebisonda arrojen a millares los forasteros sobre las calles de Turris... [104]. Pero estamos aquí descuidados como dos tontos. Vamos, vamos pronto al río, y cúmplase mi destino.

---

[102] Sin duda el pasaje, al hacer del *auto* un pasatiempo festivo, no carece de carga satírica (véase si no la exclamación subsiguiente). En este caso, los condenados a muerte serán quemados *(achicharrarán)* en la hoguera, caso frecuente aunque no único; y una vez más sorprende lo heterogéneo de la lista, sobre todo por la inclusión de los *sargentos,* que alude —de manera transparente para los contemporáneos— a la sublevación de los sargentos del cuartel de San Gil, que les llevó a ser fusilados el 22 de junio de 1866, episodio que Galdós vivió directamente en Madrid y que recuerda a menudo en su obra.

[103] Es decir, robando.

[104] Si *Utopía* es un lugar imaginario (véase la nota 15), *Trebisonda* corresponde a la ciudad turca de Trabzon, la antigua Trapezous, en Armenia, capital de una de las cuatro partes en que se dividió el Imperio Bizantino en el siglo XIII. No obstante, el lugar tiene además una señalada vida en obras de ficción, pues aparece, generalmente como Trapisonda, en los libros de caballerías, y también en el *Quijote.* En todo caso, la mención de estos dos lugares viene a plantear en nuestro relato, paralelamente al tratamiento del tiempo, lo que podríamos llamar confusión espacial.

Ya era día claro. Ligera niebla posaba sobre la tierra, y los términos lejanos no se distinguían bien. Corría un fresquecillo tenue, por lo que Diana, envolviéndose en su manto, avivó el paso. Celín había perdido toda idea de formalidad, y su ratonil inquietud aturdía a la señorita. Cuando pasaba un pájaro, saltaba tras él, y superando en rapidez al ave misma, la cogía, y mostrándola a la señorita la soltaba al instante. Lo mismo hacía con las mariposas y con insectos pequeñitos casi inaccesibles a la mirada humana. Diana no había visto nunca cazar de aquella manera. Atravesaron un prado, en el cual se destacaban algunos olmos que aún no habían perdido la hoja, pero la tenían amarilla [105]. A los reflejos del sol entre la neblina, parecían árboles vestidos de lengüetas de oro. De un brinco se subió Celín al tronco del mayor de ellos y trepó maravillosamente hasta la rama última. Diana le miraba asustada.

—Te vas a matar.

Cayó de golpe, y la señorita, creyendo que se había estrellado, lanzó un grito de terror. Celín se le plantó delante tan risueño como siempre, diciéndole:

—Todavía sé caer de mucho más alto, pero de mucho más.

Dianita le puso la mano sobre la cabeza, mirándole tan sorprendida como antes.

—Celín, me parece que tú has crecido más. ¿Qué es esto?

El muy pillo se reía, y con sus pies desnudos aplastaba las ramitas secas y los espinos sin hacerse daño.

—Pero ¿qué?, ¿tus pies son de bronce? ¿Cómo no te clavas esas tremendas púas...? Y otra cosa noto en ti. ¿Dónde pusiste la gorra? La has perdido, bribón. Di una cosa. ¿No tenías tú, cuando te encontré, unos gregüescos en mal uso?

---

105 No olvide el lector que estamos a primeros de noviembre, en otoño. La fusión cronológica no altera esta determinación temporal en todo el relato.

¿Cómo es que tienes ahora ese corto faldellín blanco con franja de picos rojos, que te asemeja a las pinturas pompeyanas que hay en el vestíbulo de mi casa y a las figuras pintadas en los vasos del Museo? [106]. ¿No tenías tú un juboncete con más agujeros que puntadas? ¿Dónde está? Ahora te veo una tuniquilla flotante que apenas te tapa. ¡Qué brazos tienes tan fuertes! ¡Qué musculatura! Vas a ser un buen mozo.

Por entre aquellos cendales veía la joven el bien contorneado pecho del adolescente [107], de color rosa tostado, signo de la más vigorosa salud. La cabeza de Celín era de una hermosura ideal: la tez morena, por la acción constante del sol; los ojos expresivos, grandes y luminosos; la boca siempre risueña; la dentadura blanca como la leche y fuerte como el hierro, pues Celín ponía entre ella un mediano palo y lo partía como si fuera una pajita [108].

No satisfizo el gracioso chico las dudas de la dama [109], y la guió por vereda guarnecida de matorrales, hasta que llegaron a divisar el Alcana. Abarcó ella de una ojeada toda la anchura del voluble río [110], de orilla a orilla, sereno y mur-

---

[106] La referencia parece incrementar lo que hemos llamado confusión espacial, pues *los vasos del Museo* serían restos auténticos de Pompeya, y las *pinturas pompeyanas,* imitaciones en ese estilo, una variedad del helenístico o alejandrino. Todo ello se relaciona con las ruinas de Pompeya, ciudad sepultada bajo la lava del Vesubio el año 79 y redescubierta en 1748. La intensificación de las excavaciones en 1860 dio lugar, por imitación, al estilo pompeyano, vigente en la época en que Galdós escribe este texto.

[107] El *cendal* es una tela de seda o lino muy delgada o transparente.

[108] Habrá percibido el lector que la transformación de Celín se ha convertido en elemento de la trama: el niño es ahora un apuesto joven, su agilidad le lleva nada menos que a volar, ha cambiado su indumentaria... Esperemos acontecimientos.

[109] Quiere decir que no solucionó sus dudas, que no respondió a sus preguntas.

[110] *Voluble* se aplica a quien es inconstante o versátil; como este río, que va cambiando su curso.

murante. Eran tan claras las aguas, que se veían perfectamente las piedras del fondo, pececillos de varios colores, cangrejos, algas y zoófitos [111].

—¡Qué poco fondo tiene! —murmuró Diana, llegando hasta tocar con sus pies la corriente—. Aquí no podría ahogarme. Vamos más allá. Celín, pareces tonto. Llévame a donde el río sea muy profundo. ¿No sabes que quiero morir, que necesito matarme prontito, y que no es cosa de estar dando pataletas en el agua, y salvándose una cuando menos gana tiene de ello?...

Celín guió hacia otra parte, tomando por entre breñas y ásperas rocas [112]. El camino era penoso, y la inconsolable se fatigó sobremanera.

—¿Tienes hambre? —le dijo Celín de pronto, deteniéndose.

—Francamente, estoy desfallecida. Pero ¿qué importa?... ¡Para lo que me queda de vivir! Adelante, hijo.

—Es que yo no me he desayunado.

—Pues estás fresco. No pretenderás que encontremos por aquí un *restaurant* [113].

—Pero encontraremos moras de zarza.

Sin decir más, trepó por una peña en la cual se enredaba zarza corpulentísima, y desde arriba empezó a dar gritos:

—¡Hay muchas! ¡Y qué ricas! ¿Quieres? Pon el manto para recoger las que yo tire.

La señorita no quiso hacerse de rogar, y conforme iban cayendo moras en el manto, se las iba comiendo, y en verdad que le sabían a gloria. Eran dulces como la miel. Celín bajó con tanta presteza como había subido, y con-

---

[111] *zoófitos:* se llamó así a los animales que tienen aspecto de plantas.

[112] *breñas:* terreno quebrado y poblado de maleza.

[113] Aunque *restaurante* había sido admitido por la Academia en 1817, en época de Galdós era frecuente usar el término francés estricto, que es lo que aquí sucede, como se observa por el empleo de la cursiva.

duciendo a su compañera por angosta encañada [114], le dijo:

—¿Quieres probar ahora la fruta del árbol del café con leche?

—Chiquillo, ¿qué disparates estás diciendo ahí?

—¡Qué tonta! ¡Y no lo cree! Verás... Nosotros los pilletes, que vivimos como los pájaros, de lo que Dios nos da, tenemos en estos salvajes montes nuestras despensas. Aquí está el árbol del café con leche, que tú no conoces, ni los turriotas tampoco. ¡Sí, para ellos estaba! Míralo allá. Lo trajo el Alcana de una tierra muy distante, y ahí lo dejó cuando se fue de aquí. Da unas bellotas ricas, pero muy ricas.

Era un árbol bastante parecido al roble. Celín trepó a sus ramas, y pronto empezaron a caer bellotas sobre el manto de la marquesita de Pioz. ¡Vaya si eran buenas!, y su sabor, lo mismito que el del café con leche.

—¡Vamos, Celín, que eres tú de lo más célebre...! ¿Y este árbol no lo conoce nadie más que tú? ¡Ay! Si mi papá tuviera noticia de esta encina cafetera, ya habría armado un escándalo en el Senado para que el Gobierno ordenara la propagación de un vegetal tan útil. De veras que esta fruta es de lo más rico que se conoce. Baja, baja ya, y no eches más, que otros infelices habrá que lo aprovechen.

Celín bajó, trayendo ración bastante para almorzar en toda regla. Díjole Dianita que abreviase la marcha, y siguieron ambos saltando por entre breñas y matorrales, él dándole la mano en los pasos difíciles, y ella recogiendo sus faldas en los sitios intrincados y espinosos. La confianza se iba estableciendo entre ambos, hasta el punto de que Celín, olvidando la humildad de su condición ante la ilustre descendiente de los Pioces, se permitía decirle:

---

114 *encañada:* cañada, garganta, paso entre dos montes, en este caso estrecha *(angosta).*

—Chica, pareces boba; a todo tienes miedo. Dame la mano y salta sin reparo.

Pasó un aldeano conduciendo dos vacas, y dio con agrado los buenos días a los vagabundos sin sorprenderse de su extraña catadura. Una mujer que pasaba con un cántaro de agua les interpeló de este modo:

—¡Eh, chicos, que os perdéis! Por ahí no hay salida. ¡Y cómo brinca la moza!

Diana sentía simpatía misteriosa hacia su compañero.

—Oye, tontín: no me has dicho quiénes son tus padres.

—Mis padres no están aquí —replicó él sin mirarla.

—Pues ¿dónde?

—En ninguna parte del mundo.

—¡Ah! Eres huérfano. No tienes a nadie. Ya me explico que estés tan mal de ropa. ¿Y hermanos no tienes tampoco?

—Tampoco. Soy solo.

—¡Solo! —la señorita sintió que su resolución la apretase tanto, pues de lo contrario recomendaría Celín a su papá para que le protegiese— [115]. Tú eres un salvaje; pero eres listo y... simpático. Si yo pudiera volverme atrás, te protegería; pero no puedo, no hay que hablar de eso... Paréceme que hemos llegado a un sitio muy a propósito. Subamos a esta peña que está sobre el río. ¡Virgen del Carmen, qué hondo es aquí, qué hondo!

—Muy hondo, sí —afirmó el muchacho, inclinando el cuerpo sobre la corriente.

—Bueno, pues queda elegido definitivamente este sitio —dijo la inconsolable quitándose el manto—. Celín, debo ser explícita contigo. He salido de mi casa con la inquebrantable resolución de matarme, porque he tenido un disgusto, pero un disgusto muy gordo. No vayas a creerte que es cualquier niñería. De modo que ahora tú te pones allí, apartadito, y dices: «Una, dos, tres», y al decir *tres* y dar la

---

[115] *Su resolución* es la del suicidio, como se comprueba a continua-

palmada, yo me tiro, y adiós miserable vida humana. Pero cuidado cómo te entra lástima de mí y te tiras detrás a sacarme..., que tú eres muy pillo y te creo capaz de hacer cualquier tontería. Si lo haces, perderemos las amistades... ¡Ah!, te dejo mi escarcela con todo el dinero que traigo, para que te compres botas y te vistas como las personas decentes. Otra cosa tengo que encargarte, y es que no se te pase por la cabeza ir a Turris con el cuento de que me he tirado al agua. Tú te callas, y cuando salga mi cuerpo por ahí, lo sabrán. Conque ¿estamos? ¿Te has enterado bien? Ahora, asegúrame que es bastante hondo el río por esta parte; no vaya a resultar que hay poca agua y todo se reduce a una zambullida y a una mojadura que me constipará sin poderme ahogar.

—Pues como hondura, no hay nada que pedir —declaró Celín sentándose tranquilamente—. Aquí había unas grandes canteras de donde se sacó mucho mármol, todo el mármol del coro de la catedral. Cuando viene el río y llena estas cámaras sin fin, los peces tienen ahí una condenada república, y no bajan de cien mil millones de docenas los que hay. Cuando alguna persona se echa a nadar aquí, o cuando algún pastor de cabras se cae, se lo meriendan los peces en un abrir y cerrar de ojos, y al minuto de caído no queda de él ni una hebra de carne, ni una migaja así de hueso, ni nada.

—¡Ave María Purísima, qué miedo! —exclamó la señorita llevándose las manos a la cabeza—. Francamente, yo quiero morir, puedes creérmelo; pero eso de que me coman los peces antes de ahogarme no me hace maldita gracia. Afortunadamente habrá más abajo un lugar hondo donde una pueda acabar tranquilamente. Llévame, y te prohíbo que digas palabra alguna con el fin de quitarme esta idea de la cabeza. Tú eres un niño y no entiendes de esto. Feliz tú que no conoces la infinita tristeza de la viudez del alma.

CAPÍTULO VI

Prosiguen los retozos juveniles por charcos, praderas y vericuetos

CUANDO se pusieron de nuevo en camino, Diana reparó que Celín tenía ligero bozo sobre el labio superior, vello finísimo que aumentaba la gracia y donosura de su rostro adolescente tirando a varonil [116]. Como observara al propio tiempo que la voz de su guía había mudado, la joven sintió cierto estupor.

—Celín, tú has crecido. No me lo niegues —dijo con sobresalto—. ¿Qué virtud tienes en ti para crecer por horas? Muchas maravillas he visto, pero ninguna como esta. No te achiques, no te achiques. Ya me das por encima del hombro... [117]. Si eres casi tan alto como yo... ¿Qué es esto?

—Yo soy así —replicó Celín con gravedad humorística—. Crezco de día y menguo por la noche.

Y también notó Diana que el mancebo había adquirido cierto aplomo en sus modales y andadura, aunque su agilidad y ligereza eran las mismas. Tomaron por una vereda, y entraron en terreno fangoso salpicado de piedras. La niña de Pioz saltaba de una en otra procurando evitar el mojarse los pies. Llegaron por fin a un charco que comunicaba sus aguas con las del Alcana, y allí sí que no era posible pasar sin ponerse los zapatos perdidos. Celín no le dio tiempo a pensarlo [118], y sin decir nada intentó llevarla a cuestas.

—Quita ahí —dijo ella—. ¿Cómo vas a poder conmigo? No seas bruto. Busquemos otro camino.

---

ción.

[116] *bozo:* vello que apunta a los adolescentes sobre el labio superior antes de nacer la barba. *Donosura:* donaire, garbo.

[117] *me das:* me llegas, me alcanzas.

Pero Celín no hizo caso, y quieras que no la levantó en brazos como si fuera una pluma.

—Vaya, hijo, que tienes una fuerza... No lo creí. Ni siquiera te fatigas. Cuidado que yo peso...

—Te llevaría de esta manera hasta la noche, sin cansarme —afirmó él—. Pesas menos que una caña para mí.

Diana se sentía en los brazos de su acompañante como en un aro de hierro. De este modo anduvo el muchacho con su preciosa carga una buena pieza [119], metiéndose en el agua hasta las rodillas; y Diana se veía acometida de fuertes ganas de reír cuando las desigualdades del suelo del arroyo obligaban a Celín a hundirse, elevando los brazos para que ni los pies ni el borde del manto de la señorita se mojaran. Al dejarla en tierra, no se conocía en la respiración del misterioso chico la más leve fatiga.

—Vaya que eres fuerte —dijo ella dando un suspiro—. Si yo viviera, que no viviré, y te recomendara a mi papá, podrías ser nuestro palafrenero, y se te pondría una librea con la cual estarías muy majo [120].

Celín, sin hacer caso de lo que la señorita decía, empezó a coger piedras y a tirarlas con presteza y empuje increíbles en dirección del río. Su brazo era como inflexible honda [121], y las piedras salían silbando, a manera de balas, perdiéndose de vista.

—Pero ¿qué haces, chiquillo? ¿Apedreas el río? Mira que se enfadará.

Oíase un lejano murmullo de agua, y en el mismo instante empezaron a caer gotas.

---

118 Se entenderá que Celín no dio tiempo a Diana *(le).*

119 *una buena pieza:* un buen rato, bastante tiempo.

120 El *palafrenero* era el criado que llevaba del freno el caballo, o más generalmente el mozo de caballos. En las casas grandes solía llevar *librea* o uniforme.

121 *honda:* instrumento formado por una tira de cuero o una cuerda, con un ensanchamiento en su parte central, que se emplea para lanzar

—Llueve, Celín; ¿dónde nos metemos? —dijo la damita echándose el manto por la cabeza.

Pero el otro, por toda respuesta, tornó a cogerla en brazos y entró con ella en una gruta. Desde allí vieron que el río se alborotaba, encrespando sus aguas. Celín volvió a tirar piedras, y lo que más pasmaba a Diana fue verle coger cantos enormes y dispararlos cual si fueran los tejuelos con que se juega a la rayuela [122]. Cuando aquellos pedruscos caían en la undosa corriente, oíase un mugido profundo, exhalado por las aguas, y además un rumor dulce y misterioso, como sonido de arpas distantes.

—¿Qué es esto, Celinito?... ¡Ah!, me parece que el río se va. Sí, las aguas merman; ¡pero cómo! El cauce se queda seco... Mira, mira... Las aguas corren hacia arriba y las olas se atropellan. Pero tú, ¿por qué tiras piedras? ¡Qué malo eres! Ya ves, le has espantado, y ahora nos quedaremos sin río. Y emprenda usted ahora otra caminata para ir a buscarle. Pero ¡qué cosas tienes! ¿Crees que estoy yo para perder el tiempo de esta manera?

El río se desecaba rápidamente, mejor dicho, se retiraba inquieto y murmurante a otras regiones. Al llegar a este punto, dice muy serio Gaspar Díez de Turris que aquel enojo de la señorita por la desaparición del Alcana era más bien estratagema de su amor propio que sentimiento sincero y veraz, y que para suponerlo así se apoya en documentos irrecusables encontrados en el archivo de la casa de Pioz. Después cuenta que como continuase lloviendo, el travieso Celín salió de la cueva y empezó a arrojar piedras contra el cielo. Era cosa de ver cómo los proyectiles herían las nubes, perdiéndose en ellas.

—¡Oh!, chico, ¿también tiras al cielo? —le dijo Diana asustadísima—. Eso es pecado. Al cielo no, al cielo no.

---

piedras.

[122] Un *tejuelo* era un pedazo pequeño de teja o cosa semejante que se utilizaba en diversos juegos; como el de la *rayuela,* en que ganaba quien

Y entonces se verificó el más grande prodigio de aquella prodigiosa jornada; a saber: que las nubes, heridas por las piedras, corrieron presurosas, y pronto se despejó el firmamento. Diana miraba las nubes empujándose unas a otras, como las reses de un rebaño a quienes el pánico hace correr a la desbandada. El sol inundó entonces con sus rayos picantes toda la comarca, y cielo y tierra sonrieron. La joven y Celín pudieron andar por lo que un rato antes era lecho del río, sorteando los charcos que habían quedado aquí y allí. Como el sol picaba bastante, a Diana le daba calor el manto y se lo quitó, entregándolo a Celín para que se lo llevase. Y cuando se vio libre de aquel estorbo, sintió infantil deseo de saltar y agitarse. La risa le retozaba en los labios. Sus ideas habían variado, determinándose en ella algo que lo mismo podría ser consuelo que olvido. Lo pasado se alejaba, lo presente adquiría a sus ojos formas placenteras, y había perdido la noción del tiempo transcurrido y del momento u ocasión en que lo presente sucedía. Después de dar muchos brincos de peña en peña, apoyada en la firme mano de su guía, le entró a la niña un caprichoso anhelo de descalzarse para meter los pies en el agua. Ni ella misma podía decir en qué punto y hora lo hizo; pero ello es que zapatos y medias desaparecieron, y Dianita gozaba extraordinariamente agitando con su blanco y lindísimo pie el agua de los charcos, en algunos de los cuales había pececillos de todos colores, abandonados por sus padres, crustáceos y caracoles monísimos. Las arenas de oro se mezclaban con el limo blando y verde [123], y en algunos sitios brillaban al sol como polvo luminoso. También vieron y admiraron ejemplares peregrinos de la flora acuática.

Todo era motivo de algazara y risa para la saltona y vivaracha señorita de Pioz, que de cuando en cuando se acordaba de su propósito de matarse como de un sueño, y su or-

---

más acercaba el tejuelo, o una moneda, a una raya hecha en el suelo.

gullo rezongaba entonces como una fiera que se ladea durmiendo, y decía [124]:

—Sí, me mataré. Quedamos en que me mataría, y no me vuelvo atrás. Pero hay tiempo para todo.

Llegaron de esta manera a la otra orilla del vacío cauce, y para subir a la ribera Celín se agarró a la rama de un sauce, y cogiendo a la señorita con un solo brazo, la suspendió en el aire y trepó con ella hasta ponerla sobre el verde ribazo. De allí pasaron a un campo hermosísimo, cubierto de menudo césped y salpicado de olorosas hierbas. Bandadas de mariposas volaban trazando graciosas curvas en el aire. Celín las cogía a puñados y las volvía a soltar soplando tras ellas para que volasen más aprisa. La agilidad del gallardo mancebo, la misma de antes, aunque su cuerpo era mucho mayor. Diana no cesaba de admirar la elegancia de sus movimientos varoniles y las airosas líneas de aquel cuerpo, en el cual la poca ropa, rayana en desnudez, no excluía la decencia. La marquesita había visto algo semejante en el Museo de Turris, y Celín le inspiraba la admiración pura y casta de las obras maestras del arte.

De repente, ¡ay!, saltó una liebre, y más pronto que la vista brincó Celín tras ella, la agarró por una pata, y suspendiéndola en el aire para mostrarla a su amiga, le aplicó en el hocico ligera bofetada y la soltó. Diana palmoteaba viéndola correr precipitada y temerosa. No recordaba la joven haber respirado nunca un aire tan balsámico y puro [125], tan grato a los pulmones, tan estimulante de la vida y de la alegría y paz del espíritu. De repente notó increíble novedad en su atavío. Recordaba haberse quitado botas y medias; pero su chaquetilla de terciopelo con pieles, ¿cuándo se la había quitado?, ¿dónde estaba?

—Celín, ¿qué has hecho de mi manto?

---

123 *limo:* lodo, cieno.

124 *rezongaba:* gruñía, refunfuñaba.

La señorita se vio el cuerpo ceñido con jubón ligero, los brazos al aire, la garganta *idem per idem* [126]. Lo más particular era que no sentía frío. Su falda se había acortado.

—Mira, hijo, mira: estoy como las pastoras pintadas en los abanicos. ¡Es gracioso! ¿Y cómo me he puesto así? La verdad es que no comprendo cómo usa botas la gente ilustrada. ¡Qué tonta es la gente ilustrada, Celín! ¡Cuán agradable es posar el pie sobre la hierba fresca! Y allá, en Turris, usamos tanto faralá inútil [127], tanto trapo que sofoca, además de desfigurar el cuerpo... Avisa cuando veas una fuente para mirarme en ella. Quiero ver cómo estoy así, aunque desde luego se me figura que estaré bien, mejor que con las disparatadas invenciones de las modistas de Turris.

Dicho esto, se lanzó en alegre carrerita tras de Celín, quien corría como el viento. ¡Qué le había de alcanzar!... Pero él, cuando la veía fatigada, se dejaba coger, y enlazados de las manos proseguían su camino. Lo más particular era que Dianita sentía su corazón lleno de inocencia, y no le pasó por la cabeza que era inconveniente mostrar parte de su bella pierna a los ojos de su amigo. El recato se conservaba entero e inmaculado en medio de aquellos retozos inocentes, antes condenados por la civilización que por la Naturaleza. Celín arrancó de un matorral dos o tres cañitas, y poniéndoselas en la boca, empezó a tocar una música tan linda, pero tan linda y animada, que a Diana le entraron ganas de bailar, y antes de que las ganas se trocaran en vivo deseo, los pies bailaron solos. Y la danza aquella se compuso, según afirma el cronista, de los vaivenes más gallardos que podría idear la honestidad.

Después del baile, dijo Celín:

—Tengo hambre. ¿Y tú?

---

[125] *balsámico:* aromático, fragante, perfumado.

[126] *idem per idem:* lo mismo (locución latina).

—Yo, tal cual [128]. Pero ¿dónde encontraremos aquí qué comer? Por aquí no hay nada.

—¿Que no? Verás. Cerca de aquí debe de estar el árbol de los pollos asados.

Diana soltó la carcajada.

—¿Te ríes? ¡Qué tonta! Es una planta parecida a la que da los melones. La trajo también el Alcana y la dejó aquí. Yo solo la he descubierto, y no lo digo a nadie, porque vendrían los hosteleros de Turris y se llevarían toda la fruta.

Y metiéndose por entre el espeso ramaje, volvió al instante con uno al parecer melón. Partiolo sin trabajo. Dentro tenía una pulpa blanquecina, que Diana extrajo con los dedos para probarla. ¡Caso más raro! Era lo mismo que pechuga de pollo fiambre. ¡Qué cosa tan rica! Ambos comieron y se hartaron, bebiendo después agua cristalina en una fuente próxima. La señorita daba de beber a Celín en el hueco de su mano, como es uso y costumbre en los idilios inocentes [129].

CAPÍTULO VII

Donde se narra lo que verá el que leyere, y el que no, no [130]

ATRAVESARON una carretera muy bien cuidada por donde iba mucha gente en dirección a Turris: aldeanos con sus hatos a la espalda [131], gente acomodada en carrico-

[127] *faralá:* adorno excesivo.

[128] *tal cual:* así así, medianamente.

[129] Observe el lector la insistencia del narrador en la inocencia del comportamiento de los personajes y la honestidad de su vestido.

[130] Este título es de clara estirpe cervantina, y se asemeja a algunos del *Quijote,* como los de II, 28 y II, 54, pero sobre todo al de II, 66, que casi calca: «Que trata de lo que verá el que lo leyere o lo oirá el que lo escuchare leer».

[131] *hatos:* envoltorios con la ropa y los utensilios personales más nece-

ches o en borriquillos, mendigos de ambos sexos. Unos saludaban a la gentil pareja, otros no. Pero todos la miraban sin asombro, señal de que nada encontraban en ella digno de atención o comentario. Todo aquel gentío iba a gozar las fiestas de la ciudad, y pasaban también diligencias atestadas de viajeros alegres que cantaban y reían; el tren silbaba a lo lejos. En las primeras casas de una aldea próxima vieron enormes carteles fijados por las empresas de ferrocarriles. Celín y Diana se pararon a leerlos, ella apoyada en el hombro del mancebo, él marcando las letras con una ramita que en la mano llevaba. Decían así: «Espléndidos Autos de Fe en Turris los días 2 y 5 de brumario. Sesenta víctimas a la parrilla. Toros el 3, de la ganadería de Polvoranca. Congreso de la Sociedad de la Continencia. Juegos Florales. Torneo. Veladas con Manifiesto en el Ateneo. Regatas. Iluminaciones y Tinieblas. Gran Rosario de la Aurora, con antorchas, por las principales calles, etc., etc.» [132].

La lectura del cartel, despertando en la mente de la niña de Pioz algunas de las ideas dormidas, produjo en ella cierta perplejidad. Parecía que la realidad del pasado la reclamaba, disputando su alma a la sugestión de aquel anómalo estado

sarios.

[132] Esta lista de festejos nos lleva otra vez a la confusión cronológica, y más cuando los *Autos de Fe* (véase nota 102) se celebran en *brumario,* el segundo mes del calendario republicano —instituido en 1793—, que comprendía del 22 de octubre al 20 de noviembre. La *Sociedad de la Continencia* parece un invento de Galdós, que remitiría zumbonamente a una moderna institución en pro de la moderación o la abstención de las pasiones. La mención de los *Juegos Florales* amalgama propiamente pasado y presente, pues este certamen literario se celebró en los siglos XIV-XVI, y se reinstauró en Barcelona en 1859; algo parecido a lo que ocurre con el *Rosario de la Aurora,* que desarrollaba este rezo de la Iglesia católica, vigente sin interrupción desde el siglo XV, en procesión al amanecer. El *Torneo,* o combate a caballo entre dos bandos opuestos, es un deporte medieval (aunque persistió hasta el XVI). Y en cuanto a esas *Iluminaciones y Tinieblas,* juega con el sentido literal de las dos voces y con el de *tinieblas* en la liturgia, que designaba los oficios de maitines y laudes en el último triduo de la Semana Santa.

presente. Pero esto no fue más que una vacilación momentánea, algo como un resplandor prontamente extinguido, o más bien como el sentimiento fugaz de una vida anterior que relampaguea en nosotros en ciertas ocasiones. El olvido recobró pronto su imperio de tal modo, que Diana no se acordaba de haber usado nunca zapatos.

Dejando la carretera y la aldea, penetraron en un bosque, y por allí también encontraron aldeanas y pastores que les saludaban con esa cordialidad candorosa de la gente campesina. Las vacas mugían al verles pasar, alargando el hocico húmedo y mirándoles con familiar cariño. Las ovejas se enracimaban en torno a ellos no permitiéndoles andar, y los pajarillos se arremolinaban sobre sus cabezas, girando y piando sin tregua. Pero lo que más saca de quicio al cronista, haciéndole prorrumpir en exclamaciones de admiración, fue que un cerdito chico de pelo blanco y rosada piel vino corriendo a ponérseles delante, en dos patas; hizo con el hocico y las patas delanteras unas monadas muy graciosas, y después marchó delante de ellos, parándose a cada instante a repetir sus gracias.

Diana sentía una alegría loca. A veces corría tras de Celín hasta fatigarse, a veces se sentaban ambos sobre la hierba junto a un arroyo, a ver correr el agua. Pasaba el tiempo. La tarde caía lentamente; por fin Diana se sintió fatigada, y los párpados se le cerraban con dulce sopor. Celín la cogió en brazos y subió con ella a un árbol. ¡Pero qué árbol tan grande! Blandamente adormecida, Diana experimentó la sensación extraña de que los brazos de Celín eran como alas de suavísimas plumas. Sin duda su compañero tenía otros brazos para trepar por el árbol, pues si no, no podía explicarse aquel subir rápido y seguro. Respecto al tiempo, a Diana le parecía que la ascensión duraba horas, horas, horas... Sentía calor dulce y un bienestar inefable [133]. Por fin

[133] *inefable:* indecible, inexpresable.

parecía que llegaban a una rama que debía de estar a enorme distancia del suelo, a una altura cien veces mayor que las más elevadas torres. Con sus ojos entreabiertos y dormilones, pudo apreciar Diana que aquello era como un gran nido. Un hueco en el ramaje, el piso muy sólido, las paredes de apretado y tibio follaje. El cielo no se veía por ningún resquicio. Todo era hojas, hojas y un techo de pimpollos, apretados y olientes. Celín no la soltaba de sus brazos, alas o lo que fueran, y cuando los ojos de la inconsolable se cerraron, sus oídos conservaron por bastante tiempo un rumor de arrullo como el de palomas.

Durmiose profundamente, y, cosa inaudita, el sueño la llevó a la olvidada realidad de la vida anterior. Díez de Turris dice que en este pasaje no responde de la seguridad de su cerebro para la ideación, ni que funcionaran regularmente los nervios que transmiten la idea a los aparatos destinados a expresarla: ¡tan extraño es lo que refiere! Soñó, pues, la dama que estaba con dos o tres amiguitas suyas en la tribuna del Senado, oyendo a su papá pronunciar un gran discurso en apoyo de la proposición para *el encauzamiento y disciplina del río Alcana.* El marqués pintaba con sentido acento los perjuicios que ocasionaba a la gran Turris el tener un río tan informal, y proponía que se le amarrase con gruesas cadenas o que se le aprisionase en un tubo de palastro [134]. El sueño de Diana era de esos que por la intensidad de las impresiones y la viveza del colorido imitan la pura realidad. Veía perfectamente en los verdes escaños a los senadores amigos, los maceros, la mesa [135]. Y el marqués de Pioz, obeso y apoplético [136], dando puñetazos en el

---

134 *palastro:* hierro o acero laminado.

135 *maceros:* los que llevan la maza ante personas autorizadas que usan esta señal de dignidad.

136 *apoplético:* persona de rostro congestionado, que denota predisposición a la apoplejía, o suspensión de la acción cerebral producida por embolia o por hemorragia.

pupitre, forzaba su persuasiva oratoria para convencer al Senado, y la enorme coleta de su peluca marcaba las inflexiones del discurso, la puntuación y el subrayado y hasta las faltas de gramática con fidelidad maravillosa. El presidente se había quedado dormido; algunos senadores de la clase episcopal habíanse entregado también al buen Morfeo, con la mitra calada hasta los ojos [137]; y otros, que vestían armadura completa, hacían con el frecuente mover de los brazos impacientes un ruido de quincalla que distraía al orador [138]. A ratos entraban los porteros y despabilaban todas las luces, que eran gruesos cirios colocados en blandones [139]. La voz vibrante del marqués sonaba como envuelta en murmullo suave, algo como el rorró de una paloma [140]; y en las breves pausas del orador, aquel rorró crecía de un modo terrorífico, y el presidente, sin abrir los ojos, extendía con pereza su brazo hacia la campanilla como para decir: «Orden». Diana experimentaba fastidio mortal, un fastidio al cual se asociaba la idea de que hacía tres años que su papá había empezado a hablar. Contó Diana los vasos de agua con azucarillos que trajo un paje, y eran *quinientos veintiocho,* cifra exacta. De repente el marqués pide que se le den tres semanas de descanso, y nadie contesta, y aparece en medio del salón el cerdito aquel que hacía piruetas, y todos los sena-

---

[137] *habíanse entregado...:* quiere decir que también estaban dormidos (*Morfeo* es el dios del sueño en la mitología grecolatina). Son obispos *(de la clase episcopal),* que llevan *mitra,* la toca alta y apuntada con que en las grandes solemnidades se cubren la cabeza algunas personas eclesiásticas que tienen este privilegio.

[138] Advertirá el lector que algunas de las visiones del sueño son disparatadas, como esta, por ejemplo, pues resulta impensable, cronología aparte, que nadie vista *armadura completa* si no es en combate.

[139] *Despabilar las luces* es avivarlas, quitando de los pabilos, pábilos o mechas la parte ya quemada. *Blandones* son aquí candeleros o candelabros.

[140] *Rorró* es una voz onomatopéyica que designa el arrullo o zureo de las palomas (sin embargo, no figura en los diccionarios).

dores, incluso los obispos, se sueltan a reír... Diana despertó riendo también. Hallose tendida en el hueco de espesa verdura. Celín dormía a su lado, enlazándola con sus brazos.

Entonces reapareció súbitamente en el alma de Diana la conciencia de su ser permanente, y se sobrecogió de verse allí. La estatura de Celín superaba proporcionalmente a la de la joven. El mancebo abrió sus ojos, que fulguraban como estrellas, y la contempló con cariñoso arrobamiento [141]. Al verse de tal modo contemplada, sintió Diana que renacía en su espíritu, no el pudor natural, pues este no lo había perdido, sino el social, hijo de la educación y del superabundante uso de ropa que la cultura impone. Al notarse descalza, sin más atavío que el rústico faldellín, desnudos hasta el hombro los torneados brazos, vergüenza indecible la sobrecogió, y se hizo un ovillo, intentando en vano encerrar dentro de tan poca tela su cuerpo todo.

La hermosura y arrogancia de su compañero dejaron de ofrecerse a sus ojos revestidas de artística inocencia, y la casi desnudez de ambos le infundió pánico. La decencia, en lo que tiene de ley de civilización y de ley de naturaleza, alzose entre Celín y la señorita de Pioz, que, aterrada de la fascinación que su amigo le producía, no quería mirarle; mas la misma voluntad de no verle la impulsaba a fijar en él sus ojos, y el verle era espanto y recreo de su alma.

En esto Celín la estrechó más, y ella, cerrando los ojos, se reconoció transfigurada. Nunca había sentido lo que entonces sintiera, y comprendió que era gran tontería dar por acabado el mundo porque faltase de él D. Galaor de Polvoranca. Comprendió que la vida es grande, y admirose de ver los nuevos horizontes que se abrían a su ser. Celín dijo algo que ella no comprendió del todo. Eran palabras inspiradas en la eterna sabiduría, cláusulas cariñosas y profundas con ribetes de sentimiento bíblico: «Yo soy la vida, el amor ho-

[141] *arrobamiento:* embeleso, éxtasis.

nesto y fecundo, la fe y el deber...» [142]. Pero Diana estaba turbadísima, y con terror le contestó:

—Déjame, Celín. Me has engañado. Tú eres un hombre.

Y al decir esto, ambos vacilaron sobre las ramas y cayeron horadando el follaje verde. Los pájaros que en aquella espesura dormían huyeron espantados, y la abrazada pareja destrozaba, en su veloz caída, nidos de aves grandes y chicas. Las ramas débiles se tronchaban, doblábanse otras sin hacerles daño, y la masa de verdura se abría para darles paso, como tela inmensa rasgada por un cuchillo. La velocidad crecía, y no acababan de caer, porque la altura del árbol era mayor que la de las torres y faros; más, muchísimo más. La copa de aquel lindaba con las estrellas. Diana empezó a desvanecerse con la rapidez vertiginosa, y al caer a tierra..., ¡plaf!, ambos cuerpos se estrellaron rebotando en cincuenta mil pedazos [143].

Al llegar aquí, Gaspar Díez de Turris suelta la pluma y se sujeta la cabeza con ambas manos; su cráneo iba a estallar también. En una de las manotadas que el exaltado cronista diera poco antes, derribó al suelo con estrépito media docena de botellas vacías que en su revuelta mesa estaban. El chasquido del vidrio al saltar en pedazos le sugirió sin duda la idea de que los cuerpos de Celín y Diana habían rebotado en cascos menudos como los botijos que se caen de un balcón a la calle. Luego se serenó un poco el gran historiógrafo y pudo concebir lo que sigue:

Diana despertó en su lecho y en su propia alcoba del palacio de Pioz, a punto que amanecía [144]. Dio un grito, y se

---

[142] No hay duda de que son expresiones *(cláusulas)* pronunciadas o inspiradas por Dios o por un dios. ¿Continúa la transformación de Celín?

[143] Notará el lector que esta caída de *la abrazada pareja,* con la penetración que agujerea *(horadando)* el follaje, la comparación con *la tela... rasgada,* el desvanecimiento de Diana..., constituye un clímax que sugiere la plena relación física entre los jóvenes.

[144] *a punto que:* en el momento en que.

reconoció despierta y viva, reconociendo también con lentitud su estancia y todos los objetos en ella contenidos. Parece que aquí debía terminar lo maravilloso que en esta Crónica tanto abunda; pero no es así, porque la señorita Diana se incorporó en el lecho, dudando si fue sueño y mentira el encuentro de Celín, el árbol y la caída, o lo eran aquel despertar, su alcoba y el palacio de Pioz. Por fin vino a entender que estaba en la realidad, aunque la desconcertó un poco el escuchar un rumorcillo semejante al arrullo de las palomas. Mira en torno, y ve un gran pichón que, levantando el vuelo, aletea contra el techo y las paredes.

—Celín, Celín —grita la inconsolable obedeciendo a la inspiración antes que al conocimiento.

Y el pichón se le posa en el hombro y le dice:

—¿No me reconoces? Soy el Espíritu Santo, tutelar de tu casa, que me encarné en la forma del gracioso Celín para enseñarte, con la parábola de Mis Edades y con la contemplación de la Naturaleza, a amar la vida y a desechar el espiritualismo insubstancial que te arrastraba al suicidio. He limpiado tu alma de pensamientos falsos, frívolamente lúgubres, como antojos de niña romántica que juega a los sepulcritos. Vive, ¡oh Diana!, y el amor honesto y fecundo te deparará la felicidad que aún no conoces. Estáis en el mundo los humanos para gozar con prudente medida de lo poquito bueno que hemos puesto en él, como proyección o sombras de nuestro Ser. Vive todo lo que puedas, cuida tu salud; cásate, que Yo te inspiraré la elección de un buen marido; ten muchos hijos; haz todo el bien que puedas, y tiempo tendrás de morirte en paz y entrar en Nuestro reino. Adiós, hija mía; tengo mucho que hacer. Sé buena y quiéreme siempre [145].

---

145 Al margen de la confusión —una más— entre sueño y realidad en que Galdós nos sitúa finalmente, lo cierto es que culminan aquí las transformaciones de Celín, del que hasta el mismo nombre (diminutivo de *cielo*)

Diole por fin dos tiernos picotazos en la mejilla, y salió como una bala, horadando la pared de la estancia en su rápido vuelo.

1887

nos remite a la divinidad. Se trata del Espíritu Santo, la tercera persona de la Trinidad, el encargado de distribuir los dones y las gracias de Dios (véase, por ejemplo, 1 *Corintios,* 12-14). Bien lo refleja en nuestro texto con este mensaje último, y también con su apariencia final de paloma, que es el aspecto que adopta más frecuentemente (en la Anunciación o en el bautismo de Jesús, por ejemplo). Por lo demás, no hará falta recordar que el Espíritu Santo era el patrono de la casa de Pioz, y que a él se había encomendado Diana (capítulo II). Comprendemos ahora que la existencia de Celín es la respuesta del cielo a la invocación de la joven.

ROMPECABEZAS

I

AYER, COMO QUIEN DICE, el año *tal* de la Era Cristiana, correspondiente al *cual,* o si se quiere, al tres mil y pico de la cronología egipcia, sucedió lo que voy a referir [1], historia familiar que nos transmite un *papirus* redactado en lindísimos monigotes [2]. Es la tal historia o sucedido de notoria insignificancia, si el lector no sabe pasar de las exterioridades del texto gráfico; pero restregándose en este los ojos por espacio de un par de siglos, no es difícil descubrir el meollo que contiene [3].

---

[1] El pasaje parece pretender la indeterminación temporal, y más teniendo en cuenta que no existe una *cronología egipcia* propiamente dicha. No obstante, cabe la posibilidad de que Galdós entienda por tal la clasificación de los faraones hecha por Manetón (siglo III a. de C.) y adoptada por los historiadores modernos. Si así fuera, y tomásemos como punto de partida la dinastía I (año 3000 a. de C.), ese *tres mil y pico* se acercaría al punto de partida de la era cristiana, lo que casaría bien con nuestro cuento, como veremos.

[2] *Papirus* (en realidad *papyrus*) sería el término latino que designa el papiro, o lámina sacada del tallo de la planta de igual nombre que empleaban los antiguos egipcios para escribir en ella. La redacción de la historia nos remite a la escritura jeroglífica —también propia de los egipcios—, que es en parte ideográfica, es decir, que emplea imágenes convencionales (en el texto, *lindísimos monigotes*).

[3] Observará el lector la incitación del narrador para que el lector descubra el fondo, sustancia o *meollo* del cuento.

Pues señor..., digo que aquel día o aquella tarde, o pongamos noche, iban por los llanos de Egipto, en la región que llaman Djebel Ezzrit (seamos eruditos), tres personas y un borriquillo [4]. Servía este de cabalgadura a una hermosa joven que llevaba un niño en brazos; a pie, junto a ella, caminaba un anciano grave, empuñando un palo, que así le servía para fustigar al rucio como para sostener su paso fatigoso [5]. Pronto se les conocía que eran fugitivos, que buscaban en aquellas tierras refugio contra perseguidores de otro país, pues sin detenerse más que lo preciso para reparar las fuerzas, escogían para sus descansos lugares escondidos, huecos de peñas solitarias, o bien matorros espesos, más frecuentados de fieras que de hombres [6].

Imposible reproducir aquí la intensidad poética con que la escritura muñequil describe o más bien pinta la hermosura de la madre [7]. Podréis apreciarla y comprenderla imaginando substancia de azucenas, que tostada y dorada por el sol conserva su ideal pureza. Del precioso nene, solo puede decirse que era divino humanamente, y que sus ojos compendiaban todo el universo, como si ellos fueran la convergencia misteriosa de cielo y tierra.

Andaban, como he dicho, presurosos, esquivando los poblados y deteniéndose tan solo en caseríos o aldehuelas de gente pobre, para implorar limosna. Como no escaseaban en aquella parte del mundo las buenas almas, pudieron avanzar, no sin trabajos [8], en su cautelosa marcha, y al fin llegaron a la vera de una ciudad grandísima, de gigantescos

---

[4] Parece probable que se trate de un lugar imaginario (no hemos logrado localizarlo en el mapa), pero responde desde luego a un topónimo posible (*djebel* es en árabe «montaña»).

[5] *rucio:* aplicado a las bestias (aquí al borriquillo), de color pardo claro, blanquecino o canoso.

[6] *matorros:* matas, matojos.

[7] *La escritura muñequil* es la que antes decía formada por *lindísimos monigotes:* la escritura jeroglífica del papiro en cuestión.

[8] *trabajos:* dificultades, impedimentos.

muros y colosales monumentos, cuya vista lejana recreaba y suspendía el ánimo de los pobres viandantes [9]. El varón grave no cesaba de ponderar tanta maravilla; la joven y el niño las admiraban en silencio. Deparoles la suerte, o, por mejor decir, el Eterno Señor, un buen amigo, mercader opulento, que volvía de Tebas con sinfín de servidores y una cáfila de camellos cargados de riquezas [10]. No dice el *papirus* que el tal fuese compatriota de los fugitivos; pero por el habla (y esto no quiere decir que lo oyéramos), se conocía que era de las tierras que caen a la otra parte de la mar Bermeja [11]. Contaron sus penas y trabajos los viajeros al generoso traficante, y este les albergó en una de sus mejores tiendas, les regaló con excelentes manjares, y alentó sus abatidos ánimos con pláticas amenas y relatos de viajes y aventuras, que el precioso niño escuchaba con gravedad sonriente, como oyen los grandes a los pequeños cuando los pequeños se saben la lección. Al despedirse asegurándoles que en aquella provincia interna del Egipto debían considerarse libres de persecución, entregó al anciano un puñado de monedas, y en la mano del niño puso una de oro, que debía de ser media pelucona o doblón de a ocho, reluciente, con endiabladas leyendas por una y otra cara [12]. No hay que decir que

---

[9] *suspendía:* paralizaba (a causa de la admiración).

[10] *Tebas,* en el Alto Egipto —que no debe confundirse con la Tebas griega—, a orillas del Nilo, fue capital del Imperio Nuevo en la época de los Amenofis y los Tutmosis, durante la dinastía XVIII, a los que debió su prosperidad, de la que han quedado restos como los templos de Luxor o Karnak. De allí volvía este riquísimo *(opulento)* mercader, con su larga hilera *(cáfila)* de camellos.

[11] *La mar Bermeja* es el mar Rojo, o golfo Arábigo, que separa Asia de África. Es decir, a una parte estaría Egipto, donde se encuentran nuestros personajes, y *a la otra parte,* las tierras que ocupan actualmente la Península de Sinaí, Israel, Jordania y Arabia Saudita. Parece que tanto los fugitivos como el mercader son de esta última parte.

[12] Se trataría de una moneda extraña *(con endiabladas leyendas),* para la que, no obstante, emplea denominación española. En efecto, *pelucona* era el nombre que recibían desde el siglo XVIII las onzas de oro. Los *do-*

esto motivó una familiar disputa entre el varón grave y la madre hermosa, pues aquel, obrando con prudencia y económica previsión, creía que la moneda estaba más segura en su bolsa que en la mano del nene, y su señora, apretando el puño de su hijito y besándolo una y otra vez, declaraba que aquellos deditos eran arca segura para guardar todos los tesoros del mundo.

II

Tranquilos y gozosos, después de dejar al rucio bien instalado en un parador de los arrabales, se internaron en la ciudad, que a la sazón ardía en fiestas aparatosas por la coronación o jura de un rey [13], cuyo nombre ha olvidado o debiera olvidar la Historia. En una plaza, que el *papirus* describe hiperbólicamente como del tamaño de una de nuestras provincias, se extendía de punta a punta un inmenso bazar o mercado. Componíanlo tiendas o barracas muy vistosas, y de la animación y bullicio que en ellas reinaba, no pueden dar idea las menguadas muchedumbres que en nuestra civilización conocemos. Allí telas riquísimas, preciadas joyas, metales y marfiles, drogas mil balsámicas [14], objetos sin fin, construidos para la utilidad o el capricho; allí manjares, bebidas, inciensos, narcóticos, estimulantes y venenos para todos los gustos; la vida y la muerte, el dolor placentero y el gozo febril [15].

---

blones fueron en principio las monedas de dos escudos de oro, que después se extendieron a las de cuatro y ocho escudos, como el *doblón de a ocho* aquí aludido. Circularon hasta 1868, cuando se adoptó el sistema de la peseta.

[13] *a la sazón:* en aquel tiempo, en aquella ocasión. *Ardía:* estaba muy agitada o animada.

[14] Nótese el cambio del orden lógico en *drogas mil. Balsámicas:* aromáticas, curativas.

[15] *narcóticos:* sustancias que producen sopor, relajación muscular y embotamiento de la sensibilidad. *Febril:* vehemente, exaltado.

Recorrieron los fugitivos parte de la inmensa feria, incansables, y mientras el anciano miraba uno a uno todos los puestos con ojos de investigación utilitaria, buscando algo en que emplear la moneda del niño, la madre, menos práctica tal vez, soñadora y afectada de inmensa ternura, buscaba algún objeto que sirviera para recreo de la criatura, una frivolidad, un juguete en fin; que juguetes han existido en todo tiempo, y en el antiguo Egipto enredaban los niños con pirámides de piezas constructivas, con esfinges y obeliscos monísimos [16], y caimanes, áspides de mentirijillas, serpientes, ánades y demonios coronados [17].

No tardaron en encontrar lo que la bendita madre deseaba. ¡Vaya una colección de juguetes! ¿Qué vale lo que hoy conocemos en este interesante *artículo* [18], comparado con aquellas maravillas de la industria muñequil? Baste decir que ni en seis horas largas se podía ver lo que contenían las tiendas: figurillas de dioses muy brutos, y de hombres como pájaros, esfinges que no decían *papá* y *mamá,* momias baratas que se armaban y desarmaban; en fin..., no se puede contar. Para que nada faltase, había teatros con decoraciones de palacios y jardines, y cómicos en actitud de soltar el latiguillo [19]; ha-

---

16 Unas y otros pertenecen a la cultura y al arte egipcios. Las *esfinges,* monstruos fabulosos, presentaban generalmente cabeza, cuello y pecho humanos, y cuerpo y pies de león. Un *obelisco* es un monumento en forma de pilar alto, de cuatro caras ligeramente convergentes, y rematado por una punta piramidal muy achatada.

17 *Áspides* son culebras venenosas, justamente propias de Egipto, y *ánades,* patos. El sintagma *demonios coronados* funciona en este caso como cierre ponderativo de la serie, sin significación precisa o literal. Intenta expresar que allí había de todo, o al menos muchos otros animalillos de juguete.

18 El *artículo,* obviamente, es el juguete, los juguetes. Importa señalar aquí que para Galdós es un neologismo semántico, esto es, una palabra que ha adquirido un nuevo significado («mercancía, cosa con que se comercia»); de ahí la cursiva en el texto.

19 *soltar el latiguillo:* exagerar el actor la expresión de los afectos para lograr el aplauso del público.

bía sacerdotes con sábana blanca y sombreros deformes, bueyes de la ganadería de Apis [20], pitos adornados con flores del loto [21], sacerdotisas en paños menores, y militares guapísimos con armaduras, capacetes, cruces y calvarios, y cuantos chirimbolos ofensivos y defensivos ha inventado para recreo de grandes, medianos y pequeños, el arte militar de todos los siglos [22].

III

En medio de la señora y del sujeto grave iba el chiquitín, dando sus manecitas a uno y otro, y acomodando su paso inquieto y juguetón al mesurado andar de las personas mayores.

Y en verdad que bien podía ser tenido por sobrenatural aquel prodigioso infante, pues si en brazos de su madre era tiernecillo y muy poquita cosa, como un ángel de meses, al contacto del suelo crecía misteriosamente sin dejar de ser niño; andaba con paso ligero y hablaba con expedita y clara lengua [23]. Su mirar profundo, a veces triste, gravemente risueño a veces, producía en los que le contemplaban confusión y desvanecimiento.

---

[20] La expresión es cómica, pues no hay la tal *ganadería,* aunque sí *bueyes: Apis* era un dios solar egipcio que se adoraba en Menfis bajo la forma de buey.

[21] El *loto* es una planta acuática que abunda en las orillas del Nilo y cuya representación fue empleada profusamente en la arquitectura y la decoración egipcias.

[22] Concluye la serie de juguetes con estos soldados provistos de todo tipo de utensilios o *chirimbolos,* como los *capacetes* (piezas de la armadura que cubrían y defendían la cabeza) y las *cruces* (condecoraciones o galardones). Con *calvarios* —del monte donde Cristo fue crucificado— el narrador designa cómicamente la abundancia de esas condecoraciones, pues el término debe interpretarse como sinónimo de vía crucis, o conjunto de catorce cruces que representan en las iglesias los pasos del Calvario.

[23] *Expedita:* Libre, desembarazada.

Puestos al fin de acuerdo los padres sobre el empleo que se había de dar a la moneda, dijéronle que escogiese de aquellos bonitos objetos lo que fuese más de su agrado. Miraba y observaba el niño con atención reflexiva, y cuando parecía decidirse por algo, mudaba de parecer, y tras un muñeco señalaba otro, sin llegar a mostrar una preferencia terminante. Su vacilación era en cierto modo angustiosa, como si cuando aquel niño dudaba ocurriese en toda la Naturaleza una suspensión del curso inalterable de las cosas. Por fin, después de largas vacilaciones, pareció decidirse. Su madre le ayudaba diciéndole: «¿Quieres guerra, soldados?». Y el anciano le ayudaba también, diciéndole: «¿Quieres ángeles, sacerdotes, pastorcitos?». Y él contestó con gracia infinita, balbuciendo un concepto que traducido a nuestras lenguas quiere decir: «De todo mucho».

Como las figurillas eran baratas, escogieron bien pronto cantidad de ellas para llevárselas. En la preciosa colección había *de todo mucho,* según la feliz expresión del nene: guerreros arrogantísimos, que por las trazas representaban célebres caudillos, Gengis Kan, Cambises, Napoleón, Aníbal [24]; santos y eremitas barbudos, pastores con pellizos y otros tipos de indudable realidad [25].

---

[24] En efecto, se trata de *célebres caudillos,* antiguos y modernos (rasgo de humor con que el narrador potencia más aún la imprecisa cronología del relato). *Gengis Kan* (hacia 1160-1227) fue el fundador del imperio mongol; su genio militar y sus cualidades de gobierno sentaron las bases de un vastísimo dominio que llegó a abarcar desde Corea hasta las puertas de Europa. *Cambises* II, hijo y sucesor de Ciro II, reinó en Persia entre los años 528 (?) y 521 a. de C.; conquistó Egipto y fundó la XXVII dinastía. Sobre *Napoleón,* véase la nota 11 de nuestro relato *El espiritista.* Finalmente, *Aníbal* (247-183 a. de C.), general y estadista cartaginés, amplió las conquistas de su padre, Amílcar Barca, en España. Furibundo enemigo de los romanos, es famosa su expedición a Italia por tierra, en la que consiguió derrotarlos en Tesino y Trebia (218), Trasimeno (217) y Cannas (216), aunque no pudo tomar Roma, y fue luego vencido en Zama (202). Tras diversas vicisitudes, se envenenó antes de ser entregado a los romanos.

[25] *eremitas:* ermitaños, hombres religiosos que profesaban la vida solitaria.

Partieron gozosos hacia su albergue, seguidos de un enjambre de chiquillos, ávidos de poner sus manos en aquel tesoro, que por ser tan grande se repartía en las manos de los tres forasteros. El niño llevaba las más bonitas figuras, apretándolas contra su pecho. Al llegar, la muchedumbre infantil, que había ido creciendo por el camino, rodeó al dueño de todas aquellas representaciones graciosas de la humanidad.

El hijo de la fugitiva les invitó a jugar en un extenso llano frontero a la casa... Y jugaron y alborotaron durante largo tiempo, que no puede precisarse, pues era día, y noche, y tras la noche vinieron más y más días, que no pueden ser contados. Lo maravilloso de aquel extraño juego en que intervenían miles de niños (un historiador habla de millones), fue que el pequeñuelo, hijo de la bella señora, usando del poder sobrenatural que sin duda poseía, hizo una transformación total de los juguetes, cambiando las cabezas de todos ellos sin que nadie lo notase; de modo que los caudillos resultaron con cabeza de pastores, y los religiosos con cabeza militar.

Vierais allí también héroes con báculo, sacerdotes con espada, monjas con cítara, y, en fin, cuanto de incongruente pudierais imaginar [26]. Hecho esto, repartió su tesoro entre la caterva infantil, la cual había llegado a ser tan numerosa como la población entera de dilatados reinos.

---

[26] Descubrimos en estas líneas el eje significativo del cuento, lo que parece indudable si atendemos a su título. El pequeño ha alterado absolutamente el mundo y lo ha hecho *incongruente,* incoherente, disparatado, como se muestra en el cambio de cabezas y en los respectivos atributos *(báculo, espada, cítara)* de cada uno de los grupos citados. Y, más aún, si recordamos las preguntas que le hacían su madre y padre unas líneas atrás, comprendemos que ese *de todo mucho* supone el exceso en la sociedad de militares y de eclesiásticos. Yendo a lo menudo, quizá convenga anotar que el *báculo,* palo o cayado pastoril, simboliza el poder espiritual de los obispos, y que la *cítara* es un instrumento músico de cuerda de la antigua Grecia.

A un chico de Occidente, morenito y muy picotero, le tocaron algunos curitas cabezudos, y no pocos guerreros sin cabeza[27].

1897

[27] He aquí el quiebro final, que con finísimo humor apoya y precisa el sentido antes apuntado; porque ese *chico de Occidente, morenito* y lenguaraz *(muy picotero),* no puede ser otro que Alfonso XIII (1886-1941), el jovencísimo rey de España, al que Galdós advierte sutilmente del entrometimiento del clero en los negocios públicos *(curitas cabezudos)* y del escaso juicio del estamento militar *(guerreros sin cabeza).* Como resume atinadamente L. J. Hoar en su artículo sobre este relato, «es una advertencia velada del Rey de Reyes (un regalo de Reyes) al rey de España sobre reinados problemáticos, con Galdós en el papel de facilitador evangélico». La clarividencia de don Benito no ofrece dudas: pocos meses después se consumaba el desastre de 1898.

ÚLTIMOS TÍTULOS PUBLICADOS